신시대 100인 대화록(1)

「꿈」을 이루기 위한
중국인들의 대화

천아이하이(陳愛海) 지음 | 김승일(金勝一) 옮김

이 책은 「개혁개방 40주년 특집」으로 개혁개방의 체험자, 증인, 연구자 등 20여 명의 대표자들을 엄선하여,
그들과의 대화를 통해 40년 동안 걸어온 중국의 개혁개방 정책에 부응하여
눈부신 업적을 이룬 성공사례를 소개하고 있다.

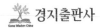 경지출판사
Korea Wisdom China

 新世界出版社
NEW WORLD PRESS

「꿈」을 이루기 위한
중국인들의 대화

초 판 1쇄 인쇄 2023년 03월 01일
초 판 1쇄 발행 2023년 03월 05일
발 행 인 김승일(金勝一)
디 자 인 고은하
출 판 사 경지출판사
출판등록 제 2015-000026호

잘못된 책은 바꿔드립니다.
가격은 표지 뒷면에 있습니다.

ISBN 979-11-90159-92-0(03820)

판매 및 공급처 경지출판사
주소 : 서울시 도봉구 도봉로117길 5-14 **Tel :** 02-2268-9410 **Fax :** 0520-989-9415
블로그 : https://blog.naver.com/jojojo4

※ 이 도서의 국립중앙도서관 출판사 도서목록(CIP)은 서지정보유통지원시스템 홈페이지(http://seoji.nl.go.kr)와 국가자료공동목록시스템에서
　이용하실 수 있습니다.

이 책의 취재 및 편집 위원 소개

프로듀서 : 차이완린(蔡万麟)

총 기 획 : 양춘양(杨春阳)

편 집 장 : 천아이하이(陈爱海)

취재 · 편집 : 안젠(安健) 리링뤠이(李羚瑞) 펑야(冯雅) 쉬창(徐强)

후버(胡波) 자오웨이(赵巍) 왕지췬(王纪春) 옌원훼이(闫文慧)

딩화옌(丁华艳) 리뤠이(李锐) 양밍(杨明) 양서우화(杨守华)

왕쓰위안(王思远) 리쉬(李硕)

서/언

2017년 10월 시진핑(习近平) 총서기는 19차 당 대회 보고에서 "장기적인 노력으로 중국 특색 사회주의가 새 시대에 진입했다"고 하면서 "이는 우리나라가 발전할 새로운 역사적 위치에 선 것"이라고 선언했다.

19차 당 대회 폐막 후 중앙방송국 '경제의 소리' 채널은 해당 채널의 수석논설위원 천아이하이(陈爱海)를 필두로 중국의 경제·사회·문화 등 여러 분야에 대한 해법을 모색하고, 방향을 잡고 여론을 선도하고 사고를 유발하는 「러브리뷰: 신시대 100인 대화록(爱评论: 新时代百人对话录」이라는 대형 테마 프로젝트를 기획했다. 이 책은 2018년 하반기에 출시된 「러브리뷰: 신시대 100인 대화록」의 「개혁개방 40주년 특집」을 모아 20여 명의 개혁개방 체험자, 증인, 연구자와의 대화를 통해 40년 동안 중국이 걸어온 평범하지 않은 길과 개혁개방의 눈부신 업적을 보여주었다.

그들 가운데는 1980년대부터 개혁개방에 뛰어든 관료와 기업가도 있고, 새 시대에 개혁개방을 빛낸 탐구자와 개척자도 있으며, 교육·연구 분야에서 탁월한 성과를 거둔 전문가·과학자도 있었다. 그들 중 적지 않은 사람들이 우리에게 깊은 인상을 남겼다.

톈진(天津)시 전 부시장이었던 예디성(叶迪生)은 개혁개방 초기 동료들과 함께 폐기된 염전(소금밭)에다 톈진경제기술개발구를 건설하였는데, 나중에 덩샤오핑 동지가 이곳을 시찰하고 나서 "개발구는 전도유망하다."는 제사(題詞)를 남기기도 했다.

'지마오환탕(鸡毛换糖)'으로 시작한 이우(义乌)의 기업가 러우종핑(楼仲平)은 단가가 0.0008위안밖에 안 하는 빨대산업에서 업계 1위를 달성했다.

중국의 첫 번째 자영업자인 장화메이(章华妹)는 1978년부터 사업을 시작하여, 지금도 계속 지퍼와 단추에 관한 사업을 하고 있다.

'개혁 선봉' 메달 수상자인 꾸이쩌우(贵州)성 판쩌우(盘州)시 위니(淤泥)향 옌버렌(岩博联)촌 당서기 위류펀(余留芬)은 마을사람들을 빈곤에서 벗어나 부유해지도록 이끌었고, '인민소주(人民小酒)'의 생산액은 300만 위안에서 3억 위안으로 성장했다.

중국과학원 원사인 칭화대 쉐치쿤(薛其昆) 부총장은 개혁개방 초기 일본에 유학했다가 중국과 일본의 경제발전 격차를 보고는 의연히 귀국하여 실험팀(实验团队)을 이끌고 국제 최초로 '양자 이상 홀 효과(Quantum anomalous Hall effect)'에 대한 실험을 통해 훌륭한 결과를 얻어내면서 2019년 1월 8일 국가자연과학상(国家自然科学奖) 1등상을 받았다.

시진핑 총서기가 주재한 민영기업 간담회에서 맨 처음 발언했던 류지런(刘积仁) 뉴소프트(Neusoft)그룹 회장은 환갑이 넘은 나이에도 활기차게 개혁개방에 대한 강한 믿음을 보여주었다.

'개혁 선봉' 메달을 수상한 류용하오(刘永好) 새희망그(新希望集团) 회장은 농촌 '그린칼라(绿领)' 육성에 힘을 쏟아 농민을 '트렌디하고 현대적인' 직업인으로 거듭나게 했다.

경제학자인 류웨이(刘伟) 인민대학 총장은 40년 개혁개방을 거치면서 경제 총량 세계 2위의 중국이 왜 여전히 개발도상국인지를 중점적으로 밝혔다.

인민은행 부총재와 국제통화기금(IMF) 부총재를 역임했던 주민(朱民)은 오늘날 중국 금융업계가 온갖 풍험을 겪으며 어떻게 성장했는지를 우리들에게 알려주고 있다.

이 밖에 중국과학원(中国科学院) 원사이며 베이징대학(北京大学) 전임 총장인 왕언꺼(王恩哥)와 중국공정학원(中国工程院) 원사이며 베이징공상대학(北京工商大学) 총장인 쑨바오꿔(孙宝国) 등 두 원사도 자신이 겪은 개혁개방의 과정을 통해 후대들에게 어떻게 뜻을 굽히지 않고 창의적으로 국가를 개조하여 민족에 이바지할 수 있는지를 알려주고 있다.

'경제의 소리' 칼럼인 「러브리뷰」는 2015년 전국 양회(两会) 기간에 만들어졌다. 매년 거행되는 양회마다 경제·민생 이슈를 둘러싼 시리즈 리뷰를 내놓으며 호평을 받아온 「러브리뷰」는 2017년 19차 당대회를 앞두고 「18차 당 대회 이래 경제발전 대화록」을 내놓아 청중과 전문가들로부터 높은 평가를 받았다. 현재 「러브리뷰」 코너는 파급력과 높은 인지도 및 평판을 갖고 있다. 우리는 '수석논설위원' 천아이하이(陈爱海)를 필두로 개성 있는 방송논설 칼럼 「러브리뷰」를 출간하게 되었다.

개혁개방 40주년을 맞은 「신시대 100인 대화록」을 3년에 걸쳐 촘촘하게 특집으로 출간하여 호평을 받았다. 전문가와 관중, 대화 출연자들은 "질문은 수준이 높고, 언어는 소탈하고 친근하며, 사색과 통찰이 있고, 관점과 태도가 있다(提问有高度、语言接地气，有观察思考，有观察思考，有观点态度)"고 극찬했다. 선전을 비롯해 여러 가지 루트로 이 프로그램을 접하게 된 많은 사람들이 자발적으로 연락하여 게스트로 출연하기까지 하였다.

「러브리뷰」가 지닌 높은 정보 전파력의 깊이가 세상에 어필하게 된 이유 중의 하나일 것이다. 온갖 정보가 넘쳐나고, 상당수의 전파가 표면화에 그치고 있는 오늘날 「러브리뷰」가 이처럼 깊이 있는 전파력을 추구하고 있는 것은 극찬 받아 마땅한 일이다. 아마도 게스트로 출연했던 전문가와 학자들도 이러한 상황을 느꼈을 것이다. 그들은 천아이하이 편집장의 그다지 표준적이지 못한 발음에도 전혀 개의치 않는 모습을 보여주었는데, 이는 방송평론의 내용과 형식에서의 혁신과 탐구가 새로운 형세 속에서 어느 정도 인정받고 있고, 일부 출판기관들의 관심도 받고 있다는 것을 방증하는 것이라 볼 수 있다. 이에 힘입어 우리는 이 코너를 계속 운영해 이를 모델로 더 많은 편집자, 기자, 사회자들을 흡수하여, 유사한 오디오나 영상 리뷰 제품까지 만들 수 있다는 자신감을 갖게 됐다.

이 '대화록'은 중앙방송의 '경제의 소리' 채널에서 방영되는 과정에서 이미 인터넷 · 웨이보 · 위챗 등의 루트를 통해 동시에 공개되었다. 이 책의 출판은 또 하나의 전파 루트를 증가시킨 셈이다. 책은 나름대로의 가치와 매력이 있으니 책장을 넘기면서 음미하는 것도 바람직한 일이다. 다양한 루트를 통한 전파를 추구하는 인터넷 시대에, 「러브리뷰: 신시대 100인 대화록」은 꽤나 성공을 거둔 셈이다. 현재

「러브리뷰: 신시대 100인 대화록」은 이미 80여 명의 게스트가 참여했으니, '100인'까지는 얼마 남지 않았다. 이에 우리는 지속적으로 정리하여 출간할 예정이니, 독자들의 고견을 바라마지 않는다!

중앙방송총국 재경프로그램 센터장
차이완린(蔡万麟)

목 / 차

---

1. 여리박빙(如履薄冰) : 살얼음을 밟는 것과 같다는 뜻으로, 아주 위험한 짓을 함을 비유적으로 이르는 말
2. 착력점(着力點) : 어떤 물체에 대하여 힘이 작용하는 한 점.

---

3) 조혈 : 그저 단순한 지원이 아니라 지원을 통해 재생산할 수 있도록 도움을 주는 것

4) 지마오환탕(鸡毛換糖) : 물자가 부족하던 시기에 행상꾼들이 흑설탕이나 종이 따위의 저렴한 물품을 멜대에 메고 돌아다니면서 주민들의 지마오(닭털)나 기타 재활용품과 맞교환하여 이익을 취했는데 이를 지마오환탕이라고 했다.

대　　화 : 왕화이차오(王怀超)

대화시간 : 2018년 1월 30일

대화장소 : 중국공산당 중앙당교(中共中央党校)

대 화 인 : 천아이하이, 중앙방송총국 '경제의 소리' 수석논설 위원

　　　　　왕화이차오, 중국공산당 중앙당교 교수

왕화이차오(王怀超)

- 중공중앙당교(中共中央党校) 교수이며 중국과학사회주의학회 회장이다. 주로 사회주의이론·사회발전이론·사회개혁이론을 연구하는데 종사해왔는데 그 결과물로서 『중국개혁전서 (中国改革全书)』 『사회주의 발전단계 연구(社会主义发展 阶段研究)』 등 여러 저작이 있다.

'개혁'에서 '심화개혁' · '전면적 심화개혁'까지 이익집단의 저항을 강경 돌파하다

『개혁』, 『역사의 전환기적 사고』, 『중국 개혁 전서』 등 여러 권의 책을 쓰셨기 때문에 선생님과 심화개혁에 관한 전반적인 대화를 나누는 것이 아주 적절하다고 생각합니다.

왕화이차오 : 좋습니다.

천아이하이 : '시진핑 신시대 중국 특색의 사회주의사상'에서 언급한 '8가지 명확함' 중 하나는 전면적인 심화개혁의 총 목표가 중국 특색 사회주의 제도의 보완과 발전, 국가 거버넌스 체계와 거버넌스 능력의 현대화 추진이라는 점입니다. 그렇다면 전면적 심화개혁과 중국 특색 사회주의제도 보완과 발전, 국가 거버넌스 체계와 거버넌스

능력의 현대화를 심화시키는 것과는 어떤 논리적인 관계입니까?

왕화이차오 : 개혁의 목표는 무엇입니까? 개혁의 목표에 대해 우리는 몇 십 년 동안 연구했다고 할 수 있지요. 사회주의 제도의 보완과 발전, 국가 거버넌스 체계와 거버넌스 능력의 현대화를 목표로 한 개혁은 시진핑 신시대 중국 특색 사상의 8가지 기본 내용 중 하나이며, 그 순위도 3위로서 상당히 중요한 위치에 있습니다. 이 문제는 확실히 개혁 전반에 걸친 큰 문제입니다.

이 두 마디 말이 치중하는 것은 서로 다릅니다. 개혁은 그 성격과 목표에 비추어보면, 우리는 사회주의 제도를 무너뜨리려는 것이 아니라 보완하고 발전시키려는 것입니다. 소련과 동유럽처럼 사회주의를 버리고 자본주의를 하는 게 아닙니다. 개혁의 결과는 사회주의 제도를 보완하고, 더욱 높은 차원으로 발전시키는 것입니다. 이것이 큰 방향입니다. 구체적인 목표, 구체적인 경로는 현대화, 즉 개혁개방을 통해 새로운 제도적 안배를 하자는 것인데, 이 제도적 안배의 두드러진 특징은 바로 거버넌스의 현대화, 국가 거버넌스의 현대화입니다.

그렇다면 이 제도개혁의 효과를 가늠할 수 있는 기준은 무엇일까요? 현대 사회를 향해 나아가는 데 도움이 될까요? 실상 심층적으로 보면 중국의 개혁은 전통사회에서 현대사회로의 전환이라고 할 수 있습니다. 1978년 이전까지 우리 사회는 정치, 경제, 문화를 막론하고 전통사회였다면, 오늘날 세계 전체의 추세와 흐름은 현대화입니다. 우리는 한 나라, 한 민족의 사회발전 정도를 현대화 정도로 가늠하고 있습니다. 개혁개방은 결국 인류사회의 흐름과 현대화의 큰 흐름에 합류하려는 중국의 현대화 과정입니다. 현대화는 하나의 조류이기 때문에 역사발전의 법칙이라고 할 수 있지요. 따라서 그것을 거역하면

망하게 됩니다. 손중산(孫中山) 선생은 다음과 같이 말했습니다. "호탕하게 흐르는 세계의 조류에 순응하는 자는 창성하고 거역하는 자는 망한다." 소련과 동유럽의 경우 인류문명의 정도를 벗어났고, 오랫동안 현대화 흐름에 역행하다가 실패했습니다. 우리는 소련의 전철을 밟을 수는 없습니다. 그것은 죽음의 길이이지요. 그렇지 않습니까? 그래서 우리는 국가 거버넌스 현대화를 내세우는 것입니다. 그런 점에서 그 의미는 아주 깊은 것입니다.

구체적으로 말해서 현대 거버넌스와 전통 거버넌스는 어떤 관계일까요? 현대 거버넌스와 전통적 통제의 근본적인 차이는 어디에 있을까요? 전통적 통제는 "내가 너를 관리하고 내가 너를 다스리는 것"으로, 결국 개인이 다스리는 것입니다. 일원화한 것이고 위에서 아래로 다스리는 일방적인 것입니다.

천아이하이 : 그렇습니다. 상호 교류와 상호 작용이 없지요.

왕화이차오 : 상호 교류와 상호 작용이 없다는 것은 곧 "내가 너를 관리한다."는 것입니다. 이에 반해 현대의 거버넌스는 횡적이고 다방면적이며, 상하좌우로 연동되고 공동으로 다스리는 것입니다. 우리가 개혁개방을 통해 사회 각 조직, 각계각층, 다양한 역량을 동원하는 군치(群治)나 공치(共治)를 만들어 낸다면, 이 사회는 비로소 장치구안(長治久安)으로 나아가고, 거버넌스의 현대화를 이룰 수 있는 것 이지요.

개혁→개혁의 심화(深化改革)→전면적 개혁의 심화

천아이하이 : 2018년이면 개혁개방을 한지 40년이 됩니다. 40년 전 그러니까 우리가 중국의 개혁개방을 시작했을 때, 우리는 개혁을 '개혁'이라고 불렀고, 그 후에는 '심화개혁(深化改革)'이라고 불렀으며, 지금은 '전면적 심화개혁'이라고 부릅니다. 이런 표현의 변화를 보면 우리나라의 개혁은 이미 무엇을 겪었으며, 지금 무엇을 겪고 있으며, 앞으로 또 무엇을 겪게 될지를 알 수 있지 않을까요?

왕화이차오 : 그렇습니다. 말 그대로 확실히 그런 과정이 있습니다. 개혁에서 심화개혁으로, 다시 전면적 심화개혁에 이르는 과정이지요. 지금은 '난관 돌파기(攻坚期)' 혹은 '막중한 임무를 맡아서 하는 시기(啃硬骨头)'라는 말로 표현되지요. 이 세 낱말의 변화는 또한 개혁이 점차 심화되고 있음을 반영하고 있으며, 실제로 40년 동안 개혁개방이 점차 심화되고 있다는 것을 압축적으로 보여주는 것이지요.

중국 개혁의 특징 중 하나는 먼저 쉽고 나중에 어려우며, 먼저 시험해 본 다음에 나중에 보급하는 것입니다. 이는 덩샤오핑 동지의 아이디어입니다. 보십시오, 중국 개혁의 시작은 농촌입니다. 농촌의 사회관계는 비교적 간단하기 때문입니다. 토지 문제뿐입니다. 따라서 농민과 토지의 관계만 잘 처리하면 됩니다. 당시 농촌의 구조도 단순했습니다. 모두들 사원(社员)이었지요. 게다가 양식 생산이 위주였고 조금의 부업이 있었을 뿐입니다. 그래서 본질적으로 말하면, 이번 개혁은 농촌의 생산 관리가 비교적 간단하기 때문에, 단번에 농민의 적극성을 불러일으킬 수 있었습니다. 그래서 이 시기에는 그냥 '개혁'이라고 불렀던 것입니다.

그러다가 농촌 개혁의 경험을 얻은 후에는 농촌에만 머물러서는 안 되었지요. 덩샤오핑 동지는 이번 개혁은 생산체제를 근본적으로 바꾸려는 것이었으며, 계획경제 체제를 지양하고 새로운 경제시스템을 수립하는 과정이라고 말했습니다. 농촌에서 경험을 얻게 되자 사기가 오르고 신념이 굳어졌습니다. 그래서 1984년부터 도시로 이동했지요. 1984년 10월 12기 3중전회(十二屆三中全會)에서 도시개혁이 결정되었습니다. 그러니 도시개혁이 '심화' 된 것입니다. 심화개혁, 이는 주로 농촌에서 도시로의 전환을 가리킵니다.

도시로 전환한 뒤 덩샤오핑은 경제체제 개혁만으로는 안 되고 정치체제 개혁, 문화체제 개혁, 교육체제 개혁, 과학기술체제 개혁까지 해야 한다는 사실을 깨달았습니다. 그렇게 18차 당 대회에 이르기까지, 개혁개방 30여 년이 지나자 맛있는 고기와 먹기 쉬운 연골은 죄다 갉아먹었고, 먹기 어려운 경골만 남았던 것이지요. 이렇게 남은 경골을 갉아먹으려면 여태껏 해왔던 것처럼 누이 좋고 매부 좋게 해서는 안 됩니다. 여러 해 동안 시장경제를 발전시키고 개혁을 추진하면서 사실상 하나의 이익집단을 형성했습니다. 개혁을 시작할 때, 우리는 주로 권력을 이양하고 이익을 양보했습니다. 모두들 기뻐했지요. 농민에게 권리를 이양하고, 기업에게 도급제를 허락하고, 공장장에게 권한을 주고, 지식인들의 손발을 풀어주고, 여러 사람들을 창업하도록 격려했으니 누이 좋고 매부 좋은 일이었지요. 그렇지 않습니까? 그렇게 30여 년이 지나면서 점차 이익집단이 형성되었습니다. 그런데 개혁이 이미 깊은 곳에 이르렀으니, 이런 이익집단의 저항에 부딪치게 되는 것은 당연한 일이었지요. 그러니 더 강한 힘으로 밀어붙일 수밖에 없었습니다. 그러므로 전국의 자원을 동원해서 전면적으로 개혁을 심화시켰던 것입니다. 즉 토지정책, 부동산정책, 조세정책, 중앙과 재정의 관계 등 여러 가지 정책을 병행하고 종합적으로 다스려야만 했지요.

천아이이하이 : 개혁이라고 하면 또 한 가지 문제를 짚고 넘어가야만 합니다. 바로 빈부격차의 문제입니다. 가난이 사회주의가 아니라면 양극화와 빈부 불균형도 당연히 사회주의가 아니니까요.

최근 몇 년 새 우리 국민소득의 지니계수는 낮아졌지만, 전체적으로는 국제적으로 공인된 경계선 위에 놓여 있습니다. 구체적으로 보면 2012년부터 2015년까지 중국 주민소득의 지니계수는 각각 0.474, 0.473, 0.469, 0.462입니다. 2012년부터 2015년까지 점차 낮아지다가 2016년에는 0.465로 2015년보다 조금 높아졌습니다. 전체적인 추세는 하락했지만 우리나라 도시와 농촌 간, 업종 간, 집단 간에는 이런 소득 격차가 큰 것이 사실입니다. 예전에는 이런 격차의 증가를 어느 정도 허용할 수 있었지만, 지금이나 앞으로 더 많은 사람들이 공평을 추구할수록, 그 격차는 용인도가 떨어질 수 있습니다. 개혁을 본격화하는 과정에서 이런 빈부격차에 각별히 신경 써야 할 것 아닙니까?

왕화이차오 : 네, 이것은 큰 문제이고 전반적인 문제입니다. 이 문제는 무엇에 관련될까요? 사회주의의 본질은 함께 잘 사는 것입니다. 시진핑 동지는 19차 당 대회에서 초심을 잊지 말아야 한다고 했습니다. 초심은 절대다수의 이익을 도모하는 것입니다. 마오쩌둥 동지의 말씀은 인민을 위해 봉사하는 것이고, 덩샤오핑 동지의 말씀은 사회주의의 본질은 함께 부유해지는 것입니다. 사회주의 국가에서 일부 사람들을 부유하게 하고, 일부는 가난하게 하는 것은 말이 안 됩니다. 단기적으로는 그런대로 괜찮지만 장기적으로는 안 된다는 것이지요.

이제 또 무슨 문제에 부딪칠까요? 바로 공평과 능률의 문제입니다. 두 가지 중요한 범주도 한 쌍의 모순입니다. 서양이든 동양이든, 어떤 제도든 결국은 공평함을 추구해야 합니다. 그러나 사회는 작게는 수

십만, 많게는 수억 수십억, 혹은 수십억의 무리입니다. 공평은 평균이 아닙니다. 생산력 수준이 비교적 낮고 잉여 생산품에 한계가 있는 상황에서 평균은 보편적인 빈곤을 의미합니다. 경제학적으로는 우선 능률입니다. 능률을 증대시키는 것을 통해 사회적 부를 증대시켜 궁극적으로 공동부유에 이르게 한다는 것이지요. 그래서 한 사회의 초기, 혹은 경제가 낙후된 시기에 너무 공평함을 강조하다 보면 나중에는 게으름을 장려하는 것이 되지요. 바로 보편적 빈곤입니다. 그래서 나는 중국의 현대화 과정에서, 낙후 단계에서 선진 단계로 나아가기 위해서는 능률이 우선시돼야 한다고 생각합니다. 이는 차별화를 가져올 수 있습니다. 하지만 이는 필요하고 반드시 거쳐야 할 단계라고 생각합니다.

1978년 개혁 개방은 경제적으로는 계획경제를 버리고 시장경제를 한 것이었습니다. 시장경제의 본질은 무엇입니까? 우열승패, 선진장려, 근면장려 아닌가요? 맞지 않나요?

천아이하이 : 근면을 장려하고 나태함을 벌하자는 것이지요.

왕화이차오 : 근면을 장려하고 나태함을 벌하는 것은 마태효과(馬太效果)[5]입니다. 부지런할수록 부유해지고 게으를수록 가난해지고 차별이 커지는 것은 당연합니다. 문제는 우리 사회주의 국가들이 그 차이를 너무 크게 벌려서는 안 된다는 것입니다. 특히 오늘날에는 일부 사람들이 벼락부자가 되어 자산이 수억 수십억에서 천억에 달하기도 합니다. 반면에 아직도 수천만 명의 사람들이 먹고살기도 벅차지요. 이것은 말이 안 됩니다. 아무리 생각해도 말이 안 됩니다. 어느 시

---

5) 마태효과 : 저명한 연구자가 더 많은 혜택(지원금 등)을 가져가고, 잘 알려지지 않은 연구자는 그렇지 못함으로써 점점 두 사이에 격차가 벌어지는 현상?

대에 놓고 봐도 말이 안 됩니다. 하물며 우리는 사회주의를 실행하고 있지 않습니까? 그래서 국가의 장기적 안정 각도에서 보든, 우리나라의 사회주의적 성격으로 보든 반드시 사회적 빈곤구제를 늘려야 합니다. 다음 단계에서는 분배제도 개혁에 박차를 가해야 합니다. 이를테면 우리의 강력한 빈곤구제는 사실상의 개혁입니다. 이번에 19차 당대회는 현재의 주요 모순에 대해 새롭게 개괄하였는데, 바로 발전이 불균형하고 불충분하다는 것입니다. 불평등은 빈부격차, 지역격차, 업종격차, 도농격차를 말합니다. 다음 단계로 분배정책은 빨리 따라가야 하고, 경제정책은 능률성을 중시하며, 사회정책은 공평함을 중시해야 합니다. 중국 사회주의 조건에서, 중국 특색의 사회주의 생활에서 어떠한 계층도 낙오되지 않도록 해야 합니다. 최소한 배불리 먹게는 해야 합니다. 이것은 마지노선이라 할 수 있습니다.

전 국민의 개혁에 대한 열정을 불러일으켜야 한다

천아이하이 : 2018년 새해 벽두부터 중앙전면심화개혁영도소조(中央全面深化改革领导小组)는 2차 회의를 열어, 개혁은 밑바닥과 대중의 관심사에서 돌파구를 찾고 지역 특색을 살린 개혁을 많이 추진해야 한다고 강조했습니다. 즉 대중이 어떤 문제에 관심을 가지면 거기에 맞춰서 고쳐야 한다는 것이지요. 밑바닥에서 무슨 문제가 생기면 개혁이 필요하고, 그런 부분에서 돌파구를 많이 찾아야 합니다. 물론 이런 개혁은 각급 당원과 지도 간부가 주축이 되어 추진해야 합니다. 그래서 제가 묻고 싶은 것은 각급 당원과 지도 간부에 대해 어떤 요구가 있습니까?

왕화이차오 : 이 주제는 아주 현실적입니다. 레닌은 생기발랄한 사회주의 사업은 인민대중이 창조한 것이라고 말했습니다. 이 말을 좀 바꿔보겠습니다. "생기발랄한 개혁사업은 인민대중의 사업이고, 개혁은 인민대중이 창조한 것이다." 역사를 돌이켜보면 농촌 개혁의 주체는 농민입니다. 최초의 개척자인 안훼이(安徽)의 샤오깡촌(小岗村) 농민들은 연산도급책임제(联产承包责任制)를 고안했습니다. 농촌개혁이 성공한 것은 억만 농민의 적극성을 끌어냈기 때문입니다. 우리 당의 역할은 무엇입니까? 우리는 농민들이 창조한 것을 개괄하여 정책을 수립하고 전국으로 확산시키는 것입니다.

기업 개혁은 결국 노동자와 공장장에 의해서 이루어지는 것입니다. 도급제 정책 하나로 그들의 적극성을 불러일으켰지요. 1년에 얼마의 이윤과 세금을 내면 나머지는 모두 자신의 것이다, 맞지요? 이는 사실상 분배정책의 변화이기도 합니다. 당시의 중관촌(中关村) 거리는 이렇게 지식인의 적극성과 창조성을 동원한 곳이었습니다. 쓰통(四通)과 레노버(联想)가 그랬지요.

중국 개혁이 성공할 수 있을지, 우리의 전면 심화개혁이 계속될지는 근본적으로 우리 국민 전체의 개혁의지에 적극성을 불러일으키는 데 있습니다. 상급기관의 호소에만 의존해서는 안 됩니다. 구체적인 일은 대중들이 해야 합니다. 맞지요? 그래서 개혁은 기층(基层)의 적극성을 발휘해 대중의 관심사, 나아가 가장 싫어하고 민감한 사안부터 시작해야 한다고 강조하는 것입니다. 개혁의 잘잘못 기준과 개혁의 성공 여부를 가늠하는 기준은 인민 군중이 기뻐하는지, 인민 군중이 만족하는지, 인민 군중이 실질적인 혜택을 얻었는지에 달려 있다는 말입니다.

그렇다면 현재 존재하는 문제점은 무엇일까요? 제 생각에는 많은 지방에서 개혁이 헛돌고 있다는 겁입니다. 천둥소리만 크고 비는 몇 방울 내리지 않았지요.

물론 개혁 초기에 권력을 이양하고 이윤을 양보하니 너도나도 좋아했습니다. 하지만 지금은 이미 기득권 집단이 형성되었기에 계속 개혁을 밀어붙이면 근육과 뼈를 다칠 수 있습니다. 기득권의 반대에 부딪칠 테니까요. 맞지요? 일부 지방 간부와 일부 기업들은 취사선택을 하게 됩니다. 자기들에게 이득이 되면 하고 이득이 되지 않으면 안 하지요.

천아이하이 : 그 당시에는 개혁을 적극 지지하던 사람들이 지금은 개혁을 방해하는 세력이 되었습니다.

왕화이차오 : 맞습니다. 그들은 기득권자들입니다. 계속 개혁하면 그들 자신을 개혁해야 하기 때문이지요. 맞지요? 그들은 천방백계로 자기들의 이익을 지키려고 합니다. 그들은 백방으로 자신의 이익을 보호하려고 하는데, 이것이 바로 오늘날 개혁을 깊이 추진하는데 있어서 하나의 난제입니다. 상당수 이익집단이 현상 유지를 원하고 있습니다. 왜냐하면 더 깊이 진행하면 그들에게는 손해가 되기 때문입니다. 그래서 경제개혁은 어디까지나 이익의 조정이고, '치즈'를 건드려야 하며, 정치개혁은 권력의 재분배라고 하는 것입니다. 중국에서 이익과 권력을 움직이려면 '목숨을 걸어야' 합니다. 하지만 반드시 움직여야만 합니다. 우리의 이번 개혁은 설익은 밥과 같습니다. 때문에 앞으로 나아가지 않으면 물러날 수밖에 없습니다. 산을 오르는데 이제 막 산중턱에 다다른 것과 같지요. 여기서 멈추면 더 나빠지게 됩니다. 후퇴해서는 출로가 없으니 계속 올라가야만 합니다. 하지만

제가 보기에 굳은 결심과 이에 따른 여러 가지 방안을 내놓는 것도 중요하지만, 개혁의 경험을 되돌아보고 점검하는 것이 더 필요하다고 봅니다.

싸움에서 뭐가 중요할까요? 열 손가락 다치게 하는 것보다 한 손가락을 아예 꺾어버리는 게 낫습니다. 개혁도 마찬가지입니다. 두루두루 모두 챙기기보다는 역점을 두는 일에 매진해야 합니다. 중앙의 차원에서는 전반적인 것을 장악하고 지지해야 합니다. "근육과 뼈를 건드리는 대대적인 정비"는 중앙에서 나서야 합니다. 이를테면 재정 · 세제개혁 · 공기업체제 개혁, 부동산개혁, 사법체제 개혁 같은 것은 지방에서 할 수 없는 일입니다. 구체적이고 통상적인 업무는 지방에 맡기고 각 부서에 맡겨야 합니다. 이렇게 해야만 중심을 잡고, 개혁의 중점을 움켜쥐고 추진해야 전반적인 업무를 이끌 수 있는 것입니다. 구체적인 일들은 반드시 지방에서 해야 하기 때문에, 특히 지방의 적극성을 이끌어내야 합니다. 일부 지방들은 지금 기다리기만 하고 의지하려고만 합니다. 위에서 정층설계(顶层设计, 최고 레벨이 하는 설계 - 역자 주)[6]를 마무리하고 관련 입법들을 모두 마무리할 때까지 기다리겠다는 뜻이지요.

제가 보건대 훌륭한 지방관원이라면 기다리지도 의지하지도 말아야 합니다. 자기의 현(縣)이나 시의 기업 상황을 당사자인 자신이 누구보다도 더 잘 알기 때문에, 당사자 자신이 해당 현이나 시의 기업 상황을 제일 잘 알고 있으므로 해당 지역의 실제 상황에서 출발하여 하나의 길을 개척해 나간다면 안 되는 일이 뭐가 있겠습니까? 정책은 보편적인 것이고, 기업과 지방은 개별적인 것입니다. 아무리 정층설계라고 해도 보편적인 호소에 지나지 않습니다. 왜냐하면 정책은 전

---

6) 정층설계 : 중국이라는 나라가 어디로 어떻게 나아갈 지와 관련해서 시지핑으로 대표하는 최고위층이 먼저 설계해야 한다는 의미로 받아들이면 될 것이다.

국적인 차별성을 두루 고려해야 하므로 본 지역의 실제 상황에 근거해서 구체적 문제는 구체적으로 분석해야 한다는 말입니다. 본 지역에 어울리는 개혁에 대한 방안을 내놓고 이를 실천해야 하는 것입니다. 표준은 하나입니다. "해당 지역과 기업의 발전을 촉진시킬 수 있는지? 해당 지역의 백성들과 해당 기업의 노동자들이 이득을 얻었는지? 국가에 대한 기여가 많아졌는지? 백성들의 임금이 실제적으로 올랐는지? 기업의 제품 영향력이 높아졌는지?" 등을 살펴보아야 한다는 것입니다.

개혁과 안정의 균형을 어떻게 처리해야 할까?

천아이하이 : 한편으로는 반드시 개혁해야 합니다. 이는 아주 필요한 것이지요. 그러나 개혁과 함께 반드시 안정을 확보해야 합니다. 이는 또 다른 측면인데 아주 중요합니다. 또한 개혁은 항상 불확실하고 불안정한 요소들을 수반합니다. 때때로 누군가의 '아름다운 삶'을 위해 다른 누군가는 '아름답지 못한 삶'을 선택당한다고 생각할 수도 있습니다. 이는 해결하기 어려운 모순이기에 이러한 균형을 잘 맞추어 개혁과 안정의 균형을 맞추는 것은 하나의 예술이라고 할 수 있습니다. 그렇다면 다음 단계에서, 전면적 심화개혁의 과정에서, 우리 당과 정부는 개혁과 안정의 '균형'을 어떻게 잘 '처리해 나가야 할까요?

왕화이차오 : 이는 우리가 40년의 개혁 경험과 교훈을 총결산함에 있어서 반드시 직면해야 할 중대한 문제입니다. 쉽게 말해 안정은 전제이고, 개혁은 동력이며, 발전은 목적입니다. 한 사회가 전진하려면 반드시 동력이 있어야 하고, 자동차를 운전하듯이 가속페달을 밟아야

합니다. 개혁은 사회주의 제도를 전진시키는 기본 동력 혹은 기본 루트라고 할 수 있습니다.

그러므로 우리가 개혁을 하는데 있어서 우선적으로 전제해야 할 것은 안정입니다. 안정이 없이는 아무 일도 이룰 수 없습니다. 혼란 속에서도 개혁을 추진할 사람은 없겠지요? 개혁 자체가 혼란을 일으킬 수 있는데, 이미 혼란스러운 상황에서 개혁을 할 수 있다는 것은 말이 안 되지요. 개혁과 안정은 모두 목적이 아닙니다. 목적은 사회가 더욱 진보하고 발전할 수 있도록 추진하는 것입니다.

예를 들어 자전거를 탈 때, 너무 빨라도 넘어지기 쉽지만 움직이지 않거나 너무 느려도 넘어지기 쉽습니다. 일정한 속도를 유지할 때만 균형을 잡을 수 있습니다. 개혁과 안정의 관계도 마찬가지로 움직이지 않고 안정돼 보이면 이미 사회에서 도태된 것이지요. 남들은 다들 진보하고 있으니까요. 그러니 개혁도 해야 하고, 한편으로 균형도 유지해야 하며, 큰 혼란도 나지 않아야 합니다. 혼란스러울 때는 안정을 꾀하고, 지나치게 안정적이면 또 움직여야 하는 데 이것은 하나의 예술이라고 할 수 있습니다. 개혁과 안정의 관계를 효과적으로 컨트롤하는 것은 확실히 고도의 예술입니다. 특히 우리는 지금 개혁의 공격전(攻??)에 처해있기 때문에, 머리카락 하나를 잡아당겨도 온몸이 들썩일 수 있습니다. 게다가 현재는 정보화, 네트워크화 시대이기에 7억 명이 넘는 네티즌들이 있습니다. 사소한 사건 하나만으로도 충분히 큰 혼란을 야기할 수 있습니다. 현대사회를 다스리는 것은 전통사회를 다스리는 것보다 몇 갑절 더 어려운 일입니다.

천아이하이 : 그래서 국가의 거버넌스 체계와 거버넌스 능력의 현대화를 반드시 이루어야 한다는 말입니다.

왕화이차오 : 그렇습니다. 오늘날 개혁을 추진하는 것은 점점 더 어려워지고 있습니다. 인민들이 민주의식, 공평의식, 권리의식이 강해졌습니다. 그러나 여기서 걱정되는 것은 민주의식이 강해졌지만 법제(法制)의식이 따라가지 못하거나, 권리의식이 강해졌지만 자기의 권리만 주장하고 이에 상응하는 의무나 책임을 다하지 못할까봐 염려하는 것입니다. 만일 이런 현상이 나타난다면, 이는 아주 끔찍한 일입니다.

천아이하이 : 그것은 정말로 심각한 문제이지요.

왕화이차오 : 어느 민족이든, 동양이든 서양이든, 백인이든 흑인이든 마찬가지입니다. 한 사회의 주류를 이루는 성원들이 민주만 요구하고 법제를 거부하고, 권리만 요구하고 이에 상응하는 의무나 책임을 다하지 않는다면, 이는 아주 끔찍하고 수습하기 어려운 일입니다. 그래서 나는 정치협상회의 위원으로서서 2년 동안 사회 전반에 걸쳐 법제교육을 해야 한다고 호소해왔습니다.

어떠한 현대화된 사회도 모두 법치사회입니다. 법치란 무엇입니까? 바로 사회의 규칙입니다. 업종마다 규칙이 있고, 이러한 규칙의 범위 내에서 모든 일이 행해져야 합니다. 사실 건전한 사회에서 규칙이 매우 뚜렷하고, 국민의 준법의식과 규칙의식이 매우 강하다면, 이는 매우 안정적일 수 있으므로 개혁을 해도 문제가 안 되는 것이지요.

천아이하이 : 우리는 오늘날 줄곧 '개혁', '심화개혁', '전면적 심화개혁'을 이야기하고 있습니다. 그러자 어떤 사람들은 언제가 되면 더 이상 개혁을 말하지 않을 것이냐고 물어옵니다. 그럴 때마다 저는 더

이상 개혁을 강조하지 않을 때란 바로 개혁이 성공했음을 의미하는 것이기에 개혁을 말하지 않게 될 것이라고 말합니다.

사회자 : 만약 우리가 좀 더 멀리 2050년이 되었을 때, 부강하고 민주적이며, 문명되고 조화로우며, 아름다운 사회주의 현대화 강국이 된다면, 누군가의 질문처럼 '개혁'이나 '심화개혁', '전면적 심화개혁'과 같은 말은 더 이상 하지 않게 되지 않을까 하는데, 여기에 대한 전망을 간단히 얘기해주실 수 있겠습니까?

왕화이차오 : 지난 일을 되짚기는 쉬워도 앞날을 전망하기는 어렵습니다. 하지만 사람들은 어쨌든 앞날을 봐야 합니다. 전망은 앞길을 보는 것이지요. 지금 이미 40년을 걸어왔는데, 아직도 40년은 더 걸릴 것 같습니다. 지난 40년을 보면, 새로운 경제체제가 어느 정도는 기본적으로 확립되었다고 볼 수 있습니다. 바로 시장경제체제가 형성되있다는 말이지요. 경제개혁의 핵심은 계획경제체제를 버리고 시장경제체제를 갖추는 데 있었습니다. 이것은 우리가 지속적으로 말해왔고, 이미 기본적으로 건립되었다고 할 수 있습니다. 경제개혁은 확실히 많이 진보 발전했습니다. 기본적으로 시장화를 이루었다는 말입니다. 하지만 정치체제, 사회관리 체제, 문화체제는 이제 막 시작되었거나 시작도 제대로 못했다고 볼 수 있습니다. 정치체제 개혁, 문화체제 개혁, 사회체제 개혁이 경제체제 개혁보다 훨씬 더 어렵다는 것은 주지의 사실입니다. 따라서 이러한 개혁을 달성하기 위해서는 적어도 40년, 길게는 반세기 정도 더 필요할 것입니다. 중국이 이들 개혁을 완성하려면 반세기 남짓 더 걸릴 수 있다고 보는 것입니다.

천아이하이 : 그러면 2070년이 되네요.

왕화이차오 : 예 2070년 전후가 되겠지요. 근거는 아주 간단합니다. 정치 체제와 사회관리 체제의 구축은 경제체제의 구축보다 훨씬 어렵기 때문입니다. 40년의 경제체제 개혁이 이제 겨우 확립되었습니다. 따라서 이들 나머지 개혁이 완성되려면 아직도 반세기 남짓 더 걸릴 것으로 판단됩니다.

이들 개혁에 담긴 의미에는 두 가지 종류가 있습니다. 하나는 혁명이고 다른 하나는 개량입니다. 혁명은 질풍노도처럼 낡은 제도를 무너뜨리고 새로운 제도를 만드는 것입니다. 개량은 하나의 제도 안에서 끊임없이 새로워지는 것입니다. 그런 의미에서 개혁은 영원하다고 할 수 있습니다. 사람이 있으면 개량을 해야 되겠지요. 어찌됐든 진보해야 하지 않습니까? 우리의 이 개혁은 개혁과 개량 사이에 있는 것입니다. 특별히 중점을 두어야 하는 개혁은 체제 개혁입니다. 혁명은 낡은 제도를 무너뜨리는 것입니다. 그러나 우리는 제도를 무너뜨리려는 것이 아니지요, 그렇다고 단순히 개량만 하려는 것도 아닙니다. 지금까지의 체제를 버리고 새로운 체제를 만들자는 것이지요. 그런 의미에서 2013년 18기 3중전회를 기점으로 해서 그 이전의 개혁은 낡은 체제를 타파하고 탐색하며 전면적인 모색을 한 것이고 한다면, 18기 3중전회부터는 제도의 혁신이라고 할 수 있습니다. 경제제도, 정치제도, 문화제도, 사회제도를 혁신하는 것이지요. 이 제도의 건설은 훨씬 어렵고 복잡하며 더 많은 시간을 요구하게 될 것입니다.

대　　　화 : 류웨이(刘伟)

대화시간 : 2018년 1월 26일

대화장소 : 중국인민대학(中国人民大学)

대 화 인 : 펑야(冯雅), 중앙방송총국 '경제의 소리' 수석기자

류웨이(刘伟)

- 경제학자로 중국인민대학 총장이며, 국무원 학위위원회 위원,
  중국시장경제연구회 부회장, 중국생산력학회 부회장 등을 겸임
  하고 있다. 오랫동안 정치경제학, 전환경제학(转轨经济学), 사
  회주의 경제이론, 산업경제학 등 영역의 연구에 종사하고 있다.
  중국인민대학 총장

발전과정에 있는 중국은 어떤 발전관을 필요로 하는가?

왜 중국은 아직도 여전히 개발도상국인가?

펑야 : 최근에 쓰신 글을 봤는데, 중국을 여전히 개발도상국으로 보는 것에 대해 많은 분들이 관심을 가지고 있는 것 같습니다. 40년에 걸친 개혁개방을 통해 중국은 이미 세계 2위의 경제대국이 되었고, 중국국민의 생활수준도 크게 향상되었습니다. 지금 황금연휴가 되면 전세계 각지에서 중국 여행객들의 모습을 흔히 볼 수 있게 되었습니다. 그런데도 왜 중국은 여전히 개발도상국이라고 말씀하시는지요?

류웨이 : 개발도상국이라는 개념은 제2차 세계대전 이후인 1960년대 당시 경제협력개발기구(OECD)가 결성되던 때, 즉 1961년에 세계경제를 경제사회발전 수준에 따라 선진국을 분류했는데, 선진국과 대

응하는 것이 이른바 개발도상국이었습니다. 개발도상국이란 사회적·경제적·문화적 측면의 발전 지표에서 상대적으로 뒤처져 있는 나라를 말합니다. 발달과 발전에 관한 구분은 명확하지 않고 비교적 원칙적이고 대략적인 하나의 표현으로서, 큰 발전 단계에서의 구분이라고 보시면 됩니다. 비교적 명확한 구분기준이 있는 것은 세계은행입니다. 1980년대 1인당 GDP가 6,000달러에 달하면 산업화의 표준으로 보았는데, 이 기준에 도달하면 소위 선진국이라는 반열에 올랐다는 것입니다. 그러면 그 뒤로는 어떻게 됐을까요? 여러 가지 변화된 요소에 따라 가격환산 같은 매개 변수들을 주입하여 달러로 환산해서 계속 조정해 나갔습니다. 하지만 1980년대까지는 달러로 환산해서 1인당 6,000달러를 산업화의 기준으로 삼았습니다. 2016년 세계은행의 고소득 기준은 대략 12,235달러 수준인데, 그 고소득 아래에 있는 것이 이른바 개발도상국인 것입니다. 개발도상국을 구체적으로 보면, 저소득 빈곤국가, 먹고 입는 문제를 막 해결한 하위·중위 소득국가, 먹고 입는 문제를 뛰어넘은 상위·중위 소득국가 등을 들 수 있습니다. 이것은 세계은행의 명확한 구분 표준입니다.

다른 하나의 비교적 명확한 기준이 바로 유엔의 기준입니다. 유엔 사회개발기구가 비교적 명확한 지수를 제시했습니다. 이는 인류사회의 발전지수라고도 부릅니다. 이것은 주로 3가지 항목을 포함합니다. 하나는 사람이 교육을 받는 정도입니다. 다른 하나는 GDP 수준 즉 경제발전의 수준입니다. 그리고 또 하나는 평균 수명입니다. 주로 이 3가지 항목을 합쳐 소위 인류사회의 발전지수라고 부릅니다. 지금 이 지수가 0.8 이상이면 선진국이고, 0.8 이하이면 여전히 개발도상국입니다.

WTO와 같이 소위 선진국과 개발도상국의 구분은 있지만, 명확한 기준이 없는 기구도 있습니다. 아무튼 1960년대 이래 세계 각국의 발전을 선진국과 상대적으로 낙후된 개발도상국으로 나누는 것은 보편적으로 인정되고 있는 사실입니다.

중국은 개혁개방 40년에 걸쳐 일련의 놀라운 성과를 거두었는데도 왜 아직도 개발도상국이라고 할까요? 일련의 경제개발지표들을 보면 아직도 글로벌 선진국과 매운 큰 차이가 있기 때문입니다. 이러한 큰 차이는 한편으로는 우리가 아직도 발전이 불균형하고 낙후한 개발도상국임을 보여주는 것이고, 또 다른 한편으로는 여전히 중대한 전략적 기회의 시기를 맞고 있음을 보여주는 것입니다.

펑야 : 총장님께서 방금 소개한 것은 사실상 지표상으로, 혹은 데이터상으로 판단해서 중국은 여전히 개발도상국이라는 것이라 할 수 있습니다. 하지만 많은 네티즌들, 특히 외국에서 온 네티즌들은 중국에 와보고는 높은 빌딩이 자신들 나라보다 더 잘 건설되어 있고, 고속도로도 잘 건설되어 있으며, 공항도 잘 건설되어 있는 것을 보고 중국이 개발도상국이 아니라고 생각할 수도 있지 않습니까? 중국이 개발도상국이라는 데 대해 어떤 구체적인, 서민들이 체감할 수 있는 기준은 없는 걸까요? 이를테면 교육이나 의료, 사회복지 등의 방면에서 말입니다.

류웨이 : 우리는 국민경제의 생산과 생활 등 다방면에서 우리는 아직도 개발도상국이라고 볼 수 있습니다. 우선 몇 가지 기본 수치를 봐야 합니다. 먼저 한 나라의 사회경제 발전수준을 가늠하는 가장 기본적인 지표부터 살펴봅시다. 예를 들면 1인당 국내총생산, 혹은 1인당 국민소득 같은 것들입니다. 이 수준으로 보면 우리는 40년 동안 확실

히 많이 변했습니다. 개혁개방 초기에는 1인당 국민총생산이 200여 달러, 즉 300달러 미만이었는데, 1998년 그러니까 지난 세기 말에는 1,000달러에 육박했지요. 즉 1인당 800여 달러에 이르러 가까스로 먹고사는 문제를 해결했던 것입니다. 1998년부터 2010년까지 12년 동안은 먹고사는 단계, 즉 하중위(下中等) 소득단계에서 상중위(上中等) 소득 단계로 넘어가게 되었습니다. 현재 우리의 1인당 국민소득은 8,200여 달러입니다.

펑야 : 총장님께서 방금 말씀하신 세계은행의 12,235달러에 비해보면 아직도 큰 차이가 있는 셈이군요.

류웨이 : 아직도 큰 차이가 있습니다. 한편으로 우리가 큰 변화를 이루었지만, 다른 한편으로 보면 어떨까요? 선진국은 흔히 말하는 고소득 국가입니다. 현재 세계적으로 70여 개의 고소득 국가가 있는데 1인당 GDP는 평균적으로 41,000 달러입니다. 주요 선진국은 더 말할 것도 없지요. 북유럽의 일부 복지국가나 미국, 일본, 독일과 같은 나라들의 1인당 GDP는 더 높습니다. 70개 고소득 국가의 1인당 GDP가 41,000 달러에 이르는데, 우리는 겨우 8,000 달러밖에 안 됩니다. 이들과 비교하면 우리는 아직도 갈 길이 멀다는 말입니다. 지난해 세계의 평균이 11,000 달러나 되었다는 것도 우리로 하여금 되돌아보게 합니다.

펑야 : 아직도 큰 차이가 있군요.

류웨이 : 우리의 실제 1인당 GDP 수준은 세계 평균에도 못 미칩니

다. 현재 우리의 경제성장 속도로 미루어보면, 2020년에야 세계 평균에 도달할 것으로 예상됩니다. 중공 20차 대표대회(中共二十大)가 열리는 2022에는 고소득 단계를 향한 도약을 이룰 가능성이 있습니다. 고소득 단계의 시발점이라고 해야겠지요. 세계은행의 기준으로 보면 12,235 달러입니다. 하지만 우리가 고소득 문턱에 다다랐다고 하더라도, 고소득 국가의 평균과는 큰 차이가 있습니다. 이런 차원에서 보면 중국은 고소득 국가나 선진국과는 거리가 멉니다. 상중위 소득단계에 처한 개발도상국일 뿐입니다. 먹고 입는 문제를 막 해결한 상중위 소득국가입니다. 이는 국민소득으로 본 것입니다. 평균적인 교육수준을 포함한 교육 연한, 수명과 건강 평균을 포함한 기대 수명, 1인당 경제 발전의 일련의 지표 평균에서 보면, 즉 소위 말하는 인간개발지수에서 보면 우리나라는 지금 0.74 정도이고, 전 세계적인 순위는 90위 중반에 속할 겁니다. 선진국의 인류지수, 사회개발지수의 하한 값이 0.8입니다. 즉 국제적으로 광범위하게 활용되는 인류개발지수에 따르면, 우리는 아직 선진국의 반열에 오르지 못했다는 것을 알 수 있습니다. 그래서 아직도 개발도상국이라 할 수 있는 것입니다.

평야: 그러니까 중국은 상중위 소득의 개발도상국이라 하는 것이네요. 이러한 수준에서 보면, 중국은 체급이 크고 경제 총량도 방대하지만, 평균을 내면 아직도 큰 차이가 존재한다는 것이군요.

류웨이 : 발전지표에서 중요한 것은 평균 수준입니다. 이것이 하나고요. 다른 하나는 국민생산의 각도에서 볼 때 경제구조를 보지 않을 수 없습니다. 경제의 질을 봐야지요. 한 나라의 현대화 수준을 가늠할 때, 당연히 규모를 봐야 합니다. 규모가 없으면 일정한 기초가 없기 때문입니다. 근 몇 년 동안 우리는 규모면에서 큰 변화를 이뤄냈습니

다. 하지만 더 중요한 것은 그 질입니다. 즉 경제구조를 봐야 하는 것입니다. 경제구조에 보면 우리는 근 40년 동안 많은 변화를 이뤄냈습니다. 우리는 공업화 초기의 경제구조에서, 공업화·도시화 중후반의 가속발전 시기 경제구조로 상승했습니다. 하지만 이러한 경제구조는 선진국들과 비교해보면 뚜렷한 차이가 있습니다. 1인당 GDP 수준에서 보이는 양적인 차이보다 격차가 더 크다는 점입니다. 농업노동력의 취업비중을 예로 들면, 미국은 2017년에 1.1%였고, 선진국들의 평균도 5%가 안 됩니다. 하지만 우리나라의 농업노동력 취업 비중은 현재 27%가 넘습니다.

펑야 : 엄청 높은 비중이네요.

류웨이 : 그렇지요. 물론 변화도 큽니다. 개혁개방 초기에는 70.5%였으니까 말이죠. 70% 이상의 농업노동력은, 당시 세계적으로도 가장 빈곤한 나라였다는 의미입니다. 빈곤은 낙후하다는 것이고, 낙후하다는 것은 능률이 낮다는 것이며, 능률이 낮다는 것은 곧 전통적인 농업노동생산의 비중이 높다는 것을 의미합니다. 우리는 큰 변화를 이뤄내기는 했지만, 27%라는 수치는 선진국들의 5%에 못 미치는 평균이나 미국의 1.1%에 비해보면 아직도 너무나 큰 것입니다. 이러한 구조적 차이는 무엇을 의미하는 걸까요? 바로 농업노동 생산력의 차이를 의미하는 것이지요. 현재 우리나라의 농업노동 생산력 수준은 선진국의 14% 좌우정도밖에 안 됩니다. 즉 우리나라의 대여섯 명의 농업노동 생산력이 다른 나라 한 사람의 수준에도 못 미친다는 의미지요. 이것이 현재 우리의 농업 수준입니다.

그러면 현대 서비스업은 어떨까요? 우리나라의 제3산업 생산액 비중은 51%를 넘었습니다. 공업을 초과하여 가장 큰 비중을 차지하는 산업이 된 것이지요. 제3산업의 노동력 취업비중도 48% 전후로 첫 자리를 차지합니다. 이러한 것들은 모두 우리의 변화를 설명하지요. 하지만 이러한 변화는 선진국과 비교해보면 아직도 큰 차이가 있는 것입니다. 선진국의 제3산업, 즉 서비스업의 취업비중은 일반적으로 70% 이상입니다. 미국의 2017년 제3산업 생산액의 비중은 78%이상이었고, 제3산업 취업비중도 대략 78% 좌우였습니다. 비중뿐만 아니라 균형 역시 중요합니다. 미국의 농업노동력 취업비중은 1.1%이고, 그 생산액 비중은 1.2%이며, 제3산업 취업비중은 78% 이상이고, 그 생산액 비중도 78%좌우입니다. 또한 공업·제조업의 취업비중은 20% 이상이고, 그 생산액 비중도 20% 이상입니다. 이러한 구조는 뭘 의미하는 것일까요? 미국의 제1산업, 제2산업, 제3산업의 노동생산력은 기본적으로 균형을 이루고 있으며, 산업별 생산액과 취업비율은 기본적으로 일치합니다. 즉 미국의 농업·공업과 현대서비스업은 모두 현대화 수준에 도달했으며, 산업 사이의 차이에는 2원성이 없다는 것을 의미하지요. 하지만 목전의 우리 상황을 보면, 서비스업의 비중이 선진국에 비해 턱없이 낮습니다.

펑야 : 미국보다 30%가 낮군요.

류웨이 : 그렇습니다. 더욱이 취업 비중은 40% 낮습니다. 이는 뭘 설명할까요? 우리는 제1산업이든 제3산업이든 산업구조에서 많은 변화를 이루었지만, 선진국과 비교해보면 구조적으로 아직도 큰 차이가 있습니다. 이런 구조적 차이의 궁극적인 이유는 무엇일까요? 바로 능률입니다. 능률의 차이이지요. 노동생산력과 여러 방면 생산요소의

능률, 이런 차이가 지금과 같은 산업구조의 낙후를 초래한 것입니다. 우리의 산업구조 높이가 선진국과 차이가 있다는 것은, 사실상 우리의 산업능률, 특히 노동생산성과 요소능률 및 총요소 생산성이 상대적으로 낮다는 것을 의미하며, 우리의 국민경제 질량과 경쟁력이 상대적으로 약하다는 것을 의미합니다.

다음으로 생활의 각도에서 이야기해 봅시다. 아시다시피 생활의 각도에는 아주 중요한 지표가 있습니다. 바로 엥겔지수입니다. 엥겔은 19세기 독일의 탄광 기술자였습니다. 그러다가 통계를 접하게 되면서 어떤 통계법칙을 발견하게 됩니다. 한 나라의 발전과정에서 소득이 낮을수록 한 가족의 총 가계지출 중 식료품을 위한 지출이 기하급수적으로 증대한다는 것을 발견한 것이지요. 이는 이해하기 어렵지 않습니다. 식료품을 위한 지출은 가장 필수적이고 가장 우선적으로 보장해야 하는 지출입니다. 따라서 한 국가의 일반적인 주민가구 소득의 대부분이 가장 기본적인 식료품을 위한 지출에 쓰였다면, 다른 것을 누릴 수 있는 지출은……

펑야: 줄어들겠군요.

류웨이: 그렇습니다. 줄어들게 되지요. 필수적인 것이어서 자유롭게 선택할 수도 없습니다. 그래서 생활수준이 떨어지는 것이지요. 나중에 전쟁이 끝난 뒤 유엔에서 이 엥겔지수로 각 나라들의 생활수준에 대해 구분을 했습니다. 일반적으로 이렇습니다. 한 국가의 일반 가계소득에서 식료품을 위한 지출이 60% 이상이면 극빈으로 칩니다. 먹고 입는 문제를 해결하지 못한다는 것이지요. 50% 이상이면 그럭저럭 먹고 산다는 말입니다. 즉 기본적으로 생존은 보장한다는 말입

니다. 40%~50%면 배불리 먹고 따뜻하게 입을 수 있는 수준이고, 30%~40%면 소위 말하는 소강(小康, 모든 국민이 편안하고 풍족하게 사는 사회 - 역자 주)을 실현했다고 볼 수 있습니다. 20%~30%면 부유한 것이고, 20% 이하면 아주 부유한 것입니다. 이 기준으로 보면, 현재 주요 선진국들의 엥겔지수는 아주 낮다는 것을 알 수 있습니다.

펑야 : 모두 20%이하겠네요.

류웨이 : 그렇지요. 1990년대에 미국이 먼저 20% 아래로 내려갔습니다. 16% 정도였는데, 당시까지도 다른 선진국들은 20%~30% 선에 머물러있었습니다. 그러나 현재 주요 선진국들의 엥겔지수는 모두 20%이하입니다. 아주 부유한 수준이지요.

우리나라의 변화는 아주 큽니다. 개혁개방 초기였던 1978년 도시주민가정의 엥겔지수는 근 58%에 달했습니다. 극빈에 가까웠지요. 농촌은 더욱 높았습니다. 당시 농촌은 67% 이상으로 완전히 극빈 상태였지요. 도시와 농촌의 평균은 61% 이상이었습니다. 따라서 당시 우리나라는 아직 먹고 입는 문제조차 해결하지 못한 빈곤 국가였습니다. 2017년 우리나라의 엥겔지수를 보면, 농촌가정은 32% 좌우이고, 도시주민가정은 27% 좌우입니다. 평균으로 치면 아마 30%이상이겠죠. 유엔의 기준으로 보면 20%~30%가 부유한 수준입니다. 우리가 스스로의 역사와 비교해보면, 총체적인 생활수준에서 획기적인 개선을 이뤄낸 것은 사실이지만, 선진국과는 아직 비교도 안 되는 상황입니다. 그들은 20% 이하이지만, 우리는 아직도 20%대나 30%대에 머물러 있습니다. 이런 의미에서 보면 우리는 아직도 선진국과의 격차가 현저하며, 아직도 총체적으로 개발도상국의 생활수준이나 생활단계에 처해있는 것입니다. 따라서 1인당 GDP로 보든, 산업구조의 질로 보든, 아니면 우리들의 생활수준이 반영하는 생활단계 차원에서 보든 중국은 선진국과 현저한 격차가 존재하고 있는 것입니다. 이렇기 때문에 만약 세계를 선진국과 개발도상국 두 가지로 구분한다면 중국은 당연히 개발도상국에 속하는 것이 되겠지요.

어떻게 해야 케이크를 크게 만들고 잘 나눌 수 있을까?

펑야 : 가끔은 이런 느낌이 듭니다. 중국에는 부자도 많지만 가난한 사람도 많습니다. 그래서 중국을 가난한 사람이 많은 선진국이라고 하는 사람도 있고, 부자가 많은 개발도상국이라고 하는 사람도 있지요. 이런 두 가지 시각에 대해 어떻게 생각하십니까?

류웨이 : 이는 아주 객관적인 것입니다. 실제상 이는 중국의 발전과 정에서의 불균형 문제나 국민소득 분배의 불균형 문제를 반영합니다. 국민소득 분배에서 보면 지니계수라는 지표가 있습니다. 소득 격차를 반영하는 지표입니다. 일반적으로 말하면, 사회적으로 가장 부유하고 소득이 가장 높은 상위 20% 사람들이 국민소득의 총량에서 차지하는 비중이 40%를 초과하면, 해당 국가의 상위 20% 사람들이 국민소득에서 차지하는 비중이 지나치게 높은 것으로 인정합니다. 동시에 이는 하위 80% 사람들이 국민소득에서 차지하는 비중이 지나치게 낮다는 의미이기도 합니다. 따라서 일반적으로 이를 소득 격차에서 주목해야 할 경계선으로 보고 있습니다.

우리나라 통계국은 21세기에 진입한 뒤에야 지니계수를 발표하기 시작했습니다. 대략 2002년 이후부터 발표한 걸로 알고 있습니다. 대체적으로 지니계수가 0.4이상이면 빈부격차가 높은 것으로 봅니다. 지금까지 십여 년 동안 우리나라의 지니계수는 기본적으로 이 경계선을 상회했습니다. 그중 적지 않은 해에는 0.45를 초과하기도 했지요. 가장 높았던 해는 2008년이었는데 그 해 중국의 지니계수는 0.491%에 달했습니다. 이 정도면 소득격차가 비교적 크다고 할 수 있지요. 따라서 이는 중국이 해결해야 할 문제입니다. 그렇기 때문에 우리는 현재 새로운 발전이념을 강조하고 있는 것입니다. 공유를 강조하고 공평과 능률의 관계 문제를 잘 처리해야 하는 것입니다.

중국에는 다른 하나의 국정이 있습니다. 인구기수(人口基數)가 아주 크다는 것입니다. 워낙 인구수가 많아서 10%만 쳐도 적지 않지요. 이를테면 고소득 인구를 퍼센트로 환산해보면, 그 절대량은 세계 어느 나라와 비교해도 가관일 것입니다. 아까 선생님께서 말씀하신, "중국은 부자가 많은 개발도상국"이라는 얘기도 이 때문에 나온 것이지요.

또한 중국의 가난한 사람들을 들 수 있어요. 십여 퍼센트 혹은 이십 몇 퍼센트라고 해도 환산해보면 그 절대량은 아주 큽니다. 그러니깐 마찬가지로 "중국은 가난한 사람이 많은 선진국"이라는 말이 나왔겠죠. 워낙 기수가 큰데다, 소득 분배가 균형적이지 못하니깐 격차가 더 크게 나올 수밖에 없는 것이지요. 이렇게 환산해보면 중국의 부자인구 절대량이 아주 크다는 것을 알 수 있습니다.

또 하나의 수치가 있습니다. 중국의 1인당 평균 소득 8,200달러에서 오르내리는 인구, 즉 이 수치에서 10% 이내로 오르내리는 인구가 아주 많다는 말입니다. 대략 4억 명이 넘지요.

펑야 : 이른바 말하는 중산층입니까?

류웨이: 제 마음대로 중산층이라고 말할 수는 없습니다. 하지만 중국에서 보면 중위소득 계층이라고 할 수 있습니다. 그 절대량은 어마어마합니다. 중국은 인구기수가 크기 때문에, 가장 부유한 상위 15%나 가장 가난한 하위 15%를 환산해도 그 절대량은 어마어마합니다. 이렇게 환산한 절대량은 세계상의 여러 인구대국의 전체 인구수에 비해도 전혀 손색이 없습니다. 국제적으로 인구대국이라 하면 대체로 천만 명을 기준으로 하는데, 우리는 소득기준으로 환산해도 천만은 쉽게 넘고 심지어는 1억도 넘습니다. 따라서 부자도 다른 대국의 인구수에 맞먹을 정도로 많고, 가난한 사람 역시 다른 대국의 인구수에 맞먹을 정도로 많습니다. 그러니까 우리는 현재 중국이 아주 방대한 중등수입 계층을 형성했다고 말하는 것입니다. 시진핑 총서기의 말을 빌리자면, 우리는 주로 두 가지 일을 해야 합니다. 하나는 케이크를 크게 만드는 것이고, 다른 하나는 케이크를 잘 분배하는 것입니다. 분배를 함에 있어서 아주 중요한 하나는 공유의 이념을 관철하는 것입니다. 구체적인 조치는 무엇일까요? '올리브형' [7]을 잘 만드는 것입니다. 즉 중위소득 계층을 가능한 더 크게 확대시키는 것입니다. 이는 아주 중요한 문제지요.

펑야 : 현재 중국은 '올리브형' 국가입니까?

류웨이 : 제가 보기에 총체적인 분배는 '올리브형'에 가깝습니다. 하지만 아직 균형적이지 못합니다. 이를테면 중위소득 계층이라는 올리브의 가운데 부분이 충분히 크지 못하고 양쪽 끝 부분의 차이, 즉 고소득과 저소득 사이의 차이가 지나치게 큽니다. 따라서 점차 그 차

---

7) 올리브형: 올리브처럼 가운데가 크고 양쪽이 작은 형태, 즉 중산층이 많고 부유층과 빈곤층이 적은 사회 구조를 비유적으로 이름.

이를 축소시키고 '올리브' 의 가운뎃부분을 늘려나가야겠지요. 즉 중위소득 계층을 방대하게 해야 합니다. 이는 우리나라에서 국민소득 분배의 공평성을 제고시키고, 경제성장을 촉진시켜야 하는 등의 여러 가지 적극적인 의의를 포함하고 있는 것이지요. 우리는 현재 내수확대를 추진하고 있습니다. 중국은 2018년에 하나의 지표가 세계 1위로 올라설 가능성이 있습니다. 국내시장의 사회소비재 총매출액이 미국을 능가할 수도 있다는 것입니다. 이 수치는 2017년 상반기에 17조를 넘었고, 2017년 전년은 36조에 달합니다. 2018년 들어 1월부터 8월까지 이미 가파른 상승세를 보이고 있습니다. 8월에 이르러 이 수치는 이미 24조를 넘어섰습니다. 이 추세대로라면 2018년 말에 우리는 미국을 능가할 가능성이 충분히 있습니다. 국내시장의 사회소비재 총매출액은 내수에서 말하는 소비재 시장의 수요량과 매출액을 말하는 것으로, 우리는 곧 세계 1위에 올라서게 될 것입니다. 그러기 위해서는 4억이 넘는 중위소득 계층의 적극적인 소비를 통한 지지가 필수적입니다. 고소득층은 소득이 높은 대신 소비경향이 높지 못합니다. 그들은 그렇게 큰돈을 쓰지 않습니다. 대신 저축률이 아주 높습니다. 참고로 중국의 저축률을 보면 60%의 성장은 고소득층에서 옵니다. 그들이 실현하는 소비 비중은 그들의 소득과 비하면 상대적으로 많이 낮은 편입니다. 저소득층은 어떨까요? 이들은 소비경향이 높지만 양이 적습니다. 이들은 소득 자체가 적기에 100% 소비한다고 해도 그 규모는 한정적입니다. 진정으로 내수라는 소비재시장을 지탱할 수 있는 주력군은 4억이 넘는 중위소득 계층입니다. 따라서 이 방면에서 진일보적인 개선이 이루어져야겠지요. 중국이 불균형 문제에는 발전의 불균형뿐만 아니라 소득분배의 불균형도 포함됩니다. 이런 문제들은 중국의 진일보적인 발전을 엄중하게 속박하고 있습니다. 이러한 각도에서 보면, 중국은 문제도 있지만 잠재력도 큰 개발도상국이라 할 수 있지요.

중국은 어떻게 대국의 책임을 져야 할 것인가?

펑야 : 중국이 개발도상국이든 선진국이든, 분명 대국이기 때문에 대국으로서 더 많은 국제적 책임을 져야 한다는 목소리가 나오고 있는데, 이제는 중국이 더 많은 국제적 책임을 져야 하지 않을까요?

류웨이 : 저는 이 명제를 분명하게 할 필요가 있다고 생각합니다. 객관적으로 말하면 개혁개방 초기에 중국은 글로벌 경제구도에서 지위는 비교적 낮았습니다. 1978년 우리의 GDP 총량은 글로벌 GDP 총량의 1.7%였습니다. 우리나라는 대국으로서 땅이 넓을 뿐만 아니라 인구도 아주 많습니다. 특히 우리나라의 인구는 글로벌 인구수의 22%를 차지합니다. 이러한 구조나, 구도만을 보면 대국이라는 지위는 우리 신분에 어울리지 않다고 봅니다. 왜냐하면 이러한 조건으로 인해 우리가 낙후할 수밖에 없다는 의미를 지니고 있기때문이지요.

물론 지금은 다릅니다. 여러 해 동안의 발전을 거쳐 2017년 우리나라의 GDP 총량은 대략 82.7조 위안에 달합니다. 이는 개혁개방 초기에 비해 30배가 넘는 수치입니다. 달러로 환산하면 약 12조 달러에 달하는데, 이는 2017년 글로벌 GDP 총량의 15% 좌우를 점하는 수준입니다. 바로 세계 제2위의 수준이지요. 1위는 미국입니다. 미국의 2017년 GDP 총량은 18조 달러를 넘어 글로벌 GDP 총량의 24%에 육박합니다. 하지만 우리의 증가량(增量)을 보면 세계 1위입니다. 2017년 중국의 경제성장은 그해 글로벌 경제성장에서의 증가량은 30% 이상이나 되어 세계 1위입니다.

이와 같은 구도의 변화는 글로벌 경제구조에서 중국의 위치변화로 이어졌습니다. 이는 쉽게 이해할 수 있는 문제입니다. 한 나라의 경제가 글로벌 경제에서 1.7%의 비중을 차지하는 것과 15%의 비중을 차지하는 것은 엄연히 다릅니다. 당연히 세계에 미치는 영향과 세계경제의 변화가 해당 국가에 미치는 영향도 비교할 수 없는 것이지요. 그러므로 이러한 측면에서 말하면, 중국의 국민경제는 글로벌 경제에서 차지하는 위상이 변했고, 역할이 변했으며, 상호관계가 변할 수밖에 없었습니다. 따라서 중국이 세계에 미치는 영향력이 커지게 되고, 동시에 당연히 세계경제에 더 많은 책임을 가져야 합니다. 이는 세계가 중국에 대해 요구하는 것입니다. 실제로 중국이 세계에 대한 필요성이 커졌다고 볼 수 있습니다. 이처럼 영향력과 필요성이 커졌으니, 당연히 세계에 대한 책임 역시 커질 수밖에 없는 것입니다.

방금 전에 제기했던 문제로 다시 돌아가 보지요. 그렇다면 중국이 더 많은 국제적 책임을 져야 할까요? 여기서 '더 많은(更多)'을 어떻게 이해해야 할까요? 역사적으로 비교해보면 당연히 '더 많아야 하는 것'은 사실입니다. 하지만 중국의 현 국력을 초월하고, 동시에 공평의 원칙에서 벗어난다면 저는 개인적으로 부당하다고 생각합니다. 만약 우리가 세계에 대한 영향력이 크다고 한다면, 동시에 세계도 우리에 대해 그에 상응하는 역할을 기대하게 되겠죠. 이와 같은 상호교류, 호혜평등의 질서에서 중국이 해야 할 책임과 의무를 다해야 한다는 것은 논란의 여지가 없습니다. 반대로 중국의 국력을 초월하는 책임을 강요하거나, 또한 불평등하고 불공평한 규칙과 질서에 기반하여 중국에 더 많은 책임을 강요한다면, 우리는 책임을 질 수도 없고, 책임을 지지도 말아야 한다고 생각합니다.

펑야 : 중국이 자신들의 문제만 잘 해결해 나가도 어떤 의미에서는 국제적 책임을 더 많이 진 것이라고 볼 수도 있지요. 중국에는 14억 인구가 살고 있으니 전 세계 14억 인구가 모두 소강(小康)생활을 할 수 있다면, 그 자체만으로도 많은 사람의 문제를 해결한 것이 아닌가요? 국제적 책임을 더 많이 부담한 것이 아닌가요?

류웨이 : 선생님의 이 관점은 변증법적인 맛이 나네요. 중국은 세계의 일부분이기 때문에 중국의 문제는 곧 세계문제의 일부분입니다. 그리고 현재와 같이 세계 각 방면에서의 관계가 더욱 긴밀해지고 있는 상황에서 거의 14억 명이나 되는 인구는 전 세계의 22%를 차지하고 있기에 중국에서 발생하는 어떤 문제라도 전 세계에 미치는 영향을 소위 나비효과라는 말로 간단히 표현할 수만 있는 것은 아닙니다. 그 영향은 간접적일뿐만 아니라 직접적이기도 합니다. 그래서 중국이 이룩한 빈곤퇴치와 같은 것은 현재의 세계에서 이룩한 빈곤퇴치 중에서 가장 뛰어난 공헌이라 할 수 있습니다. 중국의 개혁개방 40년 동안 수 억 명의 인구가 빈곤에서 벗어났습니다. 또 중국이 현재 강조하고 있는 환경보호 면을 보시지요. 중국은 방대한 인구와 방대한 사회경제의 규모를 갖고 있는 커다란 국가입니다. 이처럼 방대한 경제체가 새로운 녹색 GDP 이념을 관철한다는 것은, 글로벌 경제발전 과정에서의 환경문제에 대해 분명히 큰 추진역할을 할 것입니다. 반대로 중국이 과거의 전통적인 발전이념을 계속 적용한다면, 녹색 GDP의 요구를 고려하지 않고 무턱대고 경제성장만 추진한다면, 아마도 전 세계의 환경에 막대한 부담을 가져다주게 될 것입니다. 그래서 중국은 그 자체로 세계의 일부이고, 중국의 발전이 건강하고 조화롭고 질서 있게 이루어지는 것 자체가 세계문명에 대한 중요한 공헌이라고 생각

합니다. 나는 이것이 하나의 측면이라고 생각합니다.

그리고 지금 우리는 '인류운명공동체'라는 아주 중요한 이념을 제시하고 있습니다. 인류운명공동체, 즉 중국의 발전 자체가 세계의 것이며, 세계의 발전 자체가 중국에 직접적으로 깊은 내적 연관을 맺고 있는 것이지, 서로 갈라져 있는 것이 아니기에 서로 강 건너 불 보듯 해서는 안 된다는 것이 새로운 인류운명공동체의 이념입니다. 인류운명공동체는 오랫동안 이어져온 중국문화의 전통이라고 할 수 있습니다. 사물은 서로 연결되어 있습니다. 당대에 와서 이 문제는 더욱 부각되고 있습니다.

중진국의 함정을 뛰어넘을 수 있을까?

펑야 : 사실 14억 명 모두가 소강생활을 할 수 있게 하여 전면적인 현대화의 새로운 길에 들어서도록 하는 일도 결코 쉬운 일이 아닙니다. 아시다시피 개발도상국으로부터 선진국에 이르는 과정에는 다들 주목하는 함정이 하나 있습니다. 바로 중진국이라는 함정이지요. 총장님께서는 중위소득 계층의 인구가 4억이라고 하셨는데, 저들 선진국 사람들은 과연 중국이 말하는 중진국이라는 함정을 뛰어넘을 수 있을 것인지에 대해 주목하고 있을 것입니다. 어떻게 뛰어넘을 수 있을까요? 중국이 이미 이 함정을 뛰어넘었다고 말하는 사람도 더러 있는 것 같은데, 총장님은 이에 대해 어떻게 생각하십니까?

류웨이 : 중진국 함정이라는 개념은 사실 꼭 들어맞는 개념이 아닙니다. 이는 단지 통계적 의미의 현상적 묘사라고 할 수 있지요. 동아시아 산업화 모델의 몇몇 국가들, 즉 말레이시아 · 태국 · 필리핀 · 인

도네시아 등 국가들은 1997년 아시아 금융위기의 충격으로 심각한 경기 침체를 겪었습니다. 2005, 2006년을 전후해서 세계은행의 전문가들은 이에 대한 연구를 하게 됩니다. 연구 끝에 소위 중진국 함정이라는 개념을 요약해낸 것이지요.

주로 뭘 말하는 걸까요? 당대 경제발전 역사에서 현재 고소득 국가는 70개가 있습니다. 통계적으로 2017년 기준인 12,235달러를 기점으로 그 이상이 고소득 국가라는 것입니다. 그런데 통계적으로 보면, 한 나라가 상중위(上中等) 소득(기준선은 4,000달러 좌우임)에서 고소득에 도달하는 데 평균 12년 4개월이 걸렸습니다. 인구가 천만이 넘는 20개 인구대국의 경우는 이보다 좀 짧은 11년 9개월이 걸렸던 것으로 나타났습니다. 이는 단지 통계학적 의미에서의 수치입니다. 나라마다 실제 상황이 다르고, 나라마다 역사도, 발생 시점도, 방식도 다르기 때문입니다. 이런 각도에서 보면 중국은 지금 기회를 맞고 있습니다. 우리는 2010년에 상중위 소득에 진입했기 때문에 12년 남짓 걸리면 2022년이고, 11년 남짓 걸리면 2021년이고, 조금 더 짧게(인구대국이 통상 짧게 걸린 걸 감안하면) 10년 걸리면 2020년이 되는데 이 때 전면적 소강(小康)을 실현할 수 있습니다. 통상적인 기준으로 12년 정도 걸린다고 예상하면, 2022년 중공 20차 당 대회 때 뛰어넘을 수 있을 것입니다.

19차 당 대회부터 20차 당 대회는 우리의 '두 개 백년(兩个一百)' 분투 목표의 역사적 전환기입니다. 그래서 지금 중국이 중진국 함정을 빠르게 뛰어넘을 수 있다는 얘기들이 나오는 데는 일정한 역사적 근거도 있지만, 중국 자체의 내적인 동인(动因)도 있는 것입니다.

다른 한편으로 보면, 세계적으로 200여 개 국가 가운데 개발도상국은 100개가 훨씬 넘습니다. 이들 대부분은 중위소득 국가입니다.

2017년 기준으로 빈곤국은 36개입니다. 저소득 국가죠. 나머지 100여 개는 중위소득 국가입니다. 여기서 또 54개는 상중위 소득 국가이고, 54개는 하중위(下中等) 소득 국가입니다. 특히 당대에 이르러 상중위 소득 국가들이 고소득 단계로 진입하는 시간은 12년을 훨씬 초과합니다. 오랫동안 뛰어넘지 못하고 있지요.

펑야 : 그러니까 그들은 중진국 함정에 빠졌다는 거네요?

류웨이 : 그렇습니다. 사람들은 이런 상황을 이른바 중진국 함정이라고 하지요. 가장 전형적인 예가 바로 1970년대의 라틴아메리카입니다.

펑야 : 라틴아메리카 국가들이 그렇다는 말씀이시군요.

류웨이 : 그들은 70년대에 이미 당시 기준으로 상중위 소득 단계에 도달했었습니다. 하지만 그러고 나서 여러 가지 이유로 현재까지도 고소득 단계에로의 도약을 실현하지 못하고 있지요. 계산해보면 40년이 넘습니다. 라틴아메리카 국가들 중 칠레가 그나마 괜찮은 편입니다. 칠레는 한 때 고소득 국가의 문턱에까지 다다랐습니다. 하지만 잠간 진입했다가 결국에는 다시 떨어지고 말았습니다. 멕시코 · 베네수엘라 · 아르헨티나 · 브라질 등 나머지 국가들은 1970년대, 1980년대, 1990년대를 거치면서, 전체 지역의 경제발전은 파동이 아주 크고 위기의 연속이었습니다. 그래서 현재까지 40년이 넘도록 도약을 실현하지 못하고 있는 것이지요. 그러자 사람들은 이를 '라틴아메리카 소용돌이(拉美漩涡)'라고 명명했습니다. 서방 선진국의 경제학자들은 여

기에 대해 워싱턴 컨센서스(Washington Consensus)라는 처방을 제시하기도 했습니다. 워싱턴 컨센서스는 선진국의 주류 경제학자들이 '라틴아메리카 소용돌이' 현상이 왜 나타났고, 어떻게 극복할 것이며, 어떤 처방이 필요한지 등 라틴아메리카 경제문제에 대해 진단하면서 나오게 되었습니다. 나중에 이 워싱턴 컨센서스는 또 체제 전환 국가들의 발전에서의 곤경문제를 해결하는데 사용되었습니다. 그래서 우리와 같은 체제 전환 국가의 사람들도 알게 된 것이지요. 1970년대와 1980년대에 동아시아 일부 국가들은 아시아 공업화의 물결을 타고 '선두그룹'을 뒤따르게 됩니다. 선두 기러기가 리드하는 것이라고 할 수 있지요. 이를테면 1950년대 일본의 전후 복구에 대해 사람들은 '진부의 부흥(Jinmu boom, 神武景气)'이라고 합니다. 또 1960년대부터 1990년대에 이르는 한국의 '한강의 기적'이나 우리가 익히 알고 있는 싱가포르의 공업화도 같은 맥락이라 할 수 있습니다.

펑야 : 우리의 대만지역도 포함되겠죠?

류웨이 : 중국이 대만지역이나 홍콩지역의 경제발전은 아시아 공업화 궐기의 선두그룹 뒤에 있다고 하는 게 맞습니다. 사실 동아시아에는 우리가 방금 언급했던 말레이시아, 태국, 필리핀, 인도네시아와 같은 나라들도 있습니다. 이들 역시 1980년대에 빠른 속도로 성장하여 당시 기준의 상중위소득의 시작점에 도달했었지요. 하지만 새로운 단계의 새로운 변화에 적응하지 못했고, 결국 발전방식의 전환이 제때에 이루어지지 않았기에 새로운 도전에 적응하지 못했습니다. 1997년 외환위기 때 이들 국가의 경제는 곤경에 빠지게 됩니다. 경쟁력이 부족하고, 수출에 지나치게 의존하고, 선진국에서 도태되어 상대적으로

낙후된 산업에 지나치게 의존했고, 자국 내 값싼 요소에 지나치게 의존하는 병폐가 심각했던 것이지요. 결국 외환위기 때는 심각한 문제를 겪으며 대규모 쇠퇴를 겪게 되는데, 훗날 세계은행의 일부 전문가들은 이를 '동아시아 버블'이라고 표현했습니다. 이들은 현재까지 30여 년이 지나도록 고소득 단계로의 도약을 이루지 못하고 있습니다.

1990년대 당시 서아시아, 북아프리카와 같은 일부 국가들도 당시 상중위 소득의 시작점에 도달했고, 이집트, 시리아, 리비아, 튀니지, 예멘과 같은 나라들도 성장 수준이 좋았습니다. 석유도 있고, 광산자원도 있고, 사회정치도 안정적이었기 때문에 외국자본의 보편적인 신뢰를 받았었습니다. 충족한 자원에 외자까지 대거 진입하면서 한때는 빠른 성장을 보이기도 했지요. 그러나 1990년대 상중위 소득의 출발선에 도달한 이후 새로운 단계로 접어들면서, 마찬가지로 변화에 적응하질 못했습니다. 결국 2008년 세계 금융위기가 터지게 되자, 자원형 산업에 지나치게 의존하고, 국제시장 수출에 지나치게 의존하고, 외자에 지나치게 의존해왔던 이들 국가는 세계 금융위기의 타격으로 성장에 심각한 문제가 발생하게 됩니다. 경제에 문제가 생기면서 오랜 기간 축적되었던 사회문제가 부각돼 정치·사회·경제·문화 등 복합적인 위기가 만들어지게 되었던 것이지요. 이를 가리켜 '서아시아-북아프리카 위기(西亚北非危机)'라고 부릅니다. 이들은 1990년대에 상중위 소득단계에 진입한 지 20여 년이 지나도록 고소득 단계로의 도약은커녕 이 위기가 언제 끝날지 뚜렷한 시간표가 보이지 않습니다. 그래서 1970년대부터 이어진 '라틴아메리카 소용돌이', '동아시아 버블', '서아시아-북아프리카 위기'는 그 원인이 제각각이라고할 수 있습니다.

펑야 : 공통성이 있습니까?

류웨이 : 경제적인 면에서는 공통성이 있다고 봐야겠지요. 상중위 소득 단계에 진입한 뒤, 발전방식의 전환이 이루어지지 못했고 공평과 능률의 관계 문제를 제대로 해결하지 못했기에, 경제가 지속가능한 발전능력을 상실하고 사회가 안정적 발전의 조건을 구비하지 못함으로써 이와 같은 국면이 초래되었습니다. 나중에 사람들은 이런 상황을 '중진국 함정'이라고 정의했지요.

중국은 2010년에 통계적 의미에서 1인당 GDP의 수준이 상중위 소득 단계에 진입했습니다. 우리가 새로운 발전이념을 세우고 새로운 시기의 새로운 도전에 발전방식의 전환을 통해 대응한다면, 우리는 이러한 역사적 기회를 포착할 수 있을 것입니다. 예를 들어 10년 혹은 조금 더 많은 시간을 들여 2020년에서 2022년경, 즉 중국공산당 창당 100주년을 전후하여 우리의 첫 100년 목표인 전면적인 소강을 실현할 수 있을 것입니다. 국제적으로 비교해보면, 10여 년의 시간을 들여 상중위 소득단계에서 고소득단계에로의 도약을 실현하는 것이라고 볼 수 있습니다. 물론 우리는 이에 대한 믿음이 있습니다. 그래서 시진핑 총서기는 중진국의 함정은 중국경제에 있어서 뛰어넘는 것은 결국 뛰어넘겠지만, 문제는 뛰어넘고 나서 어떻게 할 것인가, 어떤 방향으로 어떻게 지속 가능한 발전을 모색할 것인가가 더 중요하다고 강조했습니다. 우리는 그런 믿음이 있습니다. 그러나 이 모든 것은 실현되기 전까지는 결국 하나의 가능성이라는 점은 부언하고 싶습니다.

펑야 : 어떻게 이해해야 할까요?

류웨이 : 이는 확률적인 것이고 가능성적인 것입니다. 가능성은 필연성이 아닙니다. 우리가 이런 목표를 실현하기 위해서는 각종 도전에 직면하게 되고 그에 상응하는 노력을 해야 합니다. 그래서 우리는 늘 강조해왔듯이 발전방식을 전환하고 현대화 경제체제를 구축하며 새로운 발전이념을 관철시켜야 합니다. 이 모든 것은 우리가 상중위 소득단계에 진입한 후 각 방면의 경제조건의 변화, 각 방면의 도전의 변화, 각 방면의 사회발전 모순(특히 사회의 주요 모순)의 변화에 대해 적응해야 한다는 요구에서 비롯된 것으로서, 우리 사회의 발전을 지속 가능하게 하고, 더 공평하고 정의롭게 하며, 더욱 경쟁력 있게 하기 위한 것입니다. 이는 쉽지 않은 도전입니다. 그래서 총서기는 현대화라고 하는 것은 징을 치고 북을 치고 가볍게 하는 것이 아니라고 말했습니다. 우리는 전면적인 소강을 실현하고 중위소득 단계를 넘어 2035년에는 기본적으로 현대화를 실현하고, 2050년에는 제2의 100년 목표를 달성하여 사회주의 현대화 강국을 건설해야 합니다. 우리는 이 중국의 꿈, 현대화에 대한 확신을 가지고 있고, 역사도 우리에게 새로운 기회를 주었습니다. 하지만 다른 한편으로 보면 기회는 개연성적인 것입니다. 그것은 어디까지나 가능성적인 것이지 필연적이고 당연한 것이 아닙니다. 그것은 결코 손에 잡힐 수 있는 것이 아니기 때문에, 징을 치고 북을 치고 가볍게 실현될 수 있는 것이 아닙니다. 중진국 함정을 구성하는 많은 요소들, 많은 사회경제적 조건의 새로운 변화들이 실제로 우리나라에는 현재 존재하고 있습니다. 또 어떤 부분들은 매우 전형적이기 때문에 우리는 발전방식을 전환하여 새로운 발전이념을 관철시키는 것이 더욱 절실합니다.

새 시대의 핵심문제는 왜 여전히 발전방식의 전환에 있는가?

펑야 : '라틴아메리카 소용돌이' 든 '동아시아 버블' 이든 '워싱턴 컨센서스' 든 중국의 현재 발전에 있어서 모두 경고성 의미가 있다고 봅니다. 그렇다면 현 단계에서 중국의 경제와 사회는 어떤 문제를 주목해야 할까요? 현재 시급히 해결해야 할 난제는 무엇입니까?

류웨이 : 선생님의 이 문제는 매우 큰 문제입니다. 나는 경제학을 공부하고 연구하는 사람입니다. 그래서 경제학적으로 우리의 현재 가장 절실한 문제, 또는 내가 생각하기에 비교적 중요한 사회경제 발전에서 해결해야 할 문제를 제기하려 합니다. 아무도 핵심은 역시 발전방식을 전환하기 위한 노력이라고 봐야 할 것입니다.

우리의 과거 발전방식은 개혁개방의 오랜 기간 동안 경제건설이라는 중심목표와 경제성장이라는 핵심지표를 둘러싼 경제발전과 경제성장을 위한 전략이었습니다. 이 전략을 간단히 요약하면 1970년대 말 당시, 덩샤오핑(邓小平) 동지가 중국의 개혁개방의 총설계사로서 제시한 간단하고 명확하며 야심찬 '세 걸음(三步走)' 전략이었습니다. 1979년에 덩샤오핑이 오히라 마사요시 일본 총리를 만났을 때, 오히라 마사요시는 중국경제의 미래발전을 위해 어떤 전략적 설계가 있느냐고 물었습니다. 일본은 전후 50년대부터 70년대까지 20년 동안 고속성장을 거듭해왔었기에 그가 이 문제를 주목하게 된 겁니다. 그때 덩샤오핑 동지는 우리는 '세 걸음' 전략을 가지고 있다고 대답했습니다.

'세 걸음' 전략을 요약하면 다음과 같습니다. 우선 10년의 시간을 들여 1970년대 말부터 1980년대 말까지 기본적으로 먹고 입는 문제를 해결하는 것이 첫 단계입니다. 다음으로 1990년대 말까지 초보적인 소강을 실현하는 것이 두 번째 단계입니다. 초보적 소강이란 먹고 입는 문제를 해결한 기초 위에 생활이 좀 더 향상된 상태를 뜻합니다. 세 번째 단계는 21세기 중엽, 즉 2050년을 전후해서 중진국에 진입한다는 것입니다.

오히라 마사요시는 '세 걸음' 전략을 들은 후, 지나치게 야심찬 것이라고 생각했습니다. 왜냐하면 당시 중국은 아주 낙후했으니까요. 그래서 그는 덩샤오핑에게 되물었습니다. 어떤 지표로써 가늠할 것입니까? 어떤 지표를 둘러싸고 이와 같은 전략을 실현할 것입니까? 어떤 지표로 이 '세 걸음' 이 체현될 수 있는 지요? 매 단계의 성공이나 실현 여부를 어떻게 가늠할 것입니까? 덩샤오핑 동지는 나중에 당시 오히라 마사요시의 이러한 질문에 말문이 막혔었다고 회고했습니다. 당시 그 역시 이 문제에 대해 세세하게 고려해본 적이 없었습니다. '세 걸음' 전략이라고 하면 비교적 형상적이기는 하지만, 구체적으로 어떤 지표를 둘러싸고 각각의 단계를 실현하며, 단계별로 어떤 수준에 도달할지에 대해서도 충분히 고려해보지 못했던 거죠. 그래서 당시 오히라 마사요시가 이 문제를 생각하도록 해준 것에 대해 감사하다고 말했습니다. 그리고 나서 나중에 충분한 연구를 거친 뒤, GDP지표를 제시하게 됩니다. GDP의 성장을 둘러싼 배증(倍增) 계획입니다. 그 첫 단계는 1980년대 말까지 GDP를 두 배로 늘린다는 것입니다. 개혁개방 초기 즉 70년대 말에 1인당 GDP는 얼마나 되었을까요? 200달러가 넘었지요. 대체적으로 250 달러 좌우였습니다. 두 배로 늘리면 500 달러 이상으로 기본적으로 먹고 입는 문제를 해결할 수 있다는 것이었습니다. 두 번째 단계는 20세기 말까지 초보적인 소강을 실현하고, GDP를 다시 두 배로 늘린다는 것입니다. 20세기 말이 되면, 우리의 1

인당 GDP의 수준은 1,000달러에 도달하거나 근접한다는 것이지요. 실제로 우리는 1998년에 이미 800달러에 도달했습니다. 그래서 우리는 기본적으로 초보적인 소강을 실현했던 것입니다. 세 번째 단계에 대해 덩샤오핑 동지는 21세기 중엽에 이르러 중진국의 수준을 따라잡는다고 했습니다. 뭐를 따라잡는 것이었을까요? 1인당 GDP 수준이 중진국을 따라잡는다는 것이었습니다. 그래서 당시 우리의 발전전략은 GDP라는 핵심지표를 둘러싸고 야심만만하고 빠르게 성장하는 계획을 내놓게 됩니다. 배로 늘리고, 다시 배로 늘리고, 또 배로 늘린다는 것입니다. 실제로 개혁개방 40년 동안 우리의 GDP 총량은 비교가능 가격으로 30여 배 성장했고, 우리의 1인당 국민소득은 20여 배 성장했습니다. 때문에 이것은 빈곤에서 벗어나기 위한 거창한 전략이었습니다. 이 전략은 당시 중국의 필요성에 부합했고, 역사적으로 볼 때 당시의 역사적 조건에도 부합했습니다. 가능성과 필요성 때문에 현실이 된 것입니다. 이는 빈곤한 중국에서 빈곤문제를 해결하는 필요하고 실현가능한 전략이었고, 역사가 그 정확성을 입증해 주고 있습니다. 하지만 GDP라는 핵심지표를 둘러싼 양적 확장에만 치중한다는 한계를 안고 있습니다. 첫 번째 한계는 GDP의 양적 확장으로만 발전전략을 짜게 되면 구조를 무시하기 쉽다는 것입니다.

왜냐하면 서로 다른 구조에서 동일한 GDP를 달성하는 것은 완전히 가능하기 때문입니다. GDP가 높은 국가가 낙후한 구조를 가지는 것은 얼마든지 가능합니다. 지금의 통계방법으로 계산하면, 19세기 전반기, 이를테면 1820년 중국의 GDP 규모는 세계 어느 나라보다도 높았습니다. 전 세계의 30%를 넘었으니까 경제대국이라 할 수 있었던 것이지요. 즉 제1 경제대국이라고 할 수 있었던 것입니다. 하지만 그로부터 겨우 20년 뒤, 1840년 제1차 아편전쟁이 폭발하고 중국은 반

식민지·반봉건사회로 전락하고 말았습니다. 속절없이 허물어졌습니다. 왜 그리 되었을까요? 이유는 정치·군사·문화·경제…… 등 여러 방면에 문제가 있었던 것입니다. 경제적으로 보면 우리는 양만 크고 질이 아주 낮았습니다. 질이 낮은 것은 주로 구조적으로 낙후되었기에 일어났던 것입니다. 당시 우리는 어떤 구조였을까요? 어떤 제품이었을까요? 돼지·말·소·양, 오곡잡곡, 수공으로 짠 무명, 한 무더기의 전통적인 농산품이 위주였습니다. 독일·영국·프랑스·일본·미국과 같은 나라들은 당시에는 양적으로는 많지 않았습니다. 하지만 그들의 제품은 어땠습니까? 공업화 제품이었지요. 우리의 제품 구조는 전통적인 농업이 우선이었고, 그들은 현대 공업화가 우선이었습니다. 우리는 전통적인 소농경제, 즉 가정을 단위로 하는 자연경제였고, 그들은 현대화 기업제도를 채택했습니다. 우리의 가정 생산단위 사이의 연계방식은 무엇이었을까요? 전통적 봉건사회의 봉건할거 상태여서, 서로 닭이 울고 개가 짖는 소리를 들을 수 있는 거리에서도 거래를 극히 꺼렸습니다. 그들은 어떤 연계방식을 취했을까요? 빈번한 시장교역과의 연계였지요. 그래서 그들은 공업화, 시장화의 경제였고, 우리는 전통적인 농경문명의 자연경제였습니다. 완전히 다른 시대였지요. 구조가 다르기에, 양적으로 아무리 상대보다 크다고 해도, 질적으로는 상대와 시대적인 격차가 존재하기에 무너질 수밖에 없는 것입니다.

GDP라는 채산 지표는 20세기 인류의 가장 위대한 발명입니다. 이는 유명한 경제학자 새뮤얼슨의 명언입니다. 제2차 세계대전 후 유엔의 위탁으로, 유명한 경제학자 스톤이 방대한 과학연구팀을 이끌고 투입 산출표, 국민소득계산표, 국제수지 평형표, 자금 흐름표 등 국민 경제 시스템 운영을 반영하는 서로 다른 방면의 지표를 하나로 통합해서, 소위 GDP라는 채산체계를 구축하였습니다. GDP는 단지 하나의 지표가 아니라 전면적인 채산체계라는 것이 중요합니다. 이는 국민경제의 자원 배치를 거시적으로 분석함에 있어서, 체계성·포괄성·심각성을 전례 없는 높이로 끌어올림으로써 자원배치 채산을 더욱 과학적으로 할 수 있게 했습니다. 때문에 사람들은 20세기 인류의 가장 위대한 제도의 발명이라고 말하는 것입니다.

하지만 이 역시 제한성이 있습니다. GDP가 강조하는 것은 실제적인 수량으로서 최종적인 결과는 수량의 확장으로 체현됩니다. 이와 같은 수량의 확장은 빈곤을 해결하는 데는 문제가 없습니다. '유(有)'의 문제를 해결하고 나면, 그 다음으로 좋고 나쁨의 문제, 즉 품질문제를 해결해야 합니다. 이때 제한성이 있습니다. 구조를 무시했기 때문입니다. 이것이 하나의 문제이지요.

또 다른 문제는 GDP라는 성장모델이 채산 단위를 1년으로 한다는 것입니다. 1년 동안 생산자가 해당 국토세관 안에서 생산한 부가가치를 합하는데, 생산법이든 수입법이든 지출법이든 모두 한데 집계하는 것이 국민총생산입니다. 하지만 해를 넘겨 발생하는 재고량 채산은 거의 실현이 불가능합니다. 그래서 이것을 전략으로 끌고 가는 것은 전체 자원배치나 경제활동의 행위목표의 단기화, 연도화(年度化)를 초래하기 쉽습니다.

우리가 자주 예로 드는 것이 하나 있습니다. 강에 다리를 놓는다고 합시다. 우리가 올해 이 다리를 놓으려면 당연히 건설 자재상, 운송업체, 시공사, 설계사가 있어야 합니다. 그들은 모두 노동을 하였고, 이러한 노동은 가치를 창출했기에 해당 가치는 그 해의 GDP에 반영되어야 합니다. 그 다음해에 우리가 사람을 다시 보내서 이 다리를 폭파시키더라도 노동력을 소모해야 합니다. 폭파업체도 GDP를 창출했기에 이를 이듬해 GDP에 반영해야 합니다. 그리고 3년째에는 우리가 다시 다리를 보수하고 4년째에는 또다시 폭파한다고 합시다. 이렇게 계속하면 10년 후에 이 강은 실제로 아무것도 없게 되겠죠. 실제적으로 부의 축적은 제로이지만, 이 과정은 결코 제로가 아닙니다. 10년 동안 보수하고 폭파하기를 반복하면서 10번의 GDP를 기록하게 됩니다. 이것이 GDP입니다. 따라서 문제가 있는 것입니다. 장기적인 재부의 축적과 자본의 축적을 GDP로 계산하면 정확하게 반영하기 어려운 경우가 많습니다. 그래서 GDP로 전체 경제성장을 이끌게 되면, 사람들의 성장 이념과 성장 행위를 단기화 연간 경제활동을 중심으로 이끌기 쉽고, 해를 넘기거나 더 긴 기간의 자본 축적과 부의 축적, 그리고 지속 가능한 발전능력을 간과할 가능성이 농후합니다. 이것이 바로 제한성입니다.

그 다음으로 GDP 성장방식의 제한성으로 녹색GDP를 고려하기 어렵다는 것입니다.

펑야 : 그러니깐 생태환경을 고려하지 못한다는 말씀이시죠?

류웨이 : 그렇지요. 생태환경을 고려하지 못하게 된다는 것이지요. 왜 그럴까요? 녹색GDP는 아주 선진적인 이념입니다. 하지만 국민경제 채산체계에 반영하는 것은 현재로는 아주 어려운 문제입니다. 그래서 국민경제 채산의 실천에서 녹색GDP를 유기적이고 체계적으로 채산 체계에 포함시키는 나라는 아무도 없습니다. 이는 단지 하나의 이념을 제창하는 것에 불과합니다. 지도사상에서 이러한 인식을 갖고 있겠지만, 채산 체계 실천에서, 운용 방면에서는 아직 아무도 제대로 포함시키지 못하고 있는 걸 보면, 얼마나 어려운 일인지 알 수 있습니

다. 그것의 가장 두드러진 어려움은 GDP가 플러스이고 녹색 GDP는 마이너스라는 것입니다. GDP는 얼마를 생산하면 얼마를 통계에 반영하면 됩니다. 하지만 미세먼지로 인해 올해 얼마나 많은 피해를 입었는가와 같은 것은 계산하기도 어렵고, 반영하기도 어려운 일입니다. 만약 GDP만 앞세운다면, 친환경 원가(綠色的成本)를 산출하지 못하게 됩니다. 결국 경제성장에서 양적 성장을 강조하게 되고, 환경의 대가를 무시하는 결과를 초래하는 것입니다.

네 번째 제한성은, GDP 채산 체계가 시장 체계 위에 세워졌다는 것입니다. 따라서 모두 가격이 있습니다. 가격 통계에 따른 수치를 채산체계에 포함시켜, 자원 배치의 효과, 원가 등을 고려하고 생산의 효율성을 고려하는 것입니다.

하지만 인류의 많은 자원배치나 경제활동은 시장과는 괴리가 있습니다. 시장을 필요로 하지 않거나, 시장화를 하지 말아야 하거나, 시장화가 불가능한 분야들이지만 사회는 또 이를 필요로 합니다. 여기에는 많은 영역이 포함됩니다. 이를테면 의료 건강이나 교육 서비스 같은 것들입니다. 이밖에도 여러 분야가 있습니다. 의료 건강의 경우 아시다시피 정보의 비대칭적인 영역입니다. 왜냐하면 환자의 병에 대한 지식은 의사보다 못하기 때문이죠. 따라서 이 영역을 시장화하면 문제가 뒤따르게 됩니다. 시장화는 병원의 기업화를 의미하며, 병원의 기업화는 병원의 모든 행위는 이윤의 극대화에 맞춰지게 된다는 것을 의미합니다. 이윤의 극대화가 되면 병에 대한 전문지식이 없는 환자는 해당 시장에서 흥정 자체를 할 수 없습니다. 병원이 사상자 구제가 아닌 영리를 우선과제로 한다면, 환자가 병이 없는데도 병이 있다고 돈을 벌려고 들겠죠. 굳이 비싼 약을 먹을 필요가 없는데, 의사가 먹어야 한다고 하면 안 먹을 수도 없는 노릇입니다. 그래서 이런 영역들은 완전하게 시장화를 할 수 없습니다. 따라서 법치가 반드시 있어야 하고, 정부의 개입이 있어야 합니다. 하지만 법치와 정부의 개입만으로도 부족합니다. 왜냐하면 법적인 규제나 정부의 개입도 어디까지나 외적인 것입니다. 정보의 비대칭이 있기 때문입니다. 그러면 어떻게 해야 할까요? 자각적으로 할 수 있도록 의덕·의풍(医德·医风)을 제창해야 합니다.

교육에도 비슷한 문제가 존재합니다. 특히 기초교육이 그렇습니다. 아이들의 교육은 환불이 안 됩니다. 우리가 시장에 가서 잘못된 물건을 살 경우 환불할 수 있지만, 교육은 그게 안 됩니다. 아이를 학교에 보내서, 3년이나 6년이 지난 뒤, 제대로 배우지 못했다고 해서 6년의 시간을 환불받을 수 있을까요? 이런 영역에서는 흔히 소비자가 교육 서비스를 구매하지만 소비자는 학교와 협상함에 있어서 피동적일 수밖에 없습니다. 그래서 완전히 시장화를 할 수 없는 것입니다. 결국은 여러 가지 법규와 정책, 사회의 역량으로 감독을 해야 합니다. 하지만 이것만으로는 부족합니다. 어떻게 해야 할까요? 마찬가지로 사덕·사풍(师德·师风)을 제창해야 합니다.

이밖에도 시장화를 하지 말아야 할 분야는 많습니다. 이를테면 정부·군·경찰·관료 등 분야는 정치 서비스를 제공하는 분야입니다. 이런 분야를 시장화하면 개인들은 돈을 내고 해당 서비스를 구매해야 합니다. 돈으로 경찰들을 사서 누군가를 잡는다고 한다면 완전 조폭 사회가 아닙니까! 당연히 있어서는 안 되는 일이죠. 이는 강제성적인 것입니다. 바로 마르크스가 말한 강제적인 사회서비스입니다. 만약 당신이 죄를 범하게 되면 경찰은 당신에게 해당 서비스를 제공합니다. 당신을 체포하는 것이죠. 당신이 거부해도 체포합니다. 거부해도 해당 서비스를 제공하는 것입니다. 반대로 당신이 돈이 좀 있다고 경찰을 사서 아무 사람이나 잡을 수는 없습니다. 안 되는 일이죠. 돈이 아무리 많아도 안 되는 일입니다. 이는 시장성을 띠는 것이 아니기 때문입니다. 일종의 특수한 국가 메커니즘이죠.

이러한 특수한 서비스는 국가로 말하면 아주 중요한 것입니다. 이는 이전지급(转移支付)을 하는 것입니다. 국가재정을 통해 지불하는 것이지, 시장 매매를 통해 지불하는 것이 아닙니다.

GDP는 시장교역을 통한 자원배치 활동만 채산(採算, 수입과 지출을 맞추어 계산하는 것 - 역자 주)합니다. 따라서 GDP만으로 성장을 이끌려 한다면, 사회적으로 반드시 필요하지만 시장성이 없는 이런 영역들에서 문제가 발생하게 되겠죠.

현재 사회의 주요 모순은 아름다운 생활에 대한 인민들의 수요와 불균형적이고 불충분한 발전간의 모순입니다. 이는 과거에는 부차적인 모순이었지만 지금은 이미 주요 모순으로 상승했습니다. 따라서 우리는 필히 발전방식과 발전 이념을 바꿔야 합니다. 그래서 18차 당 대회에서는 새로운 발전 이념을 제기했습니다. '혁신(创新)'은 주로 동력문제를 해결합니다. 새로운 에너지를 제공하죠. '협조(协调)'는 주로 불균형한 문제를 해결합니다. 특히 구조적이고 지역성적인 산업 분배에서의 불균형 문제입니다. '녹색(绿色)'은 주로 사회발전과 자연환경의 조화 문제를 해결합니다. '개방(开放)'은 주로 새로운 형세에서의 내외 연동 문제를 해결합니다. 그리고 또 하나, '공유(共享)'는 발전과정에서의 공평과 정의문제를 해결합니다. 따라서 위와 같은 새로운 발전 이념은 새로운 역사적 필요에 따른 것이며, 특히 중진국 함정을 뛰어넘기 위한 역사적인 필요에 따른 것이라고 할 수 있습니다.

기술혁신은 왜 발전방식 전환의 관건적 문제인가?

펑야 : 어떤 이유에서인지 지금 사람들은 혁신에 대해 약간의 콤플렉스를 가지고 있는 것 같습니다. 혁신에서 가장 중요한 것은 역시 과학기술의 힘입니다. 아시겠지만 과학기술 성과의 전환율(轉化率)에서 아직 우리나라는 선진국과 상당한 거리가 있습니다. 그렇다면 우리나라의 과학연구 성과의 시장화, 산업화가 상대적으로 뒤처진 이유에는 주로 어떤 것들이 있습니까?

류웨이 : 우리나라는 개혁개방 초기보다 총체적인 기술 격차가 현저히 줄어들었습니다. 이것은 바람직한 일이지요. 우리는 경제성장에서 혁신과 기술 진보에 힘입어 총 요소 생산성의 향상을 가져왔습니다. 이는 매우 자랑스럽고 고무적인 일입니다. 이것은 객관적인 사실이지만 그렇다고 만족할만한 수준은 아닙니다. 왜냐하면 노동생산성에서 말하자면, 우리나라 농업의 노동생산성은 선진국과 비교해서 14%가 조금 넘는 수준이며, 우리나라 공업과 제조업의 노동생산성은 선진국의 평균수준과 비해보면 50%가 채 안 됩니다. 46% 좌우 되는 걸로 알고 있습니다. 우리나라 제3산업의 노동생산성은 선진국과 격차가 그리 크지 않습니다. 우리는 주로 실물경제입니다. 공업과 농업의 노동생산성은 선진국의 실물산업과 비교해보면 격차가 비교적 큽니다. 그래서 우리는 현대화 경제시스템을 구축하고 현대화된 산업체계를 구축해야 한다고 강조하는 것입니다. 우리의 전략은 우선 혁신이 선도하게 하고 동시에 실물경제를 키우는 것입니다.

노동생산성뿐만 아니라 우리의 전요소생산성의 기여도 상대적으로 낮습니다. 만약 미국을 기준으로 비교한다면, 현재 우리의 전요소생산성은 대략 미국의 40% 남짓하고, 한국은 대략 미국의 60% 남짓한 수준입니다. 즉 전요소생산성의 수준은 우리가 한국보다도 훨씬 낮습니다. 미국과는 비교가 안 되지요. 이는 뭘 설명할까요? 우리 경제가 갈수록 혁신에 의존하고 있지만, 우리의 혁신 수준은 선진국과 비교해 격차가 꽤 크다는 말입니다.

그리고 또 하나의 큰 문제가 있습니다. 현재의 혁신기술의 진보는 과거와 달라졌습니다. 과거는 주로 모방하는 것이었습니다. 왜냐하면 낙후되었기 때문입니다. 모방은 주로 학습하는 것이기에 비교적 쉽습니다. 위험도 크지 않고, 비용도 높지 않습니다. 현 단계에 이르러서, 즉 상중위 소득에서 고소득을 향해 매진하는 이 단계에 이르러 매우 두드러진 문제는 기술혁신과 기술진보입니다. 하지만 혁신의 비용이 높아졌습니다. 현 단계에 이르러 모방할 수 있는 것들은 거의 다 모방했습니다. 나머지는 모두 핵심기술과 관건적인 기술입니다. 핵심기술과 관건적인 기술은 모방할 수 없습니다.

펑야 : 자체적으로 개발해야 한다는 말씀이군요.

류웨이 : 그렇지요 자체 개발을 해야지요. 자체 개발은 투자가 많고 위험이 큽니다. 게다가 성공한다는 보장도 없습니다. 불확실성이 강하지요. 그리고 지식혁신 자체는 유일성을 가지고 있습니다. 그렇게 많은 사람들이 하고 있지만, 누가 먼저 만들었으면 누구의 것이 되죠. 그래서 위험부담이 매우 크고 원가가 매우 높습니다. 경제는 점점 더 혁신에 의존하고 있습니다. 그런데 혁신은 현재 형세가 과거보다 훨씬 심각하고 어렵기 때문에 우리는 새로운 발전전략을 조합한 일련의 혁신적인 제도와 혁신정책을 실행하여 사람들의 적극성을 불러일으

켜야 합니다.

나는 교육 사업에 종사하는 사람입니다. 우리는 현재 교육에서 '쌍일류(双一流)'라는 야심만만한 계획을 내놓았습니다. 글로벌 일류대학과 글로벌 일류학과를 건설한다는 것입니다. 기실혁신은 결과적으로 인재에 달렸습니다. 인재 준비부터 인재양성과 재교육까지 포함되어야 하죠. 사회 현대화의 계몽과 혁명적 추진은 늘 인재 육성과 인간해방에서 비롯되었습니다. 그래서 개혁개방 초기에 가장 중요한 것은 일단 수능(高考)을 부활시키는 것이었습니다. 나는 대학수학능력시험 부활 후 제1기 대학생이었는데 지금까지도 기억에 생생합니다. 그것은 우리 개인의 운명이 바뀐 것이 아니라 나라의 운명이 바뀐 것이었지요. 그것은 정말 역사적인 전환입니다. 그래서 지금 우리가 '쌍일류' 교육을 시작하는 것은 새로운 현대화의 역사적·시대적 요구입니다.

세계은행이 최근에 한 연구를 통해 '2019년 세계 발전 보고서'를 공개했습니다. 보고서에 지수를 하나 더 추가했는데, 이를 사회 인적자본 증가지수(社会人力资本增长指数)라고 합니다. 인적자본은 1960년대에 제안된 개념입니다. 사회발전 중에 물질자본이 증가하게 되는데, 사람들은 후에 여기에 또 다른 요소가 있음을 발견하여, 소위 인적자본의 범주를 제시하였습니다. 인적자본은 주로 두 개인데, 그 하나가 바로 이 사회 발전과정에서 사람의 교육을 둘러싼 투자입니다.

펑야 : 맞습니다. 싱가포르가 대표적인 예이지요.

류웨이 : 그렇습니다. 하나는 교육에 대한 투자이고, 다른 하나는 사람들의 건강을 둘러싼 투자입니다. 여기에는 양생(康养), 의료건강 헬

스 · 스포츠 등이 포함됩니다. 주로 이 두 가지입니다. 이 두 가지는 실제로 사람들의 자질 · 정신력 · 지능 · 체질의 각 방면에 관계되는 것으로, 이른바 인적자본의 축적입니다.

인적자본의 축적에는 하나의 규율이 있습니다. 반드시 경제성장보다 빨라야 한다는 것입니다. 건강하고 지속 가능한 국민경제 체계는 그 지표만 보아도 알 수 있습니다. 그 중 특히 중요한 것이 바로 인적자본 투자의 성장속도입니다. 장기적으로 그 경제성장 속도보다 빠르다는 것을 알 수 있는데, 그래야만 지속가능한 성장을 견인할 수 있기 때문입니다. 세계은행의 '2019년 세계개발보고서'에 따르면, 중국의 인적자본 지수는 46위입니다. 이는 무엇을 설명할까요?

펑야 : 높지 않네요.

류웨이 : 높지 않습니다. 하지만 중국의 경제발전 지위보다는 높습니다.

중국의 인적자본에 대한 투자는 세계 선진국과 비교하면 거리가 멉니다. 전체의 46위에 불과하지요. 지수는 증가속도, 즉 성장속도입니다. 그런데 우리의 지수순위는 우리의 경제발전 수준 순위보다 높습니다. 이런 각도에서 보면 객관적 규율에 맞는다고 봐야 될 것 같습니다. 그래서 그런 면에서 볼 때, 중국의 혁신능력은 모든 면에서, 우리의 교육 · 과학기술의 공동 노력 하에 비교적 건강한 발전을 할 수 있다고 생각합니다. 그러나 어쨌든 혁신, 특히 제도혁신과 기술혁신은 우리의 발전방식 전환의 관건입니다.

중국이 현대화를 실현하는 것은
왜 '일대지요(一代之遙)' [8]라고 하는가?

펑야 : 우리나라는 제조 대국이 된지도 꽤 되었지만 줄곧 제조 강국은 되지 못하고 있습니다. 따라서 우리는 많은 방면에서 남들에게 코가 꿰이는 상황에 직면하고 있지요. 40여 년의 발전을 거친 후, 국민들은 미래 중국의 경제발전과 사회발전에 대해 많은 기대를 갖고 있을 겁니다. 이를테면 언제나 되어야 현대화를 전면적으로 실현할 수 있는가 하는 것 따위이지요. 총장님께서는 경제학자로서, 또는 교육자로서 미래의 중국, 즉 개혁개방 40년 이후의 중국의 발전에 대해 어떻게 전망하고 계십니까?

류웨이 : 우리는 지금 기회와 도전이 공존한다고 말하고들 있지요. 전망 역시 이 두 가지 방면에 대한 예상입니다. 우리는 현대화 목표에 지금처럼 근접해본 적이 종래에는 없었습니다. 우리가 과거에 중국의 현대화 실현을 얘기함에 있어서, 서구 열강들의 수 세대에 거친 노력을 언급했습니다. 하지만 지금은 그렇게 많은 시간을 필요로 하지 않습니다. 가능하게 지금의 이 세대가 실현하게 될 수도 있습니다. 일대지요(一代之遙)라는 말입니다.

왜 그럴까요? 통상적인 발전추세로 보면, 우리의 첫 백년 목표는 2020년이나 조금 뒤에 실현하게 될 것입니다. 우리는 고소득 단계로의 도약을 실현할 수 있습니다. 국제적인 기준으로 보면 고소득 발전 단계에 진입하는 것이 되겠죠. 이는 우리의 다음 단계목표인 현대화 실현에 튼튼한 기초를 마련하는 일입니다. 19차 당 대회 보고에서 총

---

8) 일대지요() : 멀어도 한 세대밖에 안 된다

서기는 이를 두 단계로 나누었습니다. 첫 번째 단계는 2035년까지 기본적으로 현대화를 실현하는 것이고, 두 번째 단계는 15년을 더 들여 2050년까지 사회주의 현대화 강국을 건설한다는 것입니다.

기본적으로 현대화를 실현하고, 사회주의 현대화 강국을 건설한다는 것은 아주 많은 내용들을 포함하고 있습니다. 19차 당 대회 보고에서 이 두 가지 문제를 얘기할 때, '그 때가 되면(到那時)'이라는 세 글자를 반복적으로 언급했습니다. '그 때가 되면' 어떻게 될 것이고, 또 '그 때가 되면' 어떠할 것이라고 말이죠. 따라서 우리는 기본적인 현대화 실현과 사회주의 현대화 강국 건설의 진실한 상황에 대해 정확히 파악해야 합니다. 스스로 건강을 잘 챙기고 그 때까지 살아남아서 직접 경험해보기를 권합니다.

지금부터 그 때까지는 30년이 좀 넘는 시간이 남아있습니다. 현재 당신과 같은 연령대의 사람들이 그 때까지 사는 것은 문제가 안 될 겁니다. 따라서 우리는 일대지요(一代之遙)라고 하지요. 이러한 지표로 비교해보면, 2035년이면 우리나라의 경제 총량은 미국을 추월할 것입니다. 현재 우리는 미국의 63%입니다. 평균적인 경제성장 속도로 추산하면 그렇다는 것이지요. 이를테면 미국은 2.6% 좌우이고, 중국은 6.3% 좌우입니다. 최근 몇 년 동안의 수치로 추산해서 조금 넉넉히 잡아도 2033년 전후에는 경제 총량이 미국을 추월하게 될 것입니다. 하지만 이는 환율이나 물가수준 등이 총체적으로 안정적이라는 가정 하에 단순하게 추산한 수치입니다. 또한 경제구조와 질 등과 같은 내용들은 포함되지 않았고, 단순히 양적인 차원의 추산입니다.

그렇다면 2050년은 어떠할까요? GDP로 비교하면 경제 총량뿐이 아니지요. 중국의 1인당 GDP는 선진국의 평균수준에 도달하게 됩니다. 당년에 덩샤오핑 동지는 중등 발달국가의 수준에 도달하게 될 것이라고 했지요. 우리는 이를 더 구체화해서 선진국의 평균수준이라고 말하고 있습니다.

앞에서 제가 이미 얘기한 바 있습니다. 현대 고소득 국가는 70개입니다. 통계적 의미에서의 시작점은 12,235 달러입니다. 하지만 실제적인 평균 수준은 41,000 달러입니다. 이게 무슨 말이냐 하면, 첫 번째 백년 목표 실현을 전후해서 우리는 이 시작점에 도달하게 되고, 두 번째 백년 목표 실현을 전후해서 우리는 이 평균 수준에 도달한다는 것입니다. 이것이 바로 기회입니다. 우리는 여태 현대화와 서방 선진국을 따라잡는 목표에 지금처럼 근접해본 적이 없습니다.

도전을 말하자면, 우선 아주 현실적인 문제입니다. 중진국 함정을 어떻게 뛰어넘을까요? 이는 우리나라만의 문제가 아닙니다. 수많은 개발도상국들이 직면한 난제이지요. 게다가 이 난제를 해결하는 과정에서 다들 심각한 어려움을 겪고 있습니다. 중국은 빈곤 극복 방면에서 중국의 지혜와 중국의 솔루션을 내놓았습니다. 빈곤을 극복하는 중국의 솔루션과 중국의 지혜를 제시하면서, 중국특색 사회주의에 대한, 노선적 자신감, 제도적 자신감, 이론적 자신감, 문화적 자신감(道路自信、制度自信、理論自信和文化自信)이 크게 고취되었지요. 만약 중국이 현대화를 실현하는 과정에서, 중진국 함정을 뛰어넘는 과정에서, 중국만의 성공적인 솔루션과 지혜를 제기한다면, 우리의 여러 방면의 자신감을 더욱 고취하게 될 것입니다. 따라서 이는 현재 우리의 가장 현실적인 도전이라고 생각합니다. 경제발전에서 보면, 이를테면 중미 무역 마찰에서 제기되는 투키디데스의 함정을 들 수 있습니다. 이러한 곤경을 어떻게 떨쳐낼까요? 이는 대국들 사이의 관계가 새로운 글로벌 패턴에 직면하면서 마주하게 되는 새로운 문제입니다.

중국은 현재 세계 2위의 경제체(经济体)입니다. 게다가 빠른 속도로 따라잡고 있습니다. 2012년 18차 당 대회가 열릴 때, 중국의 GDP는 미국의 53%였습니다. 그런데 2017년에 와서 19차 당 대회가 열릴 때, 중국의 당년 GDP는 미국의 63%에 달했습니다. 이는 무시하지 못할 속도입니다. 이는 미국이 우리를 경계하는 이유이기도 합니다. 이번의 중미 무역마찰이 반영하는 것은 무역적자 문제이고, 국제수지 재균형(国际收支的再平衡) 문제로서, 중국에 여러 가지 방면의 양보를 요구하고 있지요. 500억이든 2,000억이든 차치하고, 그 뒤에는 뭐가 있을까요? 산업문제입니다.

그렇다면 산업 뒤에는 뭐가 있을까요? 바로 혁신의 문제입니다. 미국이 지금 왜 우리의 전략성적인 혁신인재와 기술인재에 대해 이런저런 요구들을 할까요? 왜 중국의 인재영입 계획에 대해 사사건건 제한할까요? 문제의 핵심이 바로 혁신에 있음을 그들도 알고 있기 때문입니다. 따라서 이를 단기적이고 국부적인 무역문제라고 간단하게 정의해서는 안 됩니다. 그들의 선거 전략에 따른 문제라고 단순화해서도 안 됩니다. 장기적이고 전략적이고 근본적인 문제라고 할 수 있지요. 이러한 것들은 모두 중국이 현대화를 실현하는 과정에서 직면한 도전입니다.

따라서 미래를 전망함에 있어서, 기회와 도전이 공존한다고 하는 것이지요. 기회는 현대화 목표에 지금처럼 근접해본 적이 없다는 것입니다. 도전이라고 하면, 대내적으로 중진국 함정을 뛰어넘는 것이나, 대외적으로 대국 관계나 주변국 관계 처리, 특히 미국과의 무역마찰과 이른바 투키디데스의 함정 해결 등은 우리 지금 세대 사람들이 직면한 도전입니다.

대　　　화 : 주민(朱民)

대화시간 : 2018년 12월 20일

대화장소 : 중국인민은행 총행(中国人民银行总行)

대 화 인 : 천아이하이, 중앙방송총국 '경제의 소리' 수석논설위원

주민(朱民)

- 칭화(淸華)대학교 국가금융연구원 원장. 중국은행 부행장, 중국 인민은행 부행장 등 역임. 2011년 국제통화기금 부총재로 재직 하면서 국제통화기금 고위층에 진입한 첫 중국인이 되었음. 2014년에 '화교경제리더(华人经济领袖)'로 추대됨. 2016년에 는 '영향력 있는 화교(影响世界华人)'에 선정됨.

40년의 금융개혁은 걸음걸음이 여리박빙(如履薄氷)[9]이었다

중국 금융개혁의 '기적' 과 '충격'

천아이하이 : 개혁개방 40년 동안 중국 금융업의 천지개벽과도 같은 변화가 없었다면, 세상 사람들이 놀라는 중국경제의 위대한 업적도 없었을 것입니다. 총재님은 개혁개방 40년 동안 중국 금융업 발전에 대해 어떻게 평가하십니까?

주민 : 중국의 금융개혁의 40년을 두 글자로 개괄한다면 '기적' 입니다. 다시 두 글자를 더 추가한다면 '충격(震撼)' 이라고 해야겠지요. 40년 전에 우리에게는 금융이 거의 없었다고 할 수 있습니다. 단 하나의 은행밖에 없었지요. 우리가 지금 이야기를 나누고 있는 이 곳 인민

---

9) 여리박빙(如履薄氷) : 살얼음을 밟는 것과 같다는 뜻으로, 아주 위험한 짓을 함을 비유적으로 이르는 말

은행입니다. 인민인행은 당시 상업은행이었지요. 그래서 화폐발행도 하고 대출업무도 다 인민은행에서 했습니다.

그리고 40여 년이 지난 오늘날, 우리는 한 은행에서 차츰차츰 은행시스템을 수립하고 자본시장과 증권시장을 설립했습니다. 현재 우리나라는 세계에서 가장 큰 은행시스템을 갖고 있습니다. 세계 10위권 은행 중 6곳은 중국의 은행입니다. 1990년 당시, 즉 28년 전만 해도 세계 20위권 가운데 자본금으로 따지면 중국의 은행은 단 하나뿐이었지요. 바로 제가 근무했던 중국은행입니다. 그러니 그 변화는 정말로 엄청난 것입니다.

그리고 우리는 점차 주식시장을 발전시켰고 채권시장을 발전시켰습니다. 중국은 이제 세계에서 두 번째로 큰 주식시장, 세 번째로 큰 채권시장, 세 번째로 큰 보험시장입니다. 중국 금융의 전체 규모는 세계의 0%에서 시작해 오늘날까지 그야말로 천지개벽의 변화를 이루어 냈습니다. 이와 함께 우리는 감독시스템도 마련했습니다.

중국의 금융업은 실물경제의 발전을 효과적으로 지원했습니다. 단적인 예로 1978년 이전에는 모든 기업의 자금원은 단 하나, 바로 재정부(財政部)였습니다. 당시는 은행대출이라는 개념 자체가 없었기 때문입니다. 이런 상황에서 기업은 발전할 방법이 없었습니다. 왜냐하면 재정의 수입은 매우 제한적이기 때문입니다. 그래서 그해 개혁의 첫 단계는 재정과 금융을 분리하여 금융시스템을 경제발전에 융자할 수 있게 하는 것이었지요.

이와 같은 40년의 역사를 보면, 우리와 견줄 만한 나라는 세계 어디에도 없다고 생각합니다. 미국의 전체 금융 발전과정은 우리보다 훨씬 깁니다. 후기에만 150여 년이 걸렸지요. 영국은 세계 1위까지 200년 가까이 걸렸습니다.

천아이하이 : 우리는 40년밖에 안 되는 시간 안에 이와 같은 거대한 성과를 이룬 것이지요.

주민 : 그렇습니다.

'비바람의 세례' 가 중국의 금융업을 성취시켰다

천아이하이 : 40년 동안 우리나라의 금융발전과 개혁의 역사를 돌이 켜보면 획기적인 큰 사건은 어떤 것이 있을까요? 이런 큰 사건들은 아 주 긍정적인 것일 수도 있고, 어떤 것들은 오늘 돌이켜 보면 슬럼프의 연속일 수도 있고, 심지어는 돌이킬 수도 없는, 혹은 생각만 해도 가슴 이 두근거리는 것일 수도 있다고 생각합니다.

주민 : 중국 금융개혁 40년 동안 큰 사건들이 수도 없이 많았습니다. 줄곧 전전긍긍하고 살얼음판을 걷는 기분이었지요. 우리나라 금융개 혁 역사에서 첫 번째 대사는 바로 중앙은행과 상업은행의 분리였습니 다. 이리하여 우리의 첫 상업은행 공상은행이 탄생했습니다. 그리고 점차 건설은행, 농업은행 등이 분리해나가게 되고 은행시스템이 윤곽 을 이루었지요.

중앙은행이 통화를 주관하고 시중은행이 대출을 주관하는 모델이 생긴 것은 중앙은행이 독립하면서부터입니다. 그 후 점차 주식시장을 발전시키고 채권시장을 발전시켰습니다. 주식시장이 막 시작되었을 때, 선전(深圳)에서 밤새 줄을 서서 청약권(认购证)을 사고 브로커들 이 청약권을 되팔아서 돈을 벌었던 것을 아마 기억하고 있을 것입니 다. 결국 경찰들을 대거 출동시켜 질서를 유지해야만 했지요.

천아이이하이 : 구정 대이동(春运) 기간의 기차역보다도 더 들끓었지요.

주민 : 그렇습니다. 이밖에도 우리 국채시장의 대폭락 사건을 기억하실 겁니다. 이처럼 중국 금융업은 사실 비바람을 많이 겪었습니다. 하지만 그 비바람의 세례 속에서 우리의 금융시장은 점점 보완되고 완성되어왔습니다.

두 번째 큰 사건은 2000년부터 시작된 중국 금융업의 개혁으로 구조조정, 자산정리, 상장, 거버넌스 체제 구축 등을 포함하고 있습니다. 이 역시 하나의 큰 사건입니다. 1980년대부터 은행대출이 시작되었지만 지방정부의 규제를 많이 받았습니다. 기업들의 자금압박이 심해 대출을 많이 내주게 되었고 이는 부실대출의 급증으로 이어졌습니다. 결국 아시아 금융위기 이후 이른바 기술부도(技术性破产)가 발생하게 됩니다. 당시 압박이 이만저만이 아니었습니다. 부실대출 비중이 아주 높았으며 자본금이 턱없이 부족했지요. 이에 중앙에서는 상업은행을 구조조정하고 상장시키는 중대한 결정을 내리게 되었습니다. 이 과정에서 부실자산을 정리하고 은행의 대차대조표를 건전하게 만들었으며, 자본금을 충당하고 회사 거버넌스 메커니즘을 구축했습니다. 이러한 과정을 통해 금융기관은 더 건전하고 강해지게 되었지요.

저는 중국은행에서 근무하면서 두 차례의 구조조정을 겪었습니다. 공상은행 · 농업은행 · 건설은행도 이 과정을 겪었습니다. 이후 우리의 증권상(券商)과 기타 금융회사는 점차 개혁을 통해 거버넌스 메커니즘이 더욱 완벽해지고 자본금이 더욱 풍부해지고 건강해진 것입니다. 이는 중국 금융업이 세계에서 중요한 자리를 차지할 수 있는 기초를 다진 것이지요.

중국 금융개혁의 세 번째 큰 사건은 중국 실정에 맞는 규제체계를 구축한 것입니다. 이 규제체계 구축의 하나로, 은행감독위원회와 증권감독위원회, 보험감독위원 등 3회의 분리를 들 수 있습니다. 이것도 굉장히 골치 아픈 과정이었지요. 세 위원회는 모두 인민은행에서 분리해냈고, 분리하는 과정은 오늘 우리가 있는 이 건물에서 일어났습니다. 거대한 금융시스템을 가지고 있으면서, 제대로 관리하지 못하는 것은 매우 위험한 일이기에 효과적인 규제체제를 구축하는 것은 필수적인 일이지요. 인민은행은 독립되어 나온 후 통화정책을 강화하고 거시적인 금융안정에 대한 규제도 강화하게 됩니다. 최근 들어 증권감독위원회와 보험감독위원회를 통합해 점차 세계와 접목되면서도 중국의 실정에 맞는 규제체계를 갖춰나가고 있습니다. 이러한 것들은 금융업 활성화의 밑바탕이 되고 있지요.

미래 중국 금융개혁의 착력점(着力點)[10]은 어디인가?

천아이하이 : 실제로 40년 중국 금융발전사에 있어서 중대한 일이 아주 많을 것입니다. 총재님은 그 중에서도 가장 중요한 사건을 세 가지 골라주셨습니다. 앞에서 우리는 주로 지난 40년간 우리의 금융개혁이 발전해 온 과정을 이야기했습니다. 과거를 총결산하고 되돌아보는 것도 중요하지만 미래를 계획하고 배치하는 것도 중요합니다. 앞으로의 10년 내지 40년을 내다본다면 중국 금융개혁 전체의 방향은 어디일까요? 가장 중요한 포인트는 무엇일까요?

---

10) 착력점(着力點) : 어떤 물체에 대하여 힘이 작용하는 한 점.

주민 : 아주 좋은 질문입니다. 과거를 돌이켜보고 경험을 총결산하는 것은 미래를 위한 것입니다. 앞으로의 10년, 40년을 본다면, 세 가지를 들 수 있습니다. 첫째는 금융업의 추가 개방입니다. 즉 글로벌화와 글로벌금융시스템으로의 통합입니다. 중국이 글로벌 2위 경제대국으로 되었을 때, 제조업과 수출 1위국이 됐을 때, 중국 금융업이 아직도 폐쇄된 상태를 유지한다면? 그건 상상도 할 수 없는 일이지요. 주민들은 재산이 불어나게 되면 더 많은 글로벌자산을 보유할 기회를 요구할 것입니다. 우리 기업들은 글로벌로 진출하면서 우리의 금융기관 역시 보조를 맞춰서 글로벌로 진출할 것을 요구합니다. 당년 영국이나 미국의 발전을 보면 알 수 있지요. 실물경제가 성장하면서 필연적으로 글로벌로 뻗어나가게 됩니다.

우리의 금융업 개방은 아직도 많은 곡절을 겪어야 할 것입니다. 제가 WTO에 들어갔을 때(그 당시에 중국은행 소속이었습니다.), 15년 후(바로 지금이지요.) 중국의 은행업계에서 외자은행의 비중은 대략 15%를 차지할 것이라고 말했습니다. 그러나 완전히 틀렸습니다. 오늘날 외자은행이 중국에서 차지하는 비중은 겨우 2%밖에 되지 않습니다. 당해의 2.16%보다도 낮습니다. 당연히 중요한 이유는 우리의 은행업의 발전이 매우 빠르기 때문입니다. 그리고 국외의 기관들은 여러 가지 이유로 인해 우리의 발전속도를 따라가지 못합니다. 한편으로 우리 주식시장에서 외국인들의 보유액은 2%대, 우리의 채권시장은 5%대, 우리의 보험은 7~8%대로 좀 높습니다. 그래서 전체적으로 우리가 개방하는 수준은 충분하지 않다고 보는 것이지요. 물론 중앙에서 이미 결정이 내려져 금융업의 추가 개방을 추진하고 있는 것은 매우 고무적인 일입니다.

두 번째 큰 사건은 인민폐의 글로벌화입니다. 중국이 이처럼 중요한 경제체(经济体)로 되었을 때, 중국 위안화는 아직 국제통화도 아니었고, 국제무역에서 중국 위안화가 차지하는 비중은 매우 낮았습니다. 제가 국제통화기금(IMF)에 근무할 때 위안화가 특별인출권(SDR)에 들어갔는데, 특별인출권에 들어간 이후 위안화의 국제적 사용이 상승해 비록 환전이 불가능하기는 하지만 일부 국가의 주류 통화로 변모했습니다. 특히 오늘 미국이 미국 우선과 달러 패권을 강조하는 상황에서, 위안화 글로벌화는 중국의 이익을 지키는 데 중요한 의의가 있을 뿐만 아니라 글로벌 금융안정을 지키는 데도 특히 중요한 의미를 갖는다고 생각합니다.

특히 1998년 중국 홍콩에서는 마하티르 당시 말레이시아 총리와 소로스와의 변론이 한바탕 있었습니다. 마하티르는 "우리가 30년 동안 힘들게 일해서 이루었는데, 당신은 왜 우리를 공격해서 우리의 GDP를 단숨에 반 토막 냈느냐?"고 말했지요. 이에 소로스는 "당신이 거시적으로 잘 하지 못했기 때문에, 내가 당신에게 충격을 주는 것은 사실상 당신의 개선을 돕는 것이지요."라고 응수했습니다. 서로 날카롭게 자기의 주장을 피력했지만, 논쟁 중에 아주 근본적인 문제는, 자국의 통화가 국제통화가 아닐 때, 금융시스템이 강하지 않을 때, 그 실물경제는 공격받기 쉽고, 실물경제의 과실을 보전하기 어렵다는 것입니다. 따라서 위안화의 글로벌화는 단순이 화폐만의 문제나 국제적 지위의 문제뿐만이 아니라, 국가 경제발전을 지원하고 국가 경제발전의 과실을 보호하는 중요한 방어책입니다. 다행히 우리는 SDR에 가입해 있고, 국제통화의 공공권(公共圈) 핵심으로 진입했으니, 이제 우리가 어떻게 밀고 나가느냐 하는 것이 관건이라고 할 수 있습니다.

한 가지 더 언급한다면, 자본시장의 발전과 전반적인 규제의 틀이 갖춰져야 합니다. 우리의 부채가 그렇게 높은 것은 자본이 부족하기 때문이고, 자본이 부족한 것은 자본시장의 발전이 부족하기 때문입니다. 우리는 여전히 주로 은행의 융자에 의지하는 금융시스템인데, 은행의 융자는 당연히 채무를 증가시키게 됩니다. 그래서 자본시장을 크게 발전시키고 감독체계를 대대적으로 정비하는 것은 앞으로 중국의 금융개혁과 발전에 특히 중요한 측면입니다.

천아이하이 : 세 가지를 말씀해주셨는데, 그 중 두 가지가 글로벌과 관련된 것입니다. 중국의 금융이 어떻게 대외적으로 더 개방되고, 중국의 위안화가 어떻게 더 글로벌화 될 수 있느냐 하는 것입니다. 하지만 우리가 밖으로 나가고 싶다고 해서 쉽게 나가지는 것은 아니고, 우리가 글로벌화를 한다고 해서 글로벌화가 생각처럼 잘 되는 것도 아니지요. 이 과정에서 주요한 난제는 무엇일까요?

주민 : 글로벌화에는 당연히 많은 난제들이 있습니다. 예를 들면 개방 과정에서 관리감독을 제대로 하지 못했을 경우, 외자가 들어오면 현지 자본시장의 동요를 일으킬 수 있습니다. 예를 들어봅시다. 현지 자국통화 채권시장을 개방해 외국인 투자자가 들어올 수 있도록 하고, 외국인 투자자가 들어올 때 높은 비중을 가질 수 있도록 하는 경우입니다. 이를테면, 외환위기 때는 물론 오늘날까지 외국인 투자자가 현지 통화시장의 40~50% 정도를 차지할 정도로 비중이 높습니다. 내국인이 이 채권을 갖고 있다는 건 믿음이 있기 때문이지만, 외국인이 갖고 있는 건 단순히 이윤을 위해서입니다. 그래서 조그마한 징조만 있어도 바로 빠져나가게 됩니다. 40~50%가 한꺼번에 빠져버린다고 생각해보세요. 그 시장이 견뎌낼 수 있겠습니까? 이것이 바로 1980년대 중남미 위기의 한 원인이자 1990년대 아시아 금융위기의 한 원

인이기도 합니다. 그래서 그런 의미에서 개방도 중요하지만 개방 과정에서의 신중함과 관리감독이 병행되는 것도 중요합니다. 개방은 언제나 '양날의 칼' 이지만 나는 이 방향이 중요하다고 생각합니다.

2020년부터 2021년까지는
글로벌 금융위기의 위험 단계 일까?

천아이하이 : 금융업이 강해지려면 글로벌적인 시야를 가져야지요. 글로벌 각도에서 보면 2018년은 글로벌 금융위기 발생 10주년입니다. 총재님께서 보시기에 당년에 금융위기를 촉발했던 요인들이 10년 뒤인 지금 사라졌다고 보십니까? 아직 완전히 사라지지 않았다면 어떤 것들이 있을까요?

주민 : 위기를 초래한 몇 가지 요인이 있습니다. 첫 번째는 부채가 너무 많고, 그 부채가 한 개 부문, 즉 부동산에 집중돼 있다는 점입니다. 둘째, 높은 부채는 그림자 금융(Shadow Banks)의 확장과 함께 하며, 투명성이 낮다는 것입니다. 이 부채는 태반이 그림자 금융에서 공급됩니다. 그런데 거대 금융기관은 도산해서는 안 되기 때문에, 문제가 생기면 어떻게 할지 모르게 되는 것입니다. 이론적으로는 금융기관도 도산하도록 하는 게 마땅하지만, 그것이 무너지면 전체 시스템이 붕괴되니까 어쩔 수가 없지요.

지금의 상황을 보면, 그 당시의 많은 위험 요인들이 여전히 존재하고 있습니다. 첫 번째는 부채가 여전히 많습니다. 우리는 이전에 주의하지 못했던 아주 기이한 현상에 직면해 있습니다. 금융위기로부터 10년이 지났지만 글로벌 부채는 하락이 아니라 상승으로 이어졌습니다. 2008년에 전 세계 총 채무(정부채무, 주민채무, 회사채를 합친 것)는 83조 달러였었는데, 오늘은 138억 달러로 60% 이상 늘었습니다. 이는 전에는 상상할 수도 없었던 일이지요. 아무튼 부채의 지속적인 상승은 결국은 위험이 가중되고 있음을 의미합니다.

두 번째는 증시가 사상 최고치를 계속 경신하고 있는 것입니다. 특히 미국 증시입니다. 미국 증시는 지수의 고공행진을 넘어 밸류에이션[11]도 크게 상승하고 있습니다. 시장평가와 회사의 수익 사이에는 사실 하나의 틈이 있는데, 이 틈이 확대되고 있지요. 현재 주로 유동성에 의해 지탱되고 있는데, 이는 사실 거품입니다. 때문에 미국의 주식시장은 위험도가 매우 높습니다. 동시에 2008년 금융위기의 주범이었던 그림자 금융은 계속 확대되고 있습니다. 전 세계적으로 확대되고 있지요. 게다가 현재 미국 연준이 금리인상에 나서고 있습니다. 연준의 금리인상은 매번 글로벌 금융시장에 큰 파문을 일으킵니다. 따라서 오늘날 전 세계 금융시장은 아주 불안하다고 할 수 있습니다.

천아이하이 : 원래부터 존재했던 요인에다 새로 나타난 요인이 더해지면 또 다른 글로벌 금융위기를 초래하지 않을까요?

주민 : 현재 상황을 보면, 2020년과 2012년이 하나의 위험 구간이라고 생각합니다. 올해는 금융위기 10년 만에 세계 경제성장의 최고점입니다. 미국의 조세개혁과 부양책은 물론, 중국경제도 안정세를 보이며 상승하기 시작했기 때문입니다. 하지만 향후 2년간 미국의 재정부양책이 없어지고 미국의 금리수준이 상승하기 시작해 2019년에는 미국 경제성장률이 2.6%대, 2020년에는 2.2~2%대까지 하락할 것으

---

11) 밸류에이션(Valuation) : 애널리스트가 현재 기업의 가치를 판단해 적정 주가를 산정해 내는 기업가치 평가이다. 이에 동원되는 지표에는 기업의 매출과 이익, 현금흐름, 증자, 배당, 대주주의 성향 등 다양하다.

로 전망되고 있습니다. 미국 경제가 추락하면 세계경제도 점차 하락할 수밖에 없습니다. 이렇게 되면 회사 이익은 줄어들 것이고, 미국 증시의 높은 밸류에이션은 유지되기 힘들 것이며, 주식시장의 매도는 필연적입니다. 미국 금융시장은 이미 고위험지대에 있기 때문에 미국 증시는 하락할 수밖에 없을 것입니다.

금융은 갈수록 복잡해지고 점점 더 중요해 진다

천아이하이 : 충분히 경각심을 가질만한 문제군요. 위험에 직면하여, 혹은 위험의 파급을 피하려면 관련 인재가 필요하다고 생각합니다. 현재 총재님께서는 칭화대학 국가금융연구원(国家金融硏究院)에서 원장을 담임하고 계시는데, 오늘날 중국 금융업에서 인재 배양이 여전히 급선무라고 생각하십니까?

주민 : 당연하지요. 지금 상황에서 인재 배양은 아주 중요합니다. 그래서 저는 칭화대학에 돌아와서 연구를 하고 수업을 하게 된 것을 아주 다행스럽게 생각하고 있습니다. 젊은이들과 함께 하는 것은 저에게 아주 즐거운 일입니다. 저는 이 일을 좋아하고 젊은이들과 교류하는 것을 좋아합니다.

금융은 점점 더 복잡해지고 있습니다. 전에는 단순히 예금과 대출이었습니다. 주민들이 은행에 예금하면 은행은 그것을 모아서 기업에 대출을 해주는 중개역할을 했습니다. 지금과 비교해보면 정말로 간단하지요. 그러나 이후 금융이 글로벌 비즈니스로 바뀌면서 환전이 생겼고, 뒤이어 구조성 상품과 파생상품도 다양하게 생겨나면서 은행업은 더욱 복잡해졌습니다. 현재는 또 인공지능의 발전이 전반 금융업에 큰 충격을 주고 있습니다.

　우리가 더 건강하고 더 개방적이고 더 강한 중국 금융시스템을 구축하려면 인재가 우선입니다. 중국 금융뿐 아니라 글로벌 금융까지 이해하는 인재여야 합니다. 또한 지금으로 보면 관련 기술도 익혀야 합니다. 칭화대학에서 가르치는 일을 계속하고 금융 인재들의 발전을 위해 미약한 기여나마 할 수 있어서 저는 매우 기쁩니다.

　천아이하이 : 총재님께서는 금융이 점점 더 복잡해진다고 하셨습니다. 그렇다면 금융업이 점점 더 중요해지고 있다는 것으로 이해해도 되겠지요? 전에는 기업이든 개인이든 금융을 별반 접하지 못했습니다만, 경제의 발전과 시대의 진보와 더불어 현재는 거의 아무도 금융을 벗어날 수 없는 상황이 되었지요.

　주민 : 금융은 경제의 혈액입니다. 금융이 우리 생활의 모든 측면에 침투되어 있기 때문에 아무도 금융을 떠날 수 없습니다. 주민들은 저금도 하고 대출도 하고 결제도 합니다. 현재 우리는 모두 휴대폰으로 결제합니다. 휴대폰 결제나 신용카드 등은 이미 필수적인 것이 되었습니다. 거기에다가 노후를 위한 재테크도 해야 하고, 집을 사려면 주택대출도 받아야 합니다. 따라서 금융은 주민들의 생활과 밀접하게 연계되어 있습니다. 기업은 소기업에서 대기업에 이르기까지, 스타트업에서 대기업에 이르기까지, 단계별로 자금조달 수요와 금융상품 수요가 모두 다릅니다. 따라서 금융기관의 지원 없이 기업이 발전하는 것을 상상하기 어렵습니다. 더 중요한 것은 금융의 발전으로 전 세계가 금융차원에서 하나로 연결되어버렸습니다. 이런 의미에서 금융의 발전과 금융관리가 특히 중요해졌다고 할 수 있습니다.

천아이하이 : 총재님은 중앙은행 부행장과 IMF 부총재를 역임하셨고, 현재는 또 칭화대학 우다오커우(五道口) 금융학원에서 교수로 재직하고 계십니다. 이런 몇 가지 역할 가운데 총재님은 어느 역할을 가장 좋아하십니까?

주민 : 저는 다 좋아합니다. 각각 다른 인생의 여러 단계에 서로 다른 일을 할 수 있다는 것은 아주 유쾌한 일입니다. 굉장히 큰 운이기도 하구요. 사실 제 개인의 경력은 개혁개방의 여정을 반영했다고도 할 수 있습니다. 결과적으로 보면 저는 개혁개방의 수혜자입니다.

저는 중앙은행에 재직할 때, 홍콩의 은행 구조조정과 중국은행의 구조조정에 참여했습니다. 개혁개방이 없었더라면 이런 기회도 없었겠지요. 저는 이처럼 방대한 프로젝트를 맡아서 하게 된 것을 아주 행운으로 생각합니다. 당연히 그에 걸맞은 책임감과 사명감이 없이는 할 수 없는 일이지요. 인민은행에 가서 정책을 관리하면서, 더 높은 차원에서 경제를 바라볼 수 있게 된 것도 행운이지요. IMF에서 중국인으로서 중국을 대표하여 글로벌 경제와 금융 결책에 참여한 것도 개인적인 입장에서 보면 커다란 긍지감을 가질만한 일입니다. 물론 그만큼 책임도 컸지요. 지금 일선에서 물러나서, 칭화대학에서 학생들을 가르치는 것은 개인적으로 가장 좋아하는 일이기도 합니다.

천아이하이 : 여러 가지 역할을 다 좋아하셨군요. 순리대로 한 걸음 한 걸음 걸어오신 것 같은데, 개혁개방이라는 위대한 시대와 곧바로 맞아떨어졌네요. 물론 더 중요한 것은 총재님 개인의 능력과 재능이겠지요.

주민 : 좋은 시대를 만난 덕분이지요. 우리의 성장은 이 시대를 떠날 수 없습니다. 우리는 시대의 행운아라고 할 수 있습니다.

대　　화 : 저우하오(周皓)

대화시간 : 2018년 11월 29일

대화장소 : 칭화대학교 우다오커우금융학원(五道口金融学院)

대 화 인 : 펑야(冯雅), 중앙방송총국 '경제의 소리' 수석기자

　　　　　저우하오, 칭화대학교 우다오커우금융학원 부원장

저우하오(周皓)

- 칭화대학교 우다오커우금융학원 부원장, 쯔광장시(紫光讲席) 교수. 미국 연방준비제도이사회에서 리스크평가 부서의 고위 경제학자로 있으면서, 시스템적으로 중요한 금융기관에 대한 규제를 책임졌고, 연방준비제도이사회에 거시건전성 규제정책에 대한 건의를 함.

  MIT 슬론 경영대학원(MIT Sloan School of Management)과 베이징대학교 중국경제연구센터 객원교수 역임.

중국 경제에는 시스템적 리스크가 없는가?

펑야 : 교수님과 교수님의 팀이 방금 2018년 중국 시스템적 리스크 보고서를 발간했습니다. 그렇다면 교수님의 분석에 따르면 현재 우리의 시스템적 리스크의 위험이 크다고 보십니까? 2017년과 비교했을 때 어떤 특징과 변화가 있을까요?

저우하오 : 2018년에 중국의 시스템적 리스크가 좀 높아졌습니다. 일부 국부적인 영역과 특정한 시간대에는 위험수위를 넘어서기도 했습니다. 하지만 전체적으로 보면 금융리스크는 국부적에서 전면적으로 번지거나, 혹은 시스템적 리스크로 번지지는 않았는데, 이는 우리 정부의 적절한 대처가 있었기 때문입니다. 이것이 바로 우리의 전반적인 판단입니다.

펑야 : 교수님께서는 국부적인 영역에 리스크가 존재하며, 이에 대한 적절한 대처가 있었다고 했습니다. 그렇다면 중국에서 이러한 시스템적 리스크가 발생할 수 있는 익스포져[12]는 어떠한 영역일까요?

저우하오 : 아래와 같은 몇 가지 영역이 있습니다. 첫째는 지분 담보(股权质押)인데, 특히 민영기업이 증시에서 지분을 통해 자금을 조달하는 것은 경기하락과 국제교역이 불리하게 진행되는 상황에서 일부 심각해진 측면이 있습니다. 둘째는 채권의 디폴트가 일부 시장과 일부 분야에서 집중적으로 발생하고 있다는 점입니다. 셋째는 우리 민영기업과 중소기업의 자금조달난이 금융부문의 연쇄 디폴트(채무불이행)로 이어지고 있다는 점입니다. 이런 요인들을 합치면 경제 전반에 걸쳐 시스템적 리스크가 상승하고 있다고 볼 수 있지요.

적절한 대처라고 하는 것은, 주로 국무원 금융발전과 안정위원회(国务院金融发展与稳定委员会)의 지도 아래, 중앙은행이 시기적절하게 대응조치를 취한 것입니다. 구조적으로 중앙은행 정책을 통해 일부 업종, 일부 중소기업, 일부 민영기업에 재 자를 지원해 이 분야의 압력을 해소한 것이 그 일례입니다. 또 일전에 디레버리지(去杠杆)[13]가 비교적 큰 성과를 거둔 뒤, 레버리지(去杠杆)[14]를 안정시키기 위한 조치를 취한 것입니다. 즉 디레버리지가 지나치게 빨리 진행되지 않도록 구조적으로 조정함으로써, 경제의 급속한 추락을 막고 부채가 과도하게 오르는 것을 막았습니다. 때문에 우리는 중대한 시스템적

---

12) 익스포저(exposure) : 각종 손실 리스크에 노출되어 있는 금액을 의미하며, 리스크의 유형에 따라 시장 리스크 익스포저, 신용 리스크 익스포저 등으로 구분된다.

13) 디레버리지((Delverage) : 레버리지와 반대로 부채를 줄여나가는 것을 말한다.

14) 레버리지(leverage) : '지렛대' 라는 뜻으로 금융에서는 자본금을 지렛대로 삼아 더 많은 외부 자금을 차입하는 것을 말한다. 따라서 레버리지가 높다면 부채가 많다는 것이다. 적절한 레버리지는 투자의 효율성을 높이기도 하고 경영의 측면에서는 기업 운영의 효율성을 높이는 긍정적인 효과를 가진다. 반면에 투자가 실패로 돌아갈 경우에는 투자 손실을 확대시키는 요인으로 작용하기도 하는 등 부작용도 지닌다

리스크를 발견하지 못했던 것입니다.

펑야 : 교수님께서는 부동산을 언급하시지 않으셨는데요?

저우하오 : 그렇습니다.

펑야 : 2017년에 교수님은 부동산을 주목한 바 있지요. 그렇다면 금년에 우리의 부동산 시장에 대해서 문제가 크지 않다고 보시는 것입니까?

저우하오 : 서로 다른 시장은 '양날의 칼'입니다. 과거에 집값이 너무 빨리 올라 부동산 투기 리스크가 있었다면, 2016년 말부터 집값을 잡기 시작하면서 거의 안정됐지만, 지금은 또 일부 도시에서 집값이 너무 빨리 떨어질 수 있다는 리스크와 함께 부동산 투지를 비롯한 일부 분야에서 비교적 큰 경기 하락을 보이고 있습니다. 부동산이 중국 경제의 버팀목이라는 것은 다들 알고 있습니다. 특히 하청기업과 중소기업 그리고 민영 경제에 대한 영향이 큽니다. 이를테면 인테리어와 시멘트 등은 매우 긴밀하게 연결되어 있습니다. 따라서 부동산 업종이 큰 충격을 받게 된다면, 전체 경제 하락 압력은 더욱 커질 것입니다. 따라서 지난 2년 동안의 지나치게 빠른 성장이나, 지금 나타날 가능성이 있는 성장둔화는 모두 리스크입니다. 현재 부동산 문제에 대처함에 있어서, 부동산을 안정시키고 건강하게 성장시켜야 한다는 생각이 주류를 이루고 있습니다.

펑야 : 적지 않은 경제학자들은 외부 환경이 어떻게 변하든, 우리나

라가 자기의 일만 잘 처리하고 자신의 문제만 잘 해결한다면 시스템적 리스크가 발생하지 않을 것이라고 말하고 있습니다. 이에 대해 어떻게 생각하십니까?

저우하오 : 글로벌 경제상황에 큰 변화가 발생하면 우리에게도 영향을 미치게 되는데 그 영향을 간과해서는 안 됩니다. 예컨대 해외 주요국 금리의 변화를 들 수 있습니다. 국제교역이 급속히 위축되어 유럽·일본·미국 등 우리의 주요 교역 상대국들의 경제가 빠르게 하락된다면, 중국에도 큰 영향을 미칠 수밖에 없습니다. 뒤의 말은 맞습니다. 중국은 외부충격이 국내경제에 미치는 영향을 줄이고, 주로 자기 일을 잘해야 합니다. '자기 일'에는 두 가지가 있습니다. 거시경제정책과 중앙은행의 정책은 외부충격이 발생했을 때 빠르고 전향적으로 적절한 조정을 할 수 있도록 함으로써 외부충격이 국내경제에 미치는 영향을 완화하는 것이 하나입니다. 이는 중·단기적 대응에 해당합니다. 다음으로 중장기적 대응으로 말하자면 시장화의 개혁을 가속화하는 것입니다.

역사적 안목으로 중국경제의 현황과 미래를 바라봐야 한다

펑야 : 11기 3중 전회(十一屆三中全會) 이래 우리는 개혁개방을 통해 우리의 경제를 비약적으로 발전시켰습니다. 기본적으로는 개방으로 개혁을 촉진했다고 할 수 있습니다. 그런데 아까 말씀드렸지만 외부환경이 우리에게 미치는 영향은 사실 굉장히 중요합니다. 관세를 올리거나 시장을 봉쇄하는 등 보수적인 자세를 취하는 선진국들도 눈에 띕니다. 과거에 비해 개방으로 개혁을 촉진하는 강도와 역할이

예전에 훨씬 못 미칩니다. 그럼 이제 우리는 어떻게 해야 한다고 생각하십니까?

저우하오 : 개방으로 개혁을 촉진한 경우는 역사적으로는 몇 차례 있었습니다. 중국에는 비교적 성공한 경험이 몇 차례 있었습니다. 심지어는 외부 충격이 아주 크거나 외부에 부정적인 영향이 나타났을 때였지요. 하나는 1997년 IMF 외환위기와 러시아 금융위기 때, 중국은 경쟁적인 환율 하락이나 스스로를 가둬놓고 그 충격을 피하는 방식보다는 개혁과 추가 개방이라는 정면 돌파를 택했습니다. 성공적인 대응이었지요. 두 번째는 2007~2009년 글로벌 금융위기 때, 4조원의 재정부양책과 신용부양책을 주도적으로 제시해 외부충격의 부정적 영향에서 벗어났습니다.

현재 외부환경이 비관적인 것은 아닙니다. 개별 국가들이 관세를 올리고 있기는 하지만, 다른 경제체(经济体)들은 더 광범위한 자유무역협정을 추진하고 있습니다. 따라서 중국은 한 방면으로 더 많은 국가들과 자유무역협정 협상을 추진해야 할 것입니다. 다른 나라들도 자유무역에 대한 수요가 존재합니다. 따라서 계속 추진해야 합니다. 2018년에 다른 나라들이 관세를 올리는 가운데, 우리나라의 보편적 관세인하 조치는 많은 국제학자들의 찬사를 받았습니다. 중국 스스로 이런 개방적 감세와 자유무역의 길을 계속 걸어간다면 장기적으로 중국경제는 분명 이득을 볼 것입니다. 자기 일을 잘 해나가는 것만으로도 이러한 위기에 충분히 대처할 수 있습니다.

펑야 : 지금 중국의 경제현황을 더 높은 차원에서 보라는 말씀과 함께 역사의 관점에서 문제를 보라는 말씀이군요. 그렇다면 역사적 관

점에서 보면 지난 수십 년 동안 중국은 기본적으로 저비용이라는 우위를 가지고 전 세계에서 좋은 발전을 이룩해 왔음을 알 수 있습니다. 지금 베트남 같은 동남아 국가들도 개혁개방을 하고 있고, 그들의 인건비는 우리보다 더 낮습니다. 우리는 인건비의 우위가 점점 사라지고 있는 반면, 우리의 기술과 자본의 독보적인 우위는 아직 드러나지 않고 있습니다.

저우하오 : 이는 아주 흥미로운 문제입니다. 경제발전이 서로 다른 단계에서 산업구조를 어떻게 조정하고 설정해야 하는지에 대한 문제이지요. 그렇다면 맨 처음 개혁개방을 할 때 우리에게는 풍부한 인적 자본, 인적 자원이 있었습니다. 인건비가 가장 쌌던 시기이기도 했습니다. 그 당시 의류 가공업, 텔레비전 조립이 우리의 발전에 가장 적합한 업종이었다면, 선진국들에서는 주로 혁신적이고 기술적인 업종이 주를 이뤘습니다. 자본적으로 월등히 우세한 그들은 고급적이고 혁신적인 업종을 발전시켰습니다. 중국은 지금 이 둘 사이에 있습니다. 인건비가 가장 저렴하지도 않고, 자본이 가장 풍부한 것도 아닙니다. 우리의 현재 산업구조는 기본적으로 일종의 혼합형입니다. 즉, 대부분 원가로 경쟁해야 합니다. 우리의 노동력은 베트남과 같은 나라들보다 더 비싸지만 선진국과 비교하면 4분의 1 내지 3분의 1에 불과합니다. 그렇다면 또 다른 첨단기술 분야에서는 선진국의 배턴을 이어받아 일부 업종의 업그레이드를 실현할 수 있을 것입니다.

미국의 금융규제는 가장 이상적인 모델이 아니다

펑야 : 교수님은 금융규제 방면에 조예가 깊습니다. 하지만 이 규제

와 혁신은 흔히 서로 모순되고 충돌합니다. 그렇지요? 교수님은 금융 분야의 혁신과 규제, 그것이 균형을 이룰 수 있다고 생각하십니까? 규제는 반드시 혁신을 억제하는 것일까요?

저우하오 : 아주 좋은 문제입니다. 중국의 현재 단계에는 성공적인 금융혁신의 예가 있는가 하면, 금융 사기극이 일어나는 경우도 있었습니다. 성공의 예는 우리 모두가 사용하는 모바일 결제와 전자 결제와 같은 것입니다. 이것이 바로 중국이 서방 선진국들이 반드시 거쳐야 했던 수표 지급의 단계를 넘어 현금에서 전자 결제로 바로 도약하는 혁신입니다. 그러나 혁신이라는 이름만 내걸고 있는 경우도 있는데, 예를 들어 인터넷 대출 플랫폼은 금융 사기나 다름없습니다. 그렇다면 어떻게 하면 모바일 결제와 같은 혁신을 장려하여 금융혁신을 발전시키는 한편, 이런 사기극이 일어나지 않도록 관리할 수 있을까요? 이는 중앙은행이나 금감원 같은 금융 감독기관으로 말하면 아주 높은 요구입니다. 어쨌든 규제는 필요합니다. 규제가 없어서는 안 됩니다. 게다가 금융은 경계가 없습니다. 따라서 특별 구역을 설치해서는 안 되지요. 예를 들면 무역은 우리가 자유무역구역을 설정할 수 있습니다. 하지만 금융은 경계가 없기 때문에 특별구역을 설치해서는 안 됩니다. 실제로 시험구역을 하나의 특정한 범위로 한정할 수 없기 때문에, 금융규제로 말하자면, 반드시 전국적인 통일된 관리감독을 견지해야 합니다.

규제는 거시건전성과 미시건전성으로 나누는 것이 좋습니다. 거시건전성은 중앙은행이 이런 체계적인 금융 리스크가 발생하지 않도록 통제하는 것을 의미합니다. 특히 대형기관(大型机构)은 부도 위반과 유동성 위기를 겪지 않도록 하는 것이 중요한데, 이는 중앙은행이나 거시건전성의 주체인 금융안정발전위원회가 대처합니다. 금융기관마다 자신의 대출이 위반인지, 각각의 보험 상품을 발행할 때 사기나 관련 규정에 반하는 행위가 없는지와 같은 미시적 행위의 감독은 은보감회(银保监会, 은행보험감독관리위원회)와 같은 기구에서 해야 합니다. 그래서 사실 규제 방면에서 이 두 가지는 분공이 존재합니다. 심지어 시장행위의 감독, 즉 거래시장행위의 감독은 증권감독위원회서 해야 합니다. 증권이 규정에 부합되는지, 주식발행이 규정에 부합되는지와 같은 행위들은 모두 증권감독위원회에서 해야 하지요. 그래서 중국은 물론 세계 주요 국가의 규제체계에는 이러한 비교적 명확한 분공이 있습니다. 중앙은행과 거시건전성 주체는 시스템적 리스크와 시스템적으로 중요한 기관을 담당합니다. 은보감회 기관감독자(机构监管者)는 주로 미시건전성에 속하며, 미시적 행위에서 위반인지 아닌지를 감독합니다. 증권감독위원회는 주로 증권시장, 채권시장에서 소비자를 보호하고 투자자를 보호합니다. 이런 효율적인 분공은 한 국가의 규제를 더욱 질서 있게 발전시켜 금융시장의 원활한 운영을 보장하면서도 중대한 사태의 발생을 방지할 것입니다.

펑야 : 교수님은 일찍 미국 연방준비제도이사회에서 리스크평가 부서의 고위 경제학자로 있으면서, 시스템적으로 중요한 금융기관(系统性重要的金融机构)에 대한 규제를 책임지셨고, 연방준비제도이사회에 거시건전성 규제정책에 대한 건의를 했었지요. 교수님이 보시기에 미국의 금융영역에서의 규제가 중국에 어떤 시사점을 주고 있다고 보십니까?

저우하오 : 미국도 이상적인 모델은 아닙니다. 국제적으로 영국의

쌍봉형(Twin Peaks) 모델과 같은 다른 모델도 있습니다. 이중 어느 모델이든 중국에 완전히 그대로 적용될 가능성은 적습니다. 비교적 이상적인 상황은 양자의 우점을 결합하는 것입니다. 중국은 미국과 마찬가지로 대국으로서 크고 작은 수천 개의 은행이 있습니다. 따라서 하나의 기구만으로는 안 됩니다. 한 기구가 모든 걸 결정하는 감독방식은 적합하지 않기 때문에 여러 개로 분공해 합니다.

펑야 : 서로 견제하도록 하는 것이군요.

저우하오 : 중앙은행이 거시건전성을 관리하고, 은보감회가 기관의 미시적 행위를 관리하며, 투자자 보호는 증권감독위원회가 맡아야 합니다. 서로 분공하는 형식이지요. 하지만 중국에는 또 특별히 큰 기관이 있습니다. 즉 우주은행[15]이 중국에만 나타났는데, 상대적으로 시장 집중도가 훨씬 큽니다. 따라서 중앙은행이 마지막 대출자이자, 시장과 중요한 기관을 효과적으로 구제할 수 있는 감독자로서 이 최대 기관의 감독을 책임집니다. 이는 시스템적 리스크의 발생을 방지할 수 있는 매우 중요한 제도적 장치입니다.

펑야 : 이런 시스템적 리스크를 방비하는 과정에서, 중앙은행이 전망성적인 통화정책을 펼 수 있다면 리스크에 대비하는 데 큰 도움이 되지 않을까요? 시장이 더 빠르게 반응할 수 있으니까요. 이 방면에서 우리가 외국의 선진적인 모델을 참고할 필요가 있지 않을까요?

저우하오 : 중앙은행이 이미 그렇게 하고 있다고 생각합니다. 더 정

---

15) 우주은행(宇宙行): 중국공상은행(中國工商銀行)의 시가총액이 전 세계 상장은행 가운데 1위를 차지하게 되면서 붙여진 별칭임.

확히 말하면 부단히 학습하고 제고하는 과정에 있다고 할 수 있습니다. 저는 중앙은행의 전망성적인 정책의 예판·제정 외에도, 중국이라는 특정한 제도에서 조정 역할을 할 수 있는 기구가 있는 것도 매우 중요하다고 생각합니다. 예를 들면 국무원 금융안정개발위원회는 중앙은행·은보감회·증권감독위원회를 조율할 수 있습니다. 이는 중국이라는 특수한 환경에서 규제와 전망성적인 통화정책을 효과적으로 실행하는 중요한 조치라고 할 수 있습니다.

펑야 : 현재 우리의 금융개혁은 일부 새로운 도전에 직면한 것 같습니다. 왜냐하면 한편으로는 디레버리징의 임무를 완전히 완수하지 못한 반면, 다른 한편으로는 우리의 금융시장은 가속적으로 대외에 개방되고 있고, 게다가 인민폐의 환율변동도 항상 마음을 졸이게 하기 때문입니다. 그렇다면 이러한 새로운 변화들은 현재의 금융감독 개혁에 대해 새로운 도전들을 제기하고 있다고 생각하십니까?

저우하오 : 좋은 질문입니다. 지난 40년간 비교적 잘 정비된 개혁으로 농업분야에서는 이미 성공적으로 공동생산 도급책임제(联产承包责任制) 개혁이 진행되었습니다. 도시, 가격분야, 기업제도에 있어서도 비교적 심각한 개혁을 진행하였으나 금융 분야, 특히 금리시장화와 환율개방 등의 개혁에 있어서는 비교적 초기 단계에 있습니다. 금융개혁은 우선순위를 따져야 한다고 생각합니다. 이를테면 금리시장화와 환율의 시장결정 메커니즘 등은 우리가 추진해야 할 방향인데, 우선순위의 문제가 존재합니다. 즉 국내에 금융불안 요인이 있는 상황에서, 국내 금융리스크·금융 감독 개혁을 우선적으로 추진해야 하고, 대외 위안화 글로벌화의 추진은 빨라도 되고 늦어도 됩니다.

적절한 시점에 추진해야 하지만, 적절치 않을 때는 서둘러 추진할 필요가 없습니다. 심지어 자본계정 개방과정에서도 나아갈 수도 있고 후퇴할 수도 있습니다. 대내외 리스크가 병존할 때 대외개혁은 안정적이어야 합니다. 이때는 대내적 개혁이 관건이지요. 따라서 금융개혁의 경우, 금리시장화 내부개혁이 우선시되어야 합니다. 환율시장화는 그 이후에 개혁해도 됩니다. 내부기업과 외부경제 환경에 모두 리스크가 있는 상황에서, 이러한 우선순위는 심각하게 고민해야 할 하나의 관전 포인트입니다.

훌륭한 금융학자는 세 가지 방면의 지식을 갖추어야 한다

펑야 : 몇 년 전 경제가 아주 좋을 때, 특히 금융 쪽이 아주 잘 될 때만 해도 금융을 배우는 사람이 굉장히 많았습니다. 대학생들이 금융을 배우는 열기가 대단했는데, 올해는 금융을 배우는 사람이 또 취직하기 힘들 것 같습니다.

저우하오 : 우리 우다오커우 금융학원(五道口金融?院)의 전신은 인민은행 대학원생부(研究生部)였습니다. 지난 세기 80년대 초에 설립되었는데 어언 40년이 다 되었군요.

펑야 : 금융인재 배양의 핵심기지였지요.

저우하오 : 그래서 우리의 금융인재 양성은 수십 년의 장기적인 관점에서 고려해야 합니다. 예를 들면 미국 금융위기 전에 금융업이 지나치게 팽창했다가 2009년 이후부터 지나치게 위축되었다면, 최근 첨

단기술의 발달 속에서 실물경제의 금융산업에 대한 수요가 다시 상승하기 시작했습니다. 최근 미국 금융업계에는 일자리가 아주 많습니다. 따라서 좀 더 장원한 각도에서 봐야 합니다. 2, 3년이 아닌 10년 이상의 시간을 보아야 합니다. 금융업은 장기적으로 보면 더 큰 발전이 필요합니다. 단기적으로는 과도한 파동이 존재하지만 금융인력 양성에 치중하는 목표가 장기적으로는 실물경제에 봉사하는 것이라면 좋은 일자리를 찾을 수 있을 것으로 믿습니다.

펑야 : 아이가 대학에 가서 무슨 전공을 할지 조언해 달라는 문의가 자주 오는데, 나는 그들에게 늘 금융학과를 권합니다. 유럽과 미국 선진국이 걸어온 길은 우리가 앞으로 가야 할 길이기 때문에 금융을 전공하는 것은 좋은 선택이라고 생각합니다.

저우하오 : 금융도 배워야 하고 경제도 배워야 하고 관련 기술도 배워야 합니다. 마지막 전공이 무엇이든 간에, 기초적인 경제학 지식뿐만 아니라 금융 조작도 알아야 하고, 수학과 계산과 같은 기술적인 지식도 알아야 합니다. 사실 훌륭한 금융학자라면 이 세 가지가 모두 필요하다고 생각합니다.

대　　화 : 왕언꺼(王恩哥)

대화시간 : 2018년 10월 26일

대화장소 : 베이징 과학센터(北京科学中心)

대 화 인 : 천아이하이, 중앙방송총국 '경제의 소리' 수석논설위원
　　　　　왕언꺼, 중국과학원 원사

왕언꺼(王恩哥)

- 중국과학원 원사, 베이징대학교 전임 총장, 중국과학원 전임 부원장, 응집물질물리학자, 중국과학원 물리연구소 학술위원회 주임(主任), 미국물리학회(APS) 국제이사, 베이징시 과학기술협회(北京市科协) 부주석.

과학자 정신의 핵심은 '정직함' 이다

개혁개방의 가장 큰 공헌은 사람들의 사상을 해방한 것이다

천아이하이 : 몇 년 전 '수능 1977' 이라는 영화가 있었는데, 동북 농장의 지식청년(知识青年)들이 수능 부활 소식을 듣고 지식을 습득하여 운명을 바꾸려 한다는 내용입니다. 원사님의 프로필에 따르면, 1975년부터 1978년까지 랴오닝성(辽宁省) 랴오중현(辽中县)에 있는 우버뉴(乌伯牛)라는 마을에서 지식청년으로 일했고, 그 후 수능을 재개한 후인 1978년에 대학에 진학했습니다. 여기에 관한 이야기를 들려줄 수 있으시죠? 예를 들면, 원사님은 당시 어떻게 수능이 재개되었다는 소식을 알 게 되었습니까? 당시 원사님 주변 지식청년들은 대학 입시에 대해 어떤 태도를 보였는지도 궁금합니다. 흥분했는지, 아니면 압력을 느꼈는지? 그리고 더 구체적으로 복습자료는 어디에서 왔

습니까? 전부 독학으로 공부했습니까? 합격 통지서를 받고 나니 어떤 느낌이었습니까?

왕언꺼 : 중국이 발전 변화한 40여년을 회고해보면, 우리 세대에 실질적으로 가장 큰 영향을 미친 사건은 아무래도 1977년 덩샤오핑(邓小平) 동지가 제기한 수능을 회복한 일이라고 할 수 있습니다. 저는 1977년 랴오닝의 한 농촌에서 지식청년으로 일했는데, 그 농촌이 바로 방금 말씀하신 우버뉴 공사(乌伯牛公社) 따쯔잉 대대(达子营大队)입니다.

당시 수능을 약 두 달 앞두고 어머니로부터 수능이 회복되었다는 소식을 전해 들었습니다. 어머니는 대학교 교수였습니다. 하지만 당시는 한창 가을수확으로 바쁜 때여서, 도시로 돌아가 수능을 준비하겠다고 신청은 했지만 허락을 받지는 못했습니다.

당시 낮에는 밭에 나가 일하고 밤 시간을 이용하여 자습해야 했습니다. 랴오닝의 개혁개방 이후 첫 수능시험이 치러진 시기는 1977년 12월 1일과 2일이었습니다. 동북(东北)의 12월은 이미 상당히 춥습니다. 수능에 참여한 우리 청년들은 아침에 청년점(青年点)에 모였다가 공사(公社)로 걸어갔는데 왕복 16리 길이었습니다. 점심시간에도 시험장 밖에서 양지쪽을 찾아 음식을 먹고 오후 시험을 기다려야 했습니다. 어느 날 시험을 치르자 날이 이미 어두워졌습니다. 모두들 기진맥진했지만, 우리는 밤길을 걸으면서도 노래를 부르며 서로를 격려했습니다. 아무래도 미래에 대한 희망으로 가득했기에 마음속으로부터 기쁨을 느꼈던 것 같습니다. 희망은 정말 소중한 것이지요. 나의 제1지망은 하얼빈 건축공학원(哈尔滨建筑工程学院)이었습니다. 현재 그 학교는 이미 하얼빈 공업대학(哈尔滨工业大学)에 합병되었지요.

당시 나는 장차 약간의 기술을 배우기를 희망했었습니다.

천아이하이 : 건축을 배우려고 하셨었군요.

왕언꺼 : 그렇습니다. 뭔가 눈에 보이는 일을 하고 싶었습니다. 하지만 저의 아버지가 '문화대혁명'에서 박해를 받아 돌아가셨는데, 당시까지만 해도 아직 누명을 벗지 못했습니다. 그래서 정치심사라는 첫 관문에서 문제가 생겼지요. 결국 오랜 시간을 기다려서야 합격 통지서를 받았는데 사범대학이었습니다. 통지서를 받는 순간 매우 기뻤습니다. 앞으로 계속 공부할 수 있을 거라고 마음속으로 생각했기 때문입니다. 그런데 우리 어머니가 막으셨습니다. "네가 집에서 맏이니깐 다른 걸 다 제쳐놓고 아버지의 명예 회복을 위해 뛰어다녀라." 그런 입장이셨지요. 아버지의 명예를 회복하지 못하면 이 가족은 앞으로 더 많은 어려움을 겪게 될 것이라고 하셨습니다.

천아이하이 : 맞는 말씀이셨네요.

왕언꺼 : 저의 아버지는 방직공장의 엔지니어셨는데, 공장에서 문화 수준이 가장 높았습니다. 게다가 상하이 사람이었고, 가정 출신도 좋지 않았기에 '문화대혁명'에서는 가장 큰 주자파(走资派)에 해당했습니다. 아버지는 10년 간의 동란 상황에서 돌아가셨는데, 모든 사실들이 명백했기에 얼마 안 되어 바로 명예를 회복할 수 있었습니다. 1978년 4, 5월에 해결되었던 것으로 기억합니다. 당시 조직에서는 우리에게 원하는 게 있으면 얘기하라고 했습니다. 어머니는 우리 아들이 1978년의 수능 성적으로 1997년도 대학에 입학하도록 하면 안 되겠느

냐고 말씀하셨습니다.

천아이하이 : 그랬었군요.

왕언꺼 : 그래서 조직에서는 저의 1977년 수능 성적을 열람하게 되었지요.

천아이하이 : 성적이 괜찮았던 모양이네요.

왕언꺼 : 성적이 아주 좋았습니다. 사실 국내에서 가장 좋은 대학교에 갈 수 있는 성적이었습니다. 하지만 조직에서는 랴오닝성 소속 대학만 가능하다고 했습니다. 다른 지역의 대학은 권한이 없다는 것이었지요. 그래서 결국 랴오닝대학(辽宁大学)에 들어가게 되었습니다. 랴오닝대학은 종합대학인데 당시 공과(工科)가 없었습니다. 지금은 물론 있습니다. 그래서 저는 결국 물리학과를 선택하게 되었습니다. 물리학과가 좀 더 실제적이라고 생각했기 때문이지요. 당시 물리학과에는 3개의 트렌디한 전공이 있었습니다. 레이저물리학, 무선전신물리학, 반도체물리학이었는데 이미 정원이 다 차서 결국 이론물리학을 선택하게 되었습니다. 이론물리학을 배우면 나중에 무엇을 하느냐고 물었더니, 선생님이 될 거라고 하더군요. 그래서 좋다고 했습니다.
　한 사람이 40년 동안 한 가지 일만 한다면, 게다가 기본적으로 자기가 잘 이해하고 있는 일을 한다면, 뭘 하든 잘해낼 수 있다고 생각합니다. 그래서 스스로를 평가해보면, 저는 저 자신이 물리학에 대해 잘 이해하고 있다고 생각하고 있습니다.

천아이하이 : 원사님께서 랴오닝대학 물리학과에 입학한 것은 1978년입니다. 중국이 개혁개방을 막 시작하던 해였지요. 그렇다면 지금 생각해보면 개혁개방은 당시 사회생활에 어떤 중요한 영향을 미쳤을까요? 예를 들면 우리 생활에 어떤 영향을 끼쳤는지, 특히 우리의 정신력에 어떤 영향을 미쳤다고 생각하십니까?

왕언꺼 : 그렇습니다. 저는 1978년 19월에 입학했습니다. 실제로 같은 학년 동기들보다 한 달이나 늦었지요. 특별한 사정이 있었기 때문입니다. 저는 개혁 개방이 사람들의 정신 상태에 가장 큰 영향을 미쳤다고 생각합니다. 그때로부터 많은 사람들이 자신의 생명이 새로운 가치를 갖게 되었고, 삶에 새로운 기회가 가득 찼다고 느끼게 되었지요. 다들 자신의 인생을 새롭게 정의하고 아름다운 미래를 동경하게 되었습니다. 터놓고 말해서, 그 전까지는 다들 태어나자마자 이미 운명이 결정되어 있는 것처럼 느꼈습니다.

천아이하이 : 그랬었지요.

왕언꺼 : 그래서 저는 사상을 해방시킨 것(생각의 틀을 바꿀 수 있게 한 것 - 역자 주)이 개혁개방의 가장 큰 공헌이라고 생각합니다.

중국 과학사업 발전에 바친 '황금 20년'

천아이하이 : 1978년은 개혁개방을 시작한 중요한 해였습니다. 그해 중국 과학기술계에서도 큰 일이 있었지요. 베이징에서 전국과학대회가 열린 것입니다. 그때 원사님은 막 대학에 들어갔는데, 이 회의에

대하여 들은 적이 있습니까? 이후에 원사님이 종사한 것은 과학 연구인데, 그 회의는 원사님의 과학 연구에 어떤 영향을 주었습니까?

왕언꺼 : 전국과학대회가 개최된 것은 큰일이라는 것은 알고 있었습니다. 당시 여러 언론들에서 많은 선전을 했으니까요. 그러나 그 회의가 갖는 의의에 대해서는 깊이 이해하지 못했습니다. 그때 제가 가장 많이 변했다고 느낀 점은 과학이 갑자기 중요해졌다는 것이었지요. 지식을 배우는 것은 영광스러운 일이지만, 그 전에는 공부하는 것을 그리 홍보하지 않았었습니다.

당시 언론에서 가장 많이 홍보된 사람은 천징린(陈景润), 양러(杨乐), 장(덧말:長)꽝허우(张广厚) 등 과학자들이었습니다. 양전닝(杨振宁) 선생과 리정다오(李政道) 선생은 제 마음속의 우상이었습니다. 그분들이 저를 과학의 길로 인도해주셨고, 제 평생의 사업이 되게 하셨습니다.

요즘 언론들에서는 입만 놀려도 큰돈을 벌 수 있는 것처럼 떠들어대는데 너무 위험합니다. 저는 이것이 바로 오늘날 젊은이들이 과학에 대한 홍미를 잃고, 고생을 안 하려고 하는 근본 원인이라고 생각합니다.

천아이하이 : 그렇습니다. 요즘엔 누가 누구와 혼인신고를 했는지, 누가 누구와 아이를 낳았는지 등과 같은 뉴스들은 메인을 장식하지만, 정작 과학에 기여하고, 국가에 기여하고, 경제에 기여하는 사람들에 대해서는 오히려 아무도 모르거나 아는 사람이 극히 적습니다. 이런 현상을 확실하게 돌려놓아야 할 필요가 있다고 봅니다.

왕언꺼 : 정말 가슴 아픈 일입니다. 최근에 발생한 일련의 사건들도 그런 점을 떠올리게 하지요. 2018년에 발생한 경제무역 분쟁에서 볼 수 있듯이, 우리의 기초연구, 기초과학들이 이 관건적인 시기에 얼마나 중요한지를 알아야 할 텐데 말입니다.

천아이하이 : 그렇습니다.

왕언꺼 : 그러니까 방금 전에 얘기하신 것처럼, 언론의 잘못된 유도나 바람직하지 못한 여론은 사실 매우 위험한 일이라 할 수 있습니다.

천아이하이 : 그렇습니다. 기초를 잘 다지지 못한 채 전 국민이 오락에만 심취해있으면, 나중에 남들이 손가락만 까딱해도 속수무책이 되는 경우가 일어날 수 있는 것이니까 말입니다.

원사님은 1990년 베이징대에서 박사학위를 받은 뒤 외국 대학과 실험실에서 공부해 괄목할만한 연구 성과를 거뒀습니다. 그러면 보통 사람들이 봤을 때 원사님과 같은 분은 분명히 외국에서 계속 발전해갈 것이라고 생각하겠죠. 개혁개방 10여 년이 지났지만 국내 경제가 아직 낙후되고 생활수준도 낮은 상황에서, 원사님은 결연히 귀국해 연구하겠다는 결단을 내렸습니다. 당시 그런 결단을 내리셨던 이유는 무엇이었습니까? 국가의 부름에 응한 것인가요? 아니면 스스로 일찍부터 학업을 마치고 귀국하려고 했던 것인가요?

왕언꺼 : 저는 먼저 프랑스에 유학했다가 나중에 미국으로 건너갔습니다. 솔직히 말하면 1990년대의 유학생들 가운데, 학업을 마치고 바로 귀국하겠다는 생각을 가진 사람들은 거의 없었습니다.

천아이하이 : 아주 적었지요.

왕언꺼 : 대부분 외국에서 일자리를 찾고 정착했습니다. 왜 귀국했는지에 대해서는 딱히 할 말이 없네요. 깊이 생각해보지도 않았으니까요.

천아이하이 : 자연스럽게 이루어진 일이라고 해야겠죠?

왕언꺼 : 정말로 그렇습니다. 귀국은 아주 자연스러운 일이라고 생각했던 것 같습니다. 당시 저의 귀국을 위해 미국 휴스턴 주재 중국영사관이 따로 환송회를 열었는데 이삼백 명이 참석했던 것으로 기억합니다. 그때 제가 했던 발언은 지금도 생생히 기억하고 있습니다. "귀국하는 것이 애국의 한 표현이지, 유일한 표현은 아닙니다. 저는 이자리에 계신 여러분이 외국에서 더 발전하고 성과를 이루었다면, 그것 역시 나라에 보답하는 다른 한 형식이라고 생각합니다."라고 말했지요. 물론 그해 과학원이 '100인 계획(百人计划)'을 시작한 것은 저의 귀국에 직접적인 영향을 미쳤습니다. '100인 계획'은 우리에게 아주 좋은 작업 기반과 발전의 공간을 제공했지요.

천아이하이 : 이렇게 말하면 사실 국가의 부름도 있고, 내심 그런 포부도 있었기 때문에 귀국을 선택한 것이네요. 이때부터 2007년까지 중국과학원 물리연구소에서 일하셨습니다. 그렇다면 이 단계는 바로 개혁개방의 세 번째 10년이 되는 해였습니다. 이 단계는 사실 우리나라의 과학연구 기관들로 말하면, 체제로부터 성과 부화(成果孵化), 경제제도에 이르기까지 고무적인 10년이었습니다. 경험자로서도 이런

단계의 변화에 감개무량하지 않으셨던 가요?

왕언꺼: 그렇습니다. 지난 20년은 중국에서 과학사업이 가장 빠르게 발전한 황금 20년이었습니다. 저는 다행히 직접 참여하게 되어 매우 자랑스럽게 생각하고 있습니다. 특히 1999년 중국과학원 물리연구소 소장으로 부임한 이후, 10년이라는 짧은 기간 동안 역사에 순응하면서 이러한 변혁을 설계하고 이끌었습니다. 이제 우리의 물리연구소는 중국 과학기술계의 기치이자 국제물리연구의 한 축으로 되었습니다. 그걸 되새기는 게 너무 자랑스럽습니다.

저의 업무에서 인재는 항상 최우선입니다. 저는 새로운 메커니즘과 몇 가지 새로운 방법을 모색해 보았지요. 예를 들어 2000년을 전후해 국제양자구조센터(国际量子结构中心)를 설립해 국내외 협력의 안정적 통로를 마련했습니다. 우리가 고안해낸 이런 모델은 국내외 일부 고교와 연구소에 의해 복제되고 있습니다. 초기에 이 국제양자구조센터에 참가했던 국내 구성원들은 현재 중국 과학기술계의 선두주자로 되었습니다. 몇몇 중요한 지도자와 부장, 그리고 몇몇 매우 중요한 과학자와 총장 등이 포함되지요.

또 이를테면 2005년에 세계 물리학계의 최대 연례회의인 미국 물리연례총회에서 우리는 홍보·채용박람회를 개최했는데 이는 국내적으로 처음 있는 일입니다. 국가의 관련 정책과 안정적 자금 투입에 힘입어, 우리는 이 창구를 활용하여 뜻있고 자신감 있는 젊은이들을 영입했습니다. 이들은 기성세대 과학자들의 사랑을 받으며 빠르게 성장했지요.

사실 우리의 물리연구소는 과학원을 위해 과학자와 걸출한 인재를 양성했을 뿐만 아니라, 국내 대학에 여러 명의 총장과 물리학과 학과

장을 배출했습니다. 제가 베이징대학교 총장을 지냈던 것처럼 상하이교통대학(上海交大)의 장제(张杰) 총장, 칭화대학교의 쉐치쿤(薛其坤) 부총장, 중산대학교(中山大学)의 왕쉐화(王雪华) 부장, 중국과학원의 까오훙쥔(高红军) 총장까지 모두 우리 연구소 출신입니다. 물리학과 학과장은 더 많습니다.

2000년 이후 우리는 연물질물리실험실(软物质物理实验室)을 만들고, 2004년에는 고체양자컴퓨팅 실험실을 설립했습니다. 이것은 국내 최초이자 국제적으로도 최초의 실험실 중 하나로, 현재 양자컴퓨팅이라는 개념이 부각되기 훨씬 이전의 일입니다.

중국 물리학자의 노벨상 수상은 조만간의 일이다

천아이하이 : 중국과학원 물리연구소는 중국 과학기술계의 기치라고 하셨는데, 저는 전혀 손색이 없다고 생각합니다. 실제로 1950~60년대 원사님이 종사한 응집물질물리연구 분야는 이미 세계 과학연구의 화제가 되었습니다. 그 시절 노벨상과 각종 세계 유명 과학대상 수상자 가운데 응집물질물리학자는 거의 빠지지 않았지요. 그때까지만 해도 중국의 응집물질물리 발전은 이제 막 걸음마를 타는 단계였지만, 2014년 중국과학원 물리연구소에서 철기초전도(铁基超导)를 발견하게 됩니다. 많은 사람들이 응집물질물리나 철기초전도가 중요하다는 것을 알고 있지만, 그것이 우리의 경제발전이나 국민들의 생활과 무슨 관계가 있는지는 모릅니다. 알기 쉽게 설명 부탁드립니다.

왕언꺼 : 응집물질물리는 오늘날 물리학 연구에서 가장 활발한 분야입니다. 물리학 연구의 절반 이상을 차지하는 셈이지요. 과학자의 태

반은 물리를 연구하고, 또 물리학자의 태반은 응집물질물리를 연구한다고 보시면 됩니다. 바로 응집물질물리학 그 자체와 응집물질물리에서 발전한 기술들이 사람들의 일상생활과 가장 밀접한 관계를 맺고 있기 때문입니다. 오늘날 우리 주변에서 쉽게 접하는 이런 첨단제품들은 아마 하나같이 응집물질물리학의 발전과 관련이 있을 것입니다. 카메라와 녹음장비를 비롯해 다양한 것들이 있지요. 음향기기는 말할 것도 없고 생명과학과 의학의 발전까지, 우리 생활의 모든 면을 포괄한다고 해도 과언이 아닙니다.

방금 전에 2014년에 물리연구소가 철기 초전도체(매우 낮은 온도에서 전기저항이 0에 이르러 초전도현상이 나타나는 도체 - 역자 주)를 발견했다고 하셨는데, 이는 정확한 시간이 아닐 수도 있습니다. 실제적으로 이미 1987년 초 중국과학원 물리연구소는 구리 기반 고온초전도 연구에서 획기적인 진전을 이루었습니다. 2008년에는 철기초전도 연구에서도 세계를 선도했습니다. 그해 국제 주요 과학매체들에서 메인으로 다룰 정도였지요. 미국에는 파이식스 투데이(PHYSICS TODAY)라는 매우 중요한 학술 매체가 있는데, "중국과학원 물리연구소가 고온초전도 연구에 앞장서고 있다"는 제목으로 큰 페이지를 들여 보도한 적도 있습니다.

초전도체에는 세 개의 독특한 물리적 특성이 있습니다. 하나는 제로저항이고, 하나는 완전 반자성이고 또 하나는 조셉슨 효과[16]입니다. 우선 제로 저항의 응용에 대해 얘기해봅시다. 제로저항은 실제로 전류를 전송하는 과정에서 열을 발생시키지 않고 전기를 소비하지 않는 것입니다. 우리가 이 초전도 재료로 송전선을 만들어 원거리 송전에

---

16) 조셉슨효과 : 2개의 초전도체 사이에 박막상의 절연체가 있을 때, 터널 효과로 전자대가 통과하는 현상을 말한다. 전류의 크기는 초전도체의 에너지 갭, 절연체의 저항 등으로 정해지지만, 일반적으로 전압은 발생하지 않는다. 또 외부 전압을 작용시키면 전압에 의해서 정해지는 주파수의 교류전류가 발생한다.

적용하면 소비전력을 크게 줄일 수 있습니다. 현재 구리배선과 알루미늄배선의 경우 에너지 소비량이 15%에 달하는데, 만약 초전도 송전선으로 바꾼다면, 우리는 적어도 수십 개의 대형 발전소를 절약할 수 있습니다.

또한 만약 도체(導體, 열 또는 전기의 전도율이 비교적 큰 물체 - 역자 주)를 하나의 회로로 만들어서 폐쇄된 하나의 코일을 만든다면, 안정적인 자기장을 만들어 낼 수 있고, 미약한 신호를 탐지할 수 있습니다. 예를 들어 현재 생물 연구와 임상의학에 사용되고 있는 고해상도 핵자기공명 기술, 즉 실제로 병원에서 사용되는 자기공명 장비는 모두 초전도 물질을 적용한 것입니다. 크기가 작아 발생하는 자기장이 안정적이고 신호가 안정적이기 때문입니다. 당연히 차세대 신에너지인 핵융합 연구용 인공 토카막[17] 같은 큰 프로젝트에 적용할 수도 있습니다.

초전도체는 또 그 반자성을 이용해, 다들 잘 알고 있는 자기부상열차에도 응용할 수 있습니다. 자기부상열차의 자성체(磁体)에 사용하면 고속으로 작동하도록 하면서도 매우 안정적이고 안전합니다. 자성체가 이탈하면 자동으로 끌어오기 때문에 열차는 사고를 내지 않게 되지요.

조셉슨 효과를 이용해 우리는 매우 좋은 양자 간섭계(빛의 간섭을 이용해서 길이 등을 측정하는 장치 - 역자 주)를 만들 수 있고, 사람의 자기 심자도와 뇌자도[18]를 연구할 수 있습니다. 또 오늘날 흔히 말하는 양자 컴퓨터의 경우 조셉슨 효과를 이용하여 관련 반응을 만들어

---

17) 토카막 : 핵융합 반응으로 발생하는 초고온 플라스마를 담아 두는 용기인데, 태양에서 일어나는 핵융합 반응을 지구에서 일으키기 위한 것이다.
18) 뇌자도(腦磁圖, Magnetoencephalography, MEG) : 신경세포들 사이의 전류 흐름으로 유도된 자기장을 측정하는 뇌기능영상법이다

낸다면, 잠재적 운반체 재료로 될 가능성이 높으며, 미래의 고체 양자 컴퓨터 연구에 적용될 수 있습니다.

천아이하이 : 철기 초전도체의 발견은 기적과도 같은 비약으로 인정되고 있습니다. 그렇다면 이 발견이 우리의 개혁개방 정책과 관련이 있다고 생각하십니까?

왕언꺼 : 당연한 것입니다. 우선 개혁개방이 없었으면 과학자들이 안정적으로 연구에 매진할 수 있는 환경이 없었을 것입니다. 개혁개방으로 인해서 물리연구소도 이와 같은 탐색을 할 수 있었고, 이와 같은 환경도 마련될 수 있었지요.

천아이하이 : 현재 중국의 응집물질물리 수준은 세계적으로 대략 어느 정도입니까? 어떤 나라가 이 분야에서 비교적 강합니까? 개혁개방 다섯 번째 10년 동안 우리나라에서도 응집물질물리석으로 노벨상 수상자가 나올 수 있을까요?

왕언꺼 : 중국의 응집물질물리 전체 수준은 최근 몇 년 동안 매우 빠르게 발전하고 있습니다. 일부 분야는 이미 세계 상위에 진입했으며, 심지어 어떤 점에서는 이미 세계 응집물질물리 연구를 선도하고 있다고 말할 수 있습니다. 재능 있고 잘 훈련된 젊은이들이 중국의 미래와 희망을 응집시켜 급성장하게 된 것입니다. 미국·영국·독일·일본이 총체적 수준에서 여전히 우위를 지키고 있는데, 우리의 가장 큰 문제는 전통이 부족하다는 것입니다. 국가정책의 안정과 자금 투입이 필요하고, 연구진의 마음가짐과 학풍이 필요합니다. 2017년에 제가

국제순수응용물리연맹 집행부주석에 선출되었고, 2018년에는 또 미국물리학회 국제이사에 선임되었습니다. 이는 중국인에 대한 국제물리계의 인정입니다. 따라서 중국 응집물질물리학자의 노벨상 수상은 조만간 이뤄질 것이라고 보고 있습니다.

천아이하이: 현재 또 다른 이슈는 나노소재입니다. 역시 응집물질 물리 분야의 한 내용이기도 하지요. 지금 나노소재는 차세대 산업혁명의 핵심으로 꼽을 정도로 인기 있는 연구 프로젝트입니다. 원사님은 나노 소재 분야의 발전 전망에 대해 어떤 견해를 가지고 있습니까? 나노소재가 이미 우리의 일상생활과도 가까워지고 있다고 느끼는 사람들이 많습니다.

왕언꺼: 완전히 정확한 말입니다. 저는 줄곧 소재를 장악하는 자가 미래를 장악할 수 있다고 생각해 왔습니다. 이는 최근 제가 광동성 쏭산호(松山湖) 소재실험실 건설에 참여한 내적 동력이자 출발점이기도 합니다. 이 플랫폼을 이용하여 샘플공장(样板工厂)을 만들고, 실험실의 과학적 연구의 산업화 전환을 가속화하려고 합니다. 나노소재는 새로운 과학기술 혁명에 중대한 영향을 미칠 수밖에 없습니다. 우리나라의 나노소재 연구는 일찍부터 시작돼 전체 수준이 국제 선두에 있습니다. 예컨대 우리가 발표한 논문과 특허는 이미 세계 1위입니다. 우리는 반드시 기회를 잡아 대담하게 창조해야 할 뿐만 아니라, 착실하게 차근차근 해나가야 합니다.

천아이하이: 나노뿐만 아니라 현재 그래핀[19]도 중요한 이슈입니다. 그래핀의 연구와 응용은 지금 어느 수준에 이르렀습니까?

왕언꺼 : 새로운 2차원 소재를 대표하는 그래핀이라는 개념은 현재 많은 이슈가 되고 있지만 본질적인 가치는 충분히 발굴되지 않고 있습니다. 현재 국내 그래핀 관련 제조사가 7~8천 개에 이른다고 들었습니다. 그래핀이라는 이름을 붙인 제품기술은, 그래핀이 대체 불가능한 가치를 가지고 있다고 강조하지만 꼭 그런 것은 아닙니다.

천아이하이 : 실제적으로 그렇지 않다고요?

왕언꺼 : 그렇지 않죠. 몇 해 전, 베이징대학의 류카이훼이(刘开辉)라는 젊은 교수가 이끄는 팀은 그래핀의 추가 개발과 응용을 위한 핵심 단계인 대면적 제조에 성공했습니다. 이는 그래핀이 진일보 적으로 연구ㆍ개발되고 응용되는 데 있어서 관건적인 한 걸음입니다. 아주 큰 비약이라고 할 수 있지요.

천아이하이 : 최근 몇 년간 원사님과 원사님의 팀은 수과학(水科学, aquatic science)의 기초연구에 종사해 왔습니다. 많은 사람들은 물은 매일 마시고 도처에 널려 있는 지극히 평범한 것이라고 생각할 것입니다. 그런데 과학적으로 또 무슨 미지의 문제가 있습니까? 원사님과 같은 대가가 몸소 팀을 이끌고 연구할만한 가치가 있는 것입니까?

왕언꺼 : 사실 많은 사람들이 나에게 같은 질문을 합니다. 비록 물은 아주 평범해서 지구상에 널려 있지만, 과학적으로는 여전히 수수께끼

---

19) 그래핀 : 흑연을 뜻하는 '그래파이트'와 화학에서 탄소 이중결합 형식을 띤 분자를 뜻하는 접미사를 결합해 만든 용어이다. 그래핀은 육각형 구조의 빈 공간이 완충 역할을 하기 때문에 강도는 강철보다 100배 강하고, 면적의 20%를 늘려도 끄떡없을 정도로 신축성이 좋다. 열전도율도 금속인 구리의 10배가 넘고, 빛의 98%를 통과시킬 정도로 투명하다. 그래핀은 반도체 정보 처리속도를 획기적으로 높여줄 뿐만 아니라 고성능 태양전지 개발, 유기 반도체 등 다양한 분야에서 활용 가능한 물질이다.

로 남아있습니다.

예를 들면 물 분자가 어떤 분자인가 아는 사람이 있습니까? 본 사람이 있습니까? 물 분자는 다 아시잖아요. H2O, 즉 수소 두 개, 산소 한 개로 이루어졌습니다. 그런데 도대체 어떤 모습인지 그게 문제죠. 또 예를 들면, 물 분자가 어떻게 결합해서 얼음을 형성하는지, 이 결합력의 크기나 강약이 무엇인지에 대해 아무도 알지 못합니다. 이러한 것들은 모두 물의 이변 현상을 일으키는 근본적인 원인입니다. 예를 들어 물의 밀도를 보면, 얼음으로 되었을 때 밀도가 가장 높지 않다는 점이 특이합니다. 일반적으로 말하면 액체에서 고체로 변할 때, 고체 밀도는 액체보다 높습니다. 그런데 물은 그렇지 않습니다.

그래서 물에 대해서 과학적으로 풀지 못한 수수께끼가 많습니다. 제가 국제세미나에서 보고를 할 때 "물은 자연적으로 부드러워 보이지만 과학적으로는 굉장히 딱딱하고 난해하다"라는 제목을 사용한 적이 있습니다. 우리 팀은 20년 가까이 노력해서 물 분자의 첫 번째 사진을 세상에 선보였습니다. 우리는 또 물이 얼음으로 될 때, 작은 클러스터(cluster)[20]로 될 때, 그 수소 결합이 잡아당기는 방향을 확인했습니다. 그러면 이제 우리는 이 방향을 조절해서 시계방향이나 반시계방향이 되게 할 수 있습니다. 우리는 또 이 잡아당기는 힘과 수소 결합의 강약을 알아냈습니다. 이런 모든 작업은 세계적으로 우리가 처음으로 한 것입니다. 우리는 이러한 작업을 바탕으로 《사이언스》와 《네이처》 등에 20여 편의 논문을 발표하였습니다. 이와 같은 체계적인 연구를 통해 우리는 물의 풀리지 않은 여러 가지 수수께끼를 발견하게 되었습니다.

---

20) 클러스터 (cluster) : 통계 조사의 대상인 모집단의 요소를 몇 개 모은 단위체.

과학연구에 종사하는 사람은 좀 더 정직할 필요가 있다

천아이하이 : 원사님은 베이징대 총장을 역임하면서 학생들에게 열 가지를 당부했습니다. 이 열 가지는 모두 흥미롭고 중요합니다. 제일 기억에 남는 말은 첫 번째 말입니다. '친구'는 두 명을 사귀라고 하셨는데 하나는 운동장이고 하나는 도서관입니다. 지금 원사님이 보건대 이 두 명의 '친구'가 더 중요해졌다고 생각합니까? 아니면 예전과 같은 수준이라고 생각합니까? 왜냐하면 지금 운동을 중요하게 생각하는 사람들은 많아진 것 같은데 도서관에 가서 책을 읽는 사람은 점점 줄어들고 있습니다.

왕언꺼 : 이는 이미 지나간 이야기입니다만 지금도 사람들은 중복해서 이야기하고 있습니다.

천아이하이 : 아직도 가치가 있기 때문이겠죠.

왕언꺼 : 사실 제가 학교에서 학생들에 대한 요구는 매우 간단했습니다. 저는 모든 학생들이 스스로를 단속할 수 있는 사람으로 계발하기를 원했습니다. 한 사람에게 아무런 단속도 없으면 인간으로서의 최저의 기준도 저버리게 될 수 있는데 이는 매우 위험한 일입니다. 물론 그럴지라도 교묘하게 위장하여 이야기를 꾸며내고, 유언비어를 퍼뜨리거나 심지어 나쁜 짓까지 할 수 있습니다. 이러한 오점은 당분간은 숨길 수 있지만, 언젠가는 탄로 날 것입니다. 필경 가짜는 진짜가 될 수 없으니까요.

천아이하이 : 결국은 가짜지요.

왕언꺼 : 결국은 가짜입니다. 지금은 많은 사람들이 큰일을 하려고 생각하지만 작은 일부터 시작하려는 사람은 점점 줄어들고 있습니다. 그래서 저는 베이징대학교에서 총장으로 재직할 때, 매년 학생들에게 한가지씩만 요구했습니다. 2013년엔 캠퍼스 청소와 주변 쓰레기 줍기 캠페인에 동참하자고 학생들에게 제안했습니다. 많은 학생들이 참여했고 또 몇몇 학우들도 동참했습니다. 저는 그들에게 매우 감사하게 생각합니다. 2014년에는 학생들에게 자신의 자전거를 잘 관리하고, 예의 바르게 타고 다니며 주차를 단정히 하라고 일깨웠습니다. 2015년에는 학생들이 휴대폰 사용을 줄이기를 권했습니다.

방금 전에 질문한 내용으로 돌아갑시다. 신체를 단련하는 것은 제가 여러 해 동안 길러온 습관입니다. 저는 시간이 날 때마다 나는 수영하러 갑니다. 산책은 매일 완성해야 할 숙제입니다. 사실 산책하는 내내 많은 생각을 하게 됩니다. 그래서 오래 걸어야 하는데 보통 한 시간이 걸리지요.

저는 물리연구에 종사하고 있는 이 연구는 끊임없이 자신의 지식을 업그레이드해야 합니다. 문헌을 읽어야 하는데 현재 대부분 인터넷을 통해서 이 일을 합니다. 사무실과 인터넷이 결합되어 저만의 도서관이 되었습니다. 저는 매일 이 도서관에서 독서를 하고 공부합니다. 그러나 저는 여전히 학생들에게 도서관을 잘 이용하라고 충고하고 있습니다. 왜냐하면 그들에게는 아직 사무실도 없고 교실도 일정하지 않기 때문에, 도서관이야말로 아주 좋은 독서 환경입니다. 사람들에게 훌륭한 학습 습관을 길러줄 수 있습니다. 결국에는 독서가 가장 유익하다는 것을 알게 될 것이라고 저는 믿습니다.

천아이하이: 우리도 대학생들이 원사님의 충고를 새겨듣기를 바랍니다. 베이징대학교 옛 총장의 충고는 아주 의미 있는 것이지요. 1978년에 대학에 입학해서부터 꼭 40년이 흘렀습니다. 그 40년 역시 중국의 개혁개방 40년입니다. 그렇다면 이제 원사님의 직접 경험으로 우리나라의 개혁개방 40년 동안 과학기술발전이 걸어온 궤도를 정리해 볼 수 있을까요? 원사님은 줄곧 과학연구에 종사해 왔으며, 중국과학원 부원장과 베이징대학 총장을 역임했고, 현재까지도 여전히 과학연구 업무를 하고 있으니까요. 개혁개방 40년 동안 우리 중국의 과학기술발전은 어떤 궤적을 밟았다고 느끼십니까?

왕언꺼 : 좋습니다. 시간이 참 빨리 가는 것 같군요. 벌써 60을 넘겼으니. 저는 인생에서 아주 좋은 시대를 만났다고 생각합니다. 물론 나라가 하루가 다르게 변하는 것을 직접 목격했습니다. 정말 행운이지요. 저의 이전 세대, 아버지나 나의 할아버지 세대보다 훨씬 더 행복했습니다. 개혁개방은 중국의 과학기술발전에 너무나도 중요하기 때문에 그 중요성은 아무리 말해도 지나치지 않습니다. 개혁개방이 없었다면 오늘날 모든 일은 다 한마디 공언에 불과했을 겁니다. 심지어 우리 세대가 대학을 갈 일도 없었을 것이고, 우리의 과학자는 물론 과학의 발전도 없었을 것입니다.

저는 2017년 말에 행정직에서 물러났습니다. 그런데 아직 할 일이 많이 남아 있습니다. 베이징대학과 물리연구소에서 관련 연구를 계속하면서 학생들을 데리고 있는 것 외에도, 저는 현재 광둥과 베이징에 있는 두 개의 새로운 실험실의 설계와 건설에 참가하고 있습니다. 또한 이 일을 주도하고 있습니다. 그리고 산학연 결합을 추진해 이런 부분에서도 많은 경험을 쌓고 싶습니다.

천아이하이 : 요즘은 다들 장인정신, 기업가정신 등 여러 가지 정신에 대해 얘기하고 있습니다. 그렇다면 오늘 원사님을 만난 김에 과학자의 정신에 대해 이야기 해보는 것도 좋을 것 같습니다. 원사님의 눈에 과학자의 정신은 어떤 정신입니까? 우리가 알고 있는 많은 과학자 중에서 원사님은 어느 분이 이런 과학자 정신을 가장 잘 구현하고 있다고 생각하십니까?

왕언꺼 : 과학자는 먼저 말하자면 개성이 있어야 합니다. 여러분 모두는 자기 나름대로의 습관과 방법을 가지고 있고, 사람과 사람 사이에는 서로 다른 점이 아주 많습니다. 과학자 정신에 대한 각자의 이해도 서로 다를 것이라고 생각합니다. 나에게 있어서 가장 중요한 점은, 과학을 하는 사람은 정직해야 한다는 것입니다.

천아이하이 : 정직해야 하는군요.

왕언꺼 : 정직해야 합니다. 정직은 과학자 정신의 핵심이라고 할 수 있지요. 우리가 본받을만한 과학자는 적지 않습니다. 이를테면 양전닝(楊振宁) 선생이나 리정따오(李政道) 선생입니다. 이밖에도 화교 응집물질물리학자로서 노벨상을 받은 췌이치(崔琦) 선생 같은 분들은 모두 우리가 본받을만한 분들입니다. 특히 췌이치 선생이 노벨상을 받은 뒤, 많은 외국의 친구들이 말하기를, 췌이치 선생은 조금도 변하지 않았고, 여전히 그 췌이치 선생이라고 하더군요.

저에게는 훌륭한 선생님들과 선배들이 꽤 있는데, 예를 들면 국내 반도체 최초의 제안자인 황쿤(黃昆) 선생입니다. 그가 저에게 했던 한마디 말은 아직도 기억합니다. 당시 박사논문의 심사를 부탁하면서 선생의 의견을 들으러 갔었지요. 선생은 '한 것만큼 말했다(做了什么 就说什么)'고 하면서 좋은 논문이라고 칭찬해주셨습니다. 이는 저에 게 있어서 가장 기억에 남는 말이었습니다. 선생은 또 지식이란 많을 수록 좋은 것이 아니라, 지식을 다루는 법을 배우는 것이 중요하다고 도 했습니다.

또 몇 달 전 세상을 떠난 홍차오성(洪朝生) 선생도 있습니다. 평생 을 묵묵히 살아오셨지만, 반도체 물리학과 저온 물리학의 발전에 선 생의 작업이 너무나 중요했습니다. 기초를 다진 분이라고 할 수 있지 요. 저는 사람은 정직해야 하고, 과학을 하는 사람은 더욱 정직해야 한다고 생각합니다.

천아이하이 : 오늘 개혁개방 40주년을 맞이하여, 우리는 이러한 정 직한 과학자 정신을 고취시킬 필요가 있으며, 또한 원사님이 언급한 많은 과학자들이 개혁개방 40년 동안 중국의 성장과 발전에 크게 기 여했음을 잊지 말아야 한다고 생각합니다.

왕언꺼 : 아주 중요한 것이지요. 젊은이들은 더욱 잊지 말아야 것입 니다.

대   화 : 쉐치퀀(薛其坤)

대화시간 : 2018년 11월 6일

대화장소 : 베이징과학센터(北京科学中心)

대 화 인 : 천아이하이, 중앙방송총국 '경제의 소리' 수석논설위원

           쉐치퀀, 중국과학원 원사

쉐치퀀(薛其坤)

- 중국과학원 원사, 소재물리학자, 칭화대학교 부총장, 베이징시 과학기술협회(北京市科协) 제9기 부주석. 미래과학상(Future Science Prize) 첫 회에 '소재과학상'을 수상함. 2016년도 가장 영향력 있는 10대 '과학기술 혁신인물'에 선정. 2018년 국가자연과학상(国家自然科学奖) 단독 1등상 수상.

개혁개방은 과학기술자들에게
무한한 무대를 안겨주었다

외국에 나가보니 차이가 보였다

천아이하이 : 원사님은 개혁개방 3년째인 1980년 산동대학교 (山东大学) 레이저학과에 입학했고, 나중에는 일본의 도호쿠대학(東北大學) 금속소재연구소로 건너갔습니다. 왜 당시 일본 도호쿠대학 금속소재연구소를 선택했습니까?

쉐치쿤 : 당시만 해도 유학 루트나 연합 육성(联合培养) 루트가 그리 많지 않았습니다. 마침 국내에 있는 저의 지도교수님이 도호쿠대학에서 내가 가고자 하는 연구실의 교수님과 잘 아는 사이였지요. 지도교수님이 도쿄(東京)대학에서 유학할 때 잘 알고 지내던 동창생이었습

니다. 지도교수님의 관계를 통해 저는 도호쿠대학에 가서 더 많은 학습과 과학연구를 진행하게 되었습니다.

그때만 해도 중국의 과학연구는 세계와의 격차가 꽤 컸습니다. 세계에서 소재과학 강국을 꼽는다면 일본을 빼놓을 수 없었습니다. 또한 도호쿠대학은 이 분야에서 매우 강했습니다. 아무튼 이것도 행운이라고 할 수 있겠죠. 지도교수님 덕분에 소재물리 연구에 매우 이상적인 연구소로 가게 되었으니까요.

천아이하이 : 좋아하는 학과를 선택하게 되었고, 결과적으로도 많은 성적을 거둔 셈이군요.

쉐치쿤 : 그렇습니다. 여러 해 동안의 노력이 국가의 개혁개방이라는 좋은 기회와 맞물려서, 과학연구에 종사하기 좋은 이상적인 곳을 찾은 것이지요.

천아이하이 : 1980년대 말 90년대 초 중국의 개혁개방이 한창일 때 많은 사람들이 직장을 떠나 창업을 했습니다. 그 시대의 과학 연구 종사자들 가운데 어떤 사람들은 가지고 있는 특허를 이용하여 돈을 벌기가 쉬웠습니다. 지루한 실험실을 벗어나 창업하여 부자가 된 사람이 많았습니다. 그때 원사님은 동요한 적이 있었습니까? 유혹을 받은 적이 있으셨겠죠?

쉐치쿤 : 물론 그 시절 젊은이들에게 있어서, 창업으로 돈을 벌어 경제적으로 좀 더 윤택한 삶을 사는 것은 충분히 매력적이었다고 생각할 수밖에 없었지요.

하지만 저는 창업하지 않았는데, 중요한 한 가지 이유는 어렸을 때 받은 문화의 영향과 밀접한 관계가 있다고 생각합니다. 저는 산동성의 이멍산(沂蒙山) 지역에서 태어났는데, 이 지방은 그 자체가 옛 혁명근거지였기에 대부분 사람들에게는 비즈니스의 이념이나 개념이 전혀 없었습니다. 게다가 산동성은 공자와 유교문화의 깊은 교훈을 받았기 때문에, 지식을 추구하고 독서를 중시하는 경향이 있습니다.

또 다른 매우 중요한 이유는 저에게 창업을 할 수 있는 자원이나 조건이 없었기 때문입니다. 당시 저는 독신으로 베이징에 있으면서 대학원을 다녔지요. 창업을 하려면 인맥도 있어야 하고, 관련 정보도 갖고 있어야 하지만, 우리는 이 방면의 정보가 매우 적었습니다. 또한 창업을 하기 위해서는 자금이 있어야 했는데, 당시 저는 학생 신분이었고 가정형편도 열악함 그 자체였으니까 당연히 자금을 구할 수가 없었지요. 게다가 저는 공부하여 지식을 습득해야 한다는 확고한 신념이 있었고, 박사학위 취득을 우선적인 목표로 했었지요. 이러한 요인들이 종합적으로 작용하여 창업을 선택하지 않았던 것 같습니다.

천아이하이 : 지금 돌이켜보았을 때, 당시의 선택을 후회해본 적은 없으십니까?

쉐치퀀 : 후회해본 적은 없습니다. 돌이켜보면 여러 가지 조건들이 맞지 않아서 창업을 선택하지 않았습니다만, 더 중요한 것은 당시 저의 선택이 정확했다는 점입니다. 작가 루야오(路遙)는 이런 말을 했습니다. "인생의 길은 매우 길지만 관건적인 것은 단 몇 발자국뿐이다." 이와 같은 중대한 선택을 함에 있어서, 당시 저는 경험이 그다지 풍부하지는 않았지만, 어느 정도 판단력은 있었지요. 게다가 지식에

대한 신념이 있는 저로서는 당시의 선택이 맞았다고 생각합니다.

천아이하이 : 1997년에 원사님은 '국가 걸출 청년기(国家杰出青年基金)'의 지원을 받았습니다. 1999년에는 또 중국과학원 '100인 계획'에 선출되어 중국과학원 물리연구소에 가서 일하게 되었지요. 그리고 그 후에 중국과학원 표면물리 국가중점실험실의 주임(主任)을 맡았습니다. 1999년 이후부터 원사의 과학연구 여정은 본격적으로 돛을 달았다고 할 수 있습니다. 원사님의 과학연구가 이처럼 순조로웠던 이유는, 당시 우리나라가 정책적으로 과학연구자에게 매우 큰 보장과 추진력을 주었기 때문이 아닐까요? 원사님이 보건대 어떤 정책들이 과학연구자들의 사기를 진작시켰다고 생각하십니까?

쉐치쿤 : 당시 우리 젊은이들, 특히 외국에서 유학한 젊은이들에게 매우 고무적인 정책이 바로 '국가 걸출 청년기금'의 설립이었습니다. 아직도 똑똑히 기억하고 있는데, 당시 이 기금을 총리기금이라고 불렀습니다. 총리가 주관할 수 있는 경비 중 일부를 떼어 청년, 특히 청년 과학자들의 발전을 지원했기 때문입니다.

당시 과학연구 경비는 약 60만 위안이었습니다. 1990년대 말엽에 그것은 비교적 큰 비용이었지요. 그래서 이 기금을 신청해서 받게 된다면, 당시 국내 과학연구에서는 충분한 조건을 가지고 출항하게 되는 셈이었습니다. 이는 우리 젊은이들이 귀국하는데 매우 큰 정신적 동력을 제공했습니다. 총리기금이나 '걸출 청년기금'이라고 하면 우선적으로 아주 큰 영예라는 생각부터 들지만, 사실 당시 귀국하느냐 마느냐의 기로에 서있던 젊은이들에게 큰 촉매제나 촉진제가 될 수 있었습니다. 이렇게 좋은 정책이 있었기 때문에, 우리 젊은이들은 당과 국가가 인재를 중시하고, 인재를 갈망한다는 것을 피부로 느낄 수 있었지요. 게다가 저는 또 아주 강한 애국정서를 가지고 있었습니다. 저는 해외에 나가있는 모든 젊은이들에게 이러한 애국정서와 정신적 동력이 있다고 생각합니다. 아무튼 이처럼 좋은 과학연구 조건이 청년들에게 매우 큰 추진력을 불어넣었다고 생각합니다. 저는 이와 같은 인재중시 정책에 감화를 받아 결연히 귀국을 택했던 것 같습니다.

해외유학을 하게 되면, 특히 1980년대 90년대에 외국의 생활조건이나 과학기술의 발전에 깊은 이해를 하게 된다면, 중국 사람으로서 누구나 자연스럽게 귀국하여 창업하려는 생각이 들 것입니다. 그리하여 우리나라의 경제사회가 외국과 같은 수준이 될 수 있도록 노력하고, 우리 국민들을 행복하게 하며, 국가를 부강하게 할 수 있다는 생각을 가지게 될 것입니다. 만약 우리가 유학을 나가지 않았다면, 이렇게 큰 차이를 볼 수 없었다면, 아마 이렇게 깊이 느끼지는 못할 것입니다. 우리는 일본이나 미국, 그리고 다른 서방국가들의 높은 경제발전 수준을 보았고, 우리 국내의 생활여건·경제발전 상황과 외국의 큰 차이를 두 눈으로 직접 확인했습니다. 중국인으로서는 귀국하여 창업하는 것은 사실 마음속에서 우러나오는 하나의 이상이나 꿈, 혹은 선택이겠죠.

천아이하이 : 원사님의 이런 느낌에 전적으로 동의합니다. 개혁과 개방은 상부상조이며, 개혁만 하고 개방이 없어서는 안 되고, 개방만 하고 개혁이 없어서도 안 됩니다. 열린 마음으로 걸어 나가서 차이를 확인하고, 다시 고개를 돌려 자신의 부족함을 돌아보고 개혁해나가야겠지요.

쉐치쿤 : 그렇습니다. 선생의 얘기에 저도 전적으로 동의합니다.

개혁과 개방은 변증법적으로 통일되어 있습니다. 개혁 없이는 당시 우리 같은 계획경제 체제에서는 개방도 할 수 없었을 것입니다. 개방 역시 알맞은 정책이나 적절한 메커니즘이 받쳐주지 않으면 할 수 없는 것입니다. 이 두 가지는 상부상조하고 변증법적으로 통일되는 것이라고 해야 합니다.

과학연구 성과의 전환도 품질을 중시해야 한다

천아이하이 : 2005년에 41세 나이로 중국과학원 원사에 당선되셨습니다. 40대 초반의 나이에 원사의 영예를 안았지요. 그리고 2013년에는 칭화대학교 부총장을 맡으셨습니다. 그때 원사님이 이끄는 팀이 글로벌 최초로 양자이상홀효과(Quantum anomalous Hall effect)에 성공했습니다. 큰 반향을 일으켰지요. 양자이상홀효과가 왜 그렇게 큰 반향을 일으켰을까요?

쉐치쿤 : 양자이상홀효과는 사실 대부분의 사람들이 매우 잘 알고 있는 각종 전자부품, 즉 컴퓨터칩이나 트랜지스터 속 전자 운동법칙의 하나의 효과입니다. 이런 시스템에서는 전자가 말을 잘 듣고 고속도로의 교통규칙에 따라 운동하게 됩니다. 이를 이용하면 우리 전자소자의 성능을 향상시킬 수 있습니다. 예를 들면 소비전력을 좀 더 적게 사용할 수 있기 때문에 응용전망으로 볼 때 이는 매우 중요한 것입니다. 과학적으로 말하자면, 매우 기묘하다고 느낄 수 있습니다. 왜냐하면 전자가 뜻밖에도 이러한 효과의 지도하에 우리가 시키는 대로 하기 때문입니다. 전자는 감정이 없지만 특정 조건에서 우리의 지휘

를 따르게 됩니다. 이것 또한 과학의 매력이라고 할 수 있겠죠.

천아이하이 : 과학연구에 종사하는 사람에게 있어서 이는 격동적인 일일 것입니다. 국민들에게 있어서는 모두의 생활에 지대한 편리를 가져다줄 수가 있죠. 그렇다면 이렇게 기념비적인 발견이 과학연구자로서의 원사님에게 있어서 어떤 중요한 의의가 있습니까?

쉐치쿤 : 가장 중요한 것은 국가와 국민의 희망을 저버리지 않았다는 점입니다. 왜냐하면 우리는 과학연구를 하기 때문에 매우 정밀한 과학기구를 필요로 합니다. 이 정밀기구나 실험기술을 구축하는 데는 상당한 비용이 소요됩니다. 우리나라의 경제발전과 사회의 진보로 인해, 우리 과학자들은 좋은 실험기술과 고도의 첨단기구를 갖게 되었습니다. 따라서 우리가 이룬 성과 또한 국가와 사회, 납세자에게 보답하는 것입니다. 성과를 내게 되어 나 스스로도 매우 뿌듯합니다. 국가가 경비를 많이 지원했기 때문에(물론 헛되이 쓰지 않았지만), 국가와 국민들에게 보답할 수 있는 성과가 나오기를 고대했습니다. 그러한 성과가 나왔을 때, 특히 중대한 성과가 나왔을 때에는 그 동안의 초조함이나 죄책감, 걱정이 모두 사라지게 되죠. 그래서 뿌듯함을 느끼는 것입니다. 너무 즐겁고 행복한 일이기도 하고요.

천아이하이 : 우리나라의 과학연구 수준이 대체로 괜찮기에 지금은 과학연구의 성과를 빨리 전환하는 것이 관건이라는 주장도 있는데, 공감하십니까?

쉐치쿤 : 그다지 찬성하지 않습니다. 과학연구 성과의 전환은 물론

중요합니다. 우리 과학자에게도 이러한 책임이 있지만, 문제는 현재 우리의 이 과학연구 성과가 전환되는 데는 여전히 일부 메커니즘의 문제가 존재하고 있습니다. 더 중요한 것은 우리가 고품질의 기술을 개발하지 못하고 있다는 것입니다. 만약 어떤 매우 중요한 첨단기술들이 생겨서 첨단기술의 원천 문제를 해결한다면, 메커니즘이나 개혁을 통해서 그것을 가능한 한 빨리 과학 연구 성과로, 제품으로, 경제발전의 동력으로 바꿀 수 있을 것이라고 생각합니다.

하지만 관건은 고품질의 기술공급이 없다는 점입니다. 예를 들자면, 지금 우리가 일상에서 쉽게 접하고 있는 비디오카메라, 텔레비전, 휴대폰, 노트북 컴퓨터 등 첨단기술의 원천은 우리 중국에 있지 않습니다. 모든 핵심기술은 외국에서 발명되었습니다. 개혁개방 40여 년 이래 우리나라의 경제와 과학 연구도 이미 일정한 수준으로 발전했습니다. 다음 단계는 19차 당 대회 보고에서 제시한 것처럼, 반드시 고품질의 과학기술 혁신을 해야 합니다.

이러한 전향적 · 원천적 돌파를 실현해야 공급의 질을 높일 수 있습니다. 인류의 생활양식을 바꿀 수 있는 새로운 기술들이 많이 발명되어야만 비로소 우리나라는 진정으로 강대해질 수 있습니다. 물론 과학연구 성과의 급속한 전환은 과학자에서 기업과 사회로 이어지는, 전국적 범위에서 함께 해결해야 하는 중요한 명제입니다. 하지만 더 중요한 것은 우리가 앞으로 20~30년 동안 인류사회에 완전히 새로운 기술을 기여할 수 있도록 과학적이고 원천적인 기술 개발을 계속 강화해야 한다는 점입니다. 가정입니다만, 만약 우리가 지금 일상적으로 사용하는 텔레비전이나 인터넷, 휴대전화 등의 핵심 기술들이 모두 우리 중국에서 온 것이라면, 우리는 가치사슬의 상위에 위치해 있겠죠.

가장 중요한 것은 공급의 질을 높이는 것입니다. 우리가 제시한 5대 발전 이념 중 혁신을 가장 앞에 두고, 혁신은 또 과학기술 혁신으로 전면적인 혁신을 이끌어야 합니다. 이는 핵심을 파악하는 것이지요. 총서기의 말을 빌린다면 소의 고삐를 틀어쥐는 것입니다. 그래야만 고품질의 공급, 고품질의 기술, 원천 기술을 가질 수 있습니다. 사실 우리나라는 지금 이 방면에서 많은 탐색을 하고 있는데, 메커니즘 측면에서 성과가 빠른 시일 내에 경제발전의 동력으로 전환되면 성과 전환의 효율성이 크게 높아지겠지만, 결국은 원천 문제를 해결해야 한다고 생각합니다.

천아이하이 : 그렇습니다. 원천기술이 없이 전환만 강조해봐야 소용없는 일이지요.

쉐치쿤 : 전환해봐야 고품질의 전환이 될 수 없겠죠. 그런 식으로는 우리나라가 목표로 하는 기본적인 현대화 실현과 2050년 사회주의 현대화 강국건설을 실현할 수 없습니다. 고품질의 기술공급이 없다면, 공급할만한 기술이 없다면, 기술전환의 메커니즘이 아무리 완벽하더라도 무용지물이 되겠죠. 만약 전환한 것이 수준 낮은 기술과 수준 낮은 제품들이라면 전환해봐야 거기서 거기입니다. 예전에는 우리가 양적인 문제를 해결해왔지만, 지금은 질적인 문제를 해결해야 합니다.

물론 우리는 질과 양의 변증법적 관계를 잘 파악해야 합니다. 우리나라 GDP가 안정적으로 성장해야 하고, 우리나라의 기본경쟁력을 유지해야 합니다. 그러나 더 근본적으로는 총서기가 말한 것처럼, 이런 핵심기술은 사올 수도 없고 구걸해올 수도 없기에 스스로에게 의존해야만 합니다. 사실상 공급의 질을 높여야 한다는 것으로, 이는 곧 우리가 나아갈 방향을 제시한 것입니다.

학술 조작은 과학연구의 기본법칙에 위배된다

천아이하이 : 국가적으로도 덩샤오핑은 일찍이 과학기술은 제1의 생산력이고, 개혁개방에서 과학기술이 우선이라고 강조했습니다. 그가 이 말을 할 때 많은 사람들은 그 의미를 깊이 깨닫지 못했을지도 모릅니다. 중국이 나날이 세계무대 한가운데로 진출하여 전 세계의 주목을 받고 있는 오늘날, 과학기술 수준은 우리가 반드시 향상시켜야 할 소프트파워 중의 하나가 되었습니다. 원사님으로 말하자면, 과학자이면서 또 선생님이기도 합니다. 왜냐하면 원사님은 1980년 과학연구 분야에 뛰어들어 지금까지 학생들을 지도하는 것을 멈추지 않았기 때문입니다. 선생님으로서, 또 과학자로서, 지금의 신세대 젊은 과학자들을 믿을만하다고 생각하십니까? 그들이 우리에게 뜻밖의 희열을 안줄 수 있다고 생각하십니까?

쉐치쿤 : 내가 접촉한 젊은이들을 보자면, 양적·질적으로 우리가 젊었을 때보다 한 단계 향상되었다고 말할 수 있습니다. 혹은 양적 측면에서 한 단계 더 올라갔다고 볼 수 있습니다. 왜냐하면 우리 세대의 발전과정은 선생님도 잘 알고 있으실 겁니다. 우리가 처음 대학에 들어갔을 때, 국가는 이제 막 개혁개방에 들어갔습니다. 당시 칭화대학과 같은 대학들에서조차 세계적인 첨단수준의 연구는 거의 없었습니다. 하지만 지금의 칭화대학을 보면, 대부분의 실험실은 기본적으로 세계에서 가장 선진적입니다. 심지어 세계 일류이거나 선도적인 실험실도 있습니다. 이것은 청년 인재의 양성에 매우 좋은 장을 제공합니

다. 과학연구를 선택하고 학술연구를 하는 청년들도 그때보다 크게 달라졌습니다. 그 시절에는 한 대학에서 연구 성과를 실제로 낼 수 있는 교수 몇 명을 찾기가 어려웠을 것입니다. 하지만 지금 우리 칭화대학의 한 학과만 봐도, 이런 수준의 교사 규모는, 당년의 한 개 대학교의 규모와 비교할 수 있을 정도입니다.

물론 다른 한편으로는 현재의 환경이, 젊은이들이 과학연구와 학술연구를 하는 것에 대해 매력을 느끼는데 적합하지 않다고 생각합니다. 혹은 그다지 바람직한 분위기가 아니라고 생각합니다. 아무래도 생활의 압력 때문에 많은 사람들은 비교적 쉽게 돈을 벌 수 있는 곳을 선택했을 것입니다. 자신의 생활수준을 빨리 향상할 수 있는 일을 선택하는 경우는 많지만, 장기적인 노력을 필요로 하며 찬밥 신세까지 감내해야 하는 연구에 몰두하려는 사람은 많지 않습니다. 앞으로 국가는 이런 면에서 정책적으로, 체제적으로 조정함으로써, 더 우수한 젊은이들이 더 많은 시간을 할애하고 질 높은 혁신에 나서도록 유도해야 한다고 생각합니다.

천아이하이 : 시진핑 총서기는 19차 당 대회 보고서에서 혁신을 발전을 이끄는 제1동력으로 꼽았습니다. 그는 또 "과학기술 경쟁은 쇼트트랙과 같습니다. 우리가 속도를 내고 있을 때 다른 사람들도 속도를 내고 있습니다. 결국 누가 더 빠른지를 봐야 합니다."라고 말했습니다. 과학기술의 경쟁은 빨라야 할뿐만 아니라, 이런 빠름이 지속되어야 합니다. 이는 과학자 정신을 떠날 수 없다고 생각합니다. 원사님이 보시기에 과학자 정신이란 무엇입니까?

쉬치퀀 : 과학자 정신은 몇 가지 방면을 포함합니다. 가장 중요한 것

은 바로 실사구시의 정신입니다. 과학자는 과학을 연구하는 사람이고, 과학은 자연계의 법칙을 반영하는 학문입니다. 과학이 자연계의 법칙을 반영하는 학문일진대, 과학연구를 함에 있어서 당연히 과학을 존중하고 자연을 존중해야 합니다. 그러므로 과학자가 하는 모든 연구는 반드시 실사구시 적이어야 합니다. 그렇지 않으면 실제로 한 일이 달성하고자 했던 목표와 위배되는 것입니다.

천아이하이 : 진정한 과학자라면 그렇게 하지 말아야겠지요.

쉐치쿤 : 만약 단지 명예를 하나 얻기 위해서, 혹은 한 편의 글을 발표하기 위해서나 또 다른 무엇인가를 얻기 위해서 거짓을 한다면, 그것은 과학연구의 기본규칙을 위배하는 것입니다.

천아이하이 : 이 학술 조작 문제는 실제로 몇 년 동안 계속 논의되어 왔는데, 아직도 이 방면의 문제가 심각하다고 생각하십니까?

쉐치쿤 : 꽤 심각하다고 봐야 합니다. 실제로 이러한 사람들은 학술 수준이 비교적 떨어지는 패거리들로 이 직업을 선택하고 또 여기에서 계속 하려고 하니 여러 가지 압력을 받을 수밖에 없습니다. 그래서 조작하게 되는데, 다른 사람들이 발견하지 못할 것이라고 생각할지 모르지만, 그 자체가 과학연구의 기본 법칙에 위배됩니다.

사실 과학 조작은 피하기 어려운 현상입니다. 미국 등 서방 선진국의 경우에도 지금도 일부 조작이 이뤄지고 있습니다. 이것은 한 사람의 소양이나 수양과 밀접한 관계가 있습니다. 그래서 과학자는 과학 창조의 능력이나 정신뿐만 아니라 자신의 교양도 강화해야 합니다.

우리가 과학연구에 종사하면서 사용하는 경비나 혜택들은 모두 국가와 국민이 제공한 것입니다. 그렇기 때문에 이 돈을 가지고 조작을 하거나, 나쁜 일을 하거나, 혹은 쓸데없는 일을 하면 안 되는 것입니다.

천아이하이 : 아주 해로운 일이지요.

쉐치퀀 : 이처럼 양심에 위배되는 일을 하는 건 그 사람의 도덕적 자질이 결여되었기 때문입니다.

천아이하이 : 얼마 전 원사님께서 CCTV 프로그램 '낭독자(朗读者)'에 출연하셔서 하셨던 한 마디 말씀이 단번에 많은 젊은이들의 좌우명이 되었습니다. "부지런히 전념하기만 한다면 무엇인가는 꼭 이루게 될 것(只要你勤奋执着专注，就不会在世上一事无成)"이라고 말씀하셨죠. 이 한 마디가 많은 이슈가 되었었죠. 이 말이 이슈가 될 수 있다는 것은 그만큼 중국의 미래가 밝다는 의미이기도 합니다. "지식이 운명을 바꾼다."는 말처럼 말입니다. 그렇다면 지금 자신의 여정을 되돌아보면, 개혁개방이 원사님께 준 가장 큰 변화는 무엇이라고 생각합니까?

쉐치퀀 : 우리 세대 청년들에게 과학과 진보를 추구하는 매우 큰 무대, 무한한 무대를 마련해주었습니다. 저는 개혁개방 40년 동안, 우리나라가 가져온 경제·사회 발전과 국가의 강성은, 미래 중국의 젊은이들을 포함한 여러 세대들에게 과학을 추구하고 기술진보를 추구할 수 있는 거대하고 무한한 무대를 만들어주었다고 생각합니다. 여러 세대의 젊은이들이 이 무대를 이용하여 하나의 업적을 창조하고, 하

나의 중대한 과학적 발견을 성취하고, 인류의 생활, 국가의 강대성과 사회의 진보에 중요한 영향을 미치는 새로운 중대한 기술들을 하나씩 만들어 낼 것이고, 이것들은 시대를 변화시키고, 인민들을 더욱 행복하게 하고, 자연을 더욱 조화롭게 더욱 아름답게 할 것입니다. 예전처럼 조상님들이 남겨준 자원을 멋대로 소모해버리는 것이 아니라는 말입니다. 그래서 개혁개방은 인류역사에서, 중화의 5천년 문명발전에 있어서 매우 중대한 사건입니다. 대단한 40년이지요. 비록 인류역사의 발전은 하나의 나선형 발전과정이지만, 이 나선형 발전의 상승과정에는 관건적인 모선이 필요합니다. 저는 개혁개방이 중화 5천 년의 문명사에서 이러한 역할을 했다고 생각합니다.

대　　화 : 쑨바오궈(孙宝国)

대화시간 : 2018년 11월 12일

대화장소 : 베이징과학센터(北京科学中心)

대 화 인 : 펑야(冯雅), 중앙방송총국 '경제의 소리' 수석기자

　　　　　쑨바오궈, 중국공정원(中国工程院) 원사.

쑨바오궈(孙宝国)

- 중국공정원(中国工程院) 원사. 전국정치협상회의 위원, 베이징
  시과학기술협회 부주석. 현재 베이징공상대학(北京工商大学)
  총장과 중국경공업연합회(中国轻工业联合会) 부회장 겸임. 국
  가기술발명상(国家技术发明奖) 2등상과 국가과학기술진보상
  (国家科学技术进步奖) 2등상 등 4개 수상.

과학에는 국경이 없지만 과학자에게는 조국이 있다

수능을 네 번 보고, 원하지 않았던 화학공학을 선택하다

펑야 : 개혁개방 40주년이 되면서 지금 우리는 개혁개방이 우리 자신에게 미치는 영향에 대해 이야기들을 하고 있습니다. 40년 동안 걸어온 길을 되새기면 개혁개방이 원사님께 미친 가장 큰 영향은 무엇이이라고 생각하십니까?

쑨바오궈 : 개혁개방이 저에게 준 가장 큰 영향은 아무래도 수능에 응시해 대학을 다니고 지금 하고 있는 일에 종사할 수 있도록 한 것이라고 생각합니다.

펑야 : 수능에 참가하면서 기억에 남을만한 특별한 경험은 없었습니까?

쑨바오꿔 : 저는 수능을 네 번 봤습니다. 흔히들 재수·삼수를 하면 성적이 점점 나빠지는게 보통인데 저는 운이 좋게 점점 좋아졌습니다. 저는 1977년에 고등학교를 졸업하고, 지방의 한 사립중학교에서 중학교 교사로 일하게 되었습니다. 1977년에 수능이 재개되었을 때 저는 이미 선생님이 되었지만 수능을 지원했습니다. 당시 이제 막 교사가 된 저는 물리와 화학 두 과목을 가르쳤는데, 부담이 꽤 컸습니다. 그래서 수능을 제대로 준비할 수 없었고 첫해에는 낙방하고 말았습니다. 1978년에 재수해서 커트라인은 넘었지만 건강검진 때 혈압이 높게 나와서 불합격 판정을 받았습니다. 당시 혈압이 높게 나온 건 긴장감 때문이었지요. 자전거를 타고 막 도착해보니 다른 사람들은 이미 검진을 받고 있었습니다. 담당자가 왜 이제야 왔느냐고 빨리 혈압을 측정하라고 해서 부랴부랴 했으니 높게 나올 수밖에 없었지요. 나중에 건강검진이 다 끝나고 와서 다지 측정하라고 해서 다시 측정했는데 측정할수록 더 높게 나왔지 뭡니까. 1979년에 다시 시험을 봐서 성적은 일단 합격이었지만 혈압은 여전히 불합격이었습니다. 1980년에 다시 시험을 봤는데 성적은 더 좋아졌습니다. 그래도 혈압은 여전히 높았지만 결국은 운 좋게도 대학에 가게 되었습니다.

펑야 : 그러셨군요. 다들 기껏해야 재수·삼수까지 하고 포기하는데 원사님은 4수까지 하셨네요. 그렇다면 어떠한 신념이 원사님으로 하여금 지속적으로 도전하게 했습니까?

쑨바오꿔 : 처음부터 그렇게 마음먹은 것은 아니었지요. 1978년 시험을 보고 나서 대학에 갈 수 없게 되자 입대하고 싶었지만 가족들은 입대하는 것을 원하지 않았습니다. 결국 계속 선생님으로 일하면서

점차 자신의 지식이 부족하다는 것을 깨닫게 되었습니다. 제자에게 물 한 사발을 주려면 스승은 한 통의 물이 있어야 한다는 말이 있습니다. 저는 학생들을 가르치면서 자신이 아직 부족한 점이 많다는 것을 느끼게 되었지요. 게다가 아직 젊으니 더 높은 목표가 있어야 한다는 생각이 들었습니다. 또 주변에서 다른 선생님들도 적극 격려해주셔서 결국 지속하게 된 것입니다.

펑야 : 우리가 학교에 다닐 때, 선생님은 항상 우리에게 너희들의 이상이 무엇이냐고 물으셨지요. 흔히들 과학자가 되고 싶다거나 엔지니어가 되고 싶다고들 했었지요. 그렇다면 원사님은 왜 화학공학을 전공하셨습니까? 어릴 때 그런 꿈을 가지고 계셨습니까?

쑨바오꿔 : 솔직히 처음부터 화학공학을 원했던 것은 아닙니다. 물리 쪽을 원했었는데 대학 수능에서 화학 성적이 가장 좋았습니다. 그해 화학은 100점이 만점이었는데 98점을 받았습니다. 화학 선생님을 3년 동안 했기 때문에 화학에 대한 기초가 비교적 단단했지요. 이 때문에 나는 화공학과에 입학했고, 그 후로도 계속 화학공학을 공부했고 화학공학 관련 일들을 했습니다. 나중에 식품 분야로 옮겼어도, 주로 화학공학 관련 지식에 의지했지요.

모든 일이 화학공학과 연관되었다

펑야 : 원사님은 대학에서 석사과정에 이르기까지, 칭화대학교에서 박사과정을 포함해서 모두 화학공학과 관련이 있습니다. 그래서 우리나라 화학공학 분야의 증인이자 경험자라고 할 수 있습니다. 그렇다

면 화학공학의 진보 발전은 우리의 경제발전과 아름다운 생활과는 어떤 관계가 있습니까?

쑨바오궈 : 화학공학은 우리의 생활과 밀접한 관련이 있습니다. 우리 생활의 모든 것은 화학공학을 떠날 수 없습니다. 개혁개방 40년 동안 중국의 화공산업은 작고 보잘 것 없었지만 점차 커지고 강해졌습니다. 규모 면에서 현재 우리의 많은 산업이 국제적으로 가장 큰 규모를 자랑합니다. 화학공업은 우리에게 많은 변화를 가져왔는데, 일반적인 소비자들은 쉽게 인지하지 못할 수도 있습니다. 예를 들면, 우리는 지금 정보의 시대에 들어섰기 때문에 많은 사람들이 칩에 대해서 알고 있습니다. 그런데 그 내면을 들여다보면 가장 중요한 것은 역시 소재입니다. 소재는 무엇입니까? 아시다시피 우리나라의 적지 않은 칩들은 아직 일정한 기준에 도달하지 못하고 있습니다. 그 이면에는 우리의 전자화학제품의 소재가 충분히 우수하지 못하다는 문제가 존재합니다. 이것은 당연히 화학공학의 문제입니다. 일상생활에서 더 많은 예가 있습니다. 현재 우리는 고속철에 대해 매우 자랑스럽게 생각합니다. 사실 고속철의 모든 소재, 즉 우리가 볼 수 있는 것은 거의 모두 화학공학이나 화학공학과 관련된 산업에서 만들어진 것입니다. 또한 비행기도 자동차도, 우리의 복장도 심지어 우리의 일상 음식도 모두 화학공학과 연관되지 않은 것이 없습니다.

펑야 : 우리 중국의 옛말에 "생활에 필요한 일곱 가지 필수품이 있는데, 장작 · 쌀 · 식용유 · 소금 · 간장 · 식초 · 차가 그것이다."라는 말이 있습니다. 이 일곱 가지가 모두 화학공학과 연관되는 것입니까?

쑨바오꿔 : 다 연관됩니다. 이를테면 식용유가 그렇습니다. 식용유를 추출하는 과정을 보면 어떤 것은 물리적인 과정이고 어떤 것은 화학적인 과정입니다. 압착 방식은 그냥 물리적인 과정처럼 보이지만, 압착하고 나서 더러는 탈색이 필요한데, 이 탈색이 바로 화학적 과정입니다. 이 밖에 간장이나 두시(豆豉, 콩을 발효시켜 만든 말린 청국과 비슷한 식품 - 역자 주), 된장 따위도 발효 과정은 화학공학과 관련이 있습니다. 단지 우리가 그 명칭을 생물화공이나 생물공정이라고 말할 따름입니다. 결국 문제를 해결하는 데는 화학적인 수단이 필수적이라는 것이지요.

펑야 : 식용유를 언급하셨으니깐 여쭤보지 않을 수 없네요. 전에 우리가 요리할 때 사용하던 식용유 말입니다. 한두 달만 지나면 도 쩐내가 났는데 지금은 그런 냄새가 없어진 것 같거든요. 그 이유가 궁금합니다.

쑨바오꿔 : 이 것 역시 화학공학의 공헌이라고 봐야 하겠죠. 식용유는 쉽게 산화되기 때문에 쩐내가 나는 겁니다. 산화를 방지하기 위해 항산화제를 넣게 되는데, 항산화제를 주입하는 데는 화학공학적 수단이 필요합니다. 합성이든 추출이든, 항산화제를 넣으면 쉽게 부패되는 것을 방지할 수가 있지요.

펑야 : 이 항산화제는 식품 첨가제입니까?

쑨바오꿔 : 식용유에 첨가하는 것은 당연히 식품 첨가제입니다. 식용유에 들어가는 항산화제는 물론 특별한 요구조건이 따릅니다.

특히 안전요구를 충족해야 합니다. 쉬운 예를 들면, 사람들이 즐겨 마시는 녹차의 경우 티폴리페놀을 함유하고 있습니다. 일종의 천연적인 항산화제입니다. 이 티폴리페놀을 추출하여 식용유에 첨가하면 문제가 되지 않습니다. 항산화제 역할을 할 뿐만 아니라 영양성분도 추가되니까요. 또 누구나 다 아는 비타민C 역시 항산화제 역할을 하기에 식용유에 첨가할 수 있습니다.

우리나라가 새로 개발한 식용유 항산화제가 있습니다. 대나무 잎의 항산화물질을 추출해서 식용유에 첨가하는 방식인데, 우리가 독자적 지식재산권을 갖고 있습니다. 이 항산화제를 첨가하면 두 가지 이점이 있습니다. 우선 천연적인 항산화제입니다. 다음으로 이 항산화제를 첨가한 식용유는 튀길 때, 예를 들면 감자튀김을 하는 과정에서 아크릴아마이드 함량이 크게 감소합니다. 물론 실제로 식료품 속의 아크릴아미드가 인체 건강에 해를 끼칠 정도는 아니지만, 아무튼 그 양을 줄이는 것은 좋은 일입니다. 이 역시 항산화제의 역할이죠.

식품 첨가제를 두려워해야 하나?

펑야 : 식품 첨가제를 넣은 것은 좋은 점도 있다고 하셨습니다. 그런데 이는 대다수 사람들이 느끼는 감정과 반대일 수도 있습니다. 왜냐하면 많은 사람들은 식품 첨가제라면 안색부터 변하거든요.

쑨바오궈 : 사실 식품에 식품첨가제를 첨가하는 데는 몇 가지 이유가 있습니다. 우선 식품의 품질을 향상하기 위해서입니다. 식품의 색깔과 맛과 향을 개선하기 위해서인데, 부패 방지와 신선도 유지를 위해서 첨가하는 경우도 있습니다. 식품 첨가제를 첨가하는 것은 어디

까지나 품질 향상에 있습니다. 적지 않은 사람들이 식품 첨가제에 대해 오해하고 공포감까지 느끼는 것은, 식품첨가제가 대체 무엇인지를 잘 모르고 무작정 멜라민(Melamine)[21]부터 떠올리기 때문입니다.

펑야 : 멜라민은 식품 첨가제입니까?

쑨바오꿔 : 멜라민은 첨가제가 맞지만 식품 첨가제는 아닙니다. 첨가제와 식품첨가제는 별개의 개념입니다. 첨가제의 개념은 크고 식품 첨가제의 개념은 작습니다. 예를 들어 휘발유에는 휘발유 첨가제가, 시멘트에는 시멘트 첨가제가, 플라스틱에는 플라스틱 첨가제가, 페인트에는 페인트 첨가제가 들어있습니다. 식품 첨가제는 많은 첨가제 중의 한 종류일 뿐입니다. 예를 들어 멜라민은 식품 첨가제는 아니지만 시멘트 첨가제나 플라스틱 첨가제, 페인트 첨가제로 사용됩니다. 멜라민은 포름알데히드 흡수제로도 사용됩니다. 아무튼 멜라민이든 수단홍(苏丹红, 공업염색에 사용되는 유기화합물의 일종 - 역자 주)이든 식품 첨가제가 아니기 때문에 식품에 첨가하는 것은 불법행위에 해당합니다.

펑야 : 모든 첨가제가 다 식품에 첨가할 수 있는 게 아니라는 걸 다시 일깨워줄 필요가 있겠군요.

쑨바오꿔 : 그렇지요. 식품에 들어가는 식품 첨가제는 세계 각국이 엄격하게 통제·관리하고 있어 반드시 정부의 허가를 받아야 합니다.

---

21) 2008년 중국에서 일어난 '멜라민 파동' 때문에 국산 유제품과 식품 첨가제에 대한 국민들의 불신이 확산되었다. '멜라민 파동'은, 식품업자들이 우유의 양을 늘려 추가적인 이득을 취하기 위해 영아들이 섭취하는 분유나 기타 유제품에 물과 멜라민을 타서 판매했는데, 이를 섭취한 아동 여러 명이 사망하고 수십 만 명이 병원 진료를 받은 사건이다.

우리나라에도 국가표준이 있는데 이 표준에 들어가야 식품에 쓸 수 있습니다. 물론 이 표준에 열거된 것이 아닐지라도, 식품에서 어떻게 사용하는지, 어떤 식품에서 사용하는지, 최대 사용량은 얼마인지, 또는 최대 잔류량은 얼마인지에 대해서도 명확한 규정이 있습니다.

펑야 : 왜 꼭 이런 명확한 규정이 있어야 합니까? 조금 적게 넣거나 많이 넣는다고 문제가 됩니까? 식품 첨가제라면 안전하다는 거잖아요?

쑨바오궈 : 식품 첨가제를 합법적으로 사용하기만 하면 모두 안전한 것입니다. 더러는 인체에 유익한 것도 있습니다. 이를테면 중국인이라면 다 아는 두부입니다. 두부는 회남왕(淮南王, 중국 한[漢] 나라 종실[宗室] 유장[劉長]. 인 회남여왕[淮南厲王]을 말하는데, 일종의 백과사전격인 회남자[淮南子]를 편찬했다- 역자 주)이 발명했다고 전해지고 있는데,

간수 두부, 석고 두부, 락톤(lactones) 두부가 있습니다. 그 중 간수의 주성분은 염화마그네슘입니다. 마그네슘 자체가 인체에 꼭 필요한 미량원소인데 우리는 간수 두부를 먹는 과정에서 무의식중에 마그네슘을 보충하게 됩니다. 중국인들이 두부를 먹은 지 2천 년이 넘었는데 간수를 첨가한 두부를 먹고 중독됐다는 말은 들은 적이 없습니다. 하지만 만약 우리가 간수를 직접 마신다면 당연히 신체에 해를 끼치게 될 것입니다.

펑야 : 식품 첨가제도 화학공업 제품인 만큼 연구개발 혁신이 필요한 것은 분명합니다. 우리나라는 식품 첨가제의 연구개발에 있어서

국제적으로 어떤 위치에 있습니까?

쑨바오꿔 : 식품 첨가제는 끊임없이 새로운 품목을 개발하고, 낙후된 품목을 퇴출시키고 있습니다. 세계 각국이 모두 그렇습니다. 우리나라는 식품 첨가제 분야에서 보면, 일부는 세계적으로 가장 큰 규모를 가지고 있습니다. 예를 들면 구연산이나 MSG는 분명 우리가 가장 큰 규모를 가지고 있습니다. 그리고 많은 사람들이 알지 못하는 식용 향신료들을 포함해서 적지 않은 제품들은 우리가 가장 큰 규모를 자랑합니다. 어떤 것들은 거의 전부 중국에서 생산되지요. 이러한 방면들에서는 우리가 기술적으로 선두에 있습니다. 하지만 새로운 식품 첨가제 개발에서 우리는 아직 국제적으로 뒤처져 있습니다.

펑야 : 왜 그럴까요?

쑨바오꿔 : 우리나라에서 현재 사용되고 있는 식품 첨가제의 대부분은 국제적으로 수십 년 전부터 생산되어 사용되고 있는 것들입니다. 이는 한 가지 좋은 점이 있습니다. 해외에서는 이미 수십 년 동안 사용하였고 위험 평가도 충분히 거쳤지요. 따라서 우리가 다시 중국의 음식습관에 맞춰서 위험 평가를 하면, 더욱 안전할 수 있고 국민들도 안심할 수 있습니다.

우리나라는 품종도 비교적 적습니다. 우리나라의 식품 첨가제는 현재 2,300여 종이며 대부분 식품용 향신료입니다. 국제적으로 통용되는 설에 따르면, 세계 각국이 평균적으로 사용하는 식품 첨가제는 1만 5,000여 종에 이릅니다. 또한 다른 각도에서 보면 우리나라는 자체적이고 혁신적인 식품 첨가제가 턱없이 부족합니다. 우선 안전성 평가를 하는데 많은 돈이 들어가야 하고, 다음으로는 식품 첨가제에 대한 안 좋은 여론 환경 때문입니다. 따라서 새로운 식품 첨가제를 내놓기가 현재로서는 어렵습니다. 식품 첨가제에 대한 오해와 두려움을 덜어주는 일도 필요합니다. 사회 전반의 여론 환경이 바뀌지 않는 한 우리나라 식품 첨가제는 전반적으로 보든, 품종별로 보든, 연구개발 각도에서 보든 모두 뒤처질 수밖에 없습니다.

어떻게 하면 국민들이 안심하고 먹을 수 있을까?

펑야: 식품 안전문제와 관련해서 제가 얼마 전에 뉴스를 봤는데 일본 NHK방송에서 중국 식품에 관한 다큐멘터리를 찍었다고 합니다. 일부 식품생산자들은 만두나 훤툰(馄饨)을 만들 때 그 안에 정말 아무런 고기도 없이 각종 첨가물과 색소를 섞어서 만드는데, 결국 소비자들이 먹으면 고기맛이 강하지만, 원가는 몇 십 전 정도밖에 안 된다고 합니다. 정말 걱정스러운 일이지요. 왜냐하면 원사님도 언급하셨듯이 모든 첨가제를 식품에 넣을 수 있는 것은 아닙니다. 식품 첨가제만 가능하며 구체적인 양의 제한이 있어야 합니다. 원사님은 이 방면의 전문가이십니다. 우리나라의 식품안전에 관한 전반적인 정세는 어떠한지 우리에게 소개해주시겠습니까?

쑨바오궈 : 우리나라 식품 안전의 전반적인 형세는 몇 년 전의 말로 말하면, 안정적이면서 좋아지는 추세라고 할 수 있습니다. 여기에는 물론 많은 표본검사 데이터도 포함되는데, 최근 몇 년간 식품안전 표본검사에서 우리는 매우 과학적으로 해왔습니다. 현재 전체 식품 안전 표본검사 빅데이터 플랫폼은 베이징공상대학에 있습니다. 여러분

이 공상대학에 갈 기회가 있으면 언제든지 거기에서 볼 수 있습니다. 국가 식약품 감독 부서는 매년 100여 만 번의 표본검사를 배정합니다. 이 표본검사는 샘플이 어느 검사부서에 전달되었는지, 누가 받았는지, 누가 검사했는지, 누가 결재했는지, 문제가 있으면 어떻게 처리했는지, 처리 결과가 어떤 것인지 등 모든 정보를 한눈에 볼 수 있습니다. 언제 어디서나 어떤 식품도 조회할 수 있습니다. 예를 들면, 지난(濟南)시의 어느 지역, 1월부터 10월까지 어느 채소 중에서 어느 농약이 잔류했는지 따위를 충분히 알 수 있습니다.

식품안전의 전반적인 정세는 안정적이면서 좋아지는 추세라고 하는데, 실제로 말하면 서민들의 느낌은 그렇지 않은 것 같다는 게 문제입니다. 당의 19차 당 대회 보고에는 식품안전전략을 실시해 국민이 안심할 수 있도록 한다는 대목이 있습니다. 이 말은 무슨 뜻일까요? 중국의 식품 안전은 전반적으로 양호하고 통제 가능한 상황이지만, 한편으로 서민들이 불안해하며 먹고 있다는 것입니다. 그럼 왜 다들 불안해할까요? 예를 들어 식품 첨가제의 경우, 우리도 설문조사를 한 적이 있습니다. 식품 안전에 문제가 되는 원인에 대해 80%의 사람들이 식품첨가제 때문이라고 합니다. 또 하나, "어떤 음식이 제일 불안한가?" 하는 질문에서 1위는 영·유아용 조제 분유였습니다. 2008년 멜라민 안전사고로 인한 그늘이 좀처럼 가셔지지 않고 있다고 하겠습니다.

그 이유의 하나로 여론의 오도를 들 수 있습니다. 그리고 그 진원은 사실 언론이라기보다는 식품 생산업체라고 생각합니다.

최근 몇 년 동안, 상당수의 식품 기업들이 제품의 표기는 물론 심지어 매스컴에 향신료·색소·방부제 따위의 식품첨가제를 함유하지 않았다고 광고하고 있습니다. 이것은 서민들에게 일종의 잘못된 인식을 심어주게 됩니다. 다들 식품첨가제가 함유되어 있지 않다고 홍보하고 있는 걸 보면, 식품첨가제는 분명히 좋은 것이 아닐 것이라는 것이죠. 이것이 바로 오도되는 내용입니다. 하지만 이런 현상은 앞으로 계속되지 않을 것 같습니다. 왜냐하면 우리나라 「사전 식품포장 통칙(预包裝食品通则)」은 2018년에 새로 나온 기준에서 이미 분명히 명시했기 때문입니다. 식품에 무엇이 첨가되었으면 그것을 표기하되, 첨가되지 않은 것에 대해서는 표기하지 못하도록 한 것입니다. 이렇게 되면 서민들의 이러한 공포감은 점차 줄어들 것으로 예상됩니다.

펑야 : 그렇다면 식품첨가제를 첨가하지 않았다고 해서 꼭 좋은 것만은 아니라는 얘기죠? 맞습니까?

쑨바오꿔 : 식품첨가제는 식품안전을 위한 요소이며, 식품안전에 제공되는 긍정적인 에너지입니다. 다만 우리가 그것을 오해하고 있는 것입니다. 몇 년 전의 불법 첨가물을 대신해서 누명을 썼다는 것이지요. 예를 들어, 우리가 마시는 사이다, 콜라도 방부제를 첨가합니다. 주로 이산화탄소를 사용하는데 이산화탄소는 방부제가 맞습니다. 또 레드와인이 있습니다. 많은 사람들이 레드와인은 친환경적인 것으로 몸에 좋다고 여기고 있습니다. 심지어 레드와인에는 식품첨가제가 없다고 여기고 있는데, 역시 잘못된 인식입니다. 레드와인에도 방부제가 첨가됩니다. 레드와인은 일반적으로 이산화황을 방부제로 사용합니다. 현재 여러분이 즐겨 먹는 간식들, 이를테면 아이스크림·초콜릿·껌까지 식품첨가제를 빼놓을 수 없습니다. 우리가 일상적으로 볼 수 있는 식품도 거의 식품첨가제를 포함하고 있습니다. 그렇다고 매일 맹물에 배추를 삶아 먹을 수는 없습니다. 맛있는 음식을 먹고 건강

하게 먹고 싶다면 식품첨가제를 빼놓을 수 없습니다.

펑야 : 방금 원사님이 우리의 식품은 매우 엄격한 표본검사 절차가 있다고 언급하셨지요. 하지만 우리가 간과할 수 없는 한 가지 상황은 많은 식품들이 소규모 작업장에서 생산되기 때문에 표본검사가 제대로 되지 않을 수 있다는 것입니다. 유럽과 미국 등 선진 경제권에서도 식품첨가제를 똑같이 사용하는데, 이들도 같은 문제가 존재할까요? 도대체 우리는 어떤 방면의 조치를 취해야, 우리의 식품을 정말로 안전하게 할 수 있을까요?

쑨바오궈 : 구미 국가들도 우리나라보다 식품안전 문제가 적지 않습니다. 불법 첨가나 남용에 따른 식품 안전 문제가 적지 않습니다. 특히 그들이 우리나라와 같은 발전단계에 있을 때의 문제는 우리보다 훨씬 더 많았습니다. 나만 수 십 년이나 100년 전의 일이기 때문에 기억이 흐릿해졌을 뿐이지요. 또한 당시 처한 시대가 정보시대가 아니었기 때문에, 한 곳에서 일어난 문제를 모두 알기도 어려웠습니다.

우리는 이제 정보의 시대, 1인 미디어의 시대로 접어들었습니다. 진짜든 가짜든 SNS를 통해 한방에 전 세계에 퍼질 수 있습니다. 사실 많은 문제들은 전혀 근거가 없는 것들입니다. 몇 년 전 인터넷에 올라온, 다리가 여섯 개인 닭이 대표적이죠. 심지어 어떤 사람들은 문제의 닭을 들고 있는 사진을 올리고는 양계장에서 찍은 것이라고 했었죠. 이런 가짜정보들이 입소문을 타고 순식간에 전 세계에 퍼지는 것입니다.

그렇다면 이런 문제는 어떻게 해결해야 할까요? 식품안전에 대한 감독을 강화하고 전 사회적인 공동 대응을 강화해야 하며, 또 한편으로는 전 국민의 과학적 자질, 과학적 소양을 높임으로써 유언비어를 쉽게 믿지 않도록 해야 합니다. 불법 범죄는 식품안전뿐 아니라 다른 분야에도 있습니다. 따라서 법 위반 범죄에 대해서는 에누리를 두지 말고 단호히 타격해야 합니다.

또 한편으로는 여론의 흐름을 바른 방향으로 이끌어야 합니다. 현재 식품 안전의 문제에 대해, 누구나 몇 마디 할 수 있습니다. 마치 누구나 식품안전 전문가이고 식품영양 전문가인 것처럼 말입니다. 하지만 문제의 핵심을 제대로 짚어 말하는 경우는 드뭅니다. 식품 전문가라고 해서 식품안전 전문가라고 할 수 없고, 식품안전 전문가라고 해서 식품안전 문제를 다 아는 것도 아닙니다. 왜냐하면 전문가일수록 전문적으로 연구하는 범위가 좁기 때문입니다. 우리는 이와 관련하여 『피할 수 없는 식품첨가제』라는 소책자를 낸 적이 있습니다. 6개 대학 9명의 교수가 편찬에 참여했는데, 한 사람당 대체로 10여 조목씩 편찬했습니다. 왜 그랬을까요? 그것은 바로 전문성이 너무 넓기 때문입니다. 따라서 이렇게 나누어 편찬해야만 문제의 요점을 분명하게 포착할 수 있고, 틀리게 말하거나 거짓으로 말하는 것을 피할 수가 있지요. 요즘은 인터넷을 잠간 검색해도 마음대로 나와서 이것저것 말하는 사람들이 많은데 이는 무책임한 행태입니다.

과학적인 시각으로 식품안전을 봐야 한다

펑야 : 얼마 전 미국 대통령은 EU 정상들과 만난 뒤 EU가 곧 미국 농산물을 대량 수입할 것이라고 반겼지만, 에마뉘엘 마크롱 프랑스 대통령은 즉각 나서서 부인했습니다. EU 표준을 낮춰서 미국 기준에만 맞는 식품을 수입하는 것에 단호히 반대한다는 것이었지요. 이것

은 표준문제와 관련된 것입니다. 글로벌 식품 제조업체들이 문제의 제품을 리콜하는 경우가 있는데, 중국에서 판매된 제품은 리콜하지 않는 경우가 많습니다. "중국 표준에 부합된다."는 것이 이유지요. 그렇다면 식품안전에 있어서 우리의 기준이 너무 낮은 것은 아닐까요?

쑨바오꿔 : 표준이 너무 낮다고 할 수는 없습니다. 표준은 법 집행의 근거로서 표준이 만들어진 후에 모두가 이 표준에 따라 생산해야 하며, 이 표준에 부합해야 합니다. 하지만 이 표준이라는 것도 경제사회의 발전, 과학기술의 진보에 따라 끊임없이 수정하고 끊임없이 보완해야 합니다. 모든 표준은 다 이런 것입니다.

표준의 문제와 식품안전의 문제에 대해 우리는 반드시 역사적으로, 변증법적으로, 전면적으로 분석해야 합니다. 그래야만 문제의 요점을 발견할 수 있지요. 여러 나라의 표준들이 완전히 동일하지는 않지만, 각 나라의 합법성부, 책임 있는 정부는 모두 국민들에게 대해 책임을 지겠죠. 따라서 정부가 정한 표준은 식품안전의 관점에서 과학적으로 근거가 있을 것이고 문제가 없다고 봐야 합니다. 다만 여러 나라는 각자의 전략적 수요가 서로 다를 뿐입니다. 이를테면 미국의 전략은 EU와 다릅니다. 우리 국민들이 특히 관심을 가지는 예를 하나 들어봅시다. 미국은 유전자 변형 식품에 대해 특별히 개방적인 태도를 가지고 있는 반면에, EU는 특별히 보수적인 태도를 가지고 있습니다.

우리 국민들이 관심을 가지는 예를 하나 더 들어봅시다. 근육촉진제(瘦肉精)는 우리나라에서는 금지되어 있습니다. 사료에 근육촉진제를 첨가해서는 안 됩니다. 하지만 미국과 대부분의 서방국가에서는 2세대 근육촉진제를 첨가하는 것을 허용하고 있습니다. 따라서 만약 우리가 외국산 육류를 수입한다면 근육촉진제 잔유물이 남아있을 수 있습니다. 물론 안전범위 내에 있겠지만 말입니다. 또 미국 내 근육촉진제 잔류 표준은 EU 수출표준과 다릅니다. 미국 국내 기준이 좀 더 느슨하고 EU 수출표준은 까다롭습니다. 그렇다면 미국 내 식품이 사람들의 건강에 해를 끼친다는 뜻일까요? 그렇지는 않습니다. 단지 원가의 문제일 뿐입니다.

우리나라는 국제적으로 선진적인 동일표준을 채택하도록 장려해 왔는데, 국제표준이 어떻다면 우리도 그에 따릅니다. 하지만 국제표준이나 국가표준도 모두 가장 선진적인 표준이라고 할 수는 없습니다. 가장 선진적인 표준은 당연히 기업 표준입니다. 하지만 많은 사람들이 이것을 반대로 이해하고 있지요. 국가의 표준은 대부분의 기업이 달성할 수 있는 것입니다. 기업이 정한 표준은 흔히 더욱 엄격하고 선진적인데 모든 제품은 다 그렇다고 봐야 합니다.

펑야 : 원사님의 말씀대로라면, 중국의 표준이 너무 낮다는 것은 잘못된 인식이네요. 그렇다면 우리는 식품안전 방면에서 어떤 부분을 중점적으로 보완해야 할까요?

쑨바오궈 : 예전부터 안전한 식품은 생산해내는 것(安全的食品是生产出来的)이라는 말이 있었습니다. 맞는 말입니다. 하지만 안전한 식품은 가공과정에서만 만들어지는 것이 아닙니다. 원료생산에서도 문제가 생기지요. 그래서 우리나라는 식품안전에 있어서 앞으로 식품원료 생산에 힘을 쏟아야 합니다. 다들 아시지만 식량, 야채, 과일과 같은 원료 생산은 밭에서 자라는 것입니다. 만약 우리의 환경이 오염되고, 우리의 수질이 오염되고, 우리의 대기가 오염되고, 우리의 토양이 오염된다면, 그것은 분명 우리의 식품원료 안전에 위험을 초래할 것

입니다. 우리가 식품안전이 모든 사람과 관계가 있다고 말하는 것은, 우리 모두가 먹어야 하기 때문만이 아니라, 우리 모두가 매일 많든 적든 쓰레기를 발생시킬 수 있기 때문이기도 합니다. 그래서 우리 모두 합심하여 환경오염을 줄여야 합니다. 우리 모두가 하나의 운명공동체라는 것을 많은 사람들이 깨닫지 못하고 있을 것입니다. 이것은 큰 문제입니다. 일단 환경이 오염되면 복구하는 데는 오랜 시간이 걸립니다.

펑야 : 그러니깐 경제 방면뿐이 아니고 식품안전 방면에서도 우리 모두는 운명공동체네요.

쑨바오꿔 : 해외의 환경오염도 중국에 영향을 미칠 수 있습니다. 중국인들은 지금도 일본산 해산물을 절대 먹지 말라는 말을 많이 하는데, 후쿠시마 원진사고에 대해서 우려하고 있는 것이지요. 전 지구적 오염은 수질오염을 포함합니다. 바다에서 떠돌아다니면 전 지구 차원의 문제가 될 수 있으니까요. 대기는 더욱 그렇습니다.

식품안전 교육은 어릴 때부터 해야 한다

펑야 : 앞에서 원사님은 아홉 명의 교수님들과 공동으로 편찬한 책 『피할 수 없는 식품첨가제』를 언급했습니다. 이 책은 과학지식 보급에 해당하는 책입니다. 즉 어린이들이 보기에 적합하다는 것이지요. 원사님이라는 입장에서 어린이들에게나 적합한 이런 책의 편찬에 심혈을 기울이시는 이유는 무엇이지요?

쑨바오궈 : 이 책은 어린이들만을 위한 책이 아닙니다. 더 중요한 것은 학부모들을 위한 책이라고도 할 수 있습니다. 물론 어린이들도 쉽게 읽고 이해할 수 있는 책이지만요.

사실 그동안 우리 팀은 식품첨가제라는 교육부 통합편찬 교과서를 만들었는데, 이 교과서는 총 3판을 냈는데, 2판을 편찬하던 당시만 해도 식품첨가제에 대한 공포는 대단했었지요. 그래서 과학지식 보급 소책자를 만들어야 한다는 말이 나왔고 바로 실행에 들어갔습니다. 우리는 우선 1만여 개의 설문지를 배포했고, 사람들이 가장 관심을 가지는 118개의 문제를 추려냈습니다. 조사에 참여한 사람들로는 일반 소비자도 있고 정부의 감독관이나 기업인들도 있었습니다. 그리고 아홉 명의 사람들이 각자 임무를 배분하여 이 책을 편찬하게 된 것입니다. 나중에 우리는 해당 영향권을 확대하기 위해, 종이매체나 온라인 매체를 포함한 여러 언론들에서 인용하는 것을 허락했고 관련 인터넷 사이트도 개설했습니다.

펑야 : 이런 작은 과학지식 보급 저서들을 내도 성취감을 느끼십니까? 우리나라에 이와 같은 과학지식 보급 저서들이 너무 많다고 생각하십니까? 아니면 너무 적다고 생각하십니까?

쑨바오궈 : 과학지식 보급 관련 홍보가 아직도 너무 적습니다. 특히 거물급 전문가들은 보급에 더 힘써야 합니다. 거물급 전문가라고 해서 무조건 잘 설명할 수 있는 것은 아니지만, 그만큼 영향력이 있는 건 사실이니까요. 예를 들면, 아마 1976년의 일일 겁니다. 화뤄겅 (华罗庚) 교수님이 우선법(优先法, Optimization method)을 보급하셨는데, 전국적으로 우선법 보급 선전대를 조직했습니다. 그때 저는 고

등학생이었는데 선전대가 우리 마을에도 왔습니다. 이는 저한테 미친 영향이 아주 컸습니다. 나중에 과학연구에 종사하면서도 그때 들었던 방식들을 운용하기도 했지요. 따라서 식품안전 지식의 보급도 어릴 때부터 해야 한다고 생각합니다. 아주 중요하거든요.

억만장자가 되려면 과학연구에 종사하지 말아야 하는가?

펑야 : 제가 학교 다닐 때 경제학 선생님은 미국 예일대의 종신교수였습니다. 후에 베이징대학에서 그를 교수로 초빙했지요. 당시 그는 우리에게 다음과 같은 질문을 던졌습니다. 자신과 같은 유명한 경제학·금융학과 교수들이 회사를 차리거나 회사에서 CEO가 되어 돈을 많이 벌 수 있는데 왜 흔쾌히 대학교에 남아 교수로 일하느냐는 것이었죠. 이에 대한 답을 생각해보라고 했습니다. 이제 이 질문을 다시 원사님께 해봅니다. 원사님은 원사이면서 베이징공상대학의 총장이며, 첨가제 방면에서 매우 권위 있는 전문가입니다. 따라서 원사님이 직접 창업하거나 하다못해 기업에 고문으로 가도 많은 돈을 벌 수 있습니다. 그렇다면 왜 남아서 과학 연구를 하고 계신 것입니까?

쑨바오꿔 : 좋은 질문입니다. 누구나 성장하면서 많은 선택에 직면하지만 저도 비슷한 선택을 한 적이 있습니다. 고기맛 향료(肉味香精)를 개발해낸 후 이 기술을 기업에 이전했다면, 1990년대 초반이었던 당시 한 해에 매출을 2, 3천 만 위안은 올렸을 것입니다. 당시로 말하면 어마어마한 금액이지요. 제가 이 기술을 가지고 창업을 했더라면 마윈(马云)처럼은 못되더라도 최소 억만장자는 되었을 것입니다. 하지만 저는 제가 지금 하고 있는 일이 저에게 더 맞을 거라고 생각했습

니다. 결과적으로 잘한 선택이었지요. 제가 과학연구를 계속하면서 지속적으로 새로운 성과를 냈을 뿐만 아니라, 당과 국가도 좋고 사회도 좋고 저에게 많은 영예를 안겨주었습니다. 모두 돈으로는 살 수 없는 것들이지요. 솔직히 말한다면 이는 인생관과 가치관의 문제라고 볼 수 있습니다.

펑야 : 후회해보신 적은 없습니까?

쑨바오궈 : 뭘 후회합니까? 돈을 많이 벌지 못한 걸 후회해야 합니까? 돈은 벌려면 끝이 없습니다. 그리고 정상적인 생활에도 그렇게 많은 돈이 필요하지 않습니다. 우리가 사회를 위해 더 많은 가치를 창출할 수 있다면 더 좋지 않습니까? 우리 기술을 더 많은 기업가가 산업화하면 혼자 기술을 갖고 있는 것보다 훨씬 큰 가치를 창출할 수 있는 것 아닌가요?

펑야 : 사람들의 예쁘다는 칭찬은 바라지 않고, 천지간에 맑은 향기를 남길 수 있기만 바라다네(不要人夸颜色好，只留清气满乾坤) 라는 시구가 있습니다. 원사님께 꼭 맞는 구절 같습니다.

쑨바오궈 : 고맙습니다. 고마워요.

펑야 : 비록 창업하여 큰돈을 벌지는 못했지만, 원사님의 수확 또한 매우 많습니다. 1999년과 2000년 두 차례 연속해서 국가과학기술진보상을 받으셨지요. 과학기술 분야 5대 대상 중 하나입니다. 시진핑 총서기는 2014년 원사대회(院士大会)에서 "과학기술 성과는 국가의

수요와 인민의 요구, 시장의 수요와 잘 결합하고, 과학연구, 실험개발, 보급·응용의 3단계 도약을 완수해야만 진정한 혁신가치를 실현하고 혁신적 발전을 이룰 수 있다."고 말한 바 있습니다. 이 말을 어떻게 이해하십니까?

쑨바오꿔 : 시진핑 총서기의 발언은 우리 과학연구자들에 대한 일종의 주문이라고 할 수 있습니다. 과학에는 국경이 없다고 하지만 과학자에게는 조국이 있기 때문에 중국의 과학자는 중국이 직면한 기초과학 문제들을 먼저 해결해야 합니다. 그러나 우리는 현재 어떤 문제를 해결하지 못했고, 외국에서는 해결했지만 우리가 아직 해결하지 못하고 있는 문제는 어떤 것이 있는지를 봐야 합니다. 우리는 아직 남들의 뒤꽁무니를 쫓는 단계입니다. 따라서 가능한 빨리 남들을 따라잡고 선두에 서도록 노력해야 합니다. 이 과정은 결코 순탄하지 않을 것입니다. 기왕에 과학연구를 선택했으니 고생을 각오해야 합니다. 사람들의 지능에는 큰 차이가 없습니다. 얼마나 몰두해서 노력하느냐에 달렸죠. 다른 사람이 쉬는 시간, 오락하는 시간에 하다못해 일부분의 시간이라도 내어 일에 투입해야 다른 사람과 다른 성과를 얻을 수 있습니다. 통속적으로 말하자면, 초과 근무를 하는 것은 자각행위가 되어야 합니다. 이와 같은 자각이 없다면 과학연구를 할 수 없습니다.

펑야 : 고생을 할 수 있다면, 지능은 오히려 그렇게 중요하지 않다는 말이군요. 젊은 과학 연구자들에 대한 희망이자 요구인 것 같습니다. 소식(苏轼)은 일찍이 "옛적부터 큰 업적을 이룬 자는 비범한 재주가 있었을 뿐만 아니라 반드시 강인한 뜻이 있었다."고 말했습니다. 원사님은 의지가 남다른 분이십니다. 이를테면 4년 동안 수능을 지속해

서 치렀고, 또 오래도록 화학공학에 대한 연구를 견지하고 있습니다. 그렇다면 원사님은 우리의 새로운 과학 연구자들이 어떤 품질을 갖추어야 한다고 생각하십니까?

쑨바오궈 : 가장 중요한 것은 성실하게 하는 것이고, 명리를 담담하게 생각하는 것입니다. 물론 성과를 낸 후에는 자연스레 해당하는 명예나 이익도 생기게 됩니다. 하지만 이것을 부차적인 위치에 놓아야 합니다. 저는 일찍 우리 팀의 선생님들과 학생들에게 억만장자가 되고 싶으면 과학연구를 하지 말라고 말해왔습니다. 물론 과학연구를 한다고 해서 억만장자가 되지 못하는 것은 아닙니다. 하지만 훌륭한 과학연구자나 훌륭한 교수가 되려거든 억만장자가 되려는 생각은 버려야 합니다.

동시에 좌절과 실패를 두려워하지 말아야 합니다. 심지어 많은 경우에는 절망을 느끼기도 합니다. 하지만 그러한 절망을 딛고 일어서면 희망이 뒤따르게 되죠. 거의 모든 과학연구의 대부분 시간은 실패로 점철되어 있습니다. 성공은 늘 마지막 한 순간에 옵니다.

펑야 : 정말 고귀한 정신입니다. 이 역시 과학자 정신이 갖고 있어야 하는 중요한 내용인 것 같습니다.

쑨바오궈 : 과학자 정신에 대한 해석은 사람마다 제각각입니다. 물론 저 자신은 지금까지 스스로 과학자라고 생각해 본 적이 없습니다. 저는 단지 과학 기술자일 뿐입니다. 과학 기술자로서 우선 자신이 종사하는 연구에 흥미를 가지고 기꺼이 이 연구를 할 수 있어야 합니다. 다음으로 또 흥미만 가지고는 안 됩니다. 자신의 연구가 사회와 인류

에 대해 어떤 가치를 가지는지를 알아야 합니다. 우리가 한 연구는 어떤 것은 인류를 행복하게 할 수도 있고, 어떤 것은 인류를 해칠 수도 있습니다. 제가 만든 첨가제 역시 마찬가지입니다. 우리가 하는 일은 반드시 사회에 유익해야 하고, 반드시 기업의 진보를 도울 수 있어야 합니다. 사회에 해가 되는 일을 해서는 안 되고 불법기업의 조작을 방조해서는 안 됩니다.

펑야 : 원사님께서 말씀하신 고생을 달게 여기고, 착실하게 일하고, 사회를 위해 공헌해야 한다는 이런 과학자 정신에 대해, 일부에서는 찾기 어려운 희귀품 정도로 생각할지도 모릅니다.

쑨바오꿔 : 찾기 어렵다고 할 수는 없습니다. 우리가 초등학생에게 물어보면 CEO도 되고 싶고, 스타도 되고 싶다고들 합니다. 그렇다고 모두 CEO나 스타가 되는 것도 아니고, 이이들이 하는 말이 꼭 장래의 선택이라고 할 수도 없습니다. 저는 학생들에게 인생은 복제할 수 없는 것이라고 말하곤 합니다. 복제가 가능하다면, 마윈(马云)이 했던 걸 그대로 따라하면 기업가가 될 수 있겠죠. 굳이 현대 언어로 이를 표현한다면, 복제를 하지 않고 붙여넣기를 할 수 있다고 생각합니다. 다른 사람들의 몸에서 자신에게 필요한 부분을 찾아서 자신에게 '붙여넣기'를 하면, 미래에 자신의 분야에서 다른 사람들과 다른 성공을 이룰 수 있을 것입니다.

또 개개인들마다 조건이 서로 다릅니다. 우리가 처한 가정환경이나 사회 환경, 지능지수, 취미 등은 서로 다릅니다. 제 키를 한 번 보십시오. 이 키에 어렸을 때부터 농구선수가 되겠다고 결심했다고 해도 불가능한 일이지요. 자신에게 적합한 일을 찾아야 성공할 수 있습니다.

물론 누구나 자신에게 꼭 적합한 일을 찾을 수 있는 것은 아닙니다. 따라서 우리가 늘 하는 말처럼, 무슨 일을 하든 그 일에 애착을 가지도록 노력해야 합니다. 지금 많은 사람들이 좋아하는 일만 찾으려 하지만, 이보다 더 중요한 것은 지금 하는 일을 좋아하는 것입니다. 저역시 그렇게 해왔습니다. 원래 선생님이 될 생각은 없었지만 선생님이 되었고, 화학을 할 생각은 없었지만 결국 화학을 전공하고 화학공학에 대한 일을 해왔습니다. 그리고 현재 하고 있는 일에 애착을 가지도록 노력했었지요.

대　　화 : 예디성(叶迪生)

대화시간 : 2018년 8월 14일

대화장소 : 톈진(天津)시 외사판공실(外事办公室)

대 화 인 : 천아이하이, 중앙방송총국 '경제의 소리' 수석논설위원
　　　　　예디성, 톈진시 전임 부시장

예디성(叶迪生)

- 1937년생. 톈진시 특급노력모범 칭호를 세 번 획득함, 중국의 제 1회 특수공헌 전문가(有突出贡献的专家) 칭호 획득. 톈진시 경제기술개발구 관리위원회 주임, 톈진시 부시장, 전국화교연합회 부주석 역임. 중국공산당 14대 대표, 제7기 전국인민대표대회 대표.

경제개발구의 이왕지사

개혁개방 희소식이 방송에서 울려퍼지다

천아이하이 : 시장님은 40년 전인 1978년 톈진(天津)의 한 국유 반도체 기업의 과학연구원이었습니다. 1978년 우리나라가 개혁개방을 한다는 정책을 들었을 때, 사업의 무게중심을 경제로 옮긴다는 것을 알았을 때의 느낌은 어땠습니까? 뭔가 특별한 신호 같은 것을 감지했었습니까?

예디성 : 저는 귀국 교포이자 당과 국가가 양성한 반도체 분야의 초기 과학기술자였습니다. 40년 동안 저는 우리나라와 톈진, 중국 인민에게 일어난 엄청난 변화를 직접 목격했습니다. 10년 전에 덩샤오핑 주석 서거 20주기를 맞아 그 분을 기리는 글을 쓴 적이 있습니다. 그

가 어떻게 내 운명을 바꾸었는지에 대한 내용이었지요. 40년 전에 저는 조그마한 공장에서 과학기술 연구에 종사했었습니다. 당시는 정말 많은 어려움이 많았습니다. 왜냐하면 국가가 폐쇄적이었기 때문입니다. 하지만 당시 여러 방면에서 조짐이 있었습니다. 공장에서는 1%에 한해서 급여 인상이 있었는데 1977년에는 저한테 차례가 왔습니다. 그래서 뭔가 변화가 발생하는구나 하고 느꼈지요.

천아이하이 : 중시를 받았었군요.

예디성 : 이듬해에도 1%의 직원에 한해서 급여 인상이 있었는데 또 저한테 차례가 왔습니다. 그 공장에서 이와 같은 특별한 영예를 받은 사람은 제가 유일합니다. 20여 년 동안 급여 인상이 없다가 연속 2년씩이나 인상되었지요. 게다가 얼마 안 되어 저를 엔지니어로 발탁했습니다. 그리고 제가 연구한 제품에 대한 계획을 제시했을 때, 공장 전체가 지지하였고, 더욱이는 텐진시 과학위원회에서까지 충분한 지지를 해주었습니다. 그래서 변화를 느꼈지요. 그 후로 제가 공장에서 발휘하는 역할은 더욱 커졌습니다. 이것은 단지 저의 개인적인 변화일 뿐입니다. 사회 전반의 환경이 변화하고 있었고, 지식인들에게 대한 태도가 변화하고 있었습니다.

당시 산동대학교와 협력하여 어떤 제품을 연구개발하고 있었는데, 산동대학교가 먼저 이 문제를 함께 연구하여 해결하자고 저에게 요청했었습니다. 그래서 1978년 겨울에 산동대학교에 가게 되었지요. 지난(濟南)에서 어느 날 아침, 제가 운동장 부근에서 한창 조깅을 하고 있는데 운동장에 있는 큰 확성기 하나가 갑자기 방송을 시작하는 것이었습니다. 방송은 11기 3중 전회(十一届三中全会)에 관한 내용이었습니다. 과거에 제가 여러모로 어려움을 많이 겪었었는데, 이런 확성기 방송들은 모두 계급투쟁이나 엄숙한 정치문제에 관한 내용들이었지요.

천아이하이 : 이번에는 이전이랑 달랐었군요.

예디성 : 이번에는 뭔가 어투부터 달랐습니다. 국가가 경제건설을 중심으로 한다는 기조가 명확하게 들렸습니다. 그래서 아주 기뻤습니다. 정말로 격동적인 일이었지요. 저는 당시 이 방송을 정확히 듣기 위해 운동장 둘레를 천천히 달렸습니다. 당시의 기억이 아직도 생생합니다. 저는 아주 격동되어 있었지요. 인생에 또 다시 커다란 변화가 오고 있음을 느꼈습니다. 자신이 다시 경제건설에 투입될 수 있다는 희망에 사로잡혔었지요. 배척 받는 처지가 아니라 환영 받는 사람으로 탈바꿈해진다는 기대였습니다.

그 후 과학기술대회에서 덩샤오핑 동지는 과학기술은 제1생산력이라고 말했습니다. 이러한 언급은 중국에서 처음이었기에 우리 과학기술자들은 비할 수 없는 감격을 느꼈습니다. 과학기술을 제1생산력으로 인정하고, 지식인들은 그가 국가를 위해 봉사하고, 공농병(工農兵)을 위해 봉사한다면, 그것은 곧 노동자 계급의 입장과 같은 것이라고 천명했지요. 방송을 듣고 난 저는 자신이 이미 노동자 계급의 한 부분에 속하는 것처럼 느껴졌습니다. 뒤이어 신문에 천징륀(陳景潤)의 '골드바흐의 추측[22]'이 실린 것을 보았습니다. 전국적으로 과학기술자에 대한 신뢰가 높아지고 관련 기술인재들은 전에 없는 존중을 받

---

22) 골드바흐의 추측 : "2보다 큰 모든 짝수는 두 소수의 합으로 나타낼 수 있다."는 정수론의 추측이다. 예를 들면, 10=3+7, 100=3+97, 1000=3+997, 10000=59+9941, 100000=11+99989 등이 성립한다는 식이다.

게 되었습니다. 저는 공장에서 노동자들과 함께 일한 지 이미 20년이 넘었는데, 같이 일하는 노동자들이 사리가 밝고 우호적이었기에 아주 잘 어울릴 수 있었습니다. 그래서 저의 일생을 이곳에 바쳐야겠다고 다짐했었지요. 결과적으로 이 공장의 제품은 끊임없이 발전하고 끊임없이 확대되었습니다. 1980년대 초 당시, 100인 미만의 이 공장 제품 이윤이 무려 500여만 위안에 이르렀지요.

천아이하이 : 대단하군요.

예디성 : 그래서 저는 저의 일생이 과학기술 사업과 개혁개방과 굳게 결합되어있다고 생각합니다. 그리고 제가 이러한 역할을 할 수 있은 것은 바로 덩샤오핑 동지가 개척한 개혁개방의 길이 있었기 때문입니다. 즉 중국 특색 사회주의의 길이 있었기에 우리 과학기술자들은 충분한 역할을 할 수 있었던 것이지요.

천아이하이 : 시장님은 국가의 개방정책이 우리에게 커다란 변화를 가져왔다고 말씀하셨습니다. 그렇다면 시장님께서 참여한 과학연구에서, 당시 피부로 느낄만한 국가의 지원이 있었습니까?

예디성 : 있었습니다. 우선 1980년에 저는 국가의 파견으로 두 번이나 출국하여 일본을 고찰을 하게 되었는데 그 전에는 어림도 없는 일이었지요. 저는 일본에 가 히타치·도시바·산요 등 일본의 중대한 과학기술 산업을 두루 둘러보았는데, 우리 국내 기술과 너무 현격한 차이가 있음을 실감했습니다. 이들은 당시 이미 자동화 생산을 하고 있었지요. 당시 우리의 칩은 2인치 반이었는데, 그들은 이미 4인치였

습니다. 그들의 수율(收率)[23]은 이미 80~90%에 달했던데 반해 우리의 수율은 겨우 20~30%밖에 안 되었습니다. 우리는 비로소 제대로 눈을 뜨고 세상을 바라보게 되었지요. 당시 온 나라가 과학기술 발전을 향해 매진했습니다. 그래서 당시 (기술)난관 돌파(攻关)라는 단어가 유행되었지요. 뭐든지 난관을 돌파해야 했고, 그래서 저 역시 난관을 돌파하기 위해 노력했습니다. 결국 우리가 난관을 돌파하여 만들어낸 제품이 인공위성과 로켓 부품으로 선정되었습니다. 이 공로가 인정되어 당시 중앙군사위와 국무원이 우리 공장에 많은 상장을 보냈습니다.

개인적으로 저는 톈진시에 의해 몇 차례 연속해서 특등노동모범으로 당선되었고, 전자부(电子部)도 저에게 '과학기술 모범병(科技标兵)'이라는 칭호를 수여했습니다. 저로서는 생각지도 못한 일이었지요. 보잘 것 없던 일개 과학기술자였던 제가 갑자기 전국적인 유명세를 타게 되었고, 전국노동모범대회에도 참가하게 되었습니다. 과학기술자들이 보편적으로 존중받는 시대가 도래한 것입니다. 그런 면에서 저에게는 큰 감동이 아닐 수 없었지요.

염전에 경제개발구를 건설하다

천아이하이 : 과학기술 연구 경력이 만만치 않으시더군요. 관련된 얘기도 흥미진진하게 많이 하셨습니다. 하지만 나중에는 연구를 계속할 수 없게 되었는데, 톈진경제기술개발구(天津经济技术开发)가 설립되면서 시장님은 개발구 관리위원회 부주임으로 임명되셨지요.

---

23) 수율 : 투입 수에 대한 완성된 양품(良品)의 비율. 양품률이라고도 하며, 불량률의 반대어이다. 수율은 특히 반도체의 생산성, 수익성 및 업체의 성과 면에서 매우 중요하다.

예디성 : 그렇습니다.

천아이하이 : 당시 개발구는 아무것도 없는 일망무제(一望無際)한 염전에 불과했었지요. 염전을 새롭게 건설하고 투자유치를 하기까지는 홍미 있는 이야깃거리가 적지 않을 것 같습니다. 이를테면 최초의 온갖 어려움에서부터 지금의 활기찬 모습까지 말입니다. 지금 돌이켜보시면 당시 특별한 역사적 전환점에서 어떤 영예감이나 역사적인 사명감 같은 게 있었습니까?

예디성 : 1984년 3월쯤으로 기억합니다. 중앙에서는 중국의 14개 연해도시를 개방하기로 결정하고 개방 도시에 경제기술개발구(经济技术开发区)를 건설할 것을 제기했습니다. 당시는 경제기술개발구라는 게 도대체 뭔지도 몰랐습니다. 과학기술 일군으로서 연구에만 몰두해왔으니까요. 하지만 톈진시에서는 이미 결정을 내렸습니다. 제가 갑자기 개발구 임원으로 발령이 난 것입니다. 저로서는 어안이 벙벙한 일이었지요. 과학기술 연구에는 자신이 있었지만 경제기술개발구에 대해서는 아는 게 전혀 없었거든요.

당시 리뤼이환(李瑞环) 동지가 저를 설득했습니다. 그는 경제기술개발구는 덩샤오핑 동지가 제기한 것이라고 말했습니다. 덩샤오핑 동지가 제기한 것이라면 반드시 옹호해야 하지요. 하지만 문제는 아는 게 전혀 없다는 것이었습니다. 그는 경제기술개발구는 도시 본연의 장점과 특점을 잘 이용하고 장점을 잘 발휘하여 국제적인 선진기술과 선진 생산을 도입하는 것이고, 이 구역 내에서 경제특구로서의 일련의 혜택을 받는 것이라고 했습니다. 또한 경제기술개발구에서 경제발전은 우리의 목표이고, 기술발전은 이러한 목표를 실현하기 위한 근본적이고 중요한 수단이라고 하면서 제가 가장 적임자라고도 했습니다. 그는 또 저에게 마인드를 완전히 바꿀 것을 주문했습니다. 전투원에서 지휘관으로 바뀌어야 한다고 했습니다. 글로벌 시야를 연마하고 세계적인 선진기술과 산업을 천진으로 끌어와야 하는데, 이것이야말로 과학기술 일꾼의 주요한 책임이며 따라서 제가 가장 적임자라는 것이었지요.

이러한 생황에서 저는 경제기술개발구로 가게 되었습니다. 하지만 가서 보니 놀라지 않을 수 없었습니다. 당시 개발구는 탕꾸(塘沽) 쪽에 있었는데 그 곳은 원래 창루(长芦) 염전이었지요. 수백 년 동안 소금을 생산하던 염전이라 아무것도 없었습니다. 저는 원래 공장 정도는 있을 줄로 알았거든요. 당시 풀 한포기 자라지 않는 염전의 좁은 오솔길을 따라 걸어갔는데 특별히 조심해야 했습니다. 그곳의 직원이 빠지지 않도록 조심하라고 특별히 당부했던 말도 기억이 납니다.

천아이하이 : 소금 웅덩이에요?

예디성 : 간수 웅덩이죠. 거기 빠지면 발이 문드러질 수 있으니 특히 조심해야 했습니다. 이게 바로 경제기술개발구란 말인가? 다들 어안이 벙벙했습니다. 당시 개발구관리위원회 주임은 톈진시위(天津市委) 부비서장(副秘书长)이 겸임했지요. 그가 우리 몇몇 주임과 팀원들을 이끌고, 탕꾸(塘沽) 톈진항(天津港)의 일본인 고문을 초청해서 함께 둘러보러 간 것입니다. "우리가 이곳에 경제개발구를 만들고 현대화 공업원(工业园)을 건설하려고 하는데, 당신이 보기에는 어떻습니까?"라는 것이었지요. 하지만 일본인 고문의 대답은 부정적이었습니다. 이와 같은 염전에 현대화 공업원을 건설하는 것은 아예 불가능하

다는 것이었습니다.

이러한 상황에서 우리가 맞닥뜨린 어려움은 상상조차 할 수 없었지요.

첫째: 우선 소금물(盐水)부터 빼내야 했습니다. 풀 한포기 자라지 않는 땅부터 개량해야 했지요. 그리고 수원을 해결해야 했는데, 탕꾸(塘沽)의 물을 뺏어올 수는 없었습니다. 당시 톈진 전체가 허뻬이(河北)성의 롼허강(滦河)의 물을 끌어다가 사용하고 있었습니다. 결국 우리는 수십 킬로미터 떨어진 저수지의 물을 새롭게 개발구까지 끌어왔습니다. 둘째: 어떤 개발구를 건설할 것이냐가 중요한 문제였는데, 우리는 국제적 수준의 개발구를 건설해야 한다고 의견을 모았습니다. 왜냐하면 우리 가운데 더러는 외국에 나가 보았지요. 저 역시 외국에 나가 보았습니다. 따라서 국제적인 환경에 부합되어야 한다는 데 이견이 없었습니다. 따라서 이러한 기준으로 프로젝트를 진행했지요. 당시 사회적으로 삼통일평(三通一平)²⁴⁾이 유행이었는데, 우리는 아예 칠통일평(七通一平)을 하기로 했습니다. 물, 전기, 난방, 가스, 평평한 길 등이었지요. 나머지 모든 것은 우리가 알아서 해결할 테니 당신은 여기에 공장만 지으면 된다는 것이었지요. 이밖에 또 하나의 큰 문제는 배수시설이었습니다. 당시 배수시설을 건설하면서 우리는 100년 동안의 역사자료를 참고했습니다. 톈진의 가장 큰 홍수와 가장 큰 강우량에 근거하여, 이 지역에서 절대로 물난리가 나지 않도록 배수시설을 완비해야 한다는 것이었지요.

천아이하이 : 꽤 큰 안목을 가지셨군요.

---

24) 삼통일평(三通一平): 물, 전기, 하수도가 통하고 길이 평평한 것. -역자 주

예디성 : 배수시설은 지름이 4미터에 달하는 파이프를 사용했는데, 감탕[25] 때문에 애를 많이 먹었습니다. 눌러서 감탕 밑으로 집어넣으면 이튿날 떠오르기가 일쑤였지요. 정말 어려움의 연속이었지요. 하지만 이와 같은 기초시설은 아주 중요합니다. 땅 속의 것들을 제대로 해놓아야 땅 위의 일들이 순조롭게 이어지거든요.

지금 벌써 30여 년이 지나갔습니다. 매 년 톈진시에 큰비가 내릴 때면, 저는 습관적으로 개발구에 전화해서 침수된 곳은 없는지를 문의합니다. 대답은 늘 한결같지요. 톈진 개발구는 침수된 곳이 전혀 없다는 것입니다. 당시 극히 어려운 상황에서도 우리는 백년대계를 생각했는데, 적어도 개발구의 기초시설 건설에서 우리는 충분히 자긍심을 가질만합니다. 이러한 것들이 없었다면 누가 투자하러 오겠습니까?

천아이하이 : 기초시설을 건설했으면 이제 소프트 환경(软环境)도 건설해야지요.

예디성 : 우리는 국가의 돈을 빌렸기에 압력이 만만치 않았습니다. 심지어는 매 사람당 얼마의 빚을 졌는지도 계산해봤습니다. 하루 빨리 자본을 유치하고 기업을 유치해야 했습니다. 그래서 우리는 프로젝트는 생명줄이고 투자자는 하느님이라는 슬로건을 내걸었습니다. 투자자가 없으면 이 땅은 내버려지게 되겠죠. 그래서 어떻게든 이 땅에 기업을 유치해야 했습니다. 땅으로 돈을 버는 게 아니라 여기서 좋은 기업을 태생시켜 돈을 벌 수 있도록 해야했죠.

당시 투자유치는 여간 힘든 게 아니었습니다. 1980년대의 어느 겨울, 저는 처음으로 홍콩에 가서 투자유치를 하게 되었습니다. 그들은

---

25) 감탕 : 갯가나 냇가 따위에 깔려 있는, 몹시 질어서 질퍽질퍽한 진흙.

톈진에 갈 이유가 없다고 말했습니다. 너무 멀고 춥다고 했습니다. 가까운 광둥(广东)의 주장(珠江)삼각주가 여러모로 편한데 하필 그 먼 데까지 갈 필요가 있느냐는 것이었지요. 당시 태국에 갔던 사람들도 결국은 빈손으로 돌아왔습니다. 당시 덩샤오핑 동지의 말이 우리에게 좋은 계시를 주었습니다. 그는 이렇게 말했었지요. "우리는 전 세계를 향해 개방해야 합니다. 중점은 선진국입니다. 그들에게는 자금이 있고 기술이 있고 시장이 있으니까요." 그래서 우리는 또 원양전략(远洋战略)과 다국적회사전략(跨国公司战略)을 내놓았습니다. 직접 미국과 일본, 한국, 유럽을 대상으로 했지요. 직접 선진국을 대상으로 삼은 것입니다. 당시 중국의 국제선은 대부분이 베이징에 있었습니다. 상하이에는 아주 적었지요. 우리의 전략대로라면, 다국적 회사들이 투자하러 올 때, 베이징을 거쳐서 선전(深圳)이나 푸젠(福建)과 같은 경제특구에 가는 것보다는 베이징과 이웃한 톈진에 오는 게 훨씬 더 가까웠지요. 나중에 우리가 모토롤라를 유치하게 되었는데 이는 그야말로 획기적인 일이었습니다.

천아이하이 : 큰 진전이라고 해야겠군요.

예디성 : 이를 시작으로 일본의 야마하나 한국의 삼성 등 회사들이 계속 유치되었습니다. 또 미국의 PPG나 스위스의 네슬레(Nestle)도 있었는데 모두 선진적인 다국적 회사들입니다. 당시 우리는 세 가지 방침을 제시했습니다. 첫째는 외국 자본을 위주로 한다는 것이었습니다. 당시 우리는 돈이 없었으니까요. 둘째는 선진적인 공업을 위주로 한다는 것이었습니다. 셋째는 수출하여 외화를 벌어들이는 걸 위주로 한다는 것이었습니다. 국가를 위해 외화를 벌어야만 했지요. 동시에

우리는 또 사냥꾼처럼 프로젝트를 노리고, 치타처럼 프로젝트를 덮치며 프로젝트를 창조해내야 한다는 슬로건을 내걸었습니다. 프로젝트는 기다려서 오는 것이 아니라 쟁취해서 오는 것입니다. 그리고 '1·2·3' 발전모델을 제시했습니다. 즉 이 땅에 1위안을 '묻어서' 기초시설을 건설했다면, 반드시 2달러의 외자를 유치하고 3달러를 산출한다는 것입니다. 당시 제 기억으로 위안회 시세는 1 : 2.8이었습니다. 그러니깐 사실상 인민폐로 계산하면 대략 1 : 5 : 10이 되는 것입니다. 즉 1위안을 투자했으면 5위안을 유치하고 10위안을 산출한다는 것이지요. 이렇게 해야만 효과적인 경제발전의 길에 오를 수 있는 것이지요.

개발구는 매우 유망하다

천아이하이 : 1986년 톈진경제기술개발구는 역사적인 시각에 직면했었습니다. 개혁개방의 총 설계사 덩샤오핑 동지가 시찰을 온 것입니다. 그는 톈진경제기술개발구에 와서 제자(題字)를 남기고, 개혁개방에서 개방이 특히 중요하다고 말했습니다. 당초에 톈진에서는 "톈진개발구는 매우 유망하다.(天津开发区大有希望)"는 제자를 원했지만, 실제 그는 "개발구는 매우 유망하다.(开发区大有希望)"라고 썼다고 들었습니다. 그렇다면 시장님이 보기에 당시 시대적인 배경은 어떠했습니까?

예디성 : 1986년 8월 19일, 우리는 톈진일보에서 덩샤오핑 동지가 톈진 기차역에서 내렸다는 보도를 접했습니다. 큰제목은 "덩샤오핑 동지가 톈진을 시찰하다."였고, 그 아래에 부제목이 있었습니다. 그

가 리뤠이환(李瑞环) 동지에게 얘기하는 형식이었지요. "당신들의 개발구를 둘러봐야겠습니다. 잘 하고 있다고 들었습니다. 인지도도 있고 투자환경도 개선되었다고 하더군요. 외국 사람들이 안심하고 투자할 수 있어야 합니다." 우리들이 깜짝 놀랄만한 뉴스였습니다.

당샤오핑 동지가 어떻게 우리 개발구를 안단 말인가? 게다가 부제목으로 직접 언급하다니! 우리 개발구 직원들은 그야말로 흥분의 도가니에 빠져버렸습니다. 덩샤오핑 동지가 우리 개발구를 둘러본다고 했으니 꼭 올 것이라고 생각했습니다. 그날 저녁으로 우리는 회의를 열고 덩샤오핑 동지에게 무엇을 보고하고 어떻게 보고할지에 대해 토론을 했습니다. 여럿이 머리를 맞대고 몇 가지 방안을 확정했습니다. 첫째, 우리는 당시 아주 가난했고 돈이 없었지만 절대로 궁상떨지 말아야 한다는 것입니다. 다만 우리가 맞닥뜨린 계획경제와 상품경제의 모순에 대해 이야기하고 중앙에 해결을 부탁할 수 있다고 판단했습니다. 둘째, 외국환 평형(外汇平衡)문제입니다. 투자자들이 와서 투자하기 위해서는 외국환 평형문제를 해결해야 했습니다. 우리는 개혁의 가장 선두에 있었기에 이런 실제적인 문제는 덩샤오핑동지에게 보고해야 한다고 생각했던 것입니다.

8월 21일에 덩샤오핑 동지가 왔습니다. 몇몇 중형버스로 구성된 자동차 행렬이었는데, 나와 다른 한 동지가 덩샤오핑 동지가 탄 버스에 올랐습니다. 리뤠이환 동지는 나에 다음과 같이 소개했습니다. "이분은 예디성이라고 합니다. 총경리(总经理)인데 사십이 좀 넘었습니다. 과거에 국가를 위해 공헌을 좀 했지요." 덩샤오핑 동지는 "좋아요. 아직 많이 젊군요!" 라고 답했습니다.

접견을 마친 뒤 단화(丹华)자전거공장이 있는 곳으로 갔습니다. 우리는 전날 저녁에 미리 그들과 상의했지요. "덩샤오핑 동지가 시찰하러 오는데 접대할 장소가 마땅치 않다. 당신들의 자전거공장이 비교적 선진적이고 현대화한 장비도 사용하고 있으며, 구내식당까지 있으니 빌려서 사용하면 좋을 것 같다." 이렇게 단화자전거공장의 식당을 빌려 접대실로 하고 도처에서 소파를 빌려다가 그럴듯하게 꾸몄습니다.

덩샤오핑 동지가 왔습니다. 선진적인 장비들을 둘러본 덩샤오핑 동지는 흡족해하면서 접대실로 이동했습니다.

이 임시 접대실에서 우리는 그에게 구체적인 문제들을 하나하나 보고했습니다. 외국환문제, 관리문제, 대부금문제, 심사비준문제, 모기지문제, 토지문제 등이었지요. 덩샤오핑 동지는 담배를 피면서 흥미진진하게 들었는데 얼굴에는 시종 친근한 미소를 띠고 있었습니다. 다 들은 뒤 그는 머리를 끄덕이며 확실히 정부가 나서서 해결해줘야 할 문제라고 하면서 다만 어려운 것은 사실이라고 말했습니다.

덩샤오핑 동지가 너무 친근했기에, 우리는 용기를 내서 속에 묻어두고 있었던 말까지 꺼냈습니다. "샤오핑 동지, 개방을 더 이상 하지 않는다는 소문들이 있습니다. 우리도 주워들은 얘기인데, 사실입니까?"

그러자 덩샤오핑 동지는 담배를 비벼 끄면서 말했습니다. "아니, 대외개방은 개방이 중요합니다. 개방하지 않으면 안 됩니다." 이 한마디는 우리들이 바라마지 않던 말이었습니다. 이는 최고 지도자가 언급한 가장 근본적인 말로서 우리에게는 한없이 고무되는 말이었습니다. 바로 열렬한 박수가 터져 나왔습니다. 우리는 또 리뤄이환 동지에게 건의했습니다. "뤄이환 동지, 샤오핑 동지가 이렇듯 친근하게 대해주시니, 제자(題字)를 부탁해도 될까요?" 리뤄이환 동지가 대꾸했습니다. "되고말고요. 생각들 해보세요. 어떤 제자를 원하는지."

당시 우리 몇몇은 생각이 좀 짧았습니다. 반나절이나 생각했다는 게 고작 우리 개발구에만 국한된 말이었지요. "톈진개발구는 매우 유망하다.(天津开发区大有希望)" 우리는 이 몇 글자를 적어서 리뤠이환 동지에게 보여줬습니다. 그는 보더니 펜을 들어 한 부분을 그어버렸는데, 우리는 어느 부분을 그어버렸는지는 보지 못했습니다. 그러고 나서 그가 덩샤오핑 동지에게 말했습니다. "샤오핑 동지, 우리 젊은이들이 샤오핑 동지의 연설을 듣고 아주 기뻐합니다. 그래서 제자를 써주십사하고 바라는데 괜찮겠습니까?" 덩샤오핑 동지는 "당연하지요. 문제없습니다." 라고 대답했습니다.

다들 뛸 듯이 기뻐했습니다. 우리는 미리 탁자와 종이를 마련해뒀지요. 모두들 둘러서서 덩샤오핑 동지가 제자를 쓰는 걸 구경했습니다. 그런데 웬걸, "개발구는 매우 유망하다. 덩샤오핑 8월 21일"라고 쓰는 겁니다. 아무튼 여러 사람들은 박수를 쳤습니다. 톈진이라는 두 글자가 빠지든 말든 개발구가 유망하다고 한 것은 좋은 일이었으니까요!

나중에 시위사무처(市委办事处)에서 덩샤오핑 동지의 제자(題字) 원본을 자기들이 가져가고 복사본만 남겨두라고 했습니다. 원본을 가져간다고 해서 조금 내키지는 않았지만 복사본이라도 괜찮다는 생각이 들었습니다. 얼마 안 되어 그들이 복사본을 보내왔고 우리는 얼른 내걸었습니다.

이 소식은 바로 퍼져나갔습니다. 신문기사가 실리자 다른 개발구의 동지들도 한껏 고무되었고, 여러 개발구에서 다투어 복사본을 요구해왔습니다. 어느 한번은 리뤠이환 동지가 우리를 접견하면서 다음과 같이 말했습니다. "왜 톈진이라는 두 글자를 그어버렸는지 생각들을 해보십시오. 만약 '톈진개발구는 매우 유망하다.(天津开发区大有希望)'라고 쓰면, 샤오핑 동지의 이 제사는 영원히 이 접대실 외에는 걸 수가 없었을 것입니다. 하지만 '개발구는 매우 유망하다.(开发区大有希望)' 라고 쓰면, 전국의 모든 개발구에서 걸 수 있지 않겠어요? 개발구를 건설하는 것은 전국적인 일이고, 우리의 개발구는 그 중의 하나일 뿐입니다. 따라서 전국 개발구에 대해 고무하고 격려하는 것은 당연히 우리 개발구에 대한 고무격려이기도 하지요. 아시겠습니까?" 우리는 다들 "알겠습니다!"라고 대답했습니다. (웃음)

천아이하이 : 그 후로 시장님은 줄곧 개혁개방의 선두에서 일했지요. 그리고 나중에는 톈진시의 부시장을 담임했고요.

시장님은 이미 81세의 고령이 되었습니다. 이미 현직에서 물러난 지 꽤 오래 되었지만 늘 개혁개방 사업에 관심을 기울였습니다. 경험자의 입장에서, 혹은 당년의 실천자와 결책자의 입장에서 후배들에게 기대의 말씀 한 마디 부탁드립니다.

예디성 : "빈말만 하면 나라가 망하고 실질적인 행동이 나라를 흥하게 한다.(空谈误国, 实干兴邦)"는 말이 있습니다. 우리는 전국의 간부들이 총서기의 요구대로, 중화민족의 위대한 부흥을 위해 실제적이고 착실하게 사업해나가기를 바랍니다. 공허한 빈말만 늘어놓지 말고요. 이것이야말로 우리나라가 부강해지는 중요한 보증이라고 생각합니다.

대　　화 : 위안타오(袁涛)

대화시간 : 2018년 5월 17일

대 화 인 : 천아이하이, 중앙방송총국 '경제의 소리' 수석논설위원

　　　　　위안타오, 상하이장장그룹(上海张江集团) 회장

위안타오(袁涛)

- 상하이장장그룹 당위서기(党委书记), 회장. 상하이자유무역구
관리위원회(上海自贸区管委会) 엑스포관리국(世博管理局) 부
국장 역임.

과학기술을 갖는 자가 미래를 갖는다

과학기술단지의 성괴는 개혁개방과 갈라놓을 수 없다

천아이하이 : 장장하이테크단지(张江高科技园区)는 개혁개방의 산물입니다. 개혁개방 정책이 없었더라면 장장하이테크단지도 없었을 것이고, 장장(张江)의 오늘과 같은 발전도 있을 수 없었을 것입니다. 올해는 개혁개방 40년 되는 해입니다. 장장그룹의 발전 여정에서 보면, 회장님이 보시기에 개혁개방이 장장그룹에 어떠한 변화를 가져온 것 같습니까?

위안타오 : 우리 장장하이테크단지는 개혁개방으로 탄생하고 개혁개방에 의해 번영을 이루었습니다. 장장하이테크단지는 탄생해서부터 어언 26년이라는 세월을 경과했습니다. 이 26년의 길은 어떤 의미

에서는 푸둥(浦东)의 개혁개방 여정을 목격하고 상하이의 과학기술 산업과 과학기술연구 발전의 여정을 목격했다고 할 수 있습니다. 개혁개방의 축소판이라고 할 수 있지요. 개혁개방은 전 중화 대지에 천지개벽의 변화를 가져왔고, 우리 장장하이테크단지에도 커다란 변화를 가져왔습니다.

우선 첫 번째 변화는 장장(张江) 지역의 포지션과 발전이 부단히 업그레이드됐다는 것입니다. 장장의 26년 발전사를 돌아보면 이런 맥락을 잘 느낄 수가 있습니다. 1992년에 우리 시위원회(市委) 시정부는 장장을 개방하는 데에 관한 중대한 전략적 결정을 내렸습니다. 1999년에 시위원회와 시정부는 또 장장에 초점을 모으는 중대한 전략 결정을 내렸습니다. 이로써 장장의 발전은 고속도로에 올라서게 되었던 것입니다. 2011년에 장장은 국가 자주혁신의 시범구역으로 이름을 올렸고, 2014년에는 상하이자유무역구에 편입되었습니다. 2015년에 상하이에서 건설하고 있던 글로벌과학기술혁신센터가 국가적인 전략으로 업그레이드되었습니다. 2016년에 국가발전개혁위원회와 과학기술부는 상하이의 장장복합국가과학센터(张江综合国家科学中心)의 건설 계획을 정식으로 승인했습니다. 또한 2017년에는 상하이시정부가 상하이장장과학도시(上海张江科学城)의 건설을 정식으로 승인했습니다. 나는 장장이 1992년부터 시작해서 오늘날의 과학도시에 이르기까지 26년의 시간을 지켜봤습니다. 우리에게는 그야말로 가슴 벅찬 여정이었습니다.

두 번째로 장장이라는 이 뜨거운 땅은 도시 전반의 발전 형태와 기능 형태에 거대한 변화를 가져왔습니다. 장장은 26년 전에 강남의 아주 평범한 수상마을이었습니다. 거의 농촌에 가까운 지역이었지요. 하지만 26년 동안 지치지 않는 노력과 분투를 거쳐, 장장은 강남의 조

그만 향촌 마을에서 혁신 창업 단지의 옥토로 변했습니다. 과학기술 색채가 농후한 중국의 전형적인 하이테크단지로 탈바꿈한 것이지요.

천아이하이 : 이 점에 대해서는 저도 오늘 여기 와서 분명히 느꼈습니다. 아주 현대화 색채가 아주 농후한단지로 변해있더군요.

위안타오 : 그렇습니다. 이 역시 개혁개방이 장장지역과 장장사람들에게 가져다준 거대한 변화라고 생각합니다. 세 번째 변화는 물리적인 형태를 초월했다는 것입니다. 즉 사상관념의 변화이지요. 개혁개방이 있었고 장장하이테크단지가 있었기에, 우리 장장을 포함한 상하이 푸둥의 혁신적 창업자들에게는 글로벌을 이해하고 글로벌에 편입되고 글로벌 경쟁에 참여할 기회가 주어진 것입니다. 특히 우리 장장하이테크단지에서는 다음과 같은 정신을 고취하고 있습니다. "혁신적으로 창업하고, 흔데 모이고 뭉치며, 성공을 고무하고 실패를 관용한다.(创新创业，汇聚集成，鼓励成功，宽容失败)"는 것입니다. 이는 일종의 글로벌 정신입니다. 용감하게 도전에 맞서며 글로벌 경쟁에 과감하게 뛰어드는 일종의 마인드이고 생활방식이지요. 또한 글로벌 일류 하이테크단지를 지향하고, 글로벌 일류 과학기술을 지향함으로써 우리 과학기술산업의 발전을 촉진시킨다는 일종의 청사진이기도 합니다. 따라서 우리 이곳의 사상관념과 우리 혁신적 창업자들의 마인드에 거대한 변화를 가져왔다고 말하고 있는 것입니다.

천아이하이 : 물리적인 형태의 변화뿐만 아니라 사상관념의 변화를 가져왔다고 하셨는데, 저는 이 점이 아주 중요하다고 생각합니다. 장장하이테크단지는 상하이가 글로벌 영향력이 있는 과학혁신센터를

건설하는데 있어서 핵심적인 구역입니다. 그렇다면 새로운 시대에 직면하여 어떻게 해야 그 역할을 제대로 해낼 수 있을까요?

위안타오 : 우리 장장그룹의 각도에서 보면, 아래와 같은 네 가지 방면에서 역할을 발휘할 수 있다고 생각합니다. 첫째는 과학연구를 촉진케 하는 방면에서 선도적인 역할을 할 수 있습니다. 다들 아시겠지만 우리 장장하이테크단지에는 앞으로 수많은 글로벌 연구기구들이 모이게 될 것입니다. 그렇게 되면 기초과학 연구와 응용과학 연구 방면에서 아주 적극적인 선도 역할을 하게 될 것입니다.

둘째는 장장그룹이 산업발전의 선도적 역할을 할 수 있다고 생각합니다. 장장은 과거에 반도체산업과 생물의학 관련 산업이 있었습니다. 현재 우리는 또 미래를 지향하는 생명건강산업과 디지털정보산업도 있습니다. 우리에게는 이러한 산업을 더 잘 발전시켜나갈 충분한 이유가 있으며, 전국의 산업발전과 지역의 산업발전에 선도적인 역할을 해나가게 될 것입니다.

셋째는 장장과학도시와 장장하이테크단지가 혁신창업을 하는 시범 역할을 잘 해야 한다는 것입니다. 장장은 현재 80여 개의 창업보육센터가 있고, 그 면적은 60만 평방미터에 달하며, 현재 수천 개의 중소기업들이 이곳에서 성장하고 있습니다. 우리는 장장을 전국적으로 인지도가 높은 창업보육센터 클러스터로 만들어나갈 것입니다. 그리하여 더 많은 스타트업들이 여기서 부화하고 성장하여 미래 산업의 주역이 되도록 할 것입니다.

마지막으로 우리 장장그룹은 전체 장장과학도시 건설의 역군으로서, 장장과학도시를 미래 도시발전의 새로운 귀감이 되게 해야 할 책임이 있다는 것입니다.

천아이하이 : 회장님의 말을 듣고 보니 정말 감회가 새롭습니다. 그렇다면 우리는 어떻게 혁신창업의 서비스수준과 집적 능력을 향상시켜 기업의 혁신 동력과 과학기술 동력으로 바꿀 수 있을까요?

위안타오 : 장장그룹은 전체 장장하이테크단지의 개발을 선도하는 역군입니다. 우리는 스스로 세 가지 포지션을 잡고 있습니다. 첫째는 과학도시건설과 개발의 역군이라는 것입니다. 이는 주로 전체 과학도시의 하드웨어건설 방면에 치중한 것입니다. 둘째는 장장그룹이 미래를 향한 산업발전의 적극적인 추진자가 되어야 한다는 것입니다. 이는 주로 장장그룹이 산업발전을 촉진케 하는 방면에서의 독특한 역할에서 기인한 것입니다. 셋째는 산업의 발전은 혁신적인 생태계를 배제해서는 안 된다는 것입니다. 생태환경과 생태시스템의 조성은 결국 우리처럼 정부배경과 국유기업의 속성을 지닌 플랫폼적인 단지를 관리하는 회사라는 책임을 떠안아야 할 일입니다.

따라서 우리는 지역 전체의 발전을 촉진케 하고 지역 전체의 창업을 촉진시키기 위한 몇 가지 발전계획을 준비하고 있습니다. 그 중 첫 번째 발전계획은 우리가 과학기술과 혁신, 혹은 원천기술이라고 부르는 책원계획(策源计划)입니다. 왜냐하면 장장과학도시를 과학도시라고 부르는 이유는, 앞으로 국가급 연구개발과 연구기관이 많이 집결할 것이기 때문입니다. 예를 들면, 상하이 광원(上海光源)에서는 앞으로 엑스레이와 소프트 엑스레이 장비를 신설할 것이며, 국가단백질센터(国家的蛋白质中)와 국가 슈퍼계산센터(国家的超算中心), 중국과학원 고에너지연구소, 중국과학원 대형연구시설 등을 영입할 것입니다. 여기에는 장장실험실(张江实验室), 리정다오연구소(李政道研究所) 등 첨단 연구기구도 포함이 됩니다. 이들 연구개발기관은 더러는 기초연구에 종사하고, 더러는 응용연구에 종사하게 됩니다. 그러나 어떤 연구를 하든, 이들은 모두 미래의 장장 과학기술 발전과 혁신의 책원지가 될 것입니다. 이러한 큰 과학시설들을 장장에서 하루빨리 건설하고 집결시키는 것은 우리의 영광스러운 사명이며, 또한 우리가 과학기술 책원계획을 추진하는데 중요한 착력점이 되어야 한다는 것입니다.

두 번째 계획을 우리는 산업의 체대계획(迭代计划)이라고 부릅니다. 다들 아시다시피 장장에서 발전시키는 기업은 모두 미래를 향한 산업입니다. 과거 우리 장장의 집적회로 산업과 생물의약 산업은 전국적으로 이름을 떨쳤습니다. 새로운 시대를 마주하여, 우리의 산업 역시 업그레이드되어야 합니다. 따라서 장장그룹은 생물의약과 반도체 산업의 양호한 발전을 기초로 삼아 현재의 산업을 부단히 업그레이드하고, 빅데이터와 인공지능을 결합하여 우리의 산업을 디지털정보와 생명건강이라는 양대 산업 클러스터로 성장시켜야 할 것입니다.

세 번째 계획을 우리는 과학혁신과 생태육성 계획이라고 부릅니다. 다들 아시다시피 혁신과 생태는 한 지역이 활력을 가지는 아주 중요한 물질적 기초입니다. 이는 우리들에게 있어서 공기나 물과 같은 것이고 자양분과 같은 것입니다. 그렇다면 전체 장장과학도시의 범위 내에서 우리는 산업의 발전과 혁신기업의 발전을 지원하는 것 외에도 광대한 혁신 창업자들에게 투자서비스, 금융서비스, 지적재산권서비스, 인재서비스를 제공해야 하며, 이러한 서비스 제공을 통해 장장하이테크단지 전체의 혁신창업 생태계를 새로운 높이로 끌어올리고, 세계 일류 과학단지와 견줄 수 있도록 해야 합니다.

마지막 계획은 과학도시 건설의 중요한 출발점으로서 비즈니스와 주거에 모두 적합한 도시를 만들기 위한 업데이트 계획입니다. 장장의 26년 역사를 보면, 개혁개방 초기에는 장장하이테크단지 전체가 여전히 생산을 우선사항으로 삼았습니다. 우리의 건설과 서비스의 중점은 생산과 운영에만 두었지 아직 우리의 삶에 두지는 않았었지요. 그러나 장장과학도시의 개념이 제시됨에 따라 점점 더 많은 혁신 창업자들이 장장에서 일하고 창업하고 생활하게 되면서 도시기능의 건설과 도시기능의 개선이 시급해졌습니다. 이를 위해 우리는 도시 업그레이드 계획을 내놓았습니다. 원래의 장장 하이테크단지의 기초 위에 과거의 도시 기능상의 단점을 보완하여 가능한 한 빨리 장장을 비즈니스와 주거에 모두 적합한 생태 창업 낙토로 만들자는 것입니다.

천아이하이 : 좋은 주거환경이 우선되어야 좋은 비즈니스를 할 수 있다는 말씀이지요?

위안타오 : 그렇다 말다요.

천아이하이 : 창업 초창기에야 다들 고생을 감수하겠지만, 일정하게 성장하고 나서도 주거환경이 따라주지 못하면 기존의 인력들도 이탈하게 되겠지요. 그렇다면 장장그룹의 전반적인 생태계를 구축하는 데 있어서 기업 자체의 역량이 더 큰 역할을 했을까요? 아니면 국가의 정책적인 지지가 더 큰 역할을 했을까요?

위안타오 : 한 지역의 발전은 정부의 강력한 추진과 지원을 떠날 수는 없다고 생각합니다. 우리나라와 같은 발전모델에서는 정부가 매우 중요한 역할을 하고 있기 때문입니다. 정부의 산업계획은 지역의 계획과 지도에 매우 중요합니다. 전국적으로 볼 때, 특히 최근 몇 년 동안 각지에서 발전을 위해 박차를 가하고 있으며, 각지의 기업과 산업

단의 발전도 나날이 새로워지고 있습니다. 또한 많은 선진 경험을 창출하고 있어 우리 장장하이테크단지에서 배울 가치가 있다고 생각합니다. 우리는 26년의 역사를 가진 하이테크단지로서 실제로 그룹의 역할 측면에서 보면, 정부의 통일된 계획과 산업계획 방면에서 시장과 기업의 독특한 역할을 발휘해 왔기에 정부 계획에서 제대로 고려되지 못한 일부 미시적 측면의 메커니즘 문제를 보완해나갈 수가 있습니다. 우리는 우선 하나의 회사이기 때문에 시장의 속성을 가지고 있습니다. 다른 각도에서 말하면, 우리는 많은 매개체를 보유하고 있습니다. 우리는 여러 기업체들과 친밀하게 접촉하면서 일부 산업발전의 추세와 방향을 감지하고 파악할 수 있습니다. 따라서 우리는 정부의 미래 결책과 다음 계획을 위해 귀중한 일선의 경험과 정보를 제공할 수 있습니다. 따라서 저는 장장그룹이 정부의 조력자와 정부정책계획의 집행자 역할을 하고 있다고 생각합니다.

하이테크단지는 산업발전의 선두에 서야

천아이하이 : 최근 몇 년 동안 각종 하이테크단지와 산업단지가 건설되었지만 많은 단지들이 투자 유치에 어려움을 겪고 있습니다. 무슨 이유 때문이라고 생각하십니까? 너무 많이 건설해서 그런 것인지, 아니면 맹목적이어서 그런 것인지, 또 아니면 운영을 제대로 못해서 그런 것일까요? 반대로 장장은 지금 잘 해내고 있습니다. 그 경험을 공유해주실 수 있을까요?

위안타오 : 제 개인적인 관점에서 볼 때, 실제로 각 지역의 경제발전과 산업단지의 건설은 모두 각 지역의 정부가 주관하고 있는데 이는

사회와 경제 발전을 촉진하는 불가피한 방법입니다. 장장의 26년 발전을 보면 눈부신 성과도 있었지만 많은 어려움이 있었습니다. 우리 역시 발전과정에서 투자 유치의 어려움에 부딪혔었습니다. 세계경제의 발전은 나름대로의 법칙성이 있고 산업의 발전 역시 자체의 생명주기가 있습니다. 따라서 지역이 투자유치의 병목현상을 극복할 수 있는지, 또는 투자유치 작업에서 지속적으로 선도할 수 있는지의 여부는 지역 건설자 또는 지역 산업 추진자의 미래 세계나 미래 산업발전의 법칙에 대한 정확한 파악을 테스트하는 것이라고 할 수 있습니다.

다른 각도에서 보면, 우리도 많은 병목현상에 직면해 있습니다. 예를 들어 상하이의 집값이 비교적 높고 창업자의 문턱도 비교적 높다는 것은 주지의 사실입니다. 그렇다면 우리는 스타트업을 유치하고 발굴하는 그룹으로서 투자 유치의 일부 문제점과 병목현상 문제에서 착수하여 투자유치 과정이나 산업 발전과정의 여러 문제점들을 해결해나가야 합니다. 이를테면 우리 장장과학도시는 현재 창업자들이 살고 있는 주택문제를 해결하기 위해 900여 만㎡의 주택을 건설할 계획인데, 이 중 800여 만㎡가 임대식 주택입니다. 장장은 전국 최초로 임대주택용 토지를 우선적으로 분양한 지역이고, 우리는 전국 최초로 임대식 주택(租赁式住宅)을 건설했는데, 2019년 말 13만㎡ 규모로 완공할 예정입니다. 추후 우리는 더 많은 임대식 주택을 건설함으로써, 비즈니스 원가 상승으로 인한 산업발전과 혁신창업, 투자유치의 어려움과 병목현상을 완화해나갈 것입니다. 전반적으로 우선 산업발전의 법칙을 파악하고, 법칙을 파악한 전제 하에 투자유치 전략과 투자유치 계획을 제정해야 하며, 다음으로 전체 투자유치 과정 중의 기업과 창업자의 어려움을 파악하여 그들의 병목문제를 맞춤형으로 해결해야 할 것입니다.

천아이하이 : 개혁개방 이래 과학기술이 제1의 생산력이라는 것은 우리의 중요한 이념이었습니다. 제가 알기로 2008년 국가과학기술포상대회에서 장장 하이테크단지 소속 기업들의 혁신 성과들이 대거 수상작으로 선정되었습니다. 예를 들어 2세대 주민등록증 프로젝트가 과학기술진보상 1등을 수상했습니다. 귀 단지의 소속기업들이 이렇게 좋은 성적을 거둘 수 있었던 중요한 이유는 무엇이라고 생각하십니까?

위안타오 : 제가 보기에 핵심은 단지 내 기업이 산업발전의 방향을 파악하고 항상 산업발전을 주도하는 데 앞장섰다는 것입니다. 과학기술은 제1의 생산력입니다. 과학기술의 발전과 과학기술 성과의 응용은 사회의 진보와 인민들의 생활을 크게 개선했습니다. 장장은 지난 26년 동안 우리 반도체 산업을 발전시키는 데 특별한 노력을 기울였으며, 중국에서 가장 완벽한 칩 설계·패키지·테스트·제조 산업 생태계를 구축했습니다. 이처럼 완전한 생태계 구축이 밑바탕이 되었기에 선진 과학연구 성과와 과학기술 제품이 탄생할 수 있었지요. 지난 시기 장장이 일부 과학연구 성과를 얻은 것은, 장장의 역대 건설자들이 세계 일류 산업의 생태계를 창조하기 위한 고된 노력과 떼어놓을 수 없으며, 그들의 탁월한 식견과 갈라놓을 수 없다고 생각합니다. 이러한 완전한 산업 생태계가 기업의 혁신과 창업을 촉진하고 과학연구 및 개발을 촉진하며 과학연구 결과의 산업화와 과학연구 결과의 출현을 촉진시켰습니다. 그래서 굳이 경험을 말하자면, 그것은 장장의 완전한 산업 생태계라고 생각합니다. 이는 장장이 끊임없이 과학연구 성과를 낼 수 있는 중요한 보증이자 기초입니다.

천아이하이 : 장장이 중국의 실리콘밸리로 불린지는 오래 되었습니

다. 지금 장장은 또 중국의 바이오밸리(药谷)로 불리고 있습니다. 최근 몇 년 동안 중국이 승인한 신약 3개 중 1개는 장장의 바이오의약품 단지에서 나왔습니다. 그렇다면 이제 중국의 바이오밸리에서 인공지능섬(人工智能岛)을 만들어 바이오와 인공지능을 융합하려고 하고 있는데, 여기에 대해 설명 부탁드립니다.

위안타오 : 과거 사람들은 장장을 중국의 실리콘밸리라고 불렀는데, 이는 장장은 전국에서 가장 발달하고 완벽한 반도체 산업, 혹은 집적회로 산업의 과학기술 생태계, 산업 생태계를 가지고 있었기 때문입니다. 이러한 생태계가 있기 때문에 우리는 칩 제조와 연구개발에서 전국적으로 선두를 달리고 있습니다. 바이오밸리로 불리는 것은 우리 장장이 반도체 산업 외에도 신약의 연구개발 프로세스와 제조에 있어서 방대한 산업 클러스터와 산업 규모를 가지고 있기 때문입니다. 말씀하신 것처럼 전국에서 승인된 신약 3개 중 1개는 장장에서 나온 것인데, 이는 바이오의약 분야에서 장장의 절대적인 실력을 충분히 증명했습니다. 장장이 중국의 바이오밸리라고 불리는 이유는 또 있습니다. 우리는 현재 장장 과학도시의 중부지역에 인공지능섬(人工智能岛)을 구축했습니다. 우리는 인공지능을 통해 산업을 융합하여 기존의 우위 기업과 우위 산업을 더욱 강하게 만들 것입니다. 모두가 알고 있듯이 인공지능은 현재 산업융합과 산업발전의 추세가 되고 있습니다. 인공지능은 과거의 전기·통신·인터넷과 마찬가지로 일종의 인프라가 되었고 기본 수단이 되었습니다. 인공지능은 전 방위적으로 각종 산업과 융합하고 있습니다. 우리의 도시 관리와 융합하고, 우리의 정보 보안과 융합하고, 우리의 바이오 산업 발전과 융합하고, 우리의 제조업과 융합하고 있습니다.

천아이하이 : 우리들의 일상생활과 융합하고 있군요.

위안타오 : 일상생활과도 융합합니다. 인공지능은 이미 우리 사회 발전의 모든 면과 산업발전의 모든 면에 녹아 있습니다. 장장의 원래 집적회로 산업을 기반으로 한 정보산업은 디지털화된 문화산업, 인터넷산업, 통신산업까지 파생되었는데, 이는 모두 우리의 반도체 연구 개발, 반도체산업과 함께 묶여 생겨난 것입니다. 동시에 우리는 신약 연구 개발에서도 전국을 앞서고 있습니다. 이 두 산업을 인공지능의 큰 배경에서 유기적으로 융합할 수 있지 않을까요? 아시다시피 신약 스크리닝[26]이 실제로는 빅데이터 처리과정입니다. 사실 의학이든 진단이든 그 내용을 보면 태반이 경험 축적이자 빅데이터 분석에 해당하는 것입니다.

우리는 인공지능을 장장 중구(中區)에서 구현하는데 주력하고 있습니다. 인공지능을 통해 기존의 반도체칩 산업과 소프트웨어산업의 우위를 잘 발휘하여 우리 인공지능의 새로운 우위를 형성할 것입니다. 그리고 우리의 기존 바이오의약 산업과 긴밀하게 결합하고 정밀의료 · 빅데이터의료 · 맞춤형치료와 신약 연구개발 방면의 전 방위적인 융합을 추진하여 우리 바이오의약 산업의 미래지향적인 발전 진도와 산업의 발전력을 크게 촉진시킬 것입니다. 저는 인공지능은 반드시 바이오의약산업의 발전에 날개를 달 것이라고 믿어 의심치 않습니다. 우리는 또한 장장이 가까운 미래에 바이오의약품 분야에서 인공지능을 가장 집중적으로 구현한 대표적인 지역이 될 것이라고 낙관합니다.

---

26) 스크리닝(screening) : 환경 개별사업에 대하여 사업내용 및 지역특성 따위의 정보를 수집하여 그 사업이 환경에 미치는 영향을 간이적으로 추정하고, 그 사업이 세부적인 환경영향 평가를 받을 대상인지의 여부를 판단하는 절차.

과학기술을 얻는 자가 미래를 얻는다

천아이하이 : 새로운 시대에는 새로운 기상이 있어야 하지요. 개혁개방 40년을 맞이하는 새로운 시대에 직면하여, 장장그룹은 어떤 새로운 조치나 계획이 있습니까?

위안타오 : 우리가 우선적으로 해야 할 일은 혁신의 힘을 더욱 모으고 결집하는 것입니다. 장장은 매우 국제화된 지역으로서 장강의 창업자 중 매우 중요한 특징과 특점이 있습니다. 바로 전 세계에서 모여온 다양한 인재들이 있다는 것입니다. 즉 해외 유학파, 다국적 기업의 임원, 대학 졸업자 및 연구기관의 과학 연구 인력입니다. 우리는 미래 지향적인 산업 발전과정에서 이러한 창업자들에게 더 많은 매력을 줄 것이고, 그들을 장장에서 창업하도록 끌어들일 것이며, 장장의 아름다운 미래를 열도록 할 것입니다.

두 번째 방향은 더 많은 혁신자원을 모으는 것입니다. 우리의 창업자는 세계 각지에서 왔고, 여기에 와서 창업하는 각종 기구와 창업의 요소, 혁신의 요소도 국제화되었습니다. 그래서 우리는 장장이라는 이 땅에 다국적 기업이나 중앙기업(央企)뿐만 아니라 대형 민간기업과 더 많은 중소기업과 혁신 창업자들을 유치할 것입니다. 또한 각종 전문 창업기관, 특히 미래 산업 발전을 지향할 수 있는 창업기관, 예를 들어 교차과학 창업기관, 미래 지향적인 인공지능 창업기관이 점점 더 많이 장장에 모여들게 함으로써 장장의 미래 발전을 위해 끊임없는 혁신동력을 제공하도록 할 것입니다.

세 번째 노력 방향은 혁신정신을 고양시키는 것입니다. 장장은 혁신으로 인해 생겨났으며 혁신 창업자에게 이상적인 장소입니다. 장장은 세계에서 가장 우수한 기업들과 창업 영웅들을 육성하고 응집시켰습니다. 이런 창업 영웅들의 이야기를 잘 들려줌으로써, 그들의 정신으로 더 많은 혁신 창업자들을 장장으로 불러들여 우리와 함께 빛나는 내일을 창조하도록 해야 합니다. 또한 이 정신을 고양하고 이런 기질을 부각하여 일종의 혁신창업 생활방식을 형성해야 합니다. 이 것이 바로 우리 장장그룹이 미래 발전에서 건설하고 분투해야 할 또 하나의 방향입니다.

네 번째 방향은 도시발전의 새로운 기능을 형성하는 것입니다. 우리 이 지역은 하나의 단지에서 도시로 성장했습니다. 과거에는 장장 하이테크단지라고 불렀지만, 앞으로는 장장과학도시라고 불리게 될 것입니다. 그렇다면 장장과학도시는 어떤 도시일까요? 세계사 발전과정이나 인류사회의 발전과정을 보면 도시는 중요한 매개체입니다. 그런데 도시가 발전하려면 혁신에 의지해야 하고, 사회도 혁신에 의지해야 합니다. 우리는 미래의 사업에서 장장 과학도시 건설을 통해 과학적 특징이 뚜렷하고, 창조적인 특질을 가진 참신한 도시를 만들어나갈 것입니다. 그리하여 미래의 다른 지역의 도시들이 앞 다투어 벤치마킹하는 그런 모범적인 도시로 거듭날 것입니다.

다섯 번째 발전방향으로, 우리는 도시를 공동으로 건설하고 공유하는 도시 관리 메커니즘을 만들려고 합니다. 모두가 장장이 혁신창업 도시라는 것을 알고 있습니다. 장장의 도시 관리 모델과 도시발전 모델은 아마도 혁신창업의 유전자를 더 많이 주입해야 할 것입니다. 우리는 앞으로 장강의 발전에서 이 과학도시를 어떻게 건설할 것인지, 어떤 산업을 발전시킬 것인지, 어떤 정책을 내놓을 것인지, 어떤 서비스를 제공할 것인지에 대해 정부의 각도와 장장그룹의 각도에서 생각할 것이 아니라 우리 이곳의 혁신자와 창업자, 우리 이곳의 기관 대표들이 함께 참여하고, 토론하고, 함께 설계하고, 함께 건설하고 공유하는 새로운 과학도시 관리와 서비스 모델을 형성해나갈 수 있기를 바랍니다.

천아이하이 : 과학도시라고 하면 해당 간판을 하나 내걸어서 바로 되는 것이 아닙니다. 실제적인 것들이 있어야만 그 이름에 걸맞을 수 있지 않나요?

위안타오 : 그럼요.

천아이하이 : 방금 다섯 가지 방향을 말씀하셨습니다. 비록 제 질문이 개략적이었지만, 회장님은 매우 구체적이고 사실적으로 대답했고 많은 실질적인 것들이 있었기에 사람들이 듣고 나면 매우 고무적이라고 느낄 것입니다. 특히 혁신과 창업을 원하는 사람들이라면 더욱 그렇겠지요. 수년 동안 장장하이테크단지는 종합 지원 개혁과 혁신기술 발전의 길을 걸어왔습니다. 그렇다면 개혁개방 40년의 새로운 출발점에 서서 개혁개방과 혁신에 대해 다시 이야기한다면, 회장님은 무슨 말을 하고 싶습니까?

위안타오 : 이제 새로운 시대의 개혁개방을 향해 다시 출발합니다. 개혁개방 일선에 직접 참여하는 건설자로서 저는 애국주의 마인드가 있어야 하며, 개인의 분투와 발전을 국가의 분투와 밀접하게 연결시켜야 하며, 더욱 높은 위치에 서야 한다고 생각합니다. 국가를 진흥시키고 국가 과학기술 산업을 발전시켜야 한다는 일종의 역사적 사명감을 가지고 자신의 일을 해나가야 한다고 생각합니다. 그래야만 개인

과 국가와 사업을 융합할 수 있고, 호호탕탕한 개혁개방의 새로운 조류에 합류할 수 있다는 것이 저의 첫 번째 깨달음입니다.

두 번째 깨달음은 과학기술 혁신이 국가와 국가, 또는 지역과 지역 간의 경쟁과 발전의 중요한 수단이 되었다는 것이며, 과학기술을 갖는 자가 미래를 갖는다는 것입니다. 장장하이테크단지에서 일하는 건설자로서 산업과 과학기술 발전에 대한 높은 민감성을 더욱 잘 유지해야 하며, 전체 발전과 건설과정에서 남보다 한 걸음 앞서고 한 걸음 멀리 내다보는 담력과 기백이 있어야 하며, 자신의 개인 발전, 개인 수양과 전체 산업발전, 산업의 진화를 긴밀히 연결시켜야 합니다. 이렇게 해야만 산업발전의 홍수 속에 진정으로 녹아들어 우리 하이테크단지 건설자의 독특한 역할과 기능을 발휘할 수 있는 것입니다. 이것은 저의 두 번째 깨달음입니다.

다음으로 저는 과거의 개혁개방이 풍성한 성과를 거두어 견고한 토대를 마련했다고 생각합니다. 하지만 미래를 향한 새로운 역사의 출발점에서, 선인들의 공적에 안주하여 나태해지거나 어떤 교만이나 자만도 있어서는 안 됩니다. 개혁개방의 새로운 출발에는 모든 것을 새로 시작하는 마음가짐을 가지고, 과거의 방식이나 성취에 의존의 마음가짐을 버려야 하며, 소매를 걷어붙이고 힘써야 하며, 진정으로 개혁개방을 실현하고 재출발해야 합니다. 과거의 역사적 짐뿐만 아니라 자만심도 버려야 하며, 보다 새롭고 활기찬 상태로 미래의 도전을 맞이해야 합니다. 이것은 새로운 시대가 우리 하이테크단지 건설자들에게 제기하는 새로운 요구이며, 또한 제가 스스로에게 제기하는 새로운 요구이기도 합니다.

위안타오(袁涛) | 203

대　　화 : 판꽝청(潘广成)

대화시간 : 2018년 12월 10일

대화장소 : 중국화학제약공업협회(中国化学制药工业协会)

대 화 인 : 천아이하이, 중앙방송총국 '경제의 소리' 수석논설위원

　　　　　판꽝청, 중국화학제약공업협회 집행회장(执行会长)

판꽝청(潘广成)

- 중국화학제약공업협회 집행회장. 국가의약관리국 정책실 실장, 중국의료기기공업회사(中国医疗器械工业公司) 부사장, 중국의약그룹(中国医药集团总公司) 이사회 비서 등을 역임.

영화 「나는 약신이 아니다」에서

개혁은 백성들이 안심하고 믹을 수 있는
약(放心药)을 먹게 하기 위해서이다

천아이하이 : 「나는 약신이 아니다(我不是药神)」라는 영화가 있습니다. 거의 전 국민의 관심을 끌었는데, 영화가 주목을 받는 것은 분명히 많은 사람들의 아픈 곳을 자극했기 때문입니다. 그래서 저는 오늘 이 대화에서 우리 의약업계의 과거와 현재, 미래에 대해 이야기하는 것이 매우 의미 있는 일이라고 생각합니다. 개혁개방 이래 우리나라 의약품업계가 어떤 중요한 개혁을 겪었는지, 또 어떤 주요한 성과를 거뒀는지 요약해주셨으면 합니다.

판꽝청 : 「나는 약신이 아니다」라는 영화가 인기를 끌고 있는 것은,

중국 의약품은 품질과 접근성 방면에서 크게 향상될 필요가 있음을 설명합니다.

지금은 정부도 이 문제를 중시하고 있습니다. 특히 항암제 무관세에 신경을 쓰고 있습니다. 40년 동안 우리나라의 의약산업은 장족의 발전을 이루었습니다. 개혁과 관련해 우리는 처방약과 비처방약을 분류·관리하고, 의약품 생산의 품질관리를 규범화했으며, 직업으로 규정하는 약사제도를 시행했습니다. 또한 카피약(仿制药)의 품질과 치료효과의 일관성 평가, 기본약제 시행 등도 포함됩니다. 이러한 개혁과 조치는 중국 의약의 발전에 매우 중요한 작용을 했습니다. 1978년 당시 우리나라의 의약공업 생산액은 70억 위안에 불과했습니다. 하지만 40년 뒤인 2017년에는 전체 의약품 매출이 2조 9,800억 원에 달해 성장 폭이 상당히 컸음을 알 수 있습니다.

천아이하이 : 몇 배 성장했는지도 가늠하기 어려울 정도로 많이 성장했군요.

판꽝청 : 그렇습니다. 또 다른 각도에서 보면, 우리의 영업이익은 3,519억 위안에 달했고, 납품가액수출(Export delivery value)은 2,023억 위안에 달했습니다. 이 역시 증가폭이 비교적 빠른 것이지요.

천아이하이 : 회장님께서 말씀하신 이러한 일련의 개혁 조치는 중국의 의약업, 제약업계에 있어서 매우 중요한 것이며, 실제로 국민들에게 있어서는 더욱 중요합니다.

판꽝청 : 그렇습니다. 국민들의 기본 의약품 수요를 만족시키는 면

에서 아주 중요한 보장 역할을 하게 됩니다.

천아이하이 : 방금 회장님께서는 많은 개혁 조치들을 열거했습니다. 어떤 개혁들은 이미 성공해서 자신의 역사적 사명을 완수했을 것입니다. 지금까지 우리 의약품 업계에 영향을 주고 있는 개혁에는 어떤 것들이 있을까요?

판꽝청 : 하나는 카피약(仿制药)의 품질과 치료효과의 일관성 평가입니다. 이는 아주 중요한 조치입니다. 또 의약품 시판허가인 제도(药品上市许可人制度)[27]의 시행도 중요한 개혁이지요. 이 밖에도 두 가지가 더 있습니다. 하나는 기본약물제도(基本药物制度)이고 다른 하나는 건강보험 지급기준 개혁입니다. 이러한 제도는 우리 의약산업 발전에 깊은 영향을 미치게 될 것입니다.

천아이하이 : 이미 영향을 미치고 있고 향후에도 계속될 것입니다.

판꽝청 : 향후에도 영향을 미치게 되죠. 시판허가인 제도를 포함해서, 향후 의약품법 개정에 있어서도 이러한 기본적인 맥락에서 추진해 나갈 것입니다.

천아이하이 : 시판허가인 제도(上市许可人制度) 말입니다. 이 제도가 있는 것과 없는 것은 어떤 차이가 있습니까?

---

27) 의약품 시판허가인 제도(药品上市许可人制度) : 시판허가와 생산허가를 분리해서 관리하는 방식이다. 시판허가 보유자는 서로 다른 제조사에 제품을 위탁하여 생산할 수 있으며, 의약품의 안전성·유효성·품질 등은 모두 시판허가 보유자가 책임진다. 이는 '일괄(捆绑)' 관리 모델에서 발생하는 문제를 어느 정도 완화시킬 수 있으며, 제약 기업의 낮은 수준의 중복 건설을 원천적으로 억제하고, 신약 연구개발의 적극성을 높여 의약 산업의 급속한 발전을 추진할 수 있다.

판꽝청 : 시판허가인 제도는 국제상의 하나의 관례입니다. 이 제도를 통해 제약기업의 연구개발을 더 잘 추진해 의약품의 품질을 확보할 수 있습니다. 이는 중국 전체 의약 관리체제와 패러다임을 크게 변화시킬 것입니다.

제약업계는 환자 중심이어야 한다

천아이하이 : 카피약 동등성 평가는 아주 중요한 개혁입니다. 우리나라는 카피약 대국입니다. 어떤 사람들은 카피약 동등성 평가를 진행하는 것은 우리나라에 있어서 보충수업이자 혁신이라고 말합니다. 왜냐하면 카피약의 품질을 높여야 낙후된 생산능력을 도태시킬 수 있고, 카피약의 경쟁력을 높여야 임상적으로 원제약(原制药)을 대체할 수 있기 때문입니다. 이렇게 하면 의약의 총비용 지출을 낮출 수 있을 뿐만 아니라 우리 백성들의 투약 안전도 보장할 수 있다고 봅니다. 이런 견해에 대해 어떻게 생각하십니까?

판꽝청 : 모든 의약품의 특징을 보면, 첫 번째는 안전성, 두 번째는 유효성, 세 번째는 접근성, 네 번째는 품질 제어입니다. 중국은 카피약 대국이며 90% 이상이 카피약이기 때문에 카피약의 품질과 효능의 동등성 평가를 진행하는 것이 의약품의 품질을 높이는 데 매우 중요하며 의약품의 접근성을 높이는 데도 의의가 있습니다.

카피약 동등성 평가는 우선 전 업종의 품질의식을 높여 백성들이 안심하고 약을 먹을 수 있게 할 것입니다. 이는 의약기업의 사회적 책임이지요. 다음으로는 업종의 전환과 업그레이드를 촉진하며 선진을 장려하고 낙후된 것을 도태시키게 될 것입니다. 그 다음으로는 카피약의 품질을 높이고 브랜드의 인지도를 높여 수출을 늘리고 국제시장에 진출하도록 할 것입니다. 의약업계의 모든 출발점과 귀착점은 어디까지나 환자입니다. 즉 환자의 수요를 만족시키는 것입니다.

천아이하이 : 맞는 말씀입니다. 환자가 중심이어야 하지요.

판꽝청 : 그렇습니다. 환자 중심이어야 합니다. 카피약 품질 동등성 평가 후, 의약품의 품질을 제고시키고 접근성을 향상시키는 것은 의약품 수요를 만족시키는 데 있어서 아주 중요합니다. 국민들이 안심하고 약을 먹을 수 있도록 하기 위해서이지요.

천아이하이 : 접근성이라는 것을 무엇을 말합니까?

판꽝청 : 접근성이라는 것은, 국민들이 필요로 하는 약을 충분하게 공급하는 것입니다. 주로 공급을 보장하는 것이지요. 전제는 안전성과 유효성입니다. 그리고 국민들의 수요를 만족시키는 것인데, 이는 우리 의약업계의 기본적인 특점입니다.

천아이하이 : 즉각적으로 환자들의 수요를 만족시키는 것이라고 이해해도 되겠습니까?

판꽝청 : 예, 맞습니다.

천아이하이 : 공개된 자료에 따르면 우리나라에서 생산되는 화학약품의 약 95%가 카피약이이라고 합니다. 회장님께서 앞서 언급하신

것은 90% 이상입니다. 어떤 사람들은, 카피약은 우리들에게 "약을 먹을 수 있게는 했지만" "좋은 약을 먹을 수 있게 한 것"은 아니라고 합니다. 그렇지 않습니까? 만약 그렇다면 우리의 의약업계는 뭘 할 수 있을까요?

판꽝청 : 이 견해는 완전히 맞지는 않습니다. 카피약을 보면, 특히 2008년 글로벌 금융위기 이후 선진국을 비롯해 많은 나라들이 지금도 카피약을 많이 채택하고 있습니다. 관건은 카피약의 품질과 효능이 높아야 그 수요를 충족시킬 수 있다는 것입니다.

천아이하이 : 그러니깐 카피약 가운데도 좋은 약들이 많다는 말이군요. 카피약도 잘 만들면 환자들은 여전히 "좋은 약을 먹을 수 있을 것" 같네요?

판꽝청 : 그렇죠. 물론 우리는 설계 · 연구개발 · 생산 · 유통 각 방면에서 지속적으로 품질 모니터링을 해야 합니다. 약품의 품질을 보증해야 서민들이 안심하고 약을 먹을 수 있으니까요. 이밖에도 의약품 시판 이후의 안전성 재평가를 잘 해서 품질을 안정적으로 유지해야 할 것입니다.

천아이하이 : 그러니깐, 일부 약들은 초기의 연구제작과 테스트 과정에서 효과가 입증은 되었지만, 시판하고 나서 문제가 발생할 수 있다는 얘기네요?

판꽝청 : 그런 문제가 존재합니다. 그래서 시판 후의 재평가는 아주

중요합니다. 문제가 발생하면 우리는 제때에 개선하고 업그레이드해야 합니다.

천아이하이 : 어떤 사람들은 오리지널 약을 선호하는 이유가 효과가 더 좋다고 믿기 때문이라고 합니다. 하지만 오리지널 약은 매우 비싸기 때문에, 일부 중증 환자들은 오리지널 약을 사용하기 위해서는 모든 재산을 탕진할 준비를 해야 합니다. 이런 이야기는 우리가 영화나 드라마, 소설은 물론 실생활에서도 드물지 않게 접하곤 합니다. 현재 중국의 제약업계는 이런 문제에 대해 해결방안이 있습니까?

판꽝청 : 나라에서는 이 문제를 매우 중시하며, 일련의 조치를 취하였습니다. 우선 특허 약, 오리지널 약의 특허 만료 이후의 복제에 박차를 가하는 것입니다. 다음으로 오리지널 의약품의 가격을 낮추는 가격 협상에 적극 나서는 것입니다. 그 다음으로 항암제 수입 확대와 무관세 정책입니다. 이렇게 함으로써, 항암제든 오리지널 약이든 공급을 만족시키는 데 실제적인 효과가 나타나고 있습니다.

천아이하이 : 의약품이라면 창성백신(长生疫苗)[28] 사건을 빼놓을 수 없을 것 같습니다. 이는 아주 심각한 교훈입니다. 여론의 강렬한 관심을 불러일으키기도 했고요. 회장님은 우리가 어떻게 해야 의약품의 안전 문제를 잘 해결할 수 있다고 보십니까?

---

28) 창성백신(长生疫苗) 사건: 창성바이오테크놀로지(이하 창성바이오)의 백신조작 사건을 말한다. 옛 국가의 약품관리감독국(国家药品监督管理局)은 2018년 7월 15일, 창성바이오의 광견병 백신 생산 기록 조작 등이 확인됐다고 통보했다. 이 사건은 엄청난 파문을 일으켰고 결국 관련 책임자들은 엄정하게 처리됐었는데, 검찰은 관련자 18명을 법에 따라 체포했다.

판꽝청 : 창성바이오의 백신사건은 사회 전체가 의약품 품질에 대해 갈수록 중시하고 있음을 보여줍니다. 당연히 중시해야 지요. 의약품은 사람의 생명과 안전에 관한 것입니다. 품질·안전·준법(合規)·추적 가능(可追溯) 등은 우리 의약업계의 생명선이고 마지노선입니다. 창성백신은 마지노선과 생명선을 지키지 못했습니다. 당연히 응분의 처벌을 받아야 합니다.

의약품의 추적을 가능하게 하여, 출처를 조사할 수 있고 책임을 물을 수 있도록 해야 합니다. 첫째, 환자를 추적 목적으로 하고 둘째, 기업을 추적 주체로 하고 셋째, 표준 체계의 건설을 강화해야 하며, 넷째, 국제표준을 채택해야 하며, 다섯째, 의약품 추적 플랫폼을 구축해야 하며, 여섯째, 생산·유통·사용 전반에 대한 감시를 견지해야 합니다. 이렇게 해야만 우리의 의약품 품질을 보장할 수 있습니다.

현재 우리 중국화학제약공업협회(中国化学制药工业协会) 주도로 중국의약상업협회(中国医药商业协会)와 중국중약협회(中国中药协会)와 함께 약품 추적 플랫폼을 구축하고 있습니다. 중국화학제약공업협회는 또 국가발개위(国家发改委)의 의뢰를 받아 의약품 관련 신용체계 구축을 진행하고 있으며, 업계 자율을 강화하고 우리 약품의 품질을 확보해 국민들의 투약 수요를 충족시키고 있습니다.

천아이하이 : 이 플랫폼은 현재 구축 중에 있는 거죠?

판꽝청 : 지금 구축하고 있습니다.

천아이하이 : 구축하고 나면 어떤 효과가 있을까요?

판꽝청 : 신용 체계라는 플랫폼이 구축되면, 블랙리스트 제도를 세울 수 있고, 위반 기업은 이 플랫폼에 게시될 것이며, 규범을 잘 지키는 훌륭한 기업에 대해서도 표창을 할 것입니다. 이렇게 하면 전 업종의 신용체계가 잘 구축될 것입니다.

천아이하이 : 중국화학제약공업협회는 업계 자율 조직으로서 그동안 또 어떤 일들을 했습니까?

판꽝청 : 업계 자율은 우리 협회의 가장 핵심적인 업무입니다. 우리는 그동안 신용체계에 초점을 맞췄는데 하나는 신용체계 구축이고, 다른 하나는 신용체계 평가를 하는 것입니다. 또 신용체계 구축과 사회적 책임에서 비교적 선방한 기업들에 대해서는 대대적으로 표창해야 할 것입니다. 전 업종에 걸쳐 자율을 형성하고, 신용이 기업의 핵심문화로 자리매김하게 해야 합니다. 이래야만 업계의 건전한 발전을 보장할 수 있습니다.

중국 의약업이 강대해지기 위해서는 혁신만이 답이다

천아이하이 : 장기적으로 보면 결국 혁신적인 좋은 회사가 시장에서 이익을 얻게 됩니다. 의약업계 역시 마찬가지라고 생각합니다. 현재 우리나라 의약업계의 혁신 수요는 어떤 방면으로 나타나고 있으며, 어떤 성공적인 혁신 사례가 있습니까?

판꽝청 : 투유유(屠呦呦)의 노벨상 수상은[29] 우리 중국의 의약 혁신

---

29) 개똥쑥으로 말라리아를 퇴치하는 약을 개발한 공로로 수상함.

이 국제적으로도 인정받고 있음을 보여주는 사례입니다. '125기획 (十二五规)' 기간, 우리의 일부 혁신기업들의 일부 신약이 국가의 허가를 받았습니다. 바로 헝뤠이의약(恒瑞医药)의 아파티닙((Apatinib), 베이다약업(贝达药业)의 이코티닙(Icotinib), 웨이신바이오(微芯生物)의 차이다마이드(Chidamide)과 캉홍약업(康弘药业)의 컨버셉 (Conbercept) 등입니다. 이는 우리 중국의 의약혁신이 새로운 단계에 들어섰다는 방증입니다. 얼마 전 캉홍약업의 컨버셉이 중국공업대상 (中国工业大奖)을 수상했는데, 이는 중국 의약계에서 처음으로 있은 일입니다.

현재 우리의 혁신에는 세 가지 유형이 있습니다. 첫 번째는 헝뤠이의약(恒瑞医药)을 대표로 하는데, 주로 혁신투자를 늘리고 제품의 인지도와 명성을 높이는 것입니다. 두 번째는 화하이약업(华海药业)을 대표로 하는데, 카피약의 동일성을 높이는 데 주력하는 것입니다. 세 번째는 푸싱의약(复星医药)을 대표로 하는데, 기업의 성장 수요에 따라 해외의 동종 기업을 인수해 수출을 늘리는 것입니다. 이 세 가지 유형은 우리나라 의약 혁신의 펀더멘털[30]을 대표하고 있습니다.

천아이하이 : 전국적으로 비교적 규모가 있는 의약기업으로는 어떤 것들이 있습니까?

판꽝청 : 전체적으로 보면 2017년 한 해의 규모는 2조9,800억 위안입니다. 중국 제약공업은 화학약(해 원료약과 제제를 포함)이 50%를 차지하고, 두 번째는 중약(음편과 중성약을 포함)이 30%를 차지하고,

---

30) 펀더멘털 : 일반적으로 한 나라의 경제가 얼마나 건강하고 튼튼한지를 나타내는 기초 경제 여건을 뜻한다. 펀더멘털을 논할 때는 경제성장률, 물가상승률, 경상수지 등 거시경제지표들이 주로 포함된다.

세 번째는 생물약(백신과 혈액제품을 포함)이 10%를 차지하고, 네 번째는 의료기기(의료장비, 위생재료를 포함)가 10%를 차지합니다. 이렇게 전체 중국의 의약산업을 구성하지요.

천아이하이 : 전체가 '의(医)'와 '약(药)'이군요.

판꽝청 : 맞습니다. 그리고 현재 규모가 비교적 큰 중국의약그룹(中国医药集团)과 같은 경우는 2017년 매출액은 3,500억여 위안으로, 세계 500대 기업에서는 194위, 중국 500대 기업에서는 25위를 차지합니다. 중국의약그룹 외에도 화륀의약그룹(华润医药集团)이나 상하이의약그룹(上海医药集团)도 규모가 비교적 큽니다.

단일 공업기업으로는 양쯔강약업(扬子江药业)의 2017년 매출액이 700억여 위안이었습니다. 이밖에도 화베이제약(华北制药)이나 스자좡제약(石家庄制药) 등이 있습니다. 선두 100대기업이 전체 의약품 생산의 50% 정도를 차지하지만 산업의 집중도는 더 높아져야 합니다.

천아이하이 : 왜 산업의 집중도를 더 높여야 합니까?

판꽝청 : 현재 우리는 5,000개에 육박하는 제약업체가 있는데 산만하고 무질서한 문제들이 있습니다. 규모가 너무 작은데 집중도를 높여야 경쟁력을 높이고 국제경쟁에 참여할 수 있지요. 지금으로선 연합재편(联合重组)을 통해 우리 기업의 덩치를 더 키울 필요가 있습니다.

천아이하이 : 제약업계도 다른 많은 업종과 마찬가지로 '작고 산만하고 무질서하다(小散亂)'는 말씀이네요?

판꽝청 : 그렇습니다. 이런 문제가 존재합니다. 그래서 해결해야 하는 것이죠. 연합재편을 통해 산업 업그레이드를 실현하고 경쟁력을 높이며 규모를 키워야 국제적으로 발언권이 생기게 됩니다.

천아이하이 : 우리가 미래지향적으로 본다면, 중국의 의약업계는 국민들의 건강을 보장함에 있어서 "중임은 어깨를 누르고, 혁신은 아직 시작단계에 있습니다.(重任在肩上，創新在路上)" 현재 우리 중국의 의약업계는 또 어떤 방면으로 강화해야 할 필요가 있습니까?

판꽝청 : 중국은 제약대국이지 제약강국이 아닙니다. 제약강국이 되기 위한 유일한 방책은 혁신입니다. '혁신+준법(合規)'은 앞으로 중국 의약발전의 주선율이 될 것입니다. 그런 면에서, 첫째는 혁신구동(創新驅動)을 실시하여 과학적 발전을 촉진해야 합니다. 둘째는 약품의 품질을 보증하고 우리의 도덕적 마지노선을 지켜야 합니다. 셋째는 신용건설과 준법(合規)적인 생산경영을 강화해야 합니다. 넷째는 약품을 추적하여 출처를 조사할 수 있도록 해야 합니다. 다섯째는 환경보호 관리를 강화하고 친환경 발전을 견지해야 합니다. 여섯째는 국제교류를 강화하고 산업을 일으켜 세워야 합니다. 우리 의약업계의 끊임없는 노력을 통해 제약대국에서 제약강국으로의 변신을 이뤄낼 수 있는 날이 머지않아 올 것이라고 믿습니다.

대　　　화 : 류지런(刘积仁)

대화시간 : 2018년 7월 27일

대화장소 : 랴오닝성(辽宁省) 선양시(沈阳市) 뉴소프트(东软集团)

대 화 인 : 천아이하이: 중앙방송총국 '경제의 소리' 수석논설위원

　　　　　류지런 : 둥롼그룹 회장 겸 CEO

류지런(刘积仁)

• 뉴소프트 회장 겸 CEO, 중국의 첫 컴퓨터응용학과 박사. 중국의
  첫 대학과기원(大学科技园), 소프트웨어센터(软件园) 설립.
  중국의 첫 상장 소프트웨어회사, 첫 국가컴퓨터소프트웨어공정
  연구센터(国家计算机软件工程研究中心) 설립. '5.1노동훈장
  (五一劳动奖章)' 수상

60세에 재출발하다

장수기업은 건강관리를 잘 해야 한다

천아이하이 : 오늘날 뉴소프트(东软集团, Neusoft)는 전 세계에 2만 여 명의 직원을 두고 있으며, 사회보장 · 의료보건 · 전기통신 · 전력 · 금융 · 전자정부 · 스마트시티 · 자동차정보화 등 많은 분야에서 수많은 솔루션을 제공하고 있습니다. 회장님은 뉴소프트의 설립자이자 수장으로서, 이전에 노동자, 영화관 직원, 선생님, 그리고 대학의 부총장까지 하셨습니다. 회장님이 이처럼 여러 업종을 넘나들며 역할을 바꿀 수 있었던 것은 개혁개방이 기회를 줬기 때문이라는 말이 있습니다.

류지런 : 우리 세대가 성장한 시대는 선택의 여지가 없는 시대였습

니다. 중학교, 고등학교와 나중의 직장까지 포함해서 말입니다. 선택의 여지가 없는 시대란 무엇입니까? 모든 것은 다 계획된 것이지요. 예를 들면, 우리가 일하는 것은 모두 사전에 배치된 것이었고 스스로 이직할 수도 없었습니다. 물론 일을 거부할 수는 있었습니다. 하지만 그 시대에 주어진 직장을 내버리고 사직하는 것은 거의 있을 수 없는 일이지요. 다시 직업을 찾을 수도 없으니 지금 말로 하면 백수가 되는 것입니다. 한마디로 부랑자 취급을 받았습니다.

우리는 선택의 여지가 없던 데로부터 스스로 선택할 수 있게 되었습니다. 개혁개방이 우리 세대에게 준 가장 큰 원동력은 선택의 자유라고 생각합니다. 선택의 자유 덕분에 우리는 그런 변화의 과정에서 더 적극적으로 자신의 선택을 할 수 있었습니다.

사실 대학에 진학하는 것은 결코 제가 선택한 것이 아닙니다. 저는 그때 공농병학원(工农兵学院)에 추천을 받았었습니다. 하지만 학교에 입학한 후 저는 석사과정을 선택했습니다. 그리고 좋은 학자가 되겠다고 다짐하고 박사과정까지 선택했습니다. 그 후 또 교수가 되려고 노력했지요. 그리고 나중에는 창업을 선택했습니다. 사업을 할 때에도 또 끊임없이 선택을 했습니다. 40년에 이르는 중국의 개혁개방 환경이 없었다면, 우리 같은 사람들은 옛날과 마찬가지로 아무런 기회도 없었을 것입니다. 그래서 우리는 이 시대에 감사해야 하고 40년이라는 세월을 감사해야 합니다.

천아이하이 : 맞습니다. 총체적으로 보면, 회장님 세대는 아주 좋은 시기를 만났다고 볼 수 있습니다.

개혁개방 10주년인 1988년 회장님과 다른 두 청년교사는 동북대학(东北大学)의 한 교실에서 3만 위안의 경비로 286 컴퓨터 3대를 가지고 창업했습니다. 당시 중국에서 직장을 버리고 창업을 하는 것은 매우 이례적인 일이었지요. 창업을 위한 자본이나 자금, 인재를 얻기는 정말 어려운 일이었으니까요. 게다가 당시 회장님이 만든 것은 소프트웨어였습니다. 아마 당시 거의 모든 사람들이 소프트웨어가 무엇이고 무엇을 하는 것인지조차 몰랐을 것입니다. 지금 돌이켜 보면, 물론 회장님의 선택이 맞았고, 방향도 맞았고, 게다가 아주 큰 성과까지 거두었습니다. 하지만 당시만 해도 이런 선택은 비상한 안목을 필요로 했고, 심지어 모든 것을 내버릴 수 있다는 용기까지 가져야 했습니다. 당시 창업하면서 맞닥뜨린, 기억에 남을만한 난제로는 어떤 것들이 있습니까? 그리고 어떻게 해결했습니까?

류지런 : 그 당시는 우선 소프트웨어가 상품으로 인식되지 않았고, 소프트웨어를 살 사람도 없었습니다. 당시는 다들 소프트웨어를 카피한다(拷软件)고 했습니다. 누구힌테 무슨 소프트웨어가 있으면 그냥 하나 카피해달라고 하면 그만이었지요. 돈을 지불할 필요가 없었습니다. 그러니깐 소프트웨어 하나를 몇 백 몇 천 위안으로 팔려고 한다면 정말 어려운 일이었습니다. 그리고 소프트웨어를 만들 수 있는 사람도 얼마 없었습니다. 소프트웨어 산업이 아직 막 시작단계에 있었으니까요. 모든 대학에 컴퓨터라는 전공이 있는 것은 아니었기 때문에 인재를 구하기도 어려웠습니다. 또한 자본도 없었습니다. 그때는 지금처럼 VC요, PE요 하는 것들이 전혀 없었습니다. 상업적 개념에서 말하면 인재가 있어야 하고 자본이 있어야 하며 좋은 시장도 있어야 합니다. 그런데 당시는 좋은 시장도 없었고 인재도 없었으며 돈도 없었습니다. 더구나 우리는 당시 선양(沈阳)에서 창업했습니다. 그런데 우리가 만든 소프트웨어를 판매하려고 하면, 다들 먼저 어디에 있는

회사냐고 물었지요. 선양이라고 대답하면 바로 손사래를 쳤습니다. 선양 사람들은 소프트웨어를 제대로 만들 수 없다고 말이었죠. 그러니까 당시는 정말로 어려운 시기였습니다. 그러나 이런 어려움 덕에 우리는 끈질기게 노력하고 인내하며, 끊임없이 부딪치며 도전할 수 있는 그런 정신을 길러왔습니다. 돌이켜보면 감개무량한 일이지요. 사실 한 사람이 성장하면서 어려움에 부딪치는 건 행운이라고 할 수 있습니다. 너무 순조로우면 왕왕 좋은 결과가 나오지 않습니다. 우리가 태어나서 살아온 과정이 순조롭지 않았기에, 오늘날 우리는 자신감을 가질 수 있고, 미래에 대한 기대감도 커지게 되는 것입니다.

천아이하이 : 맞습니다. 누구나 어려움에 처하면 정말 힘들다고 생각할 수 있습니다. 하지만 일단 그 어려움을 뛰어넘고 나서 되돌아보면, 그러한 고난이 하나의 재산이였음을 느끼게 되지요.

류지런 : 그렇습니다. 오늘날 다들 자신의 성과나 스토리를 이야기할 때 주로 어려움에 직면했던 사연을 이야기하지요. 모든 것이 다 순조로우면 이야기가 안 되잖아요. 우리는 운 좋게 이야깃거리를 남길 수 있는 시대를 겪었습니다. 그 시대에 수많은 어려움들이 있었기에 또 우리에게 그에 맞먹는 기회도 주어졌으니까요.

천아이하이 : 창업하는 과정에서 끊임없이 여러 가지 어려움에 직면했기 때문에, 개혁개방 40년(회장님은 올해 창업한 30년이 되었군요)이 되는 지금에서 보면, 당시 회장님과 함께 창업했던 다른 기업, 즉 '동갑내기' 중 더러는 이미 보이지 않고, 더러는 아직 생존해 있지만 매우 어려운 상황입니다. 뉴소프트와 같이 우뚝 일어섰을 뿐만 아니

라 점점 더 잘 되어가는 기업은 흔치 않을 것입니다. 저는 뉴소프트의 경험이 오늘날의 기업에 있어서 매우 참고가 될 뿐만 아니라 심지어는 교과서적인 의미도 있다고 말할 수 있다고 생각합니다. 회장님은 이렇게 오랫동안 사업을 운영해 오셨는데, 가장 꺼내서 말할 가치가 있는 소중한 경험은 무엇입니까?

류지런 : 우선 저는 우리가 어떤 직업을 가지고 있든지 간에 해당 산업에 대한 기본적인 인식이 있어야 한다고 생각합니다. 예를 들면, 제가 하고 있는 소프트웨어 산업의 전 세계 평균수명은 대략 7~8년입니다. 요식업의 경우 식당을 개업하면 평균 수명이 3년에서 5년 정도라고 알고 있습니다. 업종마다 나름대로의 법칙이 있다는 점이 중요합니다. 우리의 평균수명을 70세라고 치면, 평균수명이 70세인데 40세까지 살았다면, 분명 스스로를 제대로 돌보지 못한 것입니다. 반대로 120세까지 산다면 큰 이익을 얻는 것이죠.

기업도 건강관리를 해야 하고, 스스로를 평가해 지속적으로 수명을 이어갈 수 있도록 대비해야 합니다. 뉴소프트는 우리 업계의 평균 수명을 초과했습니다. 우리가 그 동안 여러 개의 7년을 걸었다고 한다면, 이 과정에서 반드시 생애 주기가 끝나기 전에 두 번째 주기의 시작을 위한 준비를 마쳤다고 생각합니다. 바꾸어 말하면 하나의 목숨만으로 살아서는 안 됩니다. 스스로의 영혼을 윤회시켜, 새로운 영혼이 계속 이 브랜드를 유지하도록 해야 합니다. 두 번째 윤회 후에 당신은 원래의 당신이 아닐 수도 있습니다. 다음 생명 주기가 시작될 때, 미리 준비가 되어있느냐가 중요합니다. 아직 살아있을 때 새로운 생명을 위해 투자를 했느냐 하는 것이지요. 이것이 바로 우리가 흔히 말하는 기업의 업그레이드와 기업의 변혁입니다. 뉴소프트가 오늘날까지 생존할 수 있은 가장 중요한 이유가 바로 새로운 기회가 도래하기 전에 충분한 사전 준비를 마쳤다는 것입니다. 이를테면 뉴소프트 창업 초기에 저의 『박사논문 방법론(博士论文的方法论)』을 판매했습니다. 일본인한테 팔아서 돈을 벌었지요. 그 당시에는 대부분 외국인들한테서 수익을 올렸습니다.

천아이하이 : 30만 불을 버셨지요.

류지런 : 왜 외국인의 돈을 벌었을까요? 외국인의 돈은 빨리 오고 값도 많이 나갔기 때문입니다. 같은 일을 해서 해외에 납품하는 가격이 훨씬 더 높았습니다. 거꾸로 국내에서는 그때 우리 정보산업이 막 시작되었습니다. 우리의 이동통신은 아직 시작되지 않았습니다. 그 때는 삐삐만 있었지요. 휴대전화는 나중에 나왔습니다. 당시 우리가 병원에서 진찰을 받는 것은 모두 종이로 된 접수증에 직접 손으로 일일이 적는 것이었습니다. 병원은 말할 것도 없고 공항에서도 그때 탑승할 때 손으로 적는 종이쪽지를 이용했습니다. 이 때문에 비행기에 탑승하고 나서야 잘못 타게 된 걸 알고 황망하게 내렸던 적도 있습니다. 완전히 디지털화된 지금에는 상상조차 하기 힘든 일이지요.

우리는 그때 중국의 미래에 이런 것들이 분명히 바뀌게 될 거라고 생각했습니다. 그래서 우리는 중국에서 이동통신이 아직 없을 때부터 앞으로 있으면 어떻게 요금을 계산할지를 연구하기 시작했습니다. 그리고 삐삐가 한창일 때 우리는 휴대폰으로 인터넷에 접속하는 프로그램을 개발했습니다. 그때 우리가 개발한 소프트웨어로 인터넷을 사용하면, 하루 동안에 1년 치 월급을 다 써버리는 셈이었지요. 왜냐하면 통신요금이 무지하게 비쌌거든요. 또 우리는 일찍부터 전력망의 전기

공급과 발전을 분리하는 IT체계를 연구하기 시작했습니다. 과거에는 전기 공급과 발전을 모두 국가가 통제했지요. 중국에서 아직 사회보험이 없을 때 우리는 미리 그것을 연구하기 시작했습니다. 그때 우리는 중국의 개혁개방에 따라 반드시 실업자가 있을 것이라고 생각했습니다. 또한 의료는 반드시 보장되어야 한다고 생각했습니다. 그래서 우리는 미리 이런 것들을 구축하기 시작했지요.

그때 우리의 노력들은 뉴소프트가 시장에서 오늘날의 지위를 갖게 했습니다. 이 지위는 앞으로 10년 · 20년 동안 우리를 더욱 멀리 갈 수 있게 할 것입니다. 그래서 첫째로 미래의 흐름을 감지할 수 있어야 하고, 둘째로 이러한 미래를 위해 과감히 투자할 수 있어야 하며, 셋째로 꿈을 꾸다가 요절하지 않을 만큼 충분한 자원을 가지고 있어야 하고, 넷째로 영리한 전략이 있어야 합니다. 더 유연해야 하며 스스로 갖고 있는 자원과 능력에 맞춰야 하는 것이죠. 그래서 이 길을 걸어오면서 우리가 살아남을 수 있은 이유를 개괄해보면, 첫째는 끊임없이 변혁하는 것이고, 둘째는 영원히 새로운 생명을 창조하고 또 다음 생명을 위한 준비를 하는 것입니다. 이게 뉴소프트가 여기까지 오게 된 중요한 이유입니다.

천아이하이 : 회장님은 세 가지 경험을 들었습니다. 첫째는 기업은 개개인과 마찬가지로 건강관리를 해야 한다는 것이고, 둘째는 기업의 생명은 윤회가 가능하다는 것이며, 셋째는 앞날을 미리 예측하는 것입니다. 일이 아직 일어나기 전에 회장님은 미리 예견하고 대비를 하셨지요. 기회는 준비된 자이게 주어지는 법이죠.

류지런 : 그러니깐 다음 번 윤회에서 지옥에 가게 될지, 천당에 가게

될지, 어디에 투자해야 할지를 살아있을 때 미리 준비를 잘 해둬야 합니다. 이는 아주 중요한 것입니다.

의료자원이 병원으로부터 가정으로 들어가게 하다

천아이하이 : 뉴소프트는 사회보장 · 의료위생 · 전기통신과 전력 · 금융 등과 같은 여러 방면에서 많은 솔루션을 제공했습니다. 예를 들면 자동차의 신에너지화와 온라인화, 자율주행을 들 수 있습니다. 그리고 또 뉴소프트의 원격의료시스템을 들 수 있습니다. 2013년 시진핑 총서기가 뉴소프트를 시찰하면서 "정보화 시스템으로 의료 수준을 높여야 합니다. 호랑이에게 날개를 달아주듯이 말입니다."라고 말했지요. 총서기는 이 시스템을 잘 활용해 대중을 위해 더 잘 봉사할 것을 주문했습니다. 과거 뉴소프트는 여러 분야에서 기회를 포착하고 기회를 발굴하려고 노력했습니다. 그렇다면 경제의 질적인 발전을 강조하고, 인민들의 나날이 성장하는 아름다운 생활에 대한 수요를 충족시켜야 하는 새로운 시대에 직면해서, 이러한 기회가 예전에 비해 많아진 것이 아닐까요? 뉴소프트는 물론 업계의 다른 비슷한 기업들에게도 기회가 많다고 생각합니다. 뉴소프트는 어떻게 자기의 장점을 발휘하여 이 기회를 포착하실 생각입니까?

류지런 : 우리는 운이 좋았습니다. 과거에 우리는 여러 기관들에 대량의 소프트웨어를 제공했습니다. 예를 들면 중국의 의료 · 사회보험과 같은 것입니다. 국내시장의 거의 절반은 우리 것입니다. 중국 전역에서 발급된 사회보험카드다 진료카드는 모두 우리 시스템을 통해 유지됩니다. 중국의 만여 개에 달하는 크고 작은 병원의 운영도 모두 우

리 시스템을 사용하고 있습니다.

현재 전 세계 9,000여 개의 병원에서 우리의 다양한 의료장비를 사용하고 있습니다. 온라인 방면에서 보면, 우리는 온라인 병원 즉 '클라우드 병원'의 발기인입니다. 그래서 지난번 총서기가 우리 회사를 시찰했을 때, 우리 클라우드 병원 플랫폼에서 원격의료를 하고 있는 것을 보았습니다. 과거 우리가 주로 기관을 위해 일했다면 앞으로는 민생 영역으로 진입할 것입니다. 의료는 미래 모든 사람들이 필요로 하는 일용품 내지는 일상 소비품이 될 것입니다. 다음으로 건강교육을 들 수 있습니다. 진료를 받으려면 돈을 지불하기 때문에 스스로가 건강관리를 할 줄 아는 것보다 못합니다.

또 사람들이 직접 병원에 가서 진료를 받는 대신, 의료자원이 우리의 집에까지 들어올 수는 없을까 하는 생각으로 클라우드 병원을 만들었습니다. 병원에 가서 줄을 서고 대기하는 고생을 해결할 수 있는 방안입니다. 클라우드 병원은 곧 '마지막 1킬로미터'의 의료입니다. 많은 의료서비스가 가정에까지 들어오고 개개인에게 전달되도록 하는 것이죠. 우리는 원래 소프트웨어 회사입니다. 하지만 이 솔루션이 실현된다면 우리는 의료기관으로 바뀌게 되겠죠. 과거에 없던 의료기관이 되는 것입니다.

우리는 이미 닝보(宁波) 클라우드 병원에서 아주 좋은 테스트를 했습니다. 병원의 모든 의사와 환자들의 관련 정보와 건강기록이 모두 클라우드 플랫폼에 입력되었습니다. 대량의 데이터가 이 클라우드에 있는 것입니다. 저는 이것이 아직 걸음마 단계라고 믿습니다. 의료의 변화는 단순한 기술적 문제라기보다는 플랫폼의 문제이기 때문입니다. 그래서 미래의 기술회사나 소프트웨어회사는 민생사업을 하는 회사로 탈바꿈할 수도 있습니다. 사회의 진보와 발전을 위해 필요한 지원과 서비스를 제공하는 회사가 되는 것이죠.

  천아이하이 : 만약 전국 각지에서 사람들이 편리하게 병을 볼 수 있는 이런 클라우드 병원을 널리 보급할 수 있다면, 병이 있는 사람이나 혹은 자신이 병이 있다고 걱정하는 사람에게는 매우 고무적인 일이 될 것입니다. 회장님의 다음 단계 계획은 무엇입니까?

  류지런 : 우리는 현재 이미 전국의 20여 개 도시에 인프라를 구축했습니다. 이 도시들은 매일 매일 우리 개인의 건강관리 데이터를 운영하고 있습니다. 우리는 지상에다 검사장비와 건강관리 시스템을 구축했고, 클라우드 병원을 통해 의사들을 연결하고 대형병원을 연결했습니다. 즉 의사와 의사들 사이를 연결하고 환자와 병원 사이를 연결했으며 가족구성원을 연결했습니다. 현재 우리는 전국 각지에서 보급을 늘리고 있는데, 이미 2,000여 만의 고객이 생겼습니다.
  왜냐하면 이러한 혁신은 미래지향적인 병원이고, 새로운 형태의 병원이며, 공유식(共享式) 병원입니다. 따라서 그 형식이나 정책적 환경 등 면에서 지속적으로 논의해야 합니다. 우리는 이러한 논의를 환영합니다. 우리는 이러한 시스템을 정착시킴에 있어서, 관련된 정책이나 법률제정을 조율하고, 고객의 습관, 병원과의 관계 등을 조율할 수 있는 충분한 인내심을 가지고 있습니다.

  천아이하이 : 말씀을 듣다보니 편리하게 변하는 것은 확실한 것 같습니다. 그럼 이렇게 진료를 받으면 전통적인 진료보다 비용이 더 절감되는지에 관심을 가지는 사람들이 있을 수 있는데 과연 그리 되는 것입니까?

류지런 : 우리의 의료 체계에는 사실 여러분이 잘 모를 수 있는 데이터가 있습니다. 궁핍한 산간지역을 예로 들어봅시다, 이를테면 윈난(云南)성 일부 현(县)의 백성들이 병에 걸리면 전체 비용 중 많은 수가 약값이 아니라 여비와 간호비용으로 들어갑니다. 그렇다면 지역병원의 의사들은 왜 이런 병을 볼 수 없을까요? 왜냐하면 그들의 진단이 정확하지 않을 수 있거나, 혹은 정확하게 진단하기가 힘들 수 있기 때문입니다. 하지만 이런 문제는 완전히 원격의료로 해결할 수 있습니다. 때문에 더 저렴해지는 것은 당연한 일입니다. 물론 중요한 것은 편리해지는 것이지요. 삶의 질은 매우 향상될 것입니다. 사실 우리가 의료 데이터를 모두 개방하게 되면, 어떻게 합리적으로 약을 쓸 것이며, 어떻게 하면 최선의 치료를 받을 수 있는지와 같은 이런 방안들이 빅데이터와 인공지능의 자율학습에 힘입어 점점 더 정확해질 것입니다. 이는 새로운 시대이고 의료변혁의 새로운 시대입니다. 미래는 과거와 완전히 다를 것이라고 저는 믿습니다.

기업가가 유일하게 할 수 있는 것은
"시대의 조류에 순응하는 것 이다"

천아이하이 : 개혁개방 40년이라는 시점에 우리는 많은 문제에 직면하게 될 것입니다. 이를테면 최근 몇 년 동안 동북의 경제가 속도를 내지 못하고 있습니다. "투자는 산해관(山海关)을 넘지 못한다."거나 "동북에는 사업가가 없다."는 등의 이야기도 있습니다. 그런데 회장님과 회장님의 회사는 동북에서 시작하여 동북이라는 땅에 뿌리를 내리고 잘 발전하고 있습니다. 기업가로서 회장님은 자신의 회사에 관심을 가지는 것 말고도, 방금 말한 이런 문제들에 대해 관찰하고, 생각

하고, 느끼고, 깨닫는 것이 있을 것입니다. 방금 말씀한 이런 관점에 대해 어떻게 생각하십니까?

류지런: 우선 이곳은 과거 우리의 중공업 기지로, 동북 3성의 오늘날 발전은 눈에 뛰지 않을지 모르지만, 과거 이 지역이 번창할 때는 다른 지역이 쇠약하던 때이기도 합니다. 동북지방은 중공업이 발전함에 따라 취업이 매우 풍부하게 되었고 그 시절 개인들은 비교적 풍족한 삶을 누렸습니다. 아마 당시 남방의 많은 곳들은 아직 발전할 기미조차 없었을 것입니다. 심지어는 가난에 시달렸을 수도 있지요. 선쩐(深圳)은 그때 조그마한 어촌에 불과했습니다. 이런 경제적 토대는 그에 걸 맞는 문화를 만들어냈지요. 그럼 이 문화는 대체 어떤 것일까요? 개혁개방 이전에는 사기업이 아닌 국유기업에 거의 모든 사람들이 취업했었습니다. 수입도 괜찮고 안정적이었지요. 개혁개방 후에도 대부분 사람들은 국유기업 잔류를 선택했고 그럭저럭 나쁘지 않게 보냈습니다. 국유기업이어서 국가의 지원이 있었기 때문입니다. 이것이 바로 우리가 남방지역과 달랐던 점입니다. 우리에게는 굶주림에 시달려보았고, 그래서 변화를 추구했고, 생존을 위해서라면 아무리 어렵고 힘든 일이라도 해낼 수 있는 그런 사람들이 필요했었지요. 이는 사실입니다.

동북의 기업으로서 누가 뭐래도 우리 뉴소프트는 소프트웨어 기업으로서 동북에서 성장하는 데는 지장이 없습니다. 우리 기업의 출범 첫날부터 동북에는 대형 소프트웨어 기업이 존재할 수 없다는 공감대가 형성되었습니다. 다들 동북은 소프트웨어 회사가 생존하기에 적합하지 않다고 판단했기 때문입니다. 하지만 우리는 동북에도 좋은 기회가 있음을 증명했습니다. 뉴소프트는 중국 최초의 소프트웨어 상장기업이지요. 또 뉴소프트는 선양(沈阳)에서 중국 최초의 소프트웨어

단지를 만들었습니다. 우리는 또 몇 년째 중국 소프트웨어 수출 1위 기업이라는 타이틀을 유지하고 있습니다. 한때는 베이징과 상하이 등 도시의 많은 사람들이 우리한테 찾아와 가르침을 청했습니다. 왜 일까요? 한 가지 중요한 이유는, 소프트웨어 업계에서 우리나라에는 국유기업이 없기 때문입니다. 소프트웨어 기업 가운데 국유기업이 있는지 한 번 살펴보십시오. 다 개인이 창업한 기업들입니다. 동북의 이런 문화가 우리에게 영향을 미친 가장 큰 요인은 오히려 과학기술이었고 인재였습니다. 왜냐하면 우리가 동북의 대학을 통해 인재 배양의 메커니즘을 활용할 수 있었기 때문입니다.

그래서 저는 한 지방의 번영과 부흥은 주로 현지의 기업가 그룹과 혁신의 힘에 있다고 봅니다. 동북에서 원래의 기업가들이 국유기업과 경쟁하는 일을 했다면 아마도 생존하기 힘들었을 것입니다. 그래서 우리는 국유기업과 같은 종류의 기업이 이곳에서 큰 발전을 이루는 것을 거의 보지 못했지요. 거꾸로 보면, 국유기업은 안정적인 고용을 담당하고 정부는 보호적인 고용을 했기 때문에, 우리는 남방 지역처럼 성공을 갈구하고 변혁을 갈구하는 사람들을 양성해내지 못했습니다.

천아이하이 : 아래에 언급할 문제는 회장님이 지금 말씀하시는 것들과 관련이 있습니다. 우리나라의 경제는 현재 '고속성장'에서 '질적성장'으로 전환하는 단계에 접어들었습니다. 이러한 상황에서 일부 기업들은 거대한 기회를 포착한 반면 일부 기업들은 커다란 위기에 직면해 있습니다. 그래서 일부 기업가들은 환경을 탓하거나 정부의 정책을 탓하기도 합니다. 회장님은 기업가는 사회가 공평하지 못하다고 탓할 것이 아니라 환경에 순응하라고 하셨지요. 또한 기업가가 유일하게 할 수 있는 것은 시대의 조류에 순응하는 것이라고 했습니다.

류지런 : 사람들이 공평이나 공정을 논할 때에는 흔히 자기 자신의 각도에서만 문제를 고려하게 되지요. 만약 전 사회적인 각도에서 본다면, 나한테 대한 공평은 곧 상대에 대한 불공평이 되는 경우가 많습니다. 내가 얻게 되면 남이 잃게 됩니다! 그렇기 때문에 진정한 공평은, 내가 사회에 유익한 일을 했을 때, 공평한 대우를 받았느냐는 것입니다. 받지 못했다면 이 사회가 불공평한 것이겠지요. 반대로 내가 스스로한테만 유익하고 사회에는 유익하지 않은 일을 했음에도, 공평을 바라고 대가를 바라는 것은 말이 안 되는 일이지요.

기업가로서 저는 개혁개방 시대에 살고 있는 우리는 행운아라고 생각합니다. 중국이 개혁개방을 시작했을 때, 정말 많은 기회들이 있었습니다. 자원도 아주 많았지요. 우리는 용감했고 남들보다 앞섰기에 남들이 잡지 못했던 많은 기회들을 잡을 수 있었던 것 같습니다. 지금은 이러한 기회들은 점점 더 적어지고 있습니다. 이를테면 오늘날 환경 보호나 민생에 대한 존중은 예전과 다릅니다. 전에는 오염이야 있건 말건 나무를 자르고 광산을 개발하는 등으로 많은 돈을 벌었습니다. 하지만 지금은 이렇게 못합니다. 하지만 이렇다고 해서 정부가 개방적이지 못하고 너무 엄하게 관리하며 일처리가 느리다고 여겨서는 안 됩니다. 어떤 일을 처리하는가도 봐야 하거든요. 맞지 않나요?

저는 기업가의 가장 기본적인 원칙은, 내가 하는 일이 사회의 발전 추세와 보조를 맞추지 못한다면 영원히 기회를 잡을 수 없다는 것입니다. 혹시라도 보조를 맞추지 않고도 돈을 벌었다면, 그건 정말 우연한 행운이라고 할 수밖에 없습니다. 그렇다고 해서 이를 당연한 것으로 여기고 영원한 추세라고 착각해서는 안 됩니다. 적당한 선에서 물러날 줄을 알아야 합니다. 빨리 손절하고 미래에 유익한 일을 해야 합니다.

천아이하이 : 회장님께서 하루 종일 고생하셨는데 뒤에 또 다른 언론사의 취재도 예약되어 있습니다. 그래서 마지막으로 질문 하나만 더 드리겠습니다. 회장님에 대한 글 한 편을 읽은 적이 있습니다. 약 2년에 쓴 글입니다. 글의 서두에서 「일대종사(一代宗師)」라는 영화의 대사를 인용하였지요. "만약 인생을 사계절로 나눈다면, 60세의 류지런(刘积仁)은 아직도 들끓는 여름에 속해있다." 이 말을 어떻게 이해하면 될까요?

류지런 : 저를 찬양하는 말은 아니라고 생각합니다. 제가 이미 예순이 넘었고 늙었으니, 예순을 넘긴 사람의 마음가짐을 묘사한 것이겠죠. 그렇다면 현재 저의 마음가짐은 어떠할까요? 우선 생명이 좀 더 소중해졌다고 생각합니다. 스무 살 나는 사람과 예순을 넘긴 사람의 생명에 대한 인식은 완전히 다릅니다. 따라서 이 나이에 이르러 더 긴박감을 가지고 더 많은 일을 하려고 하는 것 같습니다.

다음으로 주위의 젊은이들과 비교를 많이 하는 것 같습니다. 젊음을 비기죠. 저는 매일 5킬로미터를 달립니다. 한 시간에 10킬로미터를 뛰는 속도로 달리기를 합니다. 그래서 오늘처럼 여러 언론사의 취재를 받았어도 저는 거의 힘든 걸 느끼지 못하고 있습니다.

천아이하이 : 그렇습니다. 회장님의 얼굴에 피곤한 기색이 전혀 안 보입니다.

류지런 : 저희 직원이 한 번은 저한테 "류 선생님(刘老师)은 언제 퇴직하세요?" 라고 물은 적이 있었습니다. 저희 회사의 간부회의에서였지요. 그래서 제가 물었지요. 여러분들이 먼저 퇴직하게 될지 아니면

제가 먼저 퇴직하게 될지에 대해서 생각해본 적이 있냐고요.

한사람의 경력이나 지력, 정력은 그 사람의 물리적인 나이와는 무관합니다. 어떤 사람은 젊었지만 마음가짐은 이미 늙어버렸을 수 있고, 반면에 어떤 사람은 늙었지만 마음가짐이 아주 젊을 수도 있습니다. 저는 지금과 같은 젊은 마음가짐을 계속 유지할 수 있기를 바랍니다. 생명은 소중한 것이기 때문입니다. 저는 더 많은 일들을 할 수 있기를 원합니다. 그래서 앞으로 교육과 건강 두 분야에서 스스로 만족할만한 결과를 내는 것은 예순이 넘은 저의 또 다른 이상입니다. 우리에게는 이미 3개의 대학과 4만 여명의 대학생들이 있습니다. 현재는 의료와 클라우드 병원에 집중하고 있습니다. 중국의 의료사업은 현재 변혁기에 처해있습니다. 저는 교육과 의료를 마지막 사업 목표로 잡고 있습니다. 이는 저에게 더 많은 행복감을 가져다 줄 것입니다.

천아이하이 : 아주 좋은 마음가짐이신 것 같습니다. 예순이 넘었어도 충분한 정력과 마음가짐이 바탕이 된다면 여전히 많은 일들을 해낼 수가 있지요.

류지런 : 우선적으로 건강해야 합니다. 건강하지 못하면 어떠한 꿈도 이룰 수가 없지요. 그래서 저는 건강은 모든 꿈을 이루는 기초라고 생각합니다. 그래서 건강이 중요한 거죠.

천아이하이 : 다른 기업가들에 대한 일종의 충고라고 할 수 있겠네요.

류지런 : 저는 건강은 우리의 꿈과 지력과 격정을 담고 있는 그릇과

도 같은 것이라고 생각합니다. 우리가 사업이나 재부를 추구하듯이 스스로의 건강에 관심을 기울인다면, 우리의 미래에 아주 큰 도움이 될 것입니다.

대　　화 : 쑨피수(孙丕恕)
대화시간 : 2018년 12월 4일
대화장소 : 중국 종업원의 집(中国职工之家)
대 화 인 : 천아이하이: 중앙방송총국 '경제의 소리' 수석논설위원

쑨피수(孙丕恕)

- 랑차오그룹(浪潮集团) 당서기 겸 회장, CEO. 제 10기, 11기, 12
기, 13기 전국인민대표대회 대표. 국가 중청년 특수공헌 전문가
(国家中青年有突出贡献专家), 신세기 백천만 인재프로젝트
(新世纪百千万人才工程)의 국가급 인재로 선정. 국무원 특수수
당(国务院政府特殊津贴) 대상자. 국가과학기술진보상(国家科
技进步奖) 두 차례 수상.

정확한 방향을 잡고 앞장서다.

중국 서버 신업의 굴기

천아이하이 : 2018년 6월 시진핑 총서기가 산동(山东)에서 시찰할 때 랑차오그룹을 방문했었지요. 또 훨씬 전인 2013년 9월에 총서기는 이미 랑차오그룹의 클라우드 컴퓨팅 핵심장비에 대한 특별 브리핑을 받았습니다. 그렇다면 랑차오그룹은 개혁개방과 혁신방면에서 어떤 적극적인 탐색을 했으며, 어떤 중요한 성과를 이루었습니까?

쑨피수 : 2013년부터 2018년까지 총서기는 랑차오의 클라우드 컴퓨팅 핵심 장비를 둘러싼 자주 혁신 브리핑을 두 번 받았습니다. 2013년에 우리의 첨단 결함허용 계산기(高端容错计算机) K1이 국외의 독점을 타파했습니다. 지금은 메인프레임(关键应用主机)이라고 하지요.

당시 세계적으로 이런 제품을 내놓을 수 있는 회사는 5개에 불과했지요. 현재 금융, 에너지, 교통을 포함한 일부 핵심응용 시스템은 모두 K1을 사용하고 있습니다. 과거에는 모두 외국의 제품을 사용할 수밖에 없었지요. 2013년에 우리는 이 독점을 타파하고 해당 기술을 보유한 5개 회사 가운데 하나가 되었습니다.

현재 우리는 차세대 메인프레임 M13을 만들고 있습니다. 세계적으로 IBM과 랑차오 두 회사만 가능한 일이지요. 차세대 메인프레임의 연구개발 성공은 해당 영역에서 랑차오의 주도적 위치를 잘 보여주고 있습니다. 이는 여러 해 동안 우리가 연구개발에 대한 투자를 확대하고 지속적인 혁신으로 중요한 핵심기술 난관을 부단히 돌파함으로써 이뤄낸 성과입니다.

천아이하이 : 랑차오의 진보는 거대한 것입니다. 우리나라 역시 마찬가지입니다. 40년의 간고한 노력을 통해 우리는 농업대국에서 제조업 대국으로 되었고, 디지털경제 대국으로 탈바꿈했습니다. 이를 뒷받침하는 핵심적인 요인의 하나가 바로 서버입니다. 하지만 중국 서버가 무에서 유를 창조하고, 보잘 것 없던 데로부터 점차 성장하여 두각을 나타내기까지의 역동적인 역사를 알고 있는 사람은 얼마 안 됩니다. 회장님은 중국 서버의 아버지로 불리지요. 지금 돌이켜보면 이러한 영예를 얻기까지 아무래도 수많은 어려움이 있었지 않았겠습니까?

쑨피수 : 서버의 아버지든 뭐든 모두 각설하고, 저는 다만 서버라는 영역에서 제가 해야 할 일들을 했을 뿐입니다. 이는 국가의 적극적인 개혁개방과 갈라놓을 수 없습니다. 시장의 수요가 급속하게 증대했지

요. 저는 엔지니어 출신으로 컴퓨터에 대한 연구개발을 했습니다. 당시에 개인이 컴퓨터를 보유하는 것은 너무나도 어려운 일이었지만, 1990년대에 점차 이러한 추세가 나타나기 시작했습니다. 개인컴퓨터가 보급되면서 기업 내에서 근거리 통신망이 형성되었고, 여러 대의 컴퓨터들이 연결되어 네트워크를 이루었습니다. 그 당시에는 인터넷(互联网)이라고 하지 않았지요. 단지 근거리 통신망을 하나로 연결했을 뿐입니다. 당시 은행들에서는 통촌통뒈이(通存通兑, 온라인 업무를 말하는데 동일은행의 전 지점에서 입출금이 가능한 것 - 역자 주)를 막 시작했습니다. 즉 동일은행의 전 지점에서 입출금이 가능하도록 하는 것이지요. 당시의 이런 수요는 비교적 간단한 것이었습니다. 한 기업 내에서 이런 업무를 실현하기 위해서 여러 대의 컴퓨터를 연결하여 근거리 통신망을 형성했던 거지요. 은행에서는 한 도시 내 전 지점의 입출금이 가능하도록 하기 위해서 하나의 메인만 필요했던 것입니다.

천아이하이 : 하나의 작은 허브라고 할 수 있겠군요.

쑨피수 : 그렇지요 작은 허브 맞습니다. 당시에는 미니컴퓨터(小型机)라고 불렀는데, 지금은 미니컴퓨터라는 용어를 쓰지 않습니다. 다들 서버라고 하지요. 당시에는 일반 컴퓨터보다 한 단계 위에 있는 것을 미니컴퓨터라고 했습니다. 그런데 당시 중국에서는 자체적으로 미니컴퓨터를 만들 수 없어서 전부 수입에 의존했습니다. 한 대 가격이 무려 100만 위안에 달했는데, 이런 컴퓨터를 두 대 구입하면 한 개 도시 내에서의 전 지점 입출금이 가능했습니다. 당시에는 아주 선진적인 것이었지요. 1990년대에 저는 일반 컴퓨터를 개발해내고 나니깐

미니컴퓨터도 개발해낼 수 있지 않을까 하는 욕심이 생겼지요. 시장이 있었으니까요. 당시 우리는 이런 미니컴퓨터를 1,000여 개만 팔 수있어도 대단한 일이라고 생각했습니다. 그래서 일단 연구개발에 매달렸는데 여간 어려운 일이 아니었습니다. 당시의 국내 정황을 보면, 우리의 기술 실력이나 기술 배경, 기술 축적 등 모든 면에서 미니컴퓨터를 개발하기에는 역부족이었지요. 당시 우리는 일반 컴퓨터만 만들어봤는데, 미니컴퓨터는 완전히 다른 기술이었지요. 당시 일반적으로 말하던 286 · 386 · 486 같은 것들은 만드는 것은 모두 문제가 안 됐습니다. 컴퓨터 하나에 프로세서가 하나뿐이었으니까요. 하지만 미니컴퓨터는 여러 개의 프로세서가 연동되는 식이었으며 UNIX를 적용해야 했습니다. 그래서 우리는 개발팀을 만들어 싱가포르에서 개발 작업을 하도록 했습니다. 당시 싱가포르는 관련 부품 구매가 수월했지만, 국내에서는 무척 어려운 일이었습니다. 부품 하나만 바꾸려고 해도 많은 시간과 정력을 들여야 했습니다. 뭐든 쉽게 구할 수 있는 지금과는 전혀 딴판이었습니다.

천아이하이 : 회장님은 싱가포르에 얼마 동안 계셨습니다.

쑨피수 : 거기서 1년 살았습니다.

천아이하이 : 팀 전체가요?

쑨피수 : 팀 전체가 그랬죠. 1년의 시간을 들여 우리는 제품 개발에 성공했습니다. 쓸 수 있겠다고 판단한 거죠. 하지만 고객들이 만족하느냐가 중요했습니다. 특히 은행 고객들이 그랬지요. 그들은 가격이

문제가 아니었습니다. 은행들에서는 우선적으로 IBM이나 HP와 비교했습니다. 당시에는 또 DEC이라는 업체도 있었는데 역시 비교대상이 되었지요. "쓰기 편한가?" "쓸 수는 있는 건가?" 모두 이런 식이었지요.

천아이하이 : 국산이 과연 괜찮을까요?

쑨피수 : 국산이 과연 괜찮을까 하는 의구심이 있었지요. 또 하나는 그들의 제품을 구매하면 해외 출국연수 기회가 주어졌거든요. 하지만 당신들 제품을 구매하면 어디 가서 연수를 받느냐 하는 것이었지요.

천아이하이 : 고작해야 지난(济南)에 가서 연수를 받았겠군요.

쑨피수 : 해외연수를 받는 것은 꽤나 유혹적인 일이었어요. 이런 이해관계들이 맞물려 있어서 국산 미니컴퓨터를 보급하는 것은 아주 어려운 일이었습니다. 우리가 선택한 첫 고객은 더쩌우(德州) 중국은행이었습니다. 거기에서 테스트를 했는데 낮에는 그들이 정상적으로 업무를 보고, 밤에는 우리의 시스템으로 바꿔서 테스트를 진행했습니다. 우리는 현장에서 기술문제들을 해결해 가면서 고객과 호흡을 맞춰갔습니다. 그래서 최종적으로 납품을 완료할 때에는 충분한 인정을 받았습니다.

그 후부터 국산 서버가 시장에 보급되기 시작했고 점차 인정을 받았습니다. 현재 국산 서버는 주도적인 위치를 점하고 있습니다. 국산화가 하나의 추세가 되었지요. 경쟁력이 생겼고 그들을 추월했기 때문입니다. 이는 우리가 기술혁신과 시장보급 이 두 가지를 중요시하는 이유이기도 합니다.

10년이 지난 오늘, 우리는 새로운 연구개발팀을 만들었습니다. 왕언동(王恩东) 원사(院士)가 주축이 되어서 차세대 서버를 개발하고 있습니다. 대를 이어서 랑차오의 K1, M13을 개발하고 있지요. 차세대 첨단 서버를 개발해서 새로운 최고봉에 오르게 될 것입니다. 랑차오를 대표로 하는 중국 서버 업체들은 신속하게 일어나고 있습니다. 우리는 첨단 서버 영역에서, 세계에서 두 번째로 해당 제품을 개발해낸 회사가 되었습니다. 전체 서버 시장에서도 크고 작은 서버들을 모두 합치면 우리는 글로벌 3위에 듭니다. 이는 중국 서버가 발전해온 역사이기도 합니다.

천아이하이 : 부단한 연구개발과 혁신으로 랑차오는 점차 최고봉에 올라서게 되었지요. 지금의 정상에 서기까지, 혹은 상대적으로 높은 위치에 서기까지, 뒤를 돌아보면 랑차오는 원래 5년 연속 적자를 보던 400명밖에 안 되는 작은 공장이었습니다. 하지만 현재 랑차오의 매출은 800억 위안이 넘고 직원 수도 3만이 넘는 대기업이 되었습니다. 서버는 글로벌 3위에 안착했고 중국에서는 단연 선두입니다. 또 업무 범위는 전 세계적으로 110개 국가와 지구로 파급되었습니다. 회장님이 보시기에 개혁개방 정책과 랑차오의 업무 발전은 어떠한 관계인 것 같습니다.

쑨피수 : 개혁개방은 기업들에 수많은 기회를 부여했지요. 개혁개방 시기에 우리는 주로 국외의 경험과 기술을 배우고 흡수하고 또 다른 혁신을 이뤘습니다. 이 과정은 늑대와 함께 춤을 춘다고 해도 좋고, 멈추지 않고 배운다고 해도 좋습니다. 아무튼 부단히 자신을 연마

하고 시야를 개척했던 시기였습니다. 그렇다고 지금에 와서 우리가 더 이상 배우지 않는다는 것은 아닙니다. 지금은 배우면서 동시에 스스로를 발전시켜 해외진출까지 가능했습니다. 해외시장을 개척하고 중국의 제품을 수출하고 중국의 솔루션을 수출하는 것입니다. 결과적으로 우리는 해외에 제품을 수출해야 할 뿐만 아니라 우리의 관련 기술을 보급하고 우리의 이념을 갖고 나가야 합니다.

서버 납품에서 클라우드 서비스까지

천아이하이 : 개혁개방이라는 환경에서 랑차오와 같은 기업들은 부단히 성장하고 장대해졌습니다. 중국에서 영향력을 확대했을 뿐만 아니라 해외에까지 영향력을 넓혀나갔지요. 이러한 것들은 오늘날에 와서 보면 쉽게 이루어진 것처럼 보일지 몰라도, 실제적으로 개혁개방의 과정은 절대로 순풍에 돛 단 격이 아니었습니다. 랑차오 역시 마찬가지였습니다. 1990년대 초에는 여러 가지 이유로 랑차오는 한동안 침체기에 접어들었지요. 당시 회장님은 랑차오를 이끌고 두 번째 창업을 하셨는데 중점적으로 어떤 일들을 하셨습니까?

쑨피수 : 기업이 발전하는 과정에는 오르내림이 있습니다. 지속적인 성장만 있을 수는 없습니다. 성장기가 있으면 침체기가 있고 침체기에 죽지 않고 살아나면 또 다른 발전을 이루게 되겠죠. 1990년대 중후반에는 한동안 컴퓨터 시장 경쟁이 치열했었죠. 랑차오는 컴퓨터로 일어선 기업이기에 당연히 영향을 받았고 발전의 병목을 마주해야만 했습니다. 그래서 개혁을 해야 했지요. 업무방향을 전환하고 발전시켜야만 했습니다. 우리는 컴퓨터 업무를 과감하게 포기하고 서버 산

업으로 방향을 바꿨습니다. 마침 인터넷의 붐을 만나서 우리는 기회를 잡아 서버 산업을 대대적으로 발전시킬 수 있었지요. 그래서 쾌속 발전의 도로에 올라서게 된 것입니다.

오늘의 성과를 이루기까지, 우리는 지속적으로 서버 산업에서 스스로를 성장시켰습니다. 컴퓨팅은 어디에나 있습니다. 컴퓨팅은 사람의 두뇌와 같은 인프라입니다. 그래서 우리는 클라우드 컴퓨팅이라는 인프라 이 분야에서 계속 일을 하고 있습니다. 다른 한편 우리는 비즈니스 모델의 혁신을 탐구하고 있습니다. 클라우드 서비스를 제공하는 것입니다. 즉 서버를 팔지 않고 클라우드 서비스만 파는 것입니다. 이것은 또 하나의 새로운 기술혁신과 비즈니스혁신의 모델입니다. 이것이 클라우드 컴퓨팅의 핵심입니다.

천아이하이 : 거의 대부분의 기업들은 성장기와 침체기를 모두 겪을 수밖에 없습니다. 관건은 성장기일 때 정신을 바짝 차려서 다른 길로 빠지지 말아야 하고, 침체기일 때에는 이를 악물고 견뎌내야 하는 것입니다. 랑차오 역시 이렇게 견지해왔다고 생각합니다. 랑차오는 1983년에 제1세대 개인용 컴퓨터를 개발했고, 1993년에는 중국 최초의 서버를 출시했으며, 2013년에는 또 맨 처음으로 국산 메인프레임 K1을 개발해냈습니다. 그 후에는 또 국내 최초로 제품 솔루션 공급업자로부터 클라우드 컴퓨팅, 빅데이터 운영서비스 업체로 탈바꿈하여 클라우드 시대를 성공적으로 선도했습니다. 정보산업 발전의 중요한 시기마다 랑차오는 늘 시대의 앞에서 달려왔지요. 이와 같은 예리한 통찰력과 선도적인 포석의 비결은 무엇이지요?

쑨피수 : 랑차오는 컴퓨터에서 서버로, 또 컴퓨팅 · 빅데이터 · 클라

우드에 이르기까지 부단히 발전해왔습니다. 나는 경영자의 핵심적인 자질은 두 가지가 있어야 한다고 생각합니다. 하나는 방향을 정확하게 보는 것입니다. 이는 우두머리에 대한 요구입니다. 방향이 틀리면 안 되니까요. 다른 하나는 필사적으로 하는 것입니다. 이 두 가지가 핵심입니다. 방향이 틀리면 점점 더 잘못된 방향으로 나가게 되죠. 방향이 맞으면 또 노력하지 않을 수 없습니다.

천아이하이 : 두 가지가 다 중요한데 방향을 정확하게 보는 게 전제가 되어야 하지요.

쑨피수 : 그렇습니다. 방향을 제대로 파악하는 것이 전제이고 근본입니다. 국가에 인솔자가 있어야 하듯이 기업에도 인솔자가 있어야 합니다. 많은 기업들이 문제가 생기게 된 것은 방향이 틀렸거나 혹은 방향은 맞지만 제대로 하지 않았기 때문입니다. 기본적으로 이 두 가지에서 비롯된다고 보면 됩니다. 랑차오의 입장에서 보면, 우리가 넘어지지 않고 살아있는 것은 우선적으로 방향을 제대로 잡았기 때문이고, 정확한 방향을 향해 필사적으로 노력했기 때문입니다. 모두들 일치단결하여 나아갔지요. 개혁과 발전은 모두 필사적인 노력의 범주에 속하는 것입니다.

데이터의 '보모'에서 데이터의 '관리자'로

천아이하이 : 올해의 '쌍스이(双十一)'[31]날 전체 인터넷 거래액이 4,000억 위안을 넘어서면서 다시 최고치를 경신하였습니다. 현재 온

---

31) 쌍스이(双十一) : 매년 11월 11일에 열리는 중국 최대의 온라인쇼핑몰 할인행사의 날.

라인쇼핑, 소셜네트워크 등으로 대표되는 인터넷이 우리 생활 곳곳에 스며들고 있습니다. 회장님은 세계인터넷대회에서 앞으로 3~5년 안에 중국이 3개의 인터넷을 섭렵할 것이라고 예측했습니다. 3개의 인터넷이란 각각 소비자 인터넷과 공업 인터넷, 정무(政务) 인터넷입니다. 회장님은 또 랑차오는 '클라우드+데이터'라는 신형의 인터넷기업이 될 거라고 하셨습니다. 그렇다면 회장님이 보시기에 인터넷의 다음 번 트렌드는 뭐라고 생각하십니까? 회장님이 말씀하신 '클라우드+데이터'라는 인터넷기업은 과연 어떤 기업입니까?

쑨피수 : 이 세 가지 인터넷을 들자면, 우선 BAT[32]를 대표로 하는 소비자 인터넷이 제법 잘 해내고 있습니다. 근 몇 해 동안의 '쌍스이' 기간에 소비자 인터넷은 그야말로 열광적이었습니다. 하지만 BAT들은 스스로 병목에 이르렀다고 생각하고 있습니다. 외부에서도 그렇게 생각하고 있고요. 두 번째는 바로 '인터넷+정무서비스'입니다. 이는 정부를 핵심으로 하는 '온라인 원스톱 처리 서비스(一网通办)'입니다. 세 번째는 공업 인터넷입니다. 혹자는 산업 인터넷이라고도 합니다. 즉 산업과 실물경제를 핵심으로 하는 것이지요. 이 시장은 아직 개척할 여지가 많습니다.

천아이이하이 : 첫 번째 인터넷은 이미 절정에 달했습니다. 두 번째와 세 번째는 아직 시기상조가 아닐까요?

쑨피수 : 두 번째 인터넷, 즉 '인터넷+정무서비스' 시장 규모는 그리 크지 않습니다. 정부를 상대로 한 시장이라 그 확장성에 분명 한계

---

32) BAT : 중국의 3대 인터넷기업 바이두, 알리바바, 텐센트를 이름.

가 있기 때문입니다. 하지만 공업 인터넷은 거대한 잠재력을 갖고 있습니다. 이는 국외나 국내는 물론 산업계에서도 보편적으로 인정하고 있습니다. BAT와 같은 기업들도 다음 번 기회는 공업 인터넷에 있다고 보고 있습니다. 큰 틀에서 볼 때, 클라우드·빅데이터·인공지능과 같은 새로운 기술을 전통산업의 전환과 발전에 적용하게 되면, 새로운 정보기술 기업에도 커다란 기회를 제공하게 되는 것입니다.

전통적인 인터넷 기업들은 모두 자기의 핵심 애플리케이션을 가지고 있습니다. 핵심 애플리케이션으로 더 많은 데이터를 확보하고 하나의 생태계를 형성하는 식이지요. 우리 랑차오의 경우는 새로운 정보기술의 제공자 내지는 해결사를 자처하고 있습니다. 우리는 '클라우드+빅데이터' 라는 신형의 인터넷 기업으로 거듭나고 있습니다. 데이터란 무엇입니까? 바로 우리가 수년 동안 정부에 클라우드 서비스를 제공하고 빅데이터센터를 만들어주는 과정에서 축적한 데이터입니다. 과거에 우리는 정부의 '보모' 역할을 했습니다. 정부의 데이터와 클라우드를 모두 우리 이곳에 두고 우리가 대신 관리했지요. 하지만 이제는 아닙니다. 현재 정부는 공유하고 개방하며 권한을 위임받아 운영할 것을 요구하고 있습니다. 이런 방면에서 우리 랑차오는 또 우월한 조건을 갖고 있습니다. 우리는 원래부터 정부의 데이터 관리를 맡아왔기 때문입니다. 정부의 위임을 받아 정부의 데이터를 운용하게 되었으니 '보모' 에서 '관리자' 로 바뀐 셈입니다.

천아이하이 : 하하. 1급 승진한 것이군요.

쑨피수 : 그렇습니다. 정부를 도와 데이터를 관리하던 데로부터 운용하는 것으로 바뀌었으니까요. 첫째로 우리가 현재 정부 데이터를

이용하여 구축하고 있는 중소기업 대출 원스톱 서비스가 바로 정부의 위임을 받아 진행하는 것입니다. 정부의 데이터를 이용하여 은행과 중소기업 사이에 원스톱 대출 서비스를 진행하는 것이지요.

둘째로 건강의료 데이터입니다. 모든 사람들이 건강의료를 필요로 하고 있지요. 하지만 병원의 의료 데이터는 서로 통하지 않습니다. 우리는 정부의 위임을 받아 이러한 데이터들을 통합하여 편의 서비스를 제공하는 것입니다. 지난(济南)에서 우리는 이미 모든 병원들을 연동시켰습니다. 한 병원에서 CT를 했으면 데이터가 서로 연동되기에 다른 병원에서 추가로 할 필요가 없는 것이지요. 이것이 바로 원스톱 서비스입니다.

셋째로 우리는 '네 가지 병' 서비스를 추진하고 있습니다. 즉 고혈압, 당뇨병, 임산부 보건과 유아 보건입니다. 신형 온라인의료기구, 즉 우리가 흔히 말하는 민영의료기구에 해당 데이터 서비스를 제공하는 것이지요. 데이터를 제공하여 생태계를 구축함으로써 새로운 연결을 형성하는 것입니다. 즉 데이터가 2G[33]에서부터 2C[34]로 넘어가고 2B[35]로 넘어가도록 하는 것입니다.

그렇다면 이 모든 것들을 이루는 핵심은 클라우드입니다. 바로 계산이지요. 클라우드에는 데이터가 있습니다. 데이터의 핵심은 어디에 있을까요? 우리가 보유하고 있는 정부 데이터와 우리가 구축한 플랫폼입니다. 이러한 것들을 통해 우리는 2C 데이터를 확보할 수 있고, 이를 2G 데이터와 결부시킴으로써 빅데이터 플랫폼을 구축하게 되는 것입니다. 이러한 플랫폼은 전통적인 인터넷 기업과는 다릅니다. 전통적인 인터넷 기업들은 데이터를 자기들이 내부적으로 사용합니다.

---

33) 2G : 정부를 상대로 하는.
34) 2C : 개인을 상대로 하는.
35) 2B : 기업을 상대로 하는.

하지만 우리는 데이터를 개방하여 남들이 사용하게 하는 것입니다.

천아이하이 : 이렇게 이해하면 어떨까요? 랑차오가 전에는 정부의 데이터 '보모' 였다면, 지금은 점차 정부의 데이터 '관리자' 로 탈바꿈하고 있고, 나중에는 전체 사회의 데이터 '관리자' 로 된다는 것인가요?

쑨피수 : 감히 그렇게까지는 말하지 못하겠고요. 현재로서는 정부의 데이터 '관리자' 라고는 할 수 있습니다. 지금은 데이터의 시대입니다. 다들 여러 가지 데이터들을 축적하고 있지요. 앞으로 발전을 거듭하다보면 새로운 애플리케이션이나 생태계가 지속적으로 생겨날 것이고, 데이터의 양도 지속적으로 늘어나게 될 것입니다.

새로운 시대의 기업은 '침대의자문화' 를 수요한다

천아이하이 : IT산업은 경쟁이 아주 치열하고 기술 업데이트가 빠른 업종입니다. 「잠자지 않는 실리콘밸리(不眠的硅谷)」라는 글이 있습니다. 미국 실리콘밸리의 수많은 젊은이들이 분초를 다퉈가며 고군분투하고 있는 모습을 다룬 이야기입니다. 그들은 "잠들면 뒤떨어지게 된다."고 외치고 있습니다. 랑차오에는 '침대의자문화(躺椅文化)' 라는 것이 있지요. '안락의자문화' 란 대체 어떤 문화입니까?

쑨피수: 현재 우리가 구축한 기술 혁신제도는 '기술-특허-표준' 으로 개괄할 수 있습니다. 기술혁신 측면에서 보면, 당신의 제품은 기술을 필요로 하는가? 이 기술은 핵심기술인가? 라는 질문을 하게 됩니

다. 핵심기술의 표현형식이 바로 특허입니다. 기업의 업계 내에서의 지위가 바로 표준이라고 할 수 있지요.

모두들 혁신을 갈구합니다. 이는 일종의 분투정신이지요. 우리의 많은 기술자들이 연장근무를 해가면서 각고의 노력으로 난관을 돌파하는 것은 모두 이러한 정신에서 기인한 것입니다.

천아이하이 : 사무실에 침대의자 하나를 놓고 수시로 연장근무를 할 수 있겠군요.

쑨피수 : 수시로 할 수 있습니다. 피곤하면 잠깐 누워서 쉴 수 있지요. 우리는 우수사원을 분발자(奮進者)라고 칭합니다. 이러한 '분발자'들은 기술혁신과 기업의 발전을 위해서 기꺼이 공헌을 하기에 회사 모든 사람들의 존경을 받을만합니다. '침대의자 문화'는 분발자문화의 일부분이라고 할 수 있습니다. 침대의자가 있으니 힘들면 잠깐 누워서 쉬다가 다시 일어나서 계속 할 수 있습니다. 이는 기술자들의 지칠 줄 모르는 분투정신을 체현하는 것이지요.

천아이하이 : 이와 같은 '침대의자 문화'에 대해 저는 개인적으로 굉장히 공감합니다. 자주 연장근무를 하는 것에 대해 어떤 사람들은 효율이 높지 못해서 그렇게 하는 것이라고 하는데 저는 그렇게 생각하지 않습니다. 어떤 일들은 제시간에 맞춰서 출퇴근해서는 해내기 어렵습니다. 특히 첨단분야의 혁신적인 연구개발은 침대의자가 필요하다고 봅니다.

쑨피수 : 그래서 어떤 의미에서 보면 지난 40년 동안 중국의 성적에

대해서 국외에서는 어떠어떠한 혜택을 입었기 때문이라고들 하지만, 본질적인 면에서 보면 우리가 노력하고 분투한 결과라고 생각합니다. 성공한 기업들을 보면 먼저 방향을 잘 선택한 것도 있지만 결국에는 모두 열심히 노력한 결과였습니다. '침대의자 문화'는 열심히 노력하는 우리의 정신을 체현한 결과물입니다. 기업이 좋은 성적을 거두기 위해서는 방향만 정확해서는 안 됩니다. 방향을 제대로 선택한 기업은 많지만 그 중에서도 실패한 기업들이 비일비재합니다. 열심히 노력하지 않았기 때문이지요.

환경미화원도 혁신할 수 있다

천아이하이 : 개혁개방 40년에 즈음하여, 혁신이라는 이 두 글자가 전에 없이 중요한 위치에 올랐습니다. 회장님은 중국의 IT 업종에서 30여 년을 일했습니다. 가장 뛰어난 관리자 가운데 한사람이기도 하면서 뛰어난 기술 전문가이기도 하지요. 그러한 경험자 입장에서 혁신에 대해 회장님은 어떻게 이해하고 계신지 궁금합니다. 수십 년 동안 첨단산업에서 일하셨으니, 혁신에 대해 남다른 견해가 있으시지 않을까요?

쑨피수 : 다들 혁신에 대해서 이야기하고 있는데, 제가 말하려는 혁신은 여러분들이 이해하고 있는 혁신과 조금 다를 수 있습니다. 저는 남들이 해보지 못한 일을 하면 그게 바로 혁신이라고 생각합니다. 오늘이 어제보다 진보했다면 그것 역시 혁신이지요. 세상을 놀라게 하는 일을 하고 남들이 엄두를 못내는 일을 하는 것은 당연히 혁신입니다. 이는 큰 혁신이지만 이런 일을 하는 사람은 필경 극소수입니다.

많은 혁신들은 일상의 작업 속에서 일어납니다. 이는 여러 사람들이 다 참여할 수 있는 혁신이지요. 제가 흔히 하는 말이 있는데, 환경미화원도 혁신할 수 있습니다. 책상을 더 깨끗하게 닦고 사무실을 더 효과적으로 정리하기 위한 여러 가지 혁신적은 방법들을 찾아낼 수 있다는 말이지요. 자기만의 노하우를 개발해내서 업무를 더 효과적으로 해내는 것 역시 혁신입니다. 누구든 혁신할 수 있고, 또 혁신을 이뤄냄으로써 삶의 성취감을 제고할 수 있는 것이지요.

천아이하이 : 회장님이 얘기하신 첫 번째 혁신이 바로 사람들이 보편적으로 인식하는 혁신인 것 같습니다. 세상을 놀라게 할만한, 남들이 엄두를 못내는 일을 해내면 그게 바로 혁신이지요. 하지만 실제적으로 보면 두 번째 혁신도 아주 중요합니다. 이 두 가지를 결합시켜서 모두들 함께 혁신을 하는 것이야말로 사회 전체의 진보 발전을 이룰 수 있는 방법이지요.

쑨피수 : 혁신은 특별한 사람들이 하는 일이고 나는 해낼 수 없다는 생각을 버려야 합니다. 모든 사람들이 혁신에 참여해야 하지요.

천아이하이 : 그러니까 혁신은 남들이 하는 일이고 나와는 상관없다고 생각하면 안 되는 것입니다. 극소수 사람들의 혁신에만 의존해서는 사회 전체의 발전을 기대하기 어려우니까요.

쑨피수 : 정확한 말씀입니다.

기업가정신은 "정확한 방향을 잡고 앞장서는 것이다"

천아이하이 : "기차가 빨리 달리느냐는 기관차에 달렸다."는 말이 있습니다. 오늘날 여러 업종에서 모두 기업가정신을 강조하고 있습니다. 랑차오를 이끌고 과학기술산업의 선두에서 수십 년 동안 분투해 온 회장님의 입장에서 보실 때, 기업가정신이란 무엇이라고 생각하십니까?

쑨피수 : 사실 앞에서 이미 언급한 바 있습니다. 우선은 방향을 제대로 잡아야 합니다. 기업의 경영자라고 해도 좋고 조타수라고 해도 좋습니다. 무조건 리더라고 하면 기업의 전략적 방향에 대해 결정을 내리는 것이 제일 중요하지요.

천아이하이 : 정확한 방향을 잡는 것이 기업가정신에서 가장 중요하다는 말씀이시군요.

쑨피수 : 다음으로는 앞장서는 것입니다. 리더가 쉬려 하면 밑에 사람들은 더 쉬고 싶어 하지요. 안 그런가요? 기관차가 달리지 못하면 뒤에서는 달리고 싶어도 달리지 못합니다. 그래서 저는 기업가 정신은 이 두 마디라고 생각합니다. "정확한 방향을 잡고, 앞장서는 것"이라고 말입니다.

천아이하이 : "정확한 방향을 잡고 앞장에 서는 것이다.(看准路, 帶头干)"라는 말씀이군. 회장님은 기술적으로 세계를 리드하려는 꿈이 있다는 것을 알고 있습니다. 현재 랑차오의 서버는 글로벌 3위를

차지하고 있습니다. 중국에서는 1위구요. 그렇다면 회장님은 이미 꿈을 실현했다고 볼 수 있지 않겠습니까? 앞으로 회장님과 랑차오는 어떤 방향으로 노력할 예정이십니까?

쑨피수 : 우리는 아직 꿈을 실현했다고 하기에는 이릅니다. 현재는 3위밖에 안 되고 1위와는 일정한 격차가 존재합니다. 우리의 목표는 몇 해 더 노력하여 글로벌 1위가 되는 것입니다. 그렇게 되면 랑차오가 또 한 단계 업그레이드했다고 볼 수 있겠지요. 새로운 높이에 올라서서도 우리는 멈추지 않고 혁신을 이어갈 것입니다. 그 때가 되면 우리는 또 새로운 비전을 제시할 것입니다. 이 길에서 우리가 얼마나 더 멀리 나갈지는 우리의 실천에 달렸고 여러 사람들의 노력에 달렸습니다.

천아이하이 : 그러면 랑차오가 진짜로 꿈을 이루었을 때, 그때 가서 또 새로운 비전에 대해 이야기해보도록 하겠습니다

대   화 : 왕민(王民)

대화시간 : 2018년 10월 25일

대화장소 : 장쑤쉬꿍그룹 총부(江苏徐工集团总部)

대 화 인 : 천아이하이: 중앙방송총국 '경제의 소리' 수석논설위원

             왕민, 쉬꿍그룹 회장

왕민(王民)

- 쉬쩌우건설기계그룹유한공사(徐州工程机械集团有限公司) 당서기, 회장. 교수급 고급엔지니어, 국무원 특수보조금 수령, 중국공산당 16차, 17차, 18차, 19차 당 대회 대표. 전국노동무범, 전국 '5.1노동훈장(五一劳动奖章)' 획득.

묵직한 신임, 묵직한 책임

우리는 어떻게 총서기의 관심을 끌 수 있었는가?

천아이하이 : 시진핑 총서기는 19차 당 대회 이후 첫 지방 시찰지로 쉬쩌우(徐州)를 택했고, 쉬쩌우에서의 첫 방문지는 쉬꽁그룹이었습니다. 당시 회장님은 언론 인터뷰에서 이 일을 언급할 때 얼굴에 자부심이 흘러넘쳤었지요. 쉬꽁그룹의 어떤 점이 총서기의 관심을 끌었다고 생각하십니까?

왕민 : 19차 당 대회 이후 총서기의 외부 시찰 첫 방문지가 쉬꽁그룹이었지요. 당시 총서기를 영접하던 정경은 지금도 잊을 수 없습니다.

천아이하이 : 눈앞에 선하시겠네요?

왕민 : 그렇습니다. 총서기는 19차 당 대회 보고에서 혁신구동과 고품질 발전을 언급하면서 제조강국이 되어야 한다고 말했습니다. 중국의 경제는 이제 고품질 발전의 길로 나아가야 합니다. 자원낭비와 환경파괴, 저효율·고소모의 야만적인 발전의 길은 더 이상 걷지 말아야 합니다.

천아이하이 : 맞습니다.

왕민 : 쉬꽁그룹은 오랜 세월동안 장비 제조에 있어서, 무에서 유를 창조하고, 왜소하고 보잘것없던 데서 크고 강해졌습니다. 저급단계에서 중저급단계로, 다시 중급과 고급단계로 발전했지요. 이는 쉬꽁그룹이 걸어온 길입니다. 이 길은 총서기가 주창하고 격려해준 덕분입니다. 즉 기업가는 실물경제를 대함에 있어서 다른 곳에 신경을 쓰지 말고 최선을 다해 자기의 일을 해야 한다는 것입니다. 쉬꽁그룹은 이 방면에서 총서기의 요구에 따라 그렇게 했고 나름대로 성과도 올렸습니다.

총서기가 쉬꽁그룹을 시찰할 때, "줄곧 쉬꽁그룹을 주목하고 있었습니다." 라고 말했습니다. 이것이 바로 총서기가 쉬꽁그룹에 오게 된 주요한 원인이 아닐까 생각합니다.

동시에 쉬꽁그룹은 글로벌화와 혁신발전 방면에서 비교적 좋은 성적을 냈습니다. 그래서 총서기는 쉬꽁그룹은 자기의 길을 성공적으로 개척해낸 국유기업이고 현대화 기업이라고 평가했지요. 쉬꽁그룹으로 대표되는 중국 건설기계는 이미 글로벌 건설기계 산업의 중요한 역량이 되었다고 생각합니다. 완전히 독자적인 브랜드, 독자적인 기술을 확보했지요. 이 점도 총서기가 시찰하게 된 중요한 요소입니다.

총서기는 시찰 과정에서 우리의 '일대일로', 우리의 국제적 확장 등 방면에 대해 중요한 지시를 내렸습니다.

천아이하이 : 총서기가 쉬꽁그룹을 방문한다는 소식을 들었을 때 어떤 느낌이었습니까?

왕민 : 이는 우리가 바라마지 않던 일이지요. 예전에 회의에서 저는 총서기에게 쉬꽁그룹에 대해 보고를 했고 한 번 방문해주시라고 요청한 적이 있었습니다. 총서기 역시 쉬꽁그룹에 한 번 가봐야겠다고 얘기하셨고요. 그때 우리는 우리가 열심히 일해서 성과를 내야 총서기를 모셔올 수 있다고 생각했습니다. 그랬더니 총서기가 정말로 오셨습니다. 방문소식을 전해 들었을 당시, 총서기가 정말 우리를 주시하고 있고, 관심을 갖고 있다는 것이 저의 첫 느낌이었습니다. 당시 저는 그룹의 지도부와 직원들에게 우리가 다년간 노력하고 견지해왔기에 마침내 총서기가 우리의 성과를 보러 오시게 되었다고 흥분해서 말했습니다.

천아이하이 : 총서기는 바쁜 몸이시지요. 또한 중국에는 잘 나가는 기업들이 아주 많습니다. 그럼에도 쉬꽁그룹이 총서기에 주목을 받은 것은 뭔가 큰 성과를 냈기 때문이라고 생각합니다. 총서기는 쉬꽁그룹에 와서 지시를 내리고 방향을 정해줬습니다. 그로부터 지금에 이르기까지 쉬꽁그룹은 어떤 일들을 해왔습니까?

왕민 : 총서기는 쉬꽁그룹을 시찰하면서 우리에게 많은 기대와 요구를 했습니다. 꾸준히 실물경제를 향해 나아가고, 고속발전에서 고품

질발전으로 전환해야 하며, 기술혁신에 집중하고 혁신으로 발전을 도모해야 한다고 했지요. 총서기는 또 우리를 고무격려하면서 건설기계 방면에서 세계적인 순위에 들어갈 수 있도록 노력하라고 당부했습니다. 요구가 높고 목표가 아주 명확했습니다. 총서기가 우리에게 방향을 정해주고 목표를 정해줬기에, 우리는 쉬꽁의 발전 목표를 새롭게 조정하게 되었습니다.

첫째, 우리는 원래 정한 "2020년에는 세계 건설기계 업계 톱5에 진입하고, 2025년에는 세계 톱3에 진입한다" 라는 목표를 수정하여 조기에 진입하기로 했습니다. 그것은 바로 2019년과 2024년에 톱5와 톱3에 진입하는 것이었습니다. 목표를 상향 조정한 것이지요.

둘째, 우리는 고품질 발전을 더욱 강조했습니다. 현재 우리는 톱6인데, 앞으로 톱5, 톱3에 진입하고 나서 시장에 어떠한 파동이 있든 우리의 점유율이 변해서는 안 되고, 우리의 순위도 떨어져서는 안 된다고 생각하고 있습니다. 그러기 위해서는 고품질 발전이 뒷받침 되어야 합니다. 과거처럼 특별한 기술이 없이 규모만으로 승부하는 방식은 이제 더 이상 통하지 않습니다. 이는 우리가 스스로에 대한 요구입니다. 롤러코스터를 타듯이 올해 올라갔다가 내년에 떨어진다면 고품질 발전이라고 말할 수 없습니다. 세계적으로 앞자리를 차지하는 다국적 기업들은 순위가 비교적 안정적입니다. 우리 쉬꽁 역시 그렇게 되어야 합니다.

셋째, 우리는 기술 혁신에 대한 투자에 더 많은 관심을 기울이고 혁신으로 자주적인 제품을 개발해야 합니다. 총서기는 핵심기술은 구할 수도 살 수도 없다고 말했습니다. 우리는 반드시 자체적으로 발전을 모색해야 하며, 자력갱생해야 합니다. 중국의 장비 제조업은 자력갱생의 전통과 스타일을 계속 유지해야 합니다. 따라서 쉬꽁은 기술혁신에 대한 투자를 늘리는 길을 견지할 것입니다. 투자하지 않으면 안 되지요. 별다른 비전이 없는 작은 브랜드 기업의 경우는 남들을 모방하는 것만으로도 눈앞의 돈을 벌 수 있지요. 하지만 쉬꽁은 안 됩니다. 쉬꽁은 국가적인 사명을 짊어지고 있습니다. 우리는 우리가 했던 약속을 지켜야 합니다. 우리는 올해 혁신에 대한 투자를 더 늘렸습니다. 제품 개발, 기술특허 분야에서 올해 큰 돌파구를 마련했으며, 현재 1,500개 이상의 발명 특허를 보유하고 있습니다.

넷째, 우리의 올해 실적은 역대 최고 수준입니다. 우리의 영업이익은 50% 이상 증가했습니다. 우리의 해외 소득도 크게 증가하여 역사상 가장 좋은 수준에 도달했습니다.

다섯째, 우리 그룹의 23,000명 간부와 임직원들은 정신력이 아주 좋습니다. 제가 흔히 하는 말이 있지요. 한 팀을 파악하려면 정신력을 봐야 합니다. 긍정적인 에너지가 넘치는 상태인지를 봐야 하고, 실행력이 강한 상태인지를 봐야 합니다. 우리는 올해 이 방면에서 많은 변화를 이뤄냈습니다.

저는 총서기에게 보고할 때, 우리는 영원히 당에 충성하고 국가를 위해 영예를 떨칠 거라고 했습니다. 총서기는 충분한 신뢰와 우리의 결심에 매우 찬성한다고 했습니다. 저는 이것이 우리 모든 간부와 직원들, 특히 공산당원들이 용감하게 앞으로 나아가도록 격려하는 거대한 정신력이라고 생각합니다. 이것은 굳은 믿음이자 무거운 책임입니다.

결전은 시장에서, 결승은 공장에서

천아이하이 : 개혁개방 40년 동안 중국은 천지개벽의 변화를 겪었습

니다. 그 동안 쉬꽁그룹은 파산 직전의 지방 공기업에서 국내 건설기계를 선도하는 굴지의 기업이 되었고, 세계 건설기계업계에서도 선두주자로 확고히 자리매김하였습니다. 회장님은 쉬꽁그룹에서 40여 년을 일하셨는데 쉬꽁의 수장으로만 20년을 일했습니다. 이 20년은 또마침 쉬꽁이 도약을 이룬 시기이기도 합니다. 회장님이 그 동안 겪어왔을 많은 사연들에 대해서도 사람들이 궁금해 할 것 같습니다.

왕민 : 저는 열여덟 살에 쉬꽁에 입사했습니다.

천아이하이 : 청춘을 쉬꽁에 바치셨군요.

왕민 : 그렇습니다. 2018년이면 도합 46년입니다. 쉬꽁이 저를 키운셈입니다. 입단하고, 입당하고, 대학교에 가고, 승진하고, 다시 대학원에 진학하고, 또 승진하면서 줄곧 이 자리에 오게 되기까지 모두 쉬꽁이 저를 키워주었습니다. 그래서 저는 늘 감사한 마음을 가지고 있습니다. 이 땅에는 홍색 유전자가 있을 뿐만 아니라 풍부한 문화와 정신이 깃들어 있습니다. 쉬꽁은 탄생한 그날부터 민족의 독립과 국가의 부강을 위해 노력하고 공헌해왔습니다. 저는 이 대오에 들어와서오늘까지 함께 한 것에 대해 큰 자긍심을 느낍니다.

하지만 기업을 잘 운영하는 것은 확실히 쉬운 일이 아닙니다. 어떤기업이든 성공할 수도 있고 실패할 수도 있습니다. 그렇다면 객관적인 환경과 객관적인 조건은 동일한데도 왜 어떤 기업은 살아남고, 발전하고, 성장하는 반면 어떤 기업은 실패하여 결국 망하게 될까요?

천아이하이 : 나중에는 이름도 없게 되지요.

왕민 : 그렇습니다. 중국에는 그런 기업들이 아주 많습니다. 저는 우수한 기업가 그룹이나 기업의 지도부라면 그 지향점이나 정감(情懷), 그 포부나 풍격이 모두 매우 중요하다고 생각합니다. 제가 쉬꽁에서 늘 하는 말이 있습니다. "강한 리더와 좋은 일반인이 있어야 한다." 는 말입니다.

천아이하이 : 강한 리더와 좋은 일반인이라는 말씀이신데요……

왕민: 강하다는 것과 좋다는 것은 서로 다릅니다. 어떠한 기업이든 결국은 사람이 하는 것이지요. 어떤 체제나 메커니즘이 있든 결국은 사람이 하거든요. 만약 리더와 임원들이 추구하는 바가 없다면 그 기업은 잘 될 리가 없습니다. 만약 리더와 임원들이 사심과 잡념을 품는 다면 그 기업은 결국 무너지게 됩니다.

천아이하이 : 맞습니다. 국내와 국제 형세에 따라 이리저리 흔들리게 되겠지요.

왕민 : 그렇습니다. 또한 시장경쟁의 법칙을 정확하게 파악하고 전략적 결책에서 중대한 착오를 범해서는 안 됩니다.

천아이하이 : 어떤 경우는 단 한 번의 착오로 무너지기도 하지요.

왕민 : 한 번만으로 배가 전복될 수도 있습니다. 지도부는 중대한 착오를 범해서는 안 됩니다. 사람을 쓰는 데 있어서도 중대한 착오가 없어야 합니다. 총체적으로 기업을 잘 운영하는 근본은 그 내부에 있습

니다. 밖에서 어떤 풍랑이 일든 스스로를 잘 단속하면 문제가 없습니다. 쉬꽁이 그렇습니다. 결전은 시장에서 하고, 결승은 공장에서 이뤄집니다. 승부는 이미 공장 내부에서 체현되는 것이지요. 그래서 저는 내부의 지도부 구축, 대오 구축, 사상 구축, 문화 구축, 자질 구축에 각별히 신경을 씁니다. 당연히 제품기술개발이나 품질 제고에도 신경을 씁니다. 저는 또한 핵심이 되는 디테일에도 신경을 씁니다. 디테일의 제고와 개선은 우리 기업을 기술적으로 낙후한 기업에서 점차적으로 기술과 양질의 서비스로 천하를 주름잡는 글로벌기업으로 끌어올렸습니다.

쉬꽁이 오늘에 이르기까지, 제가 가장 위안을 느끼는 것은 이 회사가 시련을 겪으면서 치열한 경쟁을 이겨낼 수 있도록 단련되었다는 것입니다. 따뜻한 물에 누워 자란 기업이 아니라 거친 파도를 헤치고 혹한과 폭서를 이겨내며 여기까지 왔지요. 우리 직원들과 우리 간부들은 처음부터 우리가 보호를 받아야 하고, 정책적인 혜택을 달라고 칭얼댄 적이 없습니다. 왜냐하면 우리의 운명은 우리 자신의 손에 달려 있다는 것을 알고 있기 때문입니다. 하늘을 원망하거나 남을 원망해서는 안 됩니다. 요즘 많은 사람들이 하늘을 원망하고 남을 원망하는데, 저는 이런 사람들은 모두 뼈가 약하고 의지가 강하지 못하다고 생각합니다.

천아이하이 : 회장님은 쉬꽁에서 40여 년을 일하셨는데 그 중 20년은 리더로서 쉬꽁을 이끌었습니다. 그 동안의 소감에 대해서도 많이 얘기하셨는데 저는 아주 중요하다고 생각합니다. 보잘것없던 일개 지방기업이 지금처럼 굴지의 국유기업으로 탈바꿈하기까지는, 회장님이 방금 전에 말씀하신 것 가운데 한 가지만 부족해도 쉬꽁의 오늘은

없었을 것입니다. 총서기는 쉬꿍을 시찰하면서 실물경제를 발전시키고 제조업에 매진해야 한다고 특별히 강조했습니다. 또 혁신적인 구동을 이루고 핵심기술 개발에 최선을 다해야 한다고 하셨습니다. 그렇다면 쉬꿍은 이 방면에 내세울 만한 업적이 무엇인지 말씀해 주시겠습니까?

왕민 : 쉬꿍은 50년 동안 건설기계를 제작해왔습니다. 중국 건설기계의 개척자라고 할 수 있습니다. 많은 건설기계들은 쉬꿍에서 맨 처음 선보였습니다.

천아이하이 : 어떤 것들이 있습니까?

왕민 : 중국의 첫 트럭 기중기나 첫 로드 롤러는 모두 쉬꿍에서 탄생했습니다. 지금도 중국시장에서 이 두 제품은 저희가 선두를 유지하고 있습니다. 날 때부터 1위였고, 끊임없는 노력과 혁신으로 지금도 1위를 달리고 있습니다. 50년 동안 1위입니다.

천아이하이 : 쉽지 않은 일입니다.

왕민 : 또 우리의 트럭 기중기는 글로벌 1위입니다.
쉬꿍의 특징은 본체와 부품 라인이 아주 넓다는 것인데, 이는 세계 건설기계 업체에서도 보기 드문 것입니다. 왜냐하면 건설기계는 규모가 작고 품종이 다양하며 고객의 수요도 제각각인 산업입니다. 이러한 제품으로 국내 1위나 글로벌 1위를 달성하려면 다양한 유형의 전문가가 필요하고 지속적인 기술 혁신이 필요합니다. 그렇지 않으면

올라갈 수가 없습니다. 현재 우리의 모든 제품들은 대부분 독립적인 기업에서 만들고 있습니다. 또한 쉬꽁 그룹은 각각의 전공분야에서 업계에서 가장 우수한 기술 리더들을 보유하고 있습니다. 이것이 쉬꽁이 선두를 유지하는 결정적인 요인입니다.

우리의 인재는 모두 현장에서 꾸준히 기술력을 축적한 사람들입니다. 우리에게는 고학력자나 해외유학파 출신도 없고 세계적인 기술자도 없습니다.

천아이하이 : 특히 전에는 더 그랬을 것 같습니다. 지방도시의 일반 기업이 해당 분야의 인재나 전문가를 영입하기에는 어려움이 많았을 것이기 때문입니다.

왕민 : 맞습니다. 우리의 기중기 분야를 이끌고 있는 분은 전문대 출신입니다. 나중에 끊임없는 학습과 실천, 혁신과 축적을 통해 이 방면의 리더가 되었지요. 이것은 뭘 의미할까요? 외로움을 견디고 열심히 연구하다보면 절굿공이를 갈아 바늘을 만들 수도 있고, 물방울을 떨어뜨려 돌을 뚫을 수도 있습니다. 그렇게 점차 해당 분야의 최고봉에 오르게 되는 것입니다.

동시에 우리는 기술창조 측면에서 핵심부품의 개발에 중점을 둡니다. 모든 건설기계의 핵심부품인 유압 제어소자나 일부 핵심적인 전동부품들을 쉬꽁은 이미 기본적으로 해결했습니다. 우리는 또 미국, 독일, 브라질을 포함한 전 세계에 자체 R&D 센터를 가지고 있습니다.

여러 해 동안 우리는 많은 노력을 해왔습니다. 특히 올해 들어 우리는 혁신구동 방면에서 많은 돌파를 이루었습니다. 쉬꽁은 기술난제에 부딪쳐도 우회하지 않습니다. 이것은 매우 중요합니다. 저는 종종 간부와 기술자에게 기술문제나 품질문제에서 우회하려 하지 말고 정면 돌파하라고 주문합니다. 왜냐하면 우회만 하다보면 나중에 그것을 공략하기가 점점 더 어려워질 수밖에 없기 때문입니다. 따라서 지금 바로 공략해야 합니다. 우리의 무인화(无人化) 건설기계를 포함한 적지 않은 혁신 제품들은 모두 수 년 전부터 개발 프로젝트를 시작한 것입니다. 멈춰 서서 나가지 못하는 것이 문제지, 느린 것은 문제가 되지 않습니다. 한 걸음 한 걸음씩 걷다보면 어느새 정상에 근접하게 됩니다. 반대로 그 자리에 서있거나 뒤로 물러서서는 답이 없습니다.

천아이하이 : 영원히 정상에 이를 수 없겠죠.

왕민 : 영원히 해낼 수 없습니다. 쉬꽁의 목표는 명확합니다. 글로벌 기업으로 발돋움하기 위해서는 동요하지 말고 끊임없이 노력해야 합니다. 우리는 기꺼이 나라를 위해 헌신하고, 열심히 기술을 연마하며, 우수한 학습능력을 갖추고, 고생을 마다하지 않고, 묵묵히 일하는 엔지니어 그룹을 보유하고 있습니다. 이 점은 제가 가장 감동하고 또 가장 안심하는 요인이기도 합니다.

시장과 고객에 모를 박다

천아이하이 : 쉬꽁의 제품 라인은 매우 다양하다고 말씀하셨습니다. 이 업계나 쉬꽁의 고객은 아마 비교적 잘 알고 있을 것입니다. 하지만 일반인들은 잘 알기 어렵습니다. 쉬꽁에는 어떤 제품들이 있는지 소개해 주실 수 있으시죠? 로드 롤러나 적재기 등 각종 기계들 같은 것 말입니다.

왕민 : 쉬꽁은 현재 14개 종류, 37개 산업, 400여 개 품종을 생산하는 건설기계 제조그룹입니다.

천아이하이 : 그러니까 우리가 사용하는 여러 가지 건설기계들을 쉬꽁에서 거의 다 생산한다고 이해해도 되겠습니까?

왕민 : 우리는 현재 하늘에서 나는 것 빼고는 다 있습니다. 지하와 지상, 물속, 산과 바다에서 작업하는 건설기계가 다 있습니다. 하늘에서 나는 것만 없을 뿐이죠. 앞으로는 하늘에서 나는 건설기계도 개발해볼 생각입니다.

천아이하이 : 길에서 운전해서 가는 게 아니라 직접 날아가는 건설기계라는 말씀이십니까?

왕민 : 맞습니다.

천아이하이 : 언젠가는 이루어지리라 기대해봅니다.

왕민 : 현재 우리가 개발해낸 일부 건설기계들은 로봇이나 다름없습니다.
우리는 산악 굴착기라는 것이 있는데, 폭 7m의 웅덩이를 한 번에 넘을 수 있고 45도의 급경사를 오를 수 있습니다. 사람이나 다른 기타 장비들이 올라갈 수 없는 곳에도 우리의 굴착기는 올라갈 수 있습니다. 그래서 칭짱고원(青藏高原)과 같은 열악한 환경에 잘 어울립니다. 이것은 쉬꽁이 개발한 것으로 국가과학기술진보상 2등상을 받았습니다.

천아이하이 : 뭐나 하기 나름인 것 같습니다. 시장의 수요에 따라, 기업의 수요에 따라 끊임없이 탐구하다보면 많은 것들을 해낼 수가 있습니다.

왕민 : 그렇습니다. 시장은 아주 큽니다. 건설기계가 뭡니까? 제가 흔히 하는 말이 있는데, 사람의 노동을 대신할 수 있는 것은 모두 건설기계입니다. 그러니까 시장이 안 클 수가 없겠죠? 제가 이 산업에 종사하고 이 산업에 목을 매는 것도 시장이 아주 크기 때문입니다. 물론 늘 하던 것만 하고, 별다른 기술력도 없고, 또 고객의 수요를 맞추지 못한다면 기업은 발전할 수 없겠죠. 그래서 우리는 고객을 중심으로, 시장을 중심으로, 끊임없이 탐구하고 발전하고 있습니다. 따라서 일시적인 어려움에 직면하더라도 하늘을 탓하거나 정책을 탓하지는 말아야 하는 것입니다. 시장은 얼마든지 있습니다. 결국은 마음먹기에 달렸고 하기에 달린 것입니다.

천아이하이 : 저는 회장님의 이 관점에 매우 동의합니다. 회장님이 쉬꽁을 이끌고 정상에 올라서시려는 꿈을 갖고 있다는 것을 우리는 알고 있습니다. 하지만 정상에 근접할수록 어려움은 점점 더 커질 수밖에 없습니다. 그렇다면 정상에 이르는 과정의 이런저런 어려움들을 어떤 방법으로 극복해나가실 생각입니까?

왕민 : 저는 평생 한 가지 일만 해왔습니다. 한 평생을 들여서 이 일을 해왔지요. 그만큼 할 가치가 있다고 생각합니다. 건설기계 분야에서 쉬꽁을 세계 최고 자리에 올려놓는 것은 저의 꿈입니다. 평생 추구하는 꿈이지요. 이는 또한 전체 쉬꽁 임직원들의 꿈이기도 합니다. 그

정점을 찍으려면 풀어야 할 난제가 많은데, 우선 자신의 사상적인 장애물을 극복해야 합니다. 한마디로 말하면, 생각의 경지가 얼마나 높으면 우리에게 주어지는 무대도 그만큼 커집니다. 기업가로서, 회장으로서, 저는 반드시 이런 경지와 사상을 가지고 추구해야 한다고 봅니다. 우리는 10%의 기술적 난제들을 골라냈습니다. 이는 정상 등극을 가로막는 장애물입니다. 이 10%의 난제는 어느 하나 간단한 것이 없습니다. 모두 큰 난제들이지요. 우리는 "선도적인 기술과 품질로 승부한다."는 구호를 제시했습니다. 총서기는 이를 높이 인정했습니다. 저는 이 목표를 향해 노력하고 있습니다. 바로 전 세계 바이어들이 중국의 건설기계 제조업을 인정하고 존경하도록 하는 것입니다. 선도적인 기술과 훌륭한 품질이 없이는 남들의 존경을 받을 생각을 말아야 합니다. 중화민족이 세계의 존경을 받으려면, 규모면에서 양적 성장을 이루어야 할뿐만 아니라, 과학기술과 문화, 가치관에서도 뛰어나야 합니다. 중국의 장비 제조업은 이미 전 세계로 뻗어나갔습니다. 쉬꽁의 입장에서 말하면, 만약 우리가 품질이 낮고, 사용하기 어렵고, 서비스가 매우 열악한 제품을 수출했더라면, 우리는 오늘까지 살아남을 수도 없었을 것이고 새로운 미래를 지향할 수도 없었을 것입니다.

오늘날 우리는 '일대일로' 연선 국가, 일부 개발도상국, 신흥경제국뿐만 아니라 '고급 바이어'도 확보하고 '럭셔리 클럽'에도 들어가야 합니다. 현재 독일, 미국, 호주 등 국가들에서도 우리는 큰 바이어들을 확보하고 있고, 이들 국가에도 우리의 제품이 들어가고 있습니다.

천아이하이 : 이런 나라들의 건설기계는 원래부터 아주 선진적이지요.

왕민 : 맞습니다. 그들은 줄곧 세계적인 브랜드 제품을 사용해왔죠. 그런데 현재는 우리 제품도 사용하고 있습니다. 처음에는 미심쩍어했지만 사용해보더니 계속 주문하고 있습니다. 저는 얼마 전에 호주의 세계적으로 유명한 광산의 고객 리셉션에 참가했는데, 그들도 우리의 고객이었기에 특별히 저를 초대한 것이지요. 왜 초대했을까요? 그들이 지속적으로 우리의 제품을 구매하기를 원하기 때문입니다. 즉 우리가 "선도적인 기술과 품질"로 그들을 감동시키고 그들의 존경을 받았기 때문입니다. 공정기계 산업은 자동차 산업처럼 규모가 크지는 않지만, 이 산업의 경쟁은 아주 치열합니다. 중국은 건설기계 제조 대국으로서 앞으로 건설기계 제조 강국이 될 것입니다. 정상에 오를 수 있는 나라가 강국이고, 부가가치를 많이 얻을 수 있는 기업이 강한 기업입니다.

제조업은 '외골수정신'이 필요하다

천아이하이 : 회장님과 쉬꿍은 산업보국, 실업흥국이라는 제조업 이념을 가지고 있고 풍부한 경험을 축적했습니다. 회장님은 제조업은 '외골수정신'이 있어야 한다고 말씀하신 적이 있지요. '외골수정신'이 대체 어떤 정신인지 말씀해 주시겠습니까?

왕민 : 한 가지 일을 함에 있어서, 한눈팔지 말고 백절불굴의 정신으로 매진해야 한다는 말입니다. 또한 외로움을 견뎌내야만 이 일을 할 수 있고, 잘해낼 수 있습니다. 중국의 장비 제조는 선진국에 비해 여전히 격차가 있습니다. 따라서 장인정신을 가지고 지속적으로 향상시켜야 합니다. 장인정신이 바로 제가 말하려는 첫 번째 포인트입니다.

두 번째는 시장경제 여건상 기업과 기업인이 너무 많은 유혹을 받고 있다는 점입니다. 본업인 장비 제조업이 힘들다고 부동산이나 금융, 또는 금융파생상품으로 업종을 변경하는 경우가 비일비재합니다. 만약 모두가 그렇게 한다면 중국의 장비 제조업은 영원히 세계적인 수준에 미치지 못할 것입니다.

전에 알고 지내던 훌륭한 사업가 한 분이 있었습니다. 장비 제조업을 십년 넘게 해왔었는데, 나중에는 포기하고 말았습니다. 그는 장비 제조업을 농민들이 벼농사를 하는 것에 비유했지요. 한 알 한 알씩 심고 한 알 한 알씩 수확하니 너무 힘들다는 것입니다. 결국 다른 업종으로 변경하더군요.

천아이하이 : 끝내는 유혹을 이겨내지 못했군요.

왕민 : 중국 기업들이 모두 이렇게 하면 우리나라의 제조업이 어떻게 발전할 수 있습니까? 그래서 '외골수정신'을 가진 사람이 필요한 것입니다. 백절불굴의 그런 사람 말입니다. 방향을 정했으면 주저함 없이 앞으로 나가야 합니다. 이렇게 하기 위해서는 용기가 필요하고 고생을 마다하지 않는 정신이 필요하고 지혜가 필요합니다. 외골수라고 해서 혁신이 없거나 책략이 없다는 것이 아닙니다. 특히 실물경제나 제조업이 어려울 때, 시장 여건이 여의치 않을 때, 많은 어려움에 직면했을 때, 이런 정신으로 버텨야 합니다.

천아이하이 : 포기하고 싶지만 포기하면 안 된다는 것을 알고 있을 때, 이런 정신이 필요하겠군요.

왕민 : 포기하면 안 됩니다. 포기하면 수십 년 동안의 노력이 모두 물거품이 되어버리죠. 건설기계 시장이 곤두박질칠 때 제가 어떤 포럼에 참여한 적이 있습니다. 사회자가 여러 기업가들에게 앞으로 어떻게 할지를 종이에 써달라고 하더군요. 저는 '견지와 집념'을 썼습니다. 저는 동요하지 않았고, 건설기계는 무한한 발전 전망이 있기에 현재의 어려움은 일시적인 것이라고 직원들을 독려했습니다.

천아이하이 : 회장님의 당시 판단이 맞았다는 것은 나중의 사실로 증명되었습니다.

왕민 : 그렇습니다. 나중에 제가 주업을 포기했더라면 쉬꽁의 오늘은 없었을 것입니다.

천아이하이 : 요즘 많은 사람들이 기업가정신을 이야기합니다. 그렇다면 기업가로서 회장님이 보기에, 기업가정신에는 '외골수정신'이 내포되어 있어야 하는 게 아닐까요?

왕민 : 저는 내포되어 있어야 한다고 생각합니다. 기업가에게는 여러 가지 특징이 있습니다. '외골수정신'은 그 가운데 중요한 한 부분입니다.

베트남에서는 제조하고 중국은 창조한다

천아이하이 : 개혁개방 40년 동안 중국은 세계의 공장이 되었습니다. 제조업 분야에서 중국의 위상은 꽤 높습니다. 지금은 또 '중국 제

조'를 '중국 창조'로 바꾸려는 노력을 하고 있습니다. 진보하지 않으면 퇴보한다는 정신으로 물살을 거슬러 올라가고 있는 중이지요. 만약 보조가 맞지 않거나 조금이라도 느슨해진다면 '중국 제조'가 '중국 조립'으로 전락할 수도 있습니다. 그렇다면 회장님이 보기에 독일이나 일본, 그리고 제조업 귀환을 외치고 있는 미국에 비해 우리 중국 제조업의 가장 두드러진 단점은 무엇입니까?

왕민 : 단순한 조립이나 베끼기, 모방 따위로는 오래 가지 못합니다. 물론 이렇게 하는 기업들이 아직도 있습니다. 대기업이나 포부가 있는 기업들은 모두 자기의 핵심기술과 브랜드가 있고 투자를 아끼지 않습니다. 쉬꽁을 예로 들면, 우리는 매년 거의 5%의 R&D 투자를 하고 있는데, 이는 업계에서 가장 높은 것입니다. 국가발전개혁위원회에서 해마다 평가를 하는데 우리는 매번 높은 점수를 받습니다.

기업은 발전전략을 잘 수립해야 합니다. 도대체 뭘 할 것인지를 명확히 해야 합니다. 건설기계 방면에서 글로벌 수준에 도달하려면 장기적인 계획과 타산이 있어야 합니다. 부품을 사서 대충 조립해서 팔아먹는 식으로 돈을 벌던 시대는 이미 지나갔습니다.

당연히 우리의 단점에 대해서도 명확히 인지하고 있어야 합니다. 단점은 아무래도 핵심기술과 글로벌 경험, 그리고 인재 부족입니다. 중고가 시장과 고가 시장에서 우리의 입지는 아직 높지 못합니다. 이밖에 우리는 기업을 통해 중국문화나 중국에너지를 전파하는 데 있어서도 많이 부족합니다.

이러한 단점은 다들 인지하고 있는 것입니다. 중요한 것은 예정된 목표를 향해 한눈팔지 말고 끈질기게 해나가는 것입니다. 격차가 있는 것은 두려울 게 없습니다. 착실하게 해나가다 보면 이러한 격차는 줄어들 수밖에 없습니다.

천아이하이 : 우리는 일본이나 독일과 같은 고급 제조업 대국과 경쟁해야 할 뿐만 아니라, 베트남이나 방글라데시와 같이 상대적으로 중저가 제조업 단계의 국가들과도 경쟁해야 합니다. 베트남 제조업이 언젠가는 중국 제조업을 대체할 것이라는 말이 있습니다. 회장님도 베트남 제조업이 진짜로 중국 제조업을 대체할 것이라고 보십니까?

왕민 : 앞으로 베트남은 제조를 하고 중국은 창조를 할 것입니다. 우리나라에는 완전한 공업체계가 있고, 기초가 있고, 인재가 있습니다. 베트남은 이 방면에서 아직 차이가 큽니다. 베트남의 현재 GDP 성장 속도가 빠른 이유는 어느 정도 우리의 옛날 길을 답습하고 있기 때문입니다. 베트남과 우리를 동일한 선상에서 비교해서는 안 됩니다.

대　　화 : 마차오(马超)

대화시간 : 2018년 10월 22일

대화장소 : 총칭(重庆)시 위뻬이(渝北)구 본사 빌딩(两江企业总部大厦)

대 화 인 : 천아이하이: 중앙방송총국 '경제의 소리' 수석논설위원

　　　　　마차오, 원스페이스(零壹空间) 총재

마차오(马超)

- 원스페이스 총재. 2009-2016년까지 중국 로켓기술연구원 산하 연구소 근무. 엔지니어, 연구실 부실장, 포괄연구실(总体研究室) 부실장, 과학기술위 총괄팀(科技委总体组) 팀장 역임. 국가 중대 과학기술프로젝트 참여.

민간 로켓이 하늘을 뚫다

개혁개방과 상업로켓의 발전

천아이하이 : 하늘을 뚫는 것은 많은 사람들의 꿈입니다. 원스페이스라는 회사는 2018년 5월에 '량장즈싱(兩江之星)'이라는 로켓 발사에 성공하면서 사람들에게 알려지게 되었습니다. 이것은 우리나라의 민간 항공우주 회사가 연구 개발한 최초의 상업용 로켓입니다. 이 회사가 바로 총재님이 계시는 원스페이스입니다. 그렇다면 원스페이스 로켓의 초심은 무엇입니까? 로켓이 중요하고 로켓을 만드는 것이 중요하다는 것은 누구나 알고 있겠지만, 민간 기업이 이 일을 한다는 것은 쉬운 일이 아닙니다. 특히 개혁개방이 없었더라면 상상도 하기 힘든 일이지요.

마차오 : 사실 우리 팀은 초심을 잃지 말자고 늘 다짐합니다. 우리의 초심은 아주 간단합니다. 원스페이스 설립 초창기에 우리는 상업용 로켓 발사 비용을 어떻게 절감하고 효율을 어떻게 제고시킬 것인지에 대해 고민을 많이 했습니다. 그래야만 고객(주로 인공위성 고객들입니다. 가장 전통적인 고객들이지요.)들에게 더 나은 서비스를 제공할 수 있으니까요. 사실 이것이 바로 우리의 초심이라고 할 수 있습니다. 우리의 상업위성 고객들, 특히 소형 위성 고객들에게는 기회가 많지 않습니다. 왜냐하면 우리나라의 로켓은 우선 매우 크고 또 오랫동안 군사 및 국가 임무를 위주로 했기 때문입니다. 따라서 상업용 소형 위성이 궤도에 오를 기회는 거의 없었습니다.

천아이하이 : 어려운 일인가 보군요.

마차오 : 어렵지요. 만약 그들이 궤도에 오를 기회가 없다면, 이와 같은 위성을 이용하는 애플리케이션이나 데이터 서비스는 제한을 받을 수밖에 없습니다.

동시에 해외의 발전은 우리에게 좋은 시사점을 주고 있습니다. 엘론 머스크의 스페이스 X가 좋은 예입니다. 사실 전 세계 상업위성 발사의 50%는 스페이스 X에 의해 이루어졌습니다. 이것이 우리가 원스페이스를 설립할 때의 생각이고 초심입니다.

천아이하이 : 원스페이스의 설립부터 현재까지, 개혁개방과 어떤 관계가 있다고 생각합니까?

마차오 : 원스페이스의 발전은 개혁개방의 혜택을 많이 입었습니

다. 개혁개방이 없었더라면 항공우주회사가 민영기업의 형태로 나타나게 된다는 것은 생각도 하기 어려운 일이었지요. 이는 개혁개방에서 비롯된 의식의 변화라고 생각합니다. 정부 주무부처의 의식도 변화했고요.

천아이하이 : 맞습니다.

마차오 : 이는 또한 상호적인 것입니다. 우리와 같은 젊은 팀은 사실상 국가와 서로 협력하고 있어요. 우리의 지속적인 추진과 발전은 또한 국가가 우리 산업을 더 빠르고 더 좋게 만드는 방법을 고려하도록 촉구해주고 있습니다.

천아이하이 : 원스페이스라는 이 팀은 과연 어떤 팀리고 말슴하실 수 있나요?

마차오 : 우리는 아주 젊은 팀입니다. 다음으로 굉장히 복합적인 팀입니다. 우리 팀의 평균 연령은 32세 좌우입니다. 우리의 핵심 구성원 중 일부는 원래 항공우주 시스템과 관련 산업 출신이며, 일부는 항공, 자동차, 인터넷 등과 같은 다른 산업 출신입니다. 우리 경영진에도 대기업 출신의 관리인재가 있습니다.

천아이하이 : 이런 다양한 분야의 인재들을 모아야만 우리 민영기업의 항공우주 꿈을 이룰 수 있는 것이지요.

마차오 : 맞습니다. 저는 이것이 항공우주산업에서 아주 중요한 요

소이고 유전자라고 생각합니다.

천아이하이 : 일반인들이 보기에 로켓의 연구개발은 많은 전문 인력을 투입해야 하는 국가적인 일인데, 과연 민간기업이 해낼 수 있을까 하는 의문을 가지지 않을 수 없습니다. 하지만 실제로 원스페이스가 해냈습니다. 그렇다면 원스페이스의 실천으로 볼 때, 현재 민간기업이 로켓을 만들 때 어떤 조건을 충족해야 합니까?

마차오 : 우선 우리나라는 60년이라는 항공우주산업의 발전 역사가 있습니다. 이는 우리가 관련 사업을 추진할 수 있는 훌륭한 밑바탕입니다. 이와 같은 기초 위에서 우리는 다소나마 발전을 이룰 수 있었습니다.

천아이하이 : 가장 중요한 것이군요.

마차오 : 가장 중요한 것입니다. 다음으로 상업용 우주로켓 분야에서, 사실 우리 회사는 설립 초기에는 많은 장벽에 직면했고 우리는 몇 가지 조건을 갖추지 못했습니다. 예를 들어 관련 정책의 경우, 예전에는 이런 관리 타깃이 없었고 원스페이스와 같은 회사가 나오지 않았기 때문에 관련 정책이 없었지요. 따라서 정부의 기조는 적극 장려하는 편이었지만, 어떻게 구체적으로 우리 업계를 더 잘 발전시킬 수 있을지에 관한 정책은 사실 명확하지 않았습니다.

천아이하이 : 천천히 더듬어가는 과정이었군요.

마차오 : 그렇습니다. 현재는 정책이 점차 명확해지는 단계에 있습니다. 국방과학기술공업국(科工局)에서는 상업용 항공우주 업종에 대한 구체적인 관리방법을 여러 번 발표했습니다. 관련 규제도 마련하고 우리를 국가의 관리감독 체계로 편입시켰지요. 우리는 이제 면허가 있습니다. 국가의 행정 허가를 정식으로 취득한 것입니다. 향후 우리의 모든 발사는 이와 같은 상응한하는행정 허가를 받을 수 있습니다.

그리고 자금에 관한 것입니다. 이는 상업성 민영 항공우주에 있어서 가장 중요한 부분입니다. 회사가 금방 설립되었을 때 우리는 잠재적인 투자자와 이미 회사의 주주로 등록된 투자기구들과 깊은 대화를 나눴습니다. 그 당시만 해도 항공우주는 일반인들과는 거리가 멀었고, 여기에 자본이 투입되었던 적도 없었습니다.

천아이하이 : 나들 이쪽으로는 아예 생각조차 하지 않았다는 말씀이군요.

마차오 : 그렇죠. 하지만 현재는 미국의 선례도 있고, 국내의 정책적 변화와 사람들 관념의 변화로 인해, 자본도 점차 이 업종에 눈길을 돌리고 있습니다. 그들은 이 업종에 커다란 투자 공간이 있고, 수익을 낼 가능성도 매우 높다는 것을 인지하고 있습니다.

다음으로 인재를 들 수 있습니다. 그러니깐 해당 인재들이 우리와 같은 민영기업에 와서 상업용 운반로켓의 개발에 기꺼이 참여할 것이냐 하는 것이었습니다. 이 역시 꽤 오랜 시간이 걸렸습니다. 전에 항공우주 분야는 모두 하나의 완전한 시스템 내에 있었습니다. 우리나라의 관련 인재체계는 매우 완벽하고 관련 기초도 아주 훌륭합니다만, 관련한 인재 유동은 거의 없었지요. 나중에 우리와 같은 민영 업체가 출연하면서 인재 유동이 점차 활발해지게 되었습니다. 요즘은 점점 더 많은 사람들, 특히 젊은 인재들이 우리와 같은 팀에 적극 합류하고 있습니다. 물론 국가의 항공우주 산업과 상업적인 민영 업체의 특점이나 이념은 많이 다릅니다.

천아이하이 : 현재로 보면, 우리나라의 상업용 항공우주 업종의 인재풀은 충분합니까?

마차오 : 우리나라로 치면 해당 인재풀은 충분하다고 생각합니다. 오히려 구미의 여러 나라들과 비해도 장점이 있다고 생각합니다. 우선 우리의 항공우주 관련 고등교육 시스템이 현재 아주 완벽합니다. 국가는 이 방면에서 많은 투자를 해왔지요. 다음으로 우리나라는 현재 첨단기술 영역의 관리인재나 금융인재도 아주 충족합니다. 동시에 민영 항공우주 업계의 산학연(产学研) 합작도 아주 활발하고 좋은 결과들을 도출해내고 있습니다.

천아이하이 : 이 업종에 진입하려면 어떠한 조건과 자질을 구비해야 합니까?

마차오 : 우선 이 사업에 대한 애정과 열정이 있어야 한다고 봅니다. 다음으로 비교적 체계적인 공학 관련 교육을 받아야 합니다. 왜냐하면 항공우주 관련 연구개발은 필요한 전공이 매우 많습니다. 따라서 기본적으로 공학 전공이라면 모두 우리 업계에서 유용하게 쓰일 수 있습니다.

천아이하이 : 모두 쓰일 수 있군요.

마차오 : 그렇습니다. 모두 알맞은 연구 직책을 맡을 수 있고, 그 안의 어느 한 분야에서 역할을 하고 공헌을 할 수 있습니다. 그리고 앞에서 애정과 열정이 있어야 한다고 말했었지요. 왜냐하면 현재 상업용 항공우주 분야는 걸음마 단계에 있습니다. 따라서 전통적인 시스템과 완전히 다른 새로운 시스템을 구축해야 하는데, 이 과정에서 해결해야 할 문제가 아주 많고 수많은 좌절을 견뎌내야 합니다.

천아이하이 : 많은 불확실성이 있군요.

마차오 : 그렇습니다. 불확실성이 아주 많습니다. 따라서 이러한 열정이나 도전정신이 없으면 이 사업을 해나가기가 힘들고, 이 업종에서 개인적인 빌진도 이루기 어렵지요.

상업용 우주항공은 '천장'이 없는 산업이다

천아이하이 : 40년의 개혁개방을 거쳐 우리의 정책 환경도 많이 좋아졌습니다. 우리의 기술능력도 몰라볼 정도로 향상되었습니다. 그렇다면 앞으로의 발전에 있어서 또 어떤 어려움이 있겠습니까?

마차오 : 제가 보기에는 두 가지가 있다고 생각합니다. 이는 앞으로 우리 민영 항공우주 산업이 반드시 해결해야 할 문제입니다. 투자자들 입장에서도 이 두 가지가 문제입니다.

하나는 상업화입니다. 그러니까 어떻게 상업화를 더 깊이 진행시킬 수 있을까 하는 것입니다. 현재 우리가 제안한 이 제품과 서비스가 어떻게 고객을 더 감동시킬 수 있는지, 어떻게 규모 있는 주문과 서비스를 형성시킬 수 있는지가 관건입니다. 민영 항공우주 산업은 현 단계에서 반드시 이 일을 잘해야 한다고 생각합니다.

천아이하이 : 그러니깐 우리의 상업화가 아직 충분하지 않다는 얘기군요.

마차오 : 아직 갈 길이 멀었습니다. 하지만 현재의 추세는 아주 좋습니다. 기업으로서 우리는 비즈니스와 고객의 관점에서 더 많이 고려해야 합니다. 어떻게 우리 제품을 더 저렴하게 만들고 고객들이 더 좋은 서비스를 받게 할 수 있을까? 이를 위해서는 많은 비즈니스모델의 혁신이 필요합니다. 또한 스스로의 실력을 꾸준히 키워가야 합니다. 이것이 첫 번째입니다.

다음으로 전체 상업화 산업 사슬의 형성도 매우 중요합니다. 이를 위해서는 전체 상업 항공우주 분야의 모든 단계에서 종사자들이 함께 노력해야 합니다. 각 고리마다 잘 맞물려야 하지요. 이는 각개전투가 아닙니다. 우리는 이와 같은 산업 사슬 형성을 위해 줄곧 노력하고 있습니다. 예를 들어 고객과 함께 위성 응용 프로그램을 연구하고 있고, 산업문제를 더 잘 해결하는 방법을 함께 강구하고 있습니다. 우리는 로켓 기업으로서, 고객들과 함께 이러한 문제를 해결하는 데 상당한 노력을 기울여야만 합니다. 왜냐하면 이것은 전체 산업의 급속한 발전을 이끄는 매우 중요한 포인트이기 때문입니다.

천아이하이 : 원스페이스가 '량장즈싱' 로켓을 발사하기 전, 잡음이

좀 있었습니다. "당신들의 이 로켓은 궤도에 안착할 능력이 없고 그냥 대기층에서 장난하는 정도이다. 이것은 아예 운반로켓이라고 할 수조차도 없다"는 등의 말들이 많았죠. 여기에 대해 하실 말씀이 있으십니까? 이러한 잡음에 대해 어떻게 생각하십니까?

마차오 : 사람들이 그렇게 생각하는 건 어쩌면 당연한 일입니다. 그것은 적어도 두 가지를 설명하는 것이지요. 하나는 우리 업계가 노력해야 할 여지가 여전히 많다는 것입니다, 왜냐하면 우주 비행은 여전히 일반인들과 멀리 떨어져 있는 분여이기 때문입니다. 일반인들은 정말로 우주 비행에 대한 이해가 그렇게 많지 않을 수 있습니다. 두 번째는 확실히 우리는 아직 시작단계에 불과하고 많은 일들을 해야 한다는 것입니다.

이제 두 번 발사한 '량장즈싱'이 어떤 로켓인지에 대해 얘기해봅시다. 우리의 이 로켓은 주로 과학연구 고객을 위해 비행실험을 수행하는 플랫폼입니다. 앞의 두 번의 발사에서 우리는 이를 상업용 준궤도(亚轨道)라고 명명했습니다. 준궤도라는 것은 위성궤도에는 진입하지 않았다는 뜻입니다. 올라가서 일정 시간 비행하다가 내려온 것입니다. 왜냐하면 우리는 1단 엔진만 사용했기 때문입니다. 이 플랫폼의 역할은 주로 우리의 과학연구 기구들에 실제적인 데이트를 제공하는 것입니다. 이를테면 고속비행체의 연구개발 기구나 실험위성의 연구개발 기구 등이 우리의 로켓을 통해 자기들의 관련 기술을 테스트하게 됩니다. 이것이 바로 '량장즈싱'이 짊어진 사명과 역할입니다.

올해 연말을 전후해서 우리는 궤도 진입이 가능한 첫 운반로켓을 발사하게 됩니다. 우리가 5월 17일과 9월 7일에 발사한 두 기의 '량장즈싱'은 우리가 궤도진입 로켓을 발사하기 위한 하나의 테스트이자

기초라고 할 수 있습니다.

천아이하이 : 주로 기초를 다진 것이라고 할 수 있겠군요.

마차오 : 그렇습니다. 하지만 '량장즈싱'은 아주 좋은 통제 능력을 갖추었습니다. 그냥 하늘로 날려서 장난하는 거라고 생각하시는 분들이 있는데, 그런 것과는 차원이 많이 다릅니다.

천아이하이 : 우리는 개혁개방을 하고 혁신발전을 추구하는데 있어서, 많은 시행착오를 할 수밖에 없습니다. 시도한다고 해서 다 성공하는 것은 아니지만 시도하지 않으면 아무것도 이룰 수 없습니다. 당년에 마윈(马云)이 인터넷 쇼핑몰을 하려고 했을 때 아무도 믿지 않았습니다. 하지만 그는 큰 성공을 이뤄냈지요. 현재 국내에는 원스페이스 말고도 적지 않은 업체들이 상업 우주산업에 진출하고 있습니다. 그렇다면 상업 우주산업은 도대체 어떤 매력이 있기에 이렇게 많은 자본과 기업을 끌어들이고 있습니까?

마차오 : 그 주요 원인은 이 산업에 대한 이해에서 기인한 것이라고 생각합니다. 이 산업을 '천장'이 없는 산업이라고 인식하고 있는 것이죠. 항공우주 산업은 사람들의 삶을 바꿀 수 있고 다른 여러 가지 산업을 변화시킬 수 있습니다. 따라서 커다란 시장 공간이 있는 것입니다. 이를테면 적지 않은 애플리케이션들은 인공위성을 통해야만 그 역할을 할 수 있습니다. 그리고 이런 인공위성이 궤도에 오르려면 로켓을 필요로 하지요. 해외의 상황을 보면, 근 몇 년 동안 수만 개의 소형 위성을 궤도에 올릴 실제적인 계획을 갖고 있습니다. 국내 상황을

보면, 근 몇 년 동안 수천 개의 수요가 있었습니다. 이런 수요로부터 보면, 우리의 소형 로켓의 경우 국내시장에서 점유율이 아직은 미미하다고 하더라도, 매 년 30~50기는 발사해야 할 상황입니다.

천아이하이 : 만약 제가 인공위성 하나를 궤도에 올리고 싶다면, 얼마만한 금액이 필요합니까? 명확한 표준이 있습니까?

마차오 : 국제적으로 보면 위성의 무게에 따라 비용이 책정됩니다. 대체적으로 매 킬로그램 당 3~5만 달러입니다.

천아이하이 : 킬로그램 당 3~5만 달러라고요?

마차오 : 그렇습니다. 우리 국내에서는 현재 킬로그램 당 1~2만 달러를 목표로 하고 노력하고 있지요. 그리 되면 비용이 많이 절감됩니다. 우리와 같은 민영기업은 지속적인 비용절감이 무엇보다 중요합니다.

일반인의 우주여행 꿈은 언제나 실현되나?

천아이하이 : 많은 사람들이 우주여행을 꿈꾸고 우주 호텔을 체험해보고 싶어 합니다. 이것은 사실 오래된 화제이자 또 새로운 화제이기도 합니다. 1962년 첸쉐썬(钱学森)은 『성간항법개론(星际航行概论)』이라는 책을 썼는데, 그는 그때 이미 20~30년 안에 인류가 태양계에서 성간항해를 할 수 있을 것이라고 예측했습니다. 그러나 1962년부터 지금까지 거의 60년이 흘렀습니다. 그가 예측한 광경은 우리 일반

인들은 물론 부자들에게 있어서도 아직 너무 요원한 것 같습니다. 그리고 또 예를 들어, 미국인들은 오래 전에 이미 달에 착륙했지만, 이렇게 많은 시간이 흐르는 동안 다시 가지 않았습니다. 그때도 갈 수 있었는데 지금은 왜 가지 못하고 있습니까? 그래서 미국의 달 착륙이 사기극이 아니냐는 의혹도 많습니다. 일단 사기극이냐 아니냐는 여기서 논할 일이 아닌 것 같습니다. 아무튼 미국인들은 그렇게 첫 걸음을 내디딘 후 여태까지 두 번째 발걸음을 내디디지 않은 건 사실입니다. 그렇다면 우리 일반인들이 우주여행을 하거나 우주 호텔에 묵는 일이 언제면 현실이 될 수 있을까요?

마차오 : 사실 저에게 이런 질문을 하는 사람들이 많습니다.

천아이하이 : 이 업종에 종사하고 계시니까 그렇겠지요.

마차오 : 달 탐사를 포함해서, 사실 기술적인 각도에서 보면 우주산업의 발전은 일반 항공 산업이나 자동차 산업과 같습니다. 예전에 사람들은 휴대폰이 이렇게 작아지게 될지를 생각지 못했고, 비행기를 지금처럼 쉽게 타고 다닐 수 있을지를 생각도 못했었습니다. 마찬가지로 지금으로서는 우주여행이나 엘론 머스크가 언급한 베이징부터 뉴욕까지 한두 시간 밖에 안 걸릴 것이라는 개념들은 너무 요원하게 보일 것입니다. 사실 기술적인 각도에서 보면, 많은 것들이 이미 가능합니다. 다만 현재까지는 저비용 기술과 중복 사용 기술, 일부 엔지니어링 발전이 필요할 뿐입니다. 유일한 차이가 여기에 있습니다. 제가 보기에 이러한 문제들은 점점 더 빨리 해결될 것 같습니다. 수요가 존재하는 한 이와 같은 기술들은 곧 개발될 것이라고 생각합니다. 인류

의 이런 욕구가 강해질수록 해당 기술의 발전은 점점 더 빨라지게 됩니다. 그래서 저는 10년이나 더 짧은 시간 내에 그런 소원이 이루어질 수도 있다고 생각합니다.

사실 우리나라는 현재 우주탐사나 성간항행 등 방면에서 훌륭한 기술적 기초를 축적하고 있습니다. 물론 국가 차원의 방대한 예산을 필요로 하지요. 그렇다면 미국인들은 그 시절에 이미 달 탐사 능력을 갖추었음에도 왜 지속적으로 하지 않을까요? 왜냐하면 달 탐사에는 막대한 자원을 소모해야 하기 때문입니다. 이와 같은 비용이 점차 낮아지고, 사람들의 이런 욕구가 점점 더 강렬해진다면, 더 빨리 달에 갈 수 있는 방법을 고민하는 사람들도 더 많아질 것이고 따라서 언젠가는 현실이 될 것입니다.

대　　화 : 취다오퀘이(曲道奎)

대화시간 : 2018년 7월 27일

대화장소 : 랴오닝(辽宁)성 선양(沈阳)시 신쏭로봇(新松机器人公司)

대 화 인 : 천아이하이: 중앙방송총국 '경제의 소리' 수석논설위원
　　　　　취다오퀘이, 신쏭로봇(新松机器人公司) 총재

취다오퀘이(曲道奎)

- 선양 신쏭로봇 자동화주식회사(新松机器人自动化股份公司) 창
  업자이자 총재. 중국과학원(中国科学院) 교수, 박사과정 지도교
  수. 국가로봇공학연구센터 부주임, 국가로봇표준화총괄팀장,
  중국로봇혁신연맹 회장, 중국로봇산업연맹 이사장.

로봇 '노예' 를 일반 가정집에 들이다

'베이징의 8분' 은 중국 로봇신업의 선도(先導) 수준을 대표한다

천아이하이 : 신쑹로봇(新松机器人公司)은 중국 로봇산업의 핵심 선도 기업입니다. 국가 로봇 산업화 기지이기도 하지요. 신쑹로봇은 원래 중국과학원 선양(沈阳)자동화연구소에서 출발했습니다. 회사명도 당시 선양자동화연구소 소장이었던 장신쑹(蔣新松)의 이름에서 유래했습니다. 신쑹로봇은 개혁개방과 더불어 무에서 유를 창조했고, 작고 왜소하던 데로부터 커지고 강해졌습니다. 총재님은 지금도 학습이든 사업이든 줄곧 로봇에만 매달려왔습니다. 그렇다면 개혁개방 40년이라는 이 시점에서 돌이켜볼 때, 개혁개방이 없었더라면 신쑹로봇도 없었을 것이고 오늘과 같은 발전도 이루지 못했을 것이라는 생각을 해보신 적이 없으십니까?

취다오퀘이 : 신쏭의 발전, 또는 중국 로봇산업의 발전은 사실 중국의 개혁개방이라는 큰 배경과 밀접한 관련이 있습니다. 저는 1983년에 장신쏭 원사(院士)의 대학원생이었는데, 중국에서 최초로 로봇을 전공한 대학원생이었습니다. 그러다가 나중에 유학을 가게 되었고, 외국에서 돌아와서는 순수연구에서 공정으로 발전하기 시작하여 2000년 중국 최초의 로봇 하이테크 기업을 설립하였고 나중에는 주식시장에 상장까지 했습니다. 현재 세계적으로도 로봇제품 라인업이 가장 완전한 기업이 되었고, 글로벌 로봇 상장기업 가운데 시가총액 3위 안에 들며, 몇 년 연속 미국 비즈니스위크의 글로벌 로봇 50대 기업의 하나로 선정되었습니다. 신쏭은 또한 중국의 해당 분야와 업계의 대표로 자리매김했습니다.

중국 로봇산업의 발전은 개혁개방이라는 큰 시대적 배경과 관련이 있습니다. 1986년부터 사람들은 '863' 계획이라는 게 있다는 걸 알게 되었습니다. '863' 계획에서 로봇과 자동화는 큰 부분을 차지하지요. 당년에 장신쏭 원사는 이 영역의 수석 전문가(首席专家)였습니다. 따라서 중국의 수많은 과학기술 성과와 해당 인재의 배양은 '863' 계획과 관련이 있는 것입니다.

1990년대 중반에 이르러 중국의 제조업은 조금씩 기술수준을 끌어올리기 시작했습니다. 그때 마침 외국기업들이 모두 중국시장에 진입하기 시작했고, 중국은 점차 전 세계 제조업의 중심이 되고 있었습니다. 이는 로봇의 시장 응용에 드넓은 공간을 제공해주었지요. 로봇 자체가 응용기술이기 때문에 거대한 시장의 뒷받침이 없다면 발전을 이룰 수가 없습니다.

2000년에 신쏭로봇이 정식으로 설립되었습니다. 당시 중국과학원이 지식혁신프로젝트를 진행했는데, 중국과학원의 포지션에 새로운 내용을 추가해야 한다는 요구가 있었습니다. 과거에 중국과학원의 포지션은 이론방법이나 이론연구에 그쳤었지요. 하지만 후에 국가에서는 중국과학원의 과학자들과 학자들에게 실제적인 성과를 낼 것을 촉구했습니다. 하이테크기업을 설립하여 중국의 전반 제조업과 국민경제에 활력을 부어넣으라고 주문한 것입니다.

이와 같은 배경에서 당시 저는 20여 명의 과학자를 데리고 직접 회사를 설립했습니다. 회사 설립 후, 지금에 이르기까지 16~17년은 중국경제가 가장 신속하게 발전한 시기였습니다. 더욱 중요한 것은 중국 제조업이 업그레이드 단계에 처해 있다는 것입니다. 이와 같은 배경에서 우리나라 제조업의 장비나 제조 패턴, 제조 수단 등은 큰 업그레이드를 필요로 했고, 이는 로봇의 발전에 훌륭한 공간을 제공해주었습니다.

천아이하이 : 그러니깐 신쏭은 개혁개방과 더불어 발전했고, 또 개혁개방의 성과를 끊임없이 보여주었다고 할 수 있지요. 지금 신쏭에 와서 총재님과 대면하게 되었으니, 평창올림픽에서 유명했던 '베이징의 8분'을 언급하지 않을 수 없습니다. 당시 이는 굉장히 많은 주목을 받았습니다. 어떻게 해낸 거죠? 그것은 현재 우리 중국 로봇산업의 일류 수준이나 최고 수준을 대표하고 있는 겁니까? 세계적으로 보면 우리는 현재 어떤 위치에 있습니까?

취다오쿠이 : 이번 평창 올림픽 폐막식 '베이징의 8분'은 완벽한 퍼포먼스를 선보였습니다. 우리는 이를 로봇 인공지능이라고 부릅니다. 이 프로젝트는 상대적으로 세계 최초라고 할 수 있습니다. 24대의 이동 로봇과 24명의 무용수에, 16개의 서로 다른 춤 동작과 함께 사운

드, 라이트 등이 어우러져, 완벽한 협업과 융합을 실현해야 했기 때문에 난이도도 전례 없이 높았습니다.

　여기에는 로봇 기술뿐만 아니라 로봇의 안전, 충돌 방지, 항법, 장애물 회피 등 다양한 기술이 있어야 합니다. 우리는 센서에서 시각, 적외선, 초음파, 레이저 등 다양한 감지 방법을 통합적으로 적용했습니다. 동시에 로봇 자체는 하나의 지능체입니다. 스스로 위의 명령에 따라 전체 운동계획을 세워야 할 뿐만 아니라, 현장과 사람의 관계, 다른 로봇과의 관계를 판단하고 실시간으로 조정해야 합니다. 그래서 여기에는 또 해당 네트워크 기술, 상호 연결 기술, 빅데이터, 클라우드 플랫폼 등 첨단 기술들이 하나로 통합되어야 합니다. 동시에 현장의 다양한 어려움과 불확실성을 극복해야 합니다. 저온, 빙판, 강풍 등 환경요인을 극복해야 하며, 동시에 각종 통신의 간섭은 물론 사람들의 간섭도 극복해야 합니다. 마지막으로 더 중요한 것은 국제무대에서의 프로젝트이며 시간은 8분에 불과하기에 조금의 실수도 허용하지 않는다는 것이었습니다. 마지막 문제는 앞의 기술문제보다 더 어렵다고 생각합니다. 이런 복잡한 환경에서는 여러 가지 불확실한 요소가 다 존재한다는 것은 주지의 사실입니다. 그래서 고장을 줄이거나 성공률을 보장하는 것은 가능한 일이지만, 이런 불확실한 상황에서 한 치의 오차도 없게 한다는 것은 정말 너무나도 어려운 일이기 때문입니다.

천아이하이 : 불확실한 요인이 너무 많으니까요.

취다오쿼이 : 그렇습니다. 불확실한 요인이 너무 많습니다. 따라서 이는 우리의 기술력을 반영할 뿐만 아니라 신쏭의 전체 제조, 품질 관리 및 관리 수준을 반영합니다. 최종 검사와 모니터링을 포함한 생산

과 제조, 기타 다양한 품질 보증 조치 및 신뢰성 보증 조치 측면에서 실제로 당시 거의 모든 것이 군용 제품 기준에 따라 수행되었습니다. 그래서 이 프로젝트는 이미 글로벌 선진 수준에 도달한 신쑹의 전반 로봇기술 수준을 보여주고 있는 것입니다.

로봇은 매우 유망하다

천아이하이 : 현재 신쑹은 이미 완전히 독립적인 지식재산권을 가진 산업용 로봇을 비롯하여 이동로봇, 특수로봇, 서비스로봇 등을 성공적으로 개발했습니다. 방금 언급한 이런 로봇들이 주로 어떻게 사용되는지 소해해주실 수 있습니까? 우리 일반인들은 산업용 로봇은 생산라인에 있고, 이동로봇은 물건을 옮기는 데 사용되고, 특수로봇은 지진에 견디고 재난을 구조할 수 있고, 서비스로봇은 차를 따르는 등 서비스를 제공한다고 이해하는데, 이렇게 이해하는 것이 맞습니까?

취다오쿼이 : 신쑹은 현재 글로벌 로봇기업 중 제품 라인이 가장 완벽한 기업이 되었습니다. 로봇의 최신 분류방식에 따르면, 우리는 제조업 로봇 즉 산업용 로봇이 있습니다. 다음으로 비제조업 분야의 로봇이 있는데 우리는 이를 특수분야 또는 특수환경에서 사용되는 로봇이라고 부릅니다. 이밖에 또 서비스로봇이 있습니다. 적어도 이 세 가지 범주 또는 영역이 있습니다.

제조업 분야에서도 과거처럼 단순히 산업 로봇팔에만 한정되는 것이 아니라 세 가지 부류로 나뉩니다. 하나는 우리가 산업 로봇팔이라고 부르는 것인데, 이것은 사람의 팔을 대신해서 여러 가지 현장작업을 하는 것입니다. 산업 로봇팔은 현장에서 용접, 운반, 조립, 도장 등

작업을 수행합니다. 그래서 이런 종류 로봇을 간단히 산업 로봇팔이라고 부르는 것입니다.

다른 한 가지 부류는 제조업에서 사람들의 다리를 대신하는 것이라고 이해할 수 있습니다. 우리는 이를 이동로봇이라고 합니다. 재료의 수송이나 운송을 담당하지요. 이 두 종류의 로봇 외에도 또 다른 종류가 있는데 최첨단 로봇에 해당합니다. 우리는 이를 청정로봇이라고 부릅니다. 이런 로봇은 우리가 생각하는 바닥을 쓸고 닦고 하는 거랑은 전혀 다른 로봇입니다. 이런 로봇은 진공 환경에서 작업하는데 이동할 수도 있고 로봇팔도 있습니다. 대표적인 것으로 칩 제조입니다. 칩 제조는 모두 진공 환경에서 이루어집니다. 이밖에도 디스플레이, 생화학과 제약, 생명과학 등 분야의 제조도 진공 환경에서 진행됩니다.

실제로 제조업은 제조환경에 따라 두 가지로 분류할 수 있습니다. 하나는 자연환경에서의 제조업입니다. 우리가 말하는 통상적인 산업용 로봇은 모두 자연환경에서 사용됩니다. 이를테면 자동차나 가전 등 제조를 들 수 있지요. 이런 제조업은 창문도 열 수 있는데, 환경적으로 특별한 요구가 없습니다.

천아이하이 : 사람들이 마음대로 들어갈 수 있겠네요.

취다오쿼이 : 맞습니다. 다른 하나는 첨단제조 영역인데, 자연 환경이 제조 요구 사항을 충족하지 못하기 때문에 인공 환경에서 진행되는 것입니다. 이는 매우 높은 청결도와 온도, 습도, 진공도를 요구하며, 따라서 우리의 다양한 장비가 이러한 특정 환경을 실현해야 합니다. 이런 환경에서 사용되는 각종 로봇은 자연환경에서 사용하는 로

봇과는 많이 다릅니다. 적용되는 소재부터 윤활이나 전동 등에 이르기까지 완전히 새로운 시스템입니다.

인공 환경에서의 이런 산업 로봇팔을 우리는 대기손(大气手), 진공손(真空手)이라고 부릅니다. 또 이동로봇이 있는데 환경이 서로 다르기에 그 기술과 실현방식에는 커다란 차이가 있습니다. 비유를 하자면, 사람이 지구에서는 아무런 제약도 없이 아주 자연스럽게 서있거나 이동할 수 있습니다. 하지만 달에 간다면 얘기가 달라집니다. 한 발자국 이동하는 데도 엄청난 첨단기술이 동원되어야 합니다.

제조업 분야 말고 또 다른 한 가지는 특수 환경로봇입니다. 말 그대로 항공, 우주, 수중 및 원자력 발전, 국방 안전 등 특수 환경에서 사용되는 로봇입니다. 이러한 환경은 우리 인류에게 있어서 생명의 금지구역이라고 할 수 있습니다. 태반은 우리의 생명에 직접적인 위협을 줄 수 있는 구역인데, 이러한 분야의 로봇 수요는 점점 더 커지고 있습니다.

또 한 가지는 서비스 분야입니다. 의료, 요양, 장애 보조, 재활, 교육, 사회 공공 서비스, 미래의 가정용 등을 포함합니다. 이와 같은 서비스 로봇 시장은 더 커지고 있습니다. 이는 또한 로봇 상호 교감, 네트워크, 데이터, 감지 및 지능과 같은 새로운 기술의 발전을 효과적으로 추진하게 될 것입니다.

추종하지 않고 리드하며, 모방하지 않고 창조한다

천아이하이 : 로봇산업은 제조업 왕관의 명주로 불리고 있습니다. 개혁개방 40년이 되는 시점에, '중국 제조'는 '중국 지능제조(智造)'로의 업그레이드를 위해 노력하고 있습니다. 혁신은 언제나 기업이

발전하기 위한 불가분의 요소입니다. 특히 요즘처럼 우리 기업들이 국제·국내적으로 엄중한 도전에 직면했을 때는 더 중요합니다. 국제적으로 보면, 요즘 우리가 어떤 분야의 기술이 있으면, 남들은 훔친 것이고, 억지로 양도받은 것이라고 합니다. 국내적으로 보면, 스마트 제조나 스마트 사회 같은 경제의 질적 향상을 요구하고 있습니다. 우리 기업들이 직면한 절박한 문제라고 할 수 있지요. 그렇다면 총재님은 이와 같은 혁신발전에 대한 계획이 있으십니까?

취다오퀘이 : 혁신은 실제로 기업에게 매우 중요한 요소입니다. 특히 오늘날에는 과거의 대규모 생산에서 이제는 진정으로 제품과 기술이 주도하고 차별화, 개인화, 맞춤화가 특징인 시대에 진입했으며, 이때 혁신이 기업의 주요 원동력이 됩니다. 우리 신쏭 역시 추종하지 않고 리드하며, 모방하지 않고 창조할 것을 권장하고 있습니다. 신쏭은 초창기부터 R&D와 혁신을 원동력으로 하는 회사였고, 지금은 더욱 그렇습니다. 우리는 주요 자원을 혁신적 R&D에 집중시키고 있습니다. 현재 전국적으로 혁신팀 구성원은 3,000명이 넘습니다.

국제적으로 봐도 로봇이라는 이 영역은 최고의 혁신팀을 필요로 합니다. 신쏭의 모든 제품은 다 지식재산권이 있습니다. 이러한 지적재산권이 있기에 우리는 현재 30개가 넘는 국가에 수출하고 있습니다. 우리는 이런 지식재산권을 바탕으로 경쟁력이 있는 제품을 만들어내고 최종적으로 시장에 내놓습니다.

또 하나 로봇이라는 이 업종은 우리가 남들을 모방하거나 남들의 기술을 가져오기가 아주 어렵습니다. 로봇이 초기에 서방국가에서 실제로 군수산업과 동일한 기술에 포함되었기 때문입니다. 그래서 당시에 아무리 많은 돈을 들인다고 해도 사올 수가 없었지요. 모방하려고 해도 해외에서 상응한 각종 데이터나 경험을 가져와야 하는데, 당시만 해도 '공산주의국가 수출 조정위원회'라는 것이 있어서, 중국으로의 기술수출이 봉쇄되었습니다. 나중에 이 위원회가 취소되었지만, 또 바세나르 협정이라는 게 생겼지요. 역시 사방 선진국들이 만든 건데, 여기에도 로봇 관련 기술의 대 중국 수출이 금지되어 있습니다. 살 수도 없고, 그냥 가져올 수도 없으니 스스로 혁신하고 스스로 발전해야만 합니다. 마침 신쏭은 혁신을 원동력으로 하는 기업이었지요. 신쏭의 십여 년간의 발전은 지속적인 혁신의 결과물이라고 할 수 있습니다. 작고 약하던 데로부터 크고 강해지는 발전과정이었지요.

천아이하이 : 그래서 우리는 지금 우리가 이룬 성취는 전적으로 자주적 혁신에 의해 얻어진 것이라고 당당하게 말할 수 있는 것이군요.

취다오쿼이 : 맞습니다. 특히 최근 몇 년 동안은 로봇 자체도 업그레이드 단계에 직면했습니다. 전통적인 산업 로봇팔이나 이동로봇은 데이터, AI, 네트워크 등과 융합하여 새로운 지능형 로봇 단계에 진입했으며, 동시에 많은 새로운 유형의 로봇이 발명되었습니다. 과거의 로봇은 인간과 다른 장비와 융합할 수 없고 협력할 수가 없었습니다. 반드시 "울타리 안에 가두어야" 했지요. 왜냐하면 그 속의 어떤 장비들은 안전성이 없었기 때문입니다. 그러나 이제는 제조업의 많은 생산라인에서 로봇과 사람이 함께 협동작업을 해야 합니다. 협동작업의 장점은 어디에 있을까요? 인간의 의사결정 능력과 지능을 충분히 발휘하고, 이를 로봇의 속도와 정확도 및 지칠 줄 모르는 효율성과 잘 결합시키는 것입니다. 지금은 로봇이 어느 정도 지능을 가지고 있지만, 사람과 비교하면 아직 거리가 멉니다. 순수 로봇이 자체적으로 작

업하면 지능의 한계가 있고, 또 순수 사람이 일을 하면 속도나 효율, 정확도에 한계가 있습니다. 그래서 지금 사람들은 또 어떻게 하면 사람과 로봇의 장점을 유기적으로 결합시켜 더 좋은 시너지 효과를 낼지를 고민하고 있습니다.

이를 실현하기 위해서는, 로봇이 또 새로운 요구를 충족해야만 합니다. 전통적인 로봇은 이런 작업을 수행할 수가 없습니다. 안전성 문제가 있고, 인간-기계 인터페이스(두 개 이상의 장치 사이에서 정보나 신호를 주고받는 경우의 접점(接點)이나 경계면. 또는 그 연결 장치.)에도 다양한 문제가 있기 때문입니다. 현재의 로봇은 이런 협력문제를 해결했습니다. 안전성 문제도 해결했고 인간-기계 인터페이스도 해결되었습니다. 신쏭은 이 방면에서 이미 글로벌 선두에 이르렀고, 우리의 많은 관련 제품들이 해외시장에 진출했습니다.

또 우리가 복합로봇(复合机器人)이라고 부르는 새로운 유형의 로봇이 있습니다. 방금 얘기 나눈 것은 산업 로봇팔과 이동로봇입니다. 이 두 가지는 각각의 특징이 있습니다. 산업 로봇팔은 여러 가지 작업을 수행할 수 있지만 이동을 할 수 없기에 고정된 장소에서만 작업이 가능합니다. 반면에 이동로봇은 이동할 수 있고, 재료의 운송이나 운반을 담당할 수 있지만 로봇팔과 같은 작업을 수행할 수는 없습니다. 이 두 가지는 모두 전문로봇입니다. 그렇다면 실제 생산과 제조과정에서 인간들처럼 이동하면서 동시에 작업도 가능한 형태의 로봇을 만들 수는 없을까요? 우리는 이런 고민에 기초하여 복합로봇이라는 개념을 제기했습니다. 즉 산업 로봇팔과 이동로봇을 하나로 연결하는 것입니다. 하지만 이는 단순히 두 개의 연결만을 의미하는 것이 아닙니다. 이는 제어방법 등 여러 방면에서 완전히 새로운 시스템을 필요로 하기에 아주 어려운 일이지요. 더 중요한 것은 충분한 안전성이 보장되어야 한다는 것입니다. 왜냐하면 인간과 같은 작업환경에서 이동하고 작업을 수행해야 하기 때문입니다. 이런 로봇은 이미 대량으로 국제시장에 출시되었는데, 국내시장뿐만 아니라, 국제적으로도 신쏭은 주도적인 지위를 점하고 있습니다.

첨단산업의 저급화를 경계해야 한다

천아이하이 : 2017년 전 세계 로봇시장의 규모는 230억 달러입니다. 중국 시장의 규모는 60억 달러로 4분의 1이 조금 넘습니다. 2012년부터 2017년까지 5년 동안 세계시장의 평균 성장률은 약 17%였는데, 같은 기간 중국 시장의 평균 성장률은 28%에 달했습니다. 우리의 시장 규모는 충분히 크고 우리의 발전 속도도 충분히 빠릅니다. 그런데 우리의 인공지능과 로봇기술의 발전수준이 실제로는 높지 않고, 또 로봇산업은 원가가 비교적 높은데다 상업화가 매우 어렵기 때문에, 전체 산업이 여전히 초기 단계라고 말하는 분들이 있습니다. 또 어떤 분들은 지난 몇 년 동안 로봇산업이 실제로 대량의 자본이 투자됨으로서 유지되었기 때문에, 우리나라의 로봇산업은 '첨단산업의 저급화(高端产业低端化)'를 초래했다고 하는데, 이런 견해에 동의하십니까?

취다오쿠이 : 중국은 2013년 이전까지는 국제 로봇시장에서 거의 무시당하는 국가였습니다. 비록 중국은 제조업 대국이었지만, 로봇의 응용과 로봇시장 용량 면에서는 싱가포르나 말레이시아에도 미치지 못했습니다. 그러나 2013년부터 중국이 갑자기 세계 로봇시장에서 최대가 되었습니다. 이것은 중국의 전체 제조 패턴에 큰 변화를 가져다 주었습니다. 왜냐하면 그 이전에는 노동집약형 산업이 위주였기 때문

에, 기업들이 이러한 첨단설비를 사용할 일이 별로 없었기 때문입니다. 이때까지만 해도 로봇과 같은 생산 및 제조 패턴의 필요성을 크게 느끼지 못했었습니다. 그러나 개혁개방 이래의 꾸준한 발전을 통해 중국의 제조업은 양적 성장은 물론 질적으로도 큰 변화를 겪었습니다. 로봇이 산업현장에 대량으로 투입되고 있다는 것은 우리의 제조 패턴이 큰 변화를 겪고 있음을 의미하는 것입니다. 과거의 노동집약형, 대량 생산, 규모만 추구하던 데서 이제는 유연하고 스마트하게 발전하기 시작했습니다.

2013년부터 2017년에 이르기까지 중국의 로봇시장은 4년 연속 고속성장을 이어갔습니다. 방금 말씀하셨지만, 세계시장의 평균 성장률은 약 17%였습니다. 그러나 중국은 2013년부터 2014년까지 53%의 성장률을 기록했습니다. 거의 50%대에 달했지요. 그리고 2015년과 2016년 2년 동안은 25%에서 26% 정도로 30% 미만의 성장률을 보였고, 2017년에는 58%를 넘겨 최고치를 기록했습니다. 따라서 실제로 이 몇 년 동안의 성장률을 통합적으로 계산하면 30%를 초과한 것입니다. 이는 중국이 세계 최대의 로봇시장이라는 것을 의미하며, 중국의 로봇산업이 최근 몇 년 동안 급속하게 성장했다는 것을 의미합니다. 2013년까지만 해도 중국에는 10개에서 20개 정도의 로봇기업이 있었는데 대부분은 규모도 작고 실력도 많이 부족했었습니다. 그러나 불확실하기는 하지만 2017년 말까지의 통계에 의하면, 중국에는 현재 6천 개가 넘는 로봇 관련 기업이 있습니다. 물론 모두 완성품을 생산하는 기업은 아닙니다. 소프트웨어나 공급망과 같은 하청 업체들까지 포함해서지요. 하지만 로봇 관련 기업이 6천여 개에 이른다는 것은 실제로 중국 본토에서 로봇산업의 발전이 매우 빠르다는 것을 방증하는 것입니다.

이제 두 번째 질문으로 넘어가지요. 기술적으로는 전체 프리미엄 시장에서의 점유율이 외국과는 아직 어느 정도 차이가 있을 수 있다고 하셨는데 이는 당연한 것입니다. 외국기업들은 이 분야에서 이미 수십 년 동안 꾸준히 발전해왔습니다. 게다가 다들 다양한 분야의 고객과 시장을 응용한 경험이 있는 다국적 회사들이기 때문에, 중국이 단기간에 따라잡기는 어려운 게 사실입니다. 하지만 실제로 최근 몇 년 동안 중국의 시장 점유율은 계속 확대되고 있습니다. 2016년에 중국은 이미 중국 본토 시장의 거의 3분의 1을 차지했습니다. 2017년에는 상대적으로 약간 뒤처졌지만, 해외 성장률이 처음으로 국내 성장률을 앞질렀습니다. 바로 브랜드 로봇의 성장률입니다. 이것은 새로운 변화라고 할 수 있지요.

그리고 또 하나 조금 전 '첨단산업의 저급화'를 언급하셨는데, 사실은 제가 4년 전에 했던 말입니다. '첨단기술의 저급화'를 경계해야 한다는 의미로 했던 말이지요. 이밖에도 '핵심 기술의 공심화(核心技術(空心化))'나 '고가 시장의 주변화(高端市場的边缘化)'를 경계해야 합니다.

제가 당시 '3화(三化)'를 경계해야 한다고 했던 데는 이유가 있었습니다. 중국시장이 매우 빠르게 발전하고 많은 기업이 이 분야에 진출했지만, 핵심 기술의 개발에서 우리는 더 많은 노력이 필요하다는 의미였습니다. 그렇지 않으면 나중에 시장은 더 커지고 산업도 더 성장했지만, 우리는 핵심기술을 확보하지 못해서 주저앉는 상황에 빠질 수도 있기 때문이었습니다. 그래서 '핵심 기술의 공심화'라는 개념을 제기했던 것입니다.

또한 로봇은 첨단기술 제품으로서 반드시 고부가가치를 지녀야 합니다. 나중에 가서 배추나 무 같은 가격으로 만들지 말아야 합니다.

왜냐하면 중국인들은 뭘 하든 낮은 원가를 중시하기 때문이지요. 저는 원가 절감을 해야 한다는 데는 공감하지만, 그렇다고 싼 가격에 판매하는 건 옳지 않다고 생각합니다. 중국인들은 원가가 낮지 않은데도 가격을 계속 내리려는 경향이 있습니다. 이렇게 되면 부가가치가 낮아지게 되는데 이는 결국 추가적인 연구개발이나 혁신에 방해가 되고, 지속적인 발전을 이룰 수 없게 되는 결과를 초래하게 됩니다. 그래서 저는 첨단기술이나 첨단제품을 저가상품으로 만들지 말아야 한다고 하는 것입니다.

또 한 가지 주의해야 할 점은 우리가 '고가 시장의 주변화'라고 부르는 것입니다. 로봇은 첨단기술을 적용한 첨단제품입니다. 이러한 첨단성은 최종적으로 어떻게 구현될까요? 어떤 부류의 고객을 상대하는지를 봐야 합니다. 이를테면 우리는 저가 고객만 상대하고, 외국에서는 고가 고객만 상대한다고 가정해봅시다. 그것이 바로 우리의 로봇제품과 남들의 차이인 것입니다. 안 그렇습니까? 그래서 저는 당시에 '3화'를 경계하고 이 세 가지 문제를 피해야 한다고 제기했던 것입니다.

천아이하이 : 그러면 그로부터 이미 몇 년의 시간이 흘렀는데, 왜 여전히 '3화'가 존재하는 거지요?

취다오쿠이 : 이 몇 가지 문제는 지금도 존재할 수 있지만, 중국도 엄청난 진보와 발전을 이루었습니다. 중국은 최근 몇 년 동안 여러 분야와 기업들이 이 산업에 동참했는데, 자신의 강점과 능력에 따라 선택한 것이 아닌 경우가 많습니다. 이 업계에 들어가야 할지 말아야 할지, 들어가면 어떻게 발전해야 할지를 제대로 고민해보지도 않은 채,

로봇이 첨단기술이고 거대한 시장이 있다니까, 또 여러 지방정부는 물론 국가까지 나서서 지원을 크게 하고 있으니까 일단은 저지르고 보자는 식으로 무작정 들어오는 경우가 많았습니다. 과거에 무엇을 했든 간에 무조건 머리에 로봇이라는 '모자'를 하나 쓰고 보자는 겁니다. 실제로 로봇과 아무런 관련이 없을 수 있는데도 말입니다. 따라서 시장과 전체 산업의 급속한 발전과 더불어, 악성경쟁이나 무질서한 발전, 낮은 수준의 반복과 같은 문제들이 여전히 나타날 수 있는 것입니다. 하지만 전반적으로 중국 로봇산업의 발전은 여전히 양호하다고 생각합니다.

또 하나 각각의 배경이 다르고, 각 기업이 갖고 있는 우위 조건도 다르기 때문에, 중국 로봇의 전체 산업과 분야의 발전은 매우 불균형한 것입니다. 신쑹과 같이 국제적으로 이미 선진적인 수준을 갖춘 상장회사도 있고, 10명이나 20명, 50명 정도의 소규모 기업도 있습니다. 로봇 관련 기업이 6천 개 이상이라고 하지만, 실제로 독자적인 지식재산권과 브랜드를 가지고 있고, 일정한 경쟁력을 갖춘 회사는 얼마 안 된다는 말입니다.

천아이하이 : 그렇다면 정말 얼마 안 되는군요.

취다오쿠이 : 그렇지요. 그만큼 시간이 많이 걸리는 산업입니다. 이 산업은 장기적인 축적과 성장을 필요로 합니다. 동시에 이런 경쟁을 통해 적자생존을 해야 합니다. 결국 큰 파도가 모래를 모두 씻어내야만 글로벌 일류회사가 탄생할 수 있습니다. 정부만 믿거나 일반적인 시장 역할만 믿는 것은 모두 문제가 있지요. 오로지 많은 시간과 노력을 투자해야만 합니다.

방금 또 자본시장에 대해 말씀하셨는데, 이 분야는 현재 열기가 매우 뜨겁습니다, 자본은 트렌드를 쫓는 경향이 많기 때문입니다. 요 몇 년 동안 많은 상장회사와 투자회사들이 로봇 분야에 진출하고 있습니다, 어떤 업체는 업종을 바꿔서 진출하고, 또 어떤 업체는 콘셉트 경영만 하고 있습니다. 전반적으로 단기효과만 추구하거나 브랜드효과만 추구하는 기업들은 이상적인 결과를 얻기가 힘듭니다. 저는 줄곧 로봇이 전형적인 '3고(三高)' 업종이라고 말해왔습니다. 기술집약도가 높고, 인재집약도가 높으며, 자본집약도가 높기 때문에, 매우 강도 높은 연구개발과 혁신 능력이 필요하고, 고급 인력들이 필요합니다. 물론 충분한 자금 투자는 필수적인 요소이고요. 그러나 적지 않은 업체들은 아무래도 로봇이라는 '모자' 만 얻기 위해 들어왔으므로 혁신과 인재 방면에서의 비축이 부족하고, 단기적인 효과에만 매달리게 됩니다. 실제 로봇은 정말로 눌러앉아 꾸준히 해야 합니다. 적어도 3년이나 5년은 꾸준히 노력해야 뭔가가 나올 수 있습니다. 과거 어떤 분야에서처럼 대량의 자금을 투입해서 뚝딱 해낼 수 있는 일이 절대로 아닙니다.

천아이하이 : 그렇습니다. 자본이 중요하기는 하지만 자본만 가지고 다 되는 건 아니지요.

취다오쿠이 : 맞습니다. 여러 가지 요소들이 융합된 결과물이지요. 단일한 한 가지 요소만 가지고 이 분야에서 성공하기는 어렵습니다. 더 중요한 것은 로봇의 기술혁신이 현재 아주 빨리 진행되고 있다는 점입니다. 3년이나 5년 동안 크게 바뀌지 않는 일반 제품과는 달리, 로봇은 반년이나 1년이면 벌써 업그레이드가 시작되는 산업이라는

것이지요.

로봇은 더 나은 삶을 제공한다

천아이하이 : 로봇이라고 하면 아직까지도 공업용 로봇들이 위주입니다. 물론 우리 생활과 직결되는 서비스로봇이 없는 것은 아닙니다. 아무튼 일반인들의 입장에서 가장 관심을 갖는 것은 우리들의 일상과 관계되는 로봇이죠. 누군가가 이런 말을 했습니다. "지금 사람들이 누구나 스마트폰을 갖고 있는 것처럼, 미래에는 누구나 다 스마트로봇을 갖게 될 것이다." 정말 기대되지 않나요? 그렇다면 지금 단계에서, 신쑹과 전체 중국의 로봇산업을 통틀어 어떤 트렌디의 로봇과 첨단 로봇이 있겠습니까?

취다오퀘이 : 방금 진에 로봇과 지능제조의 관계에 대해 이야기를 했습니다. 그리고 또 하나의 새로운 영역, 즉 인간의 삶에 직결되는 영역입니다. '로봇 + 생활방식'은 미래 사람들의 일상이 될 것입니다. 로봇은 사람들의 삶 속에 더욱 넓고 깊게 들어오게 될 것입니다.
　대표적으로 지금 중국에 절실히 필요한 것은 우선 우리들의 노후와 관련된 것입니다. 중국에는 이미 2억 3천만 명의 노인들이 있고 이 수치는 매년 빠르게 증가하고 있습니다. 동시에 장애인, 각종 공공 서비스, 교육, 미래의 의료건강, 가족 서비스 등과 관련된 로봇이 나올 것입니다. 로봇은 우리 생활 전체에 깊숙이 들어올 것이기 때문에, 미래의 로봇산업은 제조업보다도 더 방대할 것입니다. 아마도 현재 여러분이 잘 알고 있는 휴대폰이나 가전제품 시장보다 훨씬 더 클 것입니다.

그래서 미래의 가정들은 어떤 자동차를 갖고 있느냐보다는, 어떤 로봇을 몇 대 갖고 있느냐에 대해 이야기할 것입니다. 아이가 태어나면서부터 아이랑 놀아주는 교육용 로봇이 있을 것이고, 다양한 일상 서비스를 제공하는 로봇들이 있을 것이고, 늙으면 또 노후를 함께 보낼 여러 가지 로봇들이 있을 것입니다. 때문에 현재 세계적으로 서비스 로봇에 대한 많은 연구와 혁신을 진행하고 있습니다.

신쏭 역시 이 방면에서 포석을 깔고 있습니다. 현재 두 개의 큰 사업부가 있는데, 하나는 의료 사어부이고 하나는 서비스 사업부입니다. 이미 일부는 제품화되어 시장에 출시되고 있습니다. 우리의 요식업 로봇은 이미 식당이나 공공장소에서 종업원을 대신해 각종 음식을 배달하고 있습니다. 우리의 의료 분야의 재활로봇 등은 이미 각종 인증을 취득하는 단계에 있습니다. 의료장비의 인증은 까다롭고 엄격하기 때문입니다. 또한 우리의 돌봄로봇은 일부 양로원에서 소규모로 테스트되기 시작했으며, 법률업계에서도 로봇에 빅데이터를 적용하여 법률 자문을 수행하기 시작했습니다. 이러한 것들은 현재 신쏭의 투자와 자원 투입에서 아주 큰 부분을 차지하고 있습니다.

산업용 로봇이든 특수 로봇이든 매우 중요하지만, 우리 인간과의 관계는 상대적으로 멉니다. 서비스 로봇은 바로 우리 인류의 파트너이기 때문에, 로봇 발명의 원래 취지를 더 잘 반영할 수 있습니다. 로봇(Robert)이라는 단어는 체코의 작가 카렐 차페크가 맨 처음 제기했습니다. 원래는 인간의 노예라는 뜻이었습니다. 인간의 생활에 다양한 서비스를 제공한다는 의미가 되겠지요. 현재 기술의 발전과 더불어 로봇은 우리들의 생활과 점점 더 가까워지고 있지만, 아직도 일정한 시간이 걸릴 것입니다. 현재 수요는 있지만 로봇 기술의 한계로 인해, 현재까지 로봇의 기능은 실제로 여전히 우리의 요구 사항을 충족시키지 못합니다. 즉 인간이 로봇에 기대하는 것과 로봇이 현재 표현하는 능력 사이에는 여전히 큰 격차가 있습니다. 그래서 시간이 걸린다고 하는 것입니다. 3년이나 5년이 걸릴 수도 있고 더 많은 시간이 걸릴 수도 있습니다. 하지만 추세적인 관점에서 보면 서비스 로봇이나 소비 로봇의 미래는 그 역할이 아주 클 것이고 방대한 시장을 형성할 것이 분명합니다.

천아이하이 : 3년이나 5년이면 로봇이 일반 가정에 들어올 수도 있다고 하셨습니다. 일반 가정에서도 이런 '노예'를 부릴 수 있게 되는 것이지요. 그렇다면 좀 더 상상의 나래를 펼쳐서, 미래에는 로봇에게 차 한 잔을 끓여오되 녹차가 아니고 홍차를 원한다고 주문할 수 있는 겁니까?

취다오쿼이 : 이러한 기능은 우리들이 볼 때는 아주 간단한 기능에 해당합니다. 현재 로봇의 주요한 어려움 중의 하나는 로봇의 구조입니다. 우선적으로 보행능력이 필요합니다. 매우 유연해야 하고 장애물과 좁은 공간을 쉽게 넘나들어야 합니다. 장애물을 어떻게 넘을 것인가? 이는 구조적으로 아주 정교하고 유연한 설계를 필요로 합니다. 다음으로 로봇이 작업을 수행하려면 우리 인간처럼 유연한 손이 필요합니다. 현재 로봇은 많은 방면에서 인간보다 훨씬 우세합니다. 병원에서 로봇이 의사를 대신해서 진단할 때, 어떤 부분에서는 의사보다 정확도나 효율이 훨씬 더 높습니다. 왜냐하면 각종 병력이나 경험들이 입력된 빅데이트와 연결되어 있기 때문입니다. 하지만 등 마사지를 하거나 환자를 돌려 눕히는 등의 작업들은 현재 로봇이 하기에 힘듭니다. "잘 뒤집어가면서 스크램블을 해오세요"라는 주문은 현재로

서는 할 수 없습니다.

천아이하이 : 좀 맵게 해주세요.

취다오퀘이 : 맞습니다. 이런 인간과 같은 유연성과 민첩성은 현재로서는 실현하기 매우 어렵습니다. 그래서 로봇에는 역설이 하나 있습니다. 바로 '모라벡의 역설'입니다. 인간에게 쉬운 것은 로봇에게 어렵고 반대로 인간에게 어려운 것은 로봇에게는 쉽다는 역설이지요. 이를테면 복잡한 계산 같은 것은 로봇에게는 아주 쉬운 일이지만 인간에게는 어려울 수 있습니다. 하지만 세 살짜리 아이도 할 수 있는, 장난감을 갖고 놀거나 마음대로 뛰노는 일을 로봇은 또 어려워합니다. 로봇은 간단한 직립보행도 어려워하지만, 사람이나 동물에게 있어서 이는 본능입니다. 그래서 현재의 어려움은 여기에 있습니다. 바로 유연성과 민첩성입니다. 이를 로봇에 실현시키는 것은 아주 어렵습니다. 두 발로 걷는 것도 현재로서는 어려움이 많고, 바퀴식 보행밖에 할 수 없습니다.

그래서 저는 다음 단계 로봇의 발전에서 더욱 향상된 지능도 중요하지만, 더 중요한 것은 로봇의 신체라고 봅니다. 우리 인간의 신체처럼 그 구조, 소재, 제어 방법, 전동 방법 등 방면에서, 어떻게 진정으로 이러한 유연성과 민첩성을 실현할 수 있는지가 관건입니다. 오직 이러한 유연성과 민첩성을 갖추어야 여러 가지 복잡한 작업을 완성할 수 있습니다. 예를 들어 우리 인간이 두 손을 잘린다면 무슨 일을 할 수 있을까요? 거의 아무것도 할 수 없습니다. 로봇이 바로 이런 난처한 상황에 처해 있습니다. 진정한 손의 기능이 아직 없습니다. 기껏해야 우리가 로봇팔이라고 부르는 것이 있을 뿐이죠. 하지만 사람이 열

개의 손가락으로 해내는 정교한 작업을 로봇팔로 하기에는 역부족입니다. 아무튼 인간이 실현하기 어려운 많은 작업은 로봇에게 매우 쉽고 간단하지만, 반대로 인간이 본능적으로 하게 되는 일부 기본 동작과 능력은 현재로서는 로봇이 해낼 수 없습니다.

대   화 : 류용하오(刘永好)
대화시간 : 2018년 3월 14일
대화장소 : 중앙인민방송국(中央人民广播电台)
대 화 인 : 천아이하이: 중앙방송총국 '경제의 소리' 수석논설위원
          류용하오, 새희망그룹(新希望集团) 회장

류용하오(刘永好)

- 새희망그룹 회장, 전국정치협상회의 위원.
  전국정치협상회의 상무위원, 전국상공연합 부주석.
  중국광채사업촉진회(中国光彩事业促进会) 부회장 등 역임.
  중국 10대 민영기업가, 중국 개혁풍운인물.
  중국 10대 빈곤 퇴치 장원(中国十大扶贫状元) 등 칭호 획득.

업신여김을 받던 데서 존경을 받기까지

민영기업은 희망이 있다

천아이하이 : 개혁개방은 회장님과 같은 민영기업가에게는 큰 영향을 미쳤습니다. 회장님의 개인 경력과 기업의 발전 여정에서 보면, 개혁개방이 가져온 가장 큰 변화는 뭐라고 생각하십니까?

류용하오 : 우선 저는 민영기업가입니다. 1982년부터 사업을 시작했는데 그때는 소위 민영기업이라고 하는 게 없었지요. 그때는 자영업자라고 불렸는데, 사람들이 기피하고 경시하는 업종이었습니다. 직원을 구하기도 힘들었지요. 심지어 직원을 7명 이상 채용하면 안 된다고 경고하는 사람도 있었습니다. 7명까지는 사회주의고 8명부터는 자본주의가 되기라도 하듯이 말입니다.

1993년이 되자 민영기업은 크게 발전할 조짐을 보이기 시작했습니다. 덩샤오핑(邓小平) 동지의 남방 담화(南方讲话) 이후 저는 영광스럽게 전국정치협상회의 위원으로 당선되었습니다. 그 해에 15명의 민영기업가가 정치협상회의 위원으로 당선되었지요. 저는 또 인민대회당(人民大会堂)에서 「민영기업은 희망이 있다」라는 주제로 자유발언을 했습니다. 당시까지만 해도 민영기업이라는 것은 많은 사람들에게 낯선 단어였지요. 전국적으로 민영경제의 총 생산액은 수천 억 위안에 불과했습니다.

지금은 완전히 바뀌었습니다. 현재 민영경제는 중국 GDP의 60%를 차지하고 취업의 80% 이상을 담당합니다. 중국 500대 기업, 세계 500대 기업에도 이름을 올렸지요. 오늘날 국가는 민영기업을 더 중시하고 차별시하지 않으며, 민영기업의 재산권을 보호해주고 있습니다. 총서기도 '친하면서(亲)', '깨끗한(清)' 정치·상업관계(政商关系)를 제시했습니다. 19차 당 대회 보고에서도 우리 기업가들을 더욱 지지하고 격려하며, 기업가정신을 발전시켜야 한다고 했지요. 이러한 것들은 우리에게 아주 큰 격려가 됩니다.

농민을 부유하고 활기차게 하다

천아이하이 : 개혁개방에 대해 감회가 깊다는 것을 느낄 수 있군요. 그렇다면 개혁개방 40년이라는 이 중요한 시점에, 회장님이 가장 관심을 가지는 것은 무엇입니까?

류용하오 : 우선 저는 민영경제의 건강한 성장에 큰 관심을 가지고 있습니다. 왜냐하면 저 역시 민영기업가이기 때문입니다. 다음으로

저는 농업발전에 관심이 있습니다. 왜냐하면 저는 농업에 종사하기 때문입니다. 우리나라의 개혁개방은 농촌에서 먼저 시작되었습니다. 첫 번째 단계에서는 농촌과 농민들이 도시보다 더 빨리 발전했지만 이후 도시경제가 빠르게 발전하여 오늘날에는 도시경제가 아주 좋은 발전을 이루었습니다. 하지만 농촌경제는 여전히 상당한 격차가 있습니다. 마침 2018년 국가가 농촌진흥을 위한 시간표를 제시했습니다. 그리 길지 않은 시간 내에 농업현대화를 실현한다는 청사진입니다. 이는 농업에 종사하는 우리 기업인들에게 큰 힘이 되고 있습니다.

천아이하이 : 그렇습니다. 농촌 진흥 전략의 제기는 농촌과 농업, 농민들에게 희망과 신심을 주었습니다. 중앙에서는 이미 농촌진흥 전략을 기성사실화 했습니다. 그렇다면 이런 전략을 구체적으로 누가 어떻게 추진한다는 겁니까?

류용하오 : 국가는 농촌진흥을 위한 큰 전략을 제시했습니다. 저는 농촌진흥은 우선적으로 정책에 의존해야 한다고 생각합니다. 정책이 매우 중요합니다. 개혁개방 이전에도 땅은 이 땅이었고, 하늘은 이 하늘이었고, 사람도 이 사람들인데, 식량이 부족해서 식량 배급표까지 발급했습니다. 하지만 오늘날 농사짓는 사람은 많이 줄었지만 식량은 충분할 뿐만 아니라 오히려 남아돕니다. 다음으로 투자가 중요합니다. 국가는 수자원 관리, 도로, 교통 등 기반시설 투자를 늘려야 합니다. 산업에 대한 투자는 국가 차원에서 나서야만 하지요. 그런데 제가 보기에 이것보다 더 중요한 게 있습니다. 바로 이런 일들을 할 사람이 필요하다는 것입니다. 그동안 도시 수입이 농촌보다 훨씬 높았기에 농촌의 수많은 중년과 청년들이 도시로 이동해서 새로운 도시인이 되

었습니다. 농촌의 노동력 구조는 '공심화(空心化)' 현상이 나타났고, 농촌에는 주로 노인들과 어린이들만 남아있습니다. 하지만 현대농업과 농촌 활성화는 이러한 노인들에만 의존할 수 없습니다. 젊고 새로운 기술을 가진 사람들이 있어야 하며, 연수나 사회 교육을 받은 사람들이 있어야 한다고 생각합니다.

과거 오랜 시간 동안 우리는 농업에 종사하는 이 집단을 '농민'이라고 불렀고, 더러는 '노농민(老農民)'이라고 불렀습니다. '노농민'은 좋은 이미지를 가지고 있습니다. 부지런하고 착실하다는 이미지입니다. 이는 좋은 것입니다. 하지만 '노농민'은 현대적이지 못하고 가난하며 뒤떨어졌다는 이미지도 있습니다. 저는 현대농업의 발전은, 트렌디하고 현대적이며 수입도 괜찮으며, 도시인들에게 뒤떨어지지 않는 신형의 농민과 농촌기술자들을 많이 배출해낼 것이라고 생각합니다. 이런 사람들을 겨냥하여 저는 '그린칼라'라는 새로운 단어를 제안합니다. 즉, 우리 도시에는 '골드칼라', '블루칼라', '화이트칼라'가 있으니 농촌에는 '그린칼라'가 있어야 한다는 것입니다. 첫째, 그들은 녹색산업에 종사하지요. 식품, 고기, 계란, 우유, 야채, 곡물 등 생산에 종사하는데, 이것들은 사람들의 생명과 관련이 있습니다. 따라서 저는 매우 친환경적이고 가치가 있다고 생각합니다. 둘째, 그들은 하루 종일 햇빛과 대지와 접촉하면서 친환경 제품을 생산하면서 동시에 친환경 생활을 즐깁니다. 셋째, 우리 농촌의 진흥은 젊고 활기차고 시대적이며 부유한, 새로운 유형의 농민 그룹을 필요로 합니다. 저는 이 부분의 농민 그룹을 '그린칼라'라고 부르는 것이 적절하다고 생각합니다. 그래서 저는 많은 농민들의 의견을 구했고 일부 전문가와 시민들의 의견을 구했는데, 모두가 '그린칼라'라는 개념이 아주 좋다고 공감을 표했습니다. 바로 친환경적이고 건강한 일에 종사할 뿐만 아니라, 도시인들과 똑같이 부유하고 트렌디하고 활기가 넘치는 그런 농민상이라고 할 수 있습니다.

누가 '그린칼라' 가 될 것인가?

천아이하이 : 저도 회장님의 이 '그린칼라' 개념이 매우 새롭고 깊은 의미가 있다고 생각합니다. 그러나 적어도 현재로서는 농촌지역의 발전이 그다지 좋지 않습니다. 우리 사회의 주요 모순 중, "불균형하고 불충분한 발전" 이라는 것은 "도시와 농촌발전의 불균형"과 "농촌발전의 불충분' 을 포함하고 있습니다. 우리는 이런 현실을 고려하지 않을 수 없지요. '그린칼라' 라는 개념을 제시하셨는데 그렇다면 대체 누가 '그린칼라' 가 될까요?

류용하오 : 우리나라는 지난 수십 년 동안 많은 농업 관련 전문대학과 전문학교가 있었는데, 농업경제나 농업기술 등 농업과 관련된 많은 전문인력을 양성해냈습니다. 그런데 제가 조사를 해보니까 많은 농업 전공자들이 졸업 후 도시산업으로 전향하고 있더라고요. 전향하는 거야 어쩌면 당연한 일이지만, 이렇게 반 가까이 사람들이 전향하는 건 좀 안 좋은 것 같습니다. 그렇다면 농업 전공자들이 왜 전향할까요? 주로 도시의 소득이 농촌보다 높기 때문입니다. 물론 도시의 경제상황이나 생활상황이 농촌보다 낫기 때문이기도 합니다. 그래서 가능한 방법을 동원하여 이런 농업 전공자들을 '삼농'[36] 영역으로 인도하라고 국가에 건의를 하고 싶습니다.

다음으로 이전에 농업을 전공했다가 도시로 들어간 사람들을 다시

---

36) 삼농(三農): 농업, 농촌, 농민을 아울러 이름.

'삼농'으로 되돌려, 신형의 '그린칼라'가 되게 할 수 있지 않느냐 하는 것입니다. 그러기 위해서 가장 중요한 것은 농업 종사자들의 수익을 도시산업에 종사하는 것과 같은 수준으로 향상시키는 것입니다. 농촌에서 '그린칼라'로 현대적인 재배업이나 양식업에 종사하면서 더 나은 수익을 얻을 수 있다면, 누군들 돌아가고 싶지 않겠습니까? 그렇게만 된다면 농업 전공자들은 물론, 일부 도시 사람들도 농업에 종사하기를 원할 것입니다. '삼농'은 수익도 높고 친환경적이며 자랑스러운 일이라는 그런 사회적인 공감대를 형성하는 것이 필요합니다.

천아이하이 : 새희망그룹은 주로 농업생산에 종사하고 있습니다. 지난 몇 십 년 동안 새희망그룹은 거대한 사회적 가치와 상업적 가치를 실현했고, 중국의 '삼농'에 새로운 희망을 주고 있습니다. 여기에는 회장님이 제기한 '그린칼라'라는 개념도 포함됩니다. 즉 농민들도 도시의 '골드칼라'나 '블루칼라', '화이트칼라'처럼 자신감과 자긍심을 갖게 하는 것입니다. 이는 중앙에서도 강조하고 있습니다. 바로 농민들이 사회적 존경을 받도록 한다는 것입니다. 그렇다면 새희망그룹은 이 방면에서 어떤 계획이 있습니까?

류용하오 : 더 많은 '그린칼라'가 현대 농업건설에 참여하도록 촉진하기 위해 우리는 5년 동안 10만 명의 신흥 농민과 농촌 기술자를 양성하는 계획을 세웠습니다. 우리는 전국의 빈곤지역과 농업지역에서 일부 청년, 중년 인력이나 도시로 진출했다가 귀향한 농민 인력들을 모집하여 강습을 받도록 할 것입니다. 우리는 오프라인 교육, 현장실습 및 온라인교육을 통해 이 10만 명의 신흥농민과 농촌기술자가 새로운 현대농업 기술을 습득하여 현대농업의 발전을 촉진시킬 수 있기

를 바랍니다. 그래서 저는 국가에서 해당 정책을 많이 내놓기를 바랍니다. 우리 기업들이 적극적으로 투자할 수 있고, '그린칼라'들이 적극적으로 현대농업에 참여할 수 있도록 말입니다. 저는 중국의 현대농업이 매우 유망하다고 생각합니다.

천아이하이 : 앞으로 5년 동안 10만 명의 '그린칼라'를 양성할 것이라고 하셨지만, 중국 전체 농업인력으로 볼 때 10만 명은 여전히 매우 적은 수량입니다. 그렇다면 10만 명 양성 이후 새희망그룹은 또 어떤 계획을 갖고 있나요? 혹시 다른 업체들과 협력하여 함께 이 일을 할 계획은 있으신가요?

류용하오 : 우리 그룹은 5년 동안 10만 명의 '그린칼라'를 양성할 계획인데 이는 그리 많은 숫자는 아닙니다. 일단은 우리가 선도적인 역할을 하고, 더 많은 기업가들이 여기에 참여하기를 바라고 있는 것입니다. 사실 적지 않은 기업가들이 적극적으로 움직이고 있습니다. "여러 사람이 힘을 합쳐 땔감을 모으면 불꽃이 거세어진다."는 말이 있지요. 더 많은 기업이 참여하게 되면 더 많은 사람을 양성하게 되겠죠. 국가가 관심을 갖고 기업가들이 적극 참여하는 그런 패턴이 형성된다면 우리의 현대농업 발전은 더욱 좋아질 것입니다.

빈곤 퇴치에는 새로운 방법이 있다

천아이하이 : 시진핑 총서기는 당의 19차 당 대회에서, 빈곤층과 빈곤지역을 전국과 함께 전면적인 샤오캉(小康)사회로 진입시키는 것이 우리 당의 엄숙한 약속이라고 밝혔습니다. 2020년까지 현행 기준

의 농촌 빈곤층이 빈곤에서 벗어날 수 있도록 한다는 것입니다. 새희망그룹도 빈곤 퇴치를 위해 많은 탐색을 하고 있는 것으로 아는데, 구체적인 사례를 말씀해 주실 수 있을까요?

류용하오 : 2017년 말, 전국공상업연합회(全国工商联)와 중앙통일전선부(中央统战部)는 쓰촨(四川)성의 량산(凉山)을 찾아갔습니다. 그곳에서 수백 명의 기업가들이 2,000억 이상의 자금을 투자하여 경제발전과 빈곤퇴치사업을 하기로 한 것입니다. 우리도 현지와 협약을 맺고 20억 위안을 투자해 량산과 주변에 60만 마리의 돼지를 키우기로 했습니다. 돼지 60만 마리를 키우기 위해서는 100여 개의 양식장을 건설해야 하지요.

우리는 '1+1+1+N'의 빈곤퇴치 정책을 실시했습니다. 이른바 '1'이라는 것은 당지 지방정부가 지지하고, 농촌마을이 집단적으로 참여하며, 우리의 기업이 주체가 되어 여러 금융기구들을 연합하는 것입니다. 즉 여러 개의 '1'이지요. 'N'은 N개의 빈곤지역의 농민친구들을 의미합니다. 이러한 N개의 빈곤지역의 농민친구들이 국가가 주는 빈곤퇴치 특별기금을 자본금으로 이 시스템에 투자하여 배당에 참여하도록 한다는 것입니다. 동시에 우리는 일부 빈곤지역의 농민들을 선별하여 회사에서 양돈 작업에 참여하도록 할 것입니다. 그러면 돼지 사육을 통해 연간 2만 위안 이상의 수익을 올릴 수 있으며, 수천 위안의 배당금까지 추가로 받을 수 있습니다. 이처럼 산업을 발전시켜 빈곤을 퇴치하는 방식은 지속가능한 훌륭한 모델이라고 생각합니다.

천아이하이 : 이처럼 좋은 모델이라면 전국적으로 보급할 가치가 있지 않습니까?

류용하오 : 실제로 우리는 돼지 사육을 통해 빈곤지역의 빈곤퇴치를 돕고 돼지 사육을 통해 현대농업을 발전시키는 길을 전국적으로 마련했습니다. 쓰촨(四川)성뿐만 아니라 산시(陝西)성, 꿰이쩌우(貴州)성, 윈난(云南)성, 산동(山東)성, 허빼이(河北)성을 포함한 많은 곳에 이러한 시설이 있습니다.

우리는 현대 양돈 발전계획을 세웠습니다. 이 계획에 따라 우리는 전국적으로 양식업에 적합한 지역을 선정하여 현대화 양돈시스템과 양금(養禽)시스템을 구축할 것입니다. 이는 또 우리의 식품가공 시스템, 콜드체인 시스템 등과 결합되어 농촌의 빈곤가정과 도시의 소강(小康)생활을 연결시킬 것입니다. 우리는 멜대의 역할을 한다고 할 수 있습니다. 한쪽에는 농촌의 현대화를 위한 농업발전을 짊어지고, 다른 한쪽에는 계속 업그레이드 되는 도시의 수요를 짊어지는 것이지요.

천아이하이 : 이 '멜대' 의 역할이 아주 중요한 것 같습니다. 계획이 아주 주도면밀하고 포괄적입니다. 그렇다면 농업 전체를 포함하는 산업사슬의 관점에서 돼지와 가금류를 기르는 것 외에도 할 일이 많을 것이라고 생각합니다.

류용하오 : 아주 좋은 생각입니다. 량산(凉山)은 산초 재배에 적합합니다. 이미 백만 묘(畝) 이상의 산초 재배를 추진하고 있습니다. 얼얼한 맛을 내는 산초는 쓰촨요리(川菜)에 빠질 수 없는 재료입니다. 량산의 빈곤지역에서 재배한 산초를 "어떻게 하면 팔 수 있을까?" "어떻게 하면 좋은 가격을 받을 수 있을까?" "어떻게 하면 이런 재료를 활용하여 도시의 요리를 더 맛있게 할 수 있을까?" 우리는 이런 문

제를 고민하고 해결해야 합니다. 우리의 빈곤 퇴치와 직결되는 문제이지요.

천아이하이 : 빈곤을 퇴치할 뿐만 아니라 아름다운 생활에도 기여한다는 것이군요.

류용하오 : 맞습니다. 위에서 언급한 산초, 고추, 채소, 고기, 계란, 우유 등은 우리의 빈곤 퇴치와 결합할 수 있습니다. 우리의 관련 공장이나 새로 설립한 회사들은 빈곤지역의 젊은이들을 우선적으로 채용해야 합니다. 그들을 훈련시켜 취업하게 함으로써, 급여를 받을 수 있게 해야 합니다. 이렇게 우리의 농업 산업과 빈곤 퇴치를 결합할 수 있는 것이지요. 이는 새로운 방향입니다.

민영기업에 대한 인식은 사회 진보를 반영한다

천아이하이 : 회장님은 중국의 개혁개방 초기인 1982년부터 사업을 시작했습니다. 남들이 업신여기던 자영업자로 시작해 지금은 존경받는 어엿한 민영기업가가 되었지요. 개혁개방 40주년을 맞이하여, 자신의 심정을 어떻게 표현하시겠습니까?

류용하오 : 우리는 처음에 1,000위안으로 사업을 시작했는데, 가장 힘들 때에는 그냥 강에 뛰어들고 싶다는 생각도 했었습니다. 오늘날 우리는 1,000억 위안 이상의 규모를 가지고 있으며 연간 1,000억 위안 이상의 매출을 올리고 100억 위안 이상의 세금을 납부하고 있습니다. 중국 최대의 육류, 계란 및 우유 생산 기업으로 성장했으니 상당한 진

전이 있었다고 할 수 있습니다. 개혁개방 40년 동안 민영기업이 무에서 유를 창조하고 점차 성장하는 이 과정은 우리나라의 개혁개방이 이룬 성과를 말해준다고 생각합니다. 우리 민영기업은 개혁개방 정책의 참여자이자 건설자이자 수혜자이기 때문에 우리는 이 개혁개방 정책에 감사하며 이런 기회를 준 것에 감사합니다. 개혁개방이 없었더라면 우리 민영기업이라는 그룹이 있을 수도 없고, 우리가 이곳에 앉아 우리 기업의 발전에 대해 여러분과 이야기할 수도 없었겠지요. 지난 40년간 민영경제가 점차 성장해나가면서 국가와 사회에 공헌했을 뿐만 아니라, 시장과 사회, 백성들의 인정도 받았습니다. 이는 우리 사회의 진보를 반영하는 것이라고 생각합니다.

대　　화 : 위류펀(余留芬)

대화시간 : 2018년 11월 21일

대화장소 : 꿰이쩌우(贵州)성 판저우(盘州)시 위니(淤泥)향 옌버(岩博)촌

대 화 인 : 천아이하이: 중앙방송총국 '경제의 소리' 수석논설위원
위류펀, 꿰이쩌우인민소주(贵州人民小酒) 회장

위류펀(余留芬)

- 꿰이쩌우(贵州)성 판저우(盘州)시 위니(淤泥)향 옌버(岩博)촌
당지부 서기, 꿰이쩌우인민소주(贵州人民小酒) 회장, 17차, 18
차, 19차 당 대회 대표, 전국우수공산당원, 전국3,8홍기수 표병
(全国三八红旗手标兵), 2018에 전국 빈곤탈출돌파전(脱贫攻
坚奖) '분투상(奋进奖)'과 '중국10대농민' 칭호를 받음.

우리는 한 방울의 술도 양심 것 빚는다

좋은 정책은 우리를 성장시키는 힘이다

천아이하이 : 회장님은 17차, 18, 19차 당 대회 대표이십니다. 사실 전부터 이미 높은 인지도를 가지고 계셨다고 할 수 있지만, 제가 느끼기에 회장님을 더욱 유명하게 만든 것은 2017년 19차 당 대회에 참가한 것입니다. 오늘 그때를 떠올리면 지금 생각해도 너무 기억에 남죠?

위류펀 : 그렇습니다. 지금 생각해도 어제 일 같습니다. 한 마디 말이나 하나의 동작까지도 아직도 눈앞에 선합니다. 저에게는 많은 것을 느끼고 배울 수 있는 일생일대의 기회였지요. 그래서 저는 항상 감사하는 마음을 가지고 항상 더 열심히, 더 소중히 이런 기회를 잘 잡아야 한다고 스스로에게 말하고 있습니다.

천아이이하이 : 회장님과 마을 사람들이 열심히 분투하고 노력했습니다. 저는 이것이 사실 좋은 보답이 될 것이라고 생각합니다. 다시 말해 회장님이 많은 사람들을 데리고 가난에서 벗어나 부자가 되는 길에서 이렇게 든든한 발걸음을 내딛지 않았다면, 17차에서 19차까지 연속해서 대표로 선정될 수 없었을 것입니다. 2001년에 옌버촌 당지부 서기가 되신지 17년이 되었습니다. 그동안 해온 일들에 대해 말씀하실 만한 것이 꽤 많으시겠지요?

위류펀 : 옌버촌의 수년간의 발전에 제가 약간의 공헌을 한 것은 사실입니다. 하지만 이는 마을 사람들이 저에 대한 무한한 신뢰와 갈라놓을 수 없습니다. 그런 믿음이 있었기에 저는 끊임없이 해야겠다고 생각하게 되었고, 끊임없이 자신을 고무하고 격려할 수 있었으며, 멈출 수 없다는 그런 신념이나 용기를 가질 수 있었습니다. 아래에 세 단락으로 나누어 이 과정을 이야기하려고 합니다.

제가 가장 감명 깊게 느낀 것은 여자라는 신분이었습니다. 옌버촌에는 역대로 여자가 당지부서기가 된 적이 없었습니다. 제가 제1대 여자 당지부서기로 선정되었을 때도 많은 남자들이 받아들이지 않았습니다. 사실 그때 저는 인정할지 안 할지는 두고 봐야 안다고 생각했습니다.

천아이이하이 : 사실이 증명할 테니까 말입니다.

위류펀 : 그렇습니다. 저는 우선적으로 길부터 닦아야 한다고 느꼈습니다. 길이 통해야 산골에서 벗어나 멋진 바깥세상을 구경할 수 있으니까요. 마을의 적지 않은 노인들은 평생 이 산골을 벗어나보지 못

했습니다. 제가 맨 처음 당지부서기를 맡았을 때는 돈도 없고 사람도 없고 경험도 없었습니다. 이건 제 앞에 놓인 몇 가지 난관이었지요. 그래서 돈이 없으면 스스로 돈을 내고, 사람이 없으면 스스로 팀을 만들고, 방법이 없으면 스스로 방법을 찾기로 했습니다. 동시에 사람들을 찾아다니며 끊임없이 묻고 끊임없이 토론했습니다. 결론적으로 말하면, 어떤 일이든 하려고 하는 의지만 있으면 어려움은 어떻게든 극복할 수 있는 것입니다. 성공적으로 길을 닦은 것은 제가 가장 먼저 한 일입니다. 첫발을 내디뎠으니 다시 되돌릴 방법이 없고, 계속 앞으로 나아가야 한다고만 생각했습니다. 반드시 한 단계 더 올라가야겠다고 생각했지요. 길을 닦은 것은 외출하기 편할 뿐이지, 우리의 빈곤 문제를 해결한 것은 아닙니다. 그러면 어떻게 빈곤에서 벗어날 수 있을까요? 산업만이 빈곤에서 벗어날 수 있다는 생각이 들었습니다. 그래서 그 방면으로 끊임없이 방법을 강구했습니다.

어떻게 할 것인가? 옌버촌은 어떤 길로 나아가야 할까? 지는 비닐하우스도 도입해보고 채소 재배도 하면서 밭에서 할 수 있는 여러 가지 방법들을 강구해보았습니다. 하지만 이 지역의 땅은 척박하고 경사도도 커서 농사에만 의존하기에는 한계가 분명했습니다. 그래서 이곳의 특색을 살려서 가공업과 양식업을 하게 되었지요. 저는 과감하게 실험해보고 체험했습니다. 백성들과 마을 간부들에게는 제가 한다고 한 것은 꼭 해낼 것이라고 했습니다. 혹시라도 손해를 본다면 제가 다 떠안을 것이라고 했지요. 왜냐하면 당시 우리 집은 조건이 상대적으로 좋았고, 어쨌든 그때는 투자도 그리 많지 않을 거라고 생각했기 때문입니다.

천아이하이 : 기껏해야 스스로의 생활이 조금 더 궁핍해질 뿐이라고

생각했군요.

위류펀 : 그렇습니다. 재산을 탕진하는 한이 있더라도 한 번 해봐야 겠다고 결심했습니다. 이것은 제가 한 첫 번째 일입니다.

두 번째로, 마을 간부의 일을 해보니 길을 닦든, 산업을 일구든, 뭘 하든 인심을 얻는 것이 무엇보다도 중요했습니다. 어떻게 민심을 얻 을까요? 저는 마을 사람들이 어떤 어려움이 있으면 제 집 일처럼 발 벗고 나섰습니다. 마을에서 어느 아이가 학교에 갈 수 없으면, 그 원 인을 자세히 파악해서 해결해줬고, 누가 병이 났는데 병원에 갈 형편 이 못 되면, 제가 직접 차를 몰아 병원에 데려가고 치료비를 냈습니 다. 당시만 해도 우리 이곳에서는 꿰이양(贵阳)보다 윈난(云南) 쪽으 로 가는 것이 더 가까웠습니다. 그래서 환자를 데리고 윈난으로 가서 큰 병원 세 곳을 돌아다녔는데, 무릎을 꿇고 의사에게 사정하는 거 빼 고는 할 수 있는 걸 다 했습니다.

천아이하이 : 힘들게 하셨군요.

위류펀 : 그리고 병원 사람들에게 그는 내 가족도 아니고 내 친구도 아니고 단지 같은 마을 사람일 뿐이라고, 그가 내 도움이 필요해서 도 와주고 있는데 보답을 바라는 것도 아니라고, 그가 지금 큰 병을 앓고 있는데 스스로 병원에 찾아올 여력이 안 되어서 내가 데리고 왔다고, 당신들이 가능한 빨리 그를 진찰해 주길 바란다고 구구절절 이야기했 습니다.

또 어느 한 사람은 외지에 나가 사업을 벌이다가 실패해서 수백만 위안의 빚을 지고 돌아왔습니다. 저는 당시 그를 도와 원금 40만 위안을 우선적으로 갚아줬습니다. 그리고 그 뒤로 갚아준 돈이 총 100만 위안이 넘습니다.

이런 것들이 비교적 큰일이라고 할 수 있습니다. 그리고 세세하게는 누구네 집에서 돼지를 사지 못하면 대신 사줘서 키우게 하고, 누구네 집에서 연로한 부모와 자식 간에 분쟁이 생기면 나서서 조율해주는 등의 일들을 해왔습니다.

그래서 몇 년 동안 사실 제가 힘들 때, 내가 어려움에 처했을 때, 그들은 정신적으로 나를 지지해줬고, 내가 아무리 어려운 일을 당해도 그들은 늘 내 편이 되어주었습니다. 제가 아직 운전 기술이 미숙할 때, 한 번은 혼자서 운전하다가 도랑에 빠진 적이 있었지요. 제가 어찌할 바를 모르던 참에, 마을 사람 100여 명이 자발적으로 모여들어 지렛대 하나 없이 제 차를 도로로 들어 올렸던 기억이 지금도 생생합니다. 저에게 있어서 잊을 수 없고 감동스러운 일이지요. 우리의 대중과 우리 백성들은 반드시 진심으로 대하고 섬겨야 합니다. 그래야 그들도 똑같이 우리를 대하기 때문입니다.

우리 페이쩌우의 이 산골은 18차 당 대회 이후, 천지개벽의 변화가 생겼습니다. 우리 페이쩌우 각급 지도자들의 발전 관념이 많이 바뀌었고, 우리 기층에 대한 관심도 대단했습니다. 국가에서는 우리 민영 기업에 대한 좋은 정책도 많이 내놓았습니다. 저에게 발전할 수 있는 무대와 공간을 마련해주었지요. 저는 2005년부터 지금까지 매년 여러 가지 표창을 받고 있습니다. 중앙에서 지방까지 1년에 몇 번씩 저에게 상을 수여하고 있는데, 이것도 당과 정부가 끊임없이 저를 격려하고 좋은 길, 바른 길로 인도하는 것이라고 생각합니다. 솔직히 그런 것들이 없었다면 저는 10년에서 20년을 더 분투해야 했을 수도 있고, 지금처럼 될 수도 없었을 것입니다.

사실 우리 마을은 2001년부터 2011년까지 10년 동안 많은 일을 해 왔음에도 불구하고 발전이 좀 더뎠습니다. 우리가 기초를 다져온 10년이라고 할 수 있지요. 그리고 2011년부터 2018년까지 8년 동안 우리가 양조장을 확장하면서 대규모 생산을 이루었는데 이것은 큰 진전이었지요. 특히 19차 대회 이후, 우리의 매출은 수십 배에서 수백 배까지 증가했습니다. 공장이 발전하면서 우리는 다른 산업도 이끌었습니다. 이를테면 술 생산의 원재료인 고량 재배입니다. 우리는 협동조합을 통해 고량을 재배하고 있는데, 고량을 재배하는 인구만 6,800명 이상입니다.

천아이이하이 : 그러니까 옌버촌 말고도 주변의 다른 마을 사람들까지 이끌었다는 것이군요?

위류펀 : 맞습니다. 판저우(盘州)시 전체를 아우르고 있는 것이지요. 우리의 생산은 아직 정점에 도달하지 못했습니다. 예를 들어 앞으로 우리는 5만 묘(畝)를 심고 10만 묘를 심을 수 있습니다. 그러면 판저우시뿐만 아니라 류판수이(六盘水)시[37] 전체가 될 것입니다. 우리가 생산하는 고량주는 수백 명의 일자리를 만들어냈고, 양조 과정에서 나오는 술지게미는 또 축산업과 농작물 재배를 이끌어내고 있습니다. 축산업으로 말하자면, 우리는 술지게미를 가공하여 가축 사료로 사용하고 이러한 축산업을 바탕으로 또 소시지를 만드는 등 가공 산업을 발전시키고 있습니다. 농작물 재배로 말하자면, 우리는 유기비료를 생산해서 고량·배·키위·석류·호두 등의 재배에 사용하고 있습니다. 심지어는 꽃 재배에도 사용합니다. 우리가 일궈낸 인민소

---

37) 류판수이(六盘水) 시: 류판수이시는 판저우시보다 한 단계 높은 지급시(地級市)이며, 판저우시는 류판수이시 산하의 한 도시이다.

주(人民小酒)라는 이 산업을 단지 술 한 병이라고만 이해해서는 안 됩니다. 빈곤 퇴치 측면에서 우리가 이끌어낸 성과는 그 적용 범위가 아주 넓고 효과 역시 아주 좋습니다.

인민소주의 '300만' 과 '3억'

천아이하이 : 여러 해 동안 많은 일을 하셨습니다. 이처럼 백성들을 위하는 마음이 있고 또 몇 년 동안 하신 일의 성과가 계속 나타나기 때문에, 회장님은 말단 당 조직의 선두주자로서 점점 더 사람들에게 알려지고 있습니다. 특히 19차 전국대표대회 이후에는 회장님과 더불어 인민소주도 인기를 얻었습니다. 그렇다면 전후를 비교하면 인민소주는 인지도나 판매량, 수익 면에서 어떤 변화를 보였습니까? 구체적인 수치가 있습니까?

위류펀 : 우리의 인민소주는 전에는 본 지방에서만 판매되었습니다. 인지도가 없었기에 다른 지역시장을 개척하는 게 아주 어려웠지요. 시골마을에서 만든 기업이다 보니 광고할 돈도 없고, 판촉할 팀도 없었으니까요. 이러한 상황은 큰 산처럼 나를 내리눌러 숨을 막히게 했습니다. 19차 당 대회 이후 언론매체들은 꿰이쩌우(贵州)에는 판저우(盘州)가 있고 판저우에는 인민소주가 있다고 대대적으로 보도했습니다. 우리 인민소주는 전년도에 300만 위안을 판매했는데 2018년에는 3억 위안을 돌파할 가능성이 큽니다. 300만 위안과 3억 위안, 100배 증가했습니다. 물론 이런 성장은 나중에 서서히 줄어들 수 있고 내년에는 60%, 내후년에는 40%가 될 수도 있습니다.

전에 우리는 딜러가 몇 명 없었지만, 19차 당 대회 이후 두 달 동안

100여 명으로 빠르게 성장했습니다. 그 동안 수천 명이 찾아왔지요. 이 가운데 100여 명을 선별했고, 현재는 딜러가 200명이 훨씬 넘습니다. 그리고 투자 유치도 아주 쉬워졌습니다. 그래서 다른 양조장들에서는 "우리는 나가서 열심히 뛰어도 유치하기 힘든데, 당신들은 가만히 앉아만 있어도 알아서 찾아오고 있다."고들 하지요. 정말 행복한 일이 아닐 수 없습니다. 물론 압력도 큽니다. 어떻게 하면 이 행복을 지속할 수 있을지, 어떻게 오랫동안 안정적으로 발전할 수 있을지에 대한 고민을 해야 하기 때문입니다. 이것은 우리 스스로에 대한 요구이기도 합니다.

천아이하이 : 그렇죠. 다들 인지도나 마케팅 루트, 시장 점유율에 대한 압박이 큽니다. 인민소주가 인기를 끌면서 현재 적지 않은 사람들이 옌버(岩博)나 인민소주라는 글귀가 들어간 상표를 등록하는가 하면, 시장에 가짜 인민소주가 등장하고 있다고 들었는데, 현재 상황이 심각합니까?

위류펀 : 심각합니다. 100여 곳에서 인민소주라는 상표를 등록한 것 같습니다. 하지만 우리가 먼저 등록했고 우리가 먼저 경영했지요. 우리는 실제적으로 이곳에서 이 일을 하고 있습니다. 디자인과 포장에도 신경을 썼습니다. 그래서 결국에는 모두 기각되었습니다.

저는 처음에는 아주 조급해했습니다. 저는 우리 인민소주를 위해서 정말 여러 번 눈물을 쏟았습니다. 한 번은 울면서 상사에게 말했지요. 인민소주는 내가 정성으로 키운 아들과도 같다. 이제 막 스무 살을 넘겨 밭갈이도 하고 집안일을 도울 수 있게 되었는데 이대로 남들에게 빼앗기게 생겼는데, 어떻게 해야 합니까?

저는 지금 멘탈이 꽤 강해졌습니다. 남들이 짝퉁을 만든다고 제가 서두를 필요는 없다고 생각합니다. 우리가 아직 해야 할 일들이 많은 현 시점에서, 그들이 짝퉁을 만들면, 전국적으로 인민소주의 인지도가 올라가는 효과도 있을 거라고 생각합니다. 나중에 우리가 여러 가지 조건이 성숙해진 뒤, 저는 이 일을 충분히 잘 처리할 수 있다고 생각합니다. 또한 저는 정부의 관리감독을 믿습니다. 이들도 저를 도와 짝퉁 업체들에게 타격을 줄 것입니다. 그 때가 되면 우리 인민소주는 더욱 꿋꿋이 뿌리를 내리게 되겠죠. 왜냐하면 저는 매 한 방울의 술은 물론, 소시지나 계란 같은 하나하나의 제품들을 모두 양심적으로 만들고 있기 때문입니다. 저는 몸에 좋지 않은 것들은 절대 첨가하지 않습니다. 저란 사람은 산골마을에서 오래 생활했기에 본질이 순박합니다. 때문에 양심에 걸리는 일은 절대 못합니다.

천아이하이 : 그러니까 회장님은 이 브랜드의 순결성을 보장할 믿음이 있고 또 그렇게 확신하고 있군요.

위류펀 : 다른 한 편으로 당과 정부에서 저를 도와 이런 업체들을 쇄신해줄 것이라고 믿습니다. 현재 지식재산권과 관련하여 많은 법률과 규정들이 나왔습니다. 국가의 지식재산권 보호는 점점 더 좋아질 것입니다. 많은 법률과 정책이 뒷받침하고 있기에 저는 저 스스로를 믿거니와 당과 정부의 정책을 더욱 믿습니다.

천아이하이 : 인민소주의 새로운 비전에 대해서 얘기해주실 수 있겠죠?

위류펀 : 저는 솔직히 언론에서 함부로 말하지 않습니다. 해내지 못할 수 도 있으니까요. 기왕 물으셨으니까 얘기는 해보겠습니다. 우리의 옌버주예(岩博酒业)는 현재 옌버에서 500묘 규모의 부지를 확보했습니다. 아직까지는 계획 단계에 있습니다. 3만 톤 규모의 생산능력을 목표로 하고 있습니다.

천아이하이 : 현재는 몇 톤입니까?

위류펀 : 현재는 5,000톤입니다.

천아이하이 : 생산능력을 5,000톤에서 3만 톤으로 끌어올린다는 것이군요.

위류펀 : 이는 우리의 5년 계획입니다. 실제로 매 년 얼마나 성장할지는 시장 상황을 봐야 합니다. 우리가 생산에서는 어느 정도 기초가 생겼지만 아직까지도 마케팅에서는 부족한 점이 많습니다. 그래서 시장상황에 따라서 우리의 생산규모를 정해야 하지요. 옌버에서 우리는 전문가동, 연구개발동, 명인작업실, 실험실, 제조생산 라인 등 완전한 시스템을 구축할 것입니다. 이러한 시스템이 완비되어야 인민소주 3만 톤의 생산목표를 실현할 수가 있지요.

사실 옌버촌에서 인민소주 말고도 많은 일들을 할 수 있습니다. 이를테면 옌버촌은 전국적으로 빈곤 탈퇴의 전형이라고 할 수 있지요. 위에서도 인정하고 있고 소문을 듣고 찾아오는 사람들도 꽤 있습니다. 따라서 옌버촌에 기층 당원 교육센터(基层党建培训中心)를 설립하는 것입니다. 이 교육센터를 양조장과 연계시키면, 교육받으러 오는 사람들은 인민소주를 참관할 수 있지요.

천아이하이 : 공업여행이라고 해야겠군요.

위류펀: 옌버에서 인민소주를 통해 세 가지 문화, 즉 술 문화와 당 건설 문화, 이족(彝族) 문화를 고취할 수 있습니다. 이는 옌버촌의 발전에 유리하고 인민소주에도 좋은 홍보효과가 될 것입니다.

천아이하이 : 한 단계 업그레이드 되는 것이군요.

위류펀 : 맞습니다. 이미 계획하고 있습니다. 바로 설계단계에 들어갈 겁니다. 3만 톤이라는 생산량은 발전의 수요에 따라 점차적으로 확충해 나갈 것입니다. 한 번에 도달하는 게 아니고요. 3만 톤 규모를 이룬다고 해서 시장에서 다 소화해낼 수 있는지는 모르거든요. 3만 톤이 될지 2만 톤이 될지는 차차 시장조사를 통해 결정할 것입니다.

천아이하이 : 머리가 뜨거워지면 안 되죠.(흥분하여 감정을 통제 못하는 것 - 역자 주)

위류펀 : 맞습니다. 점진적으로 발전해야지 맹목적으로 투자하거나 확충하다가는 자금 위기를 맞을 수도 있습니다. 저는 18년 동안 한길을 걸어오면서 단련했습니다. 수많은 어려움을 극복하면서 왔기에 멘탈이 강하고 냉철합니다. 종래 머리가 뜨거워진 적이 없지요.

천아이하이 : 이 점이 아주 중요합니다.

위류펀 : 그렇습니다. 윗분들도 그렇게 말합니다. 아직까지도 냉철한 사유를 유지하고 있다는 게 정말 대단하다고요. 그래서 제가 이렇게 대답합니다. 지금까지 어려운 일들을 너무 많이 겪어왔기에 언제까지도 냉철해야만 한다고요.

천아이하이 : 그렇습니다. 이는 회장님 혼자만의 일이 아니고 마을 전체와 주변 마을의 사람들까지 아우르는 일이니까요. 회장님이 냉철함을 유지하는 건 수많은 사람들의 미래와 관계되는 일이지요.

위류펀 : 그들의 운명에 관계될 뿐만 아니라, 저를 지지해주고 관심을 기울여준 윗분들의 운명에도 관계되지요. 제가 머리가 뜨거워져서 무너지면, 18년 동안 저를 배양해준 당과 지도자들 역시 헛수고를 한 셈이 되니까요. 저는 정말로 그렇게 생각합니다.

천아이하이 : 인민소주가 곧 상장할 거라는 소문이 있던데요?

위류펀 : 제가 언론에 그렇게 얘기했습니다. 그랬더니 언론에 그렇게 말해놓고 만에 하나 상장하지 못하면 어떻게 할 거냐는 사람들이 있더군요. 그래서 제가 그랬습니다. 2019년에 지분분할 개혁을 할 것이고, 2022년에 상장하는 걸 목표로 하고 있다고요.

촌민들과 "마음을 나눈다"

천아이하이 : 시골마을의 당지부서기가 이런 성적을 내는 건 정말 쉽지 않은 일입니다. 저를 포함한 우리 취재팀 전체가 감탄해마지 않

는 일이지요! 특히 빈곤지역의 여성 당지부서기가 오늘과 같은 성적을 내는 건 정말로 하늘의 별 따기입니다. 저는 이러한 성과는 회장님의 촌민들을 위하는 마음과 분투·헌신 정신에서 비롯되었고, 마을 사람들의 지지와 신뢰에서 비롯되었다고 생각합니다. 여기에 대해서 하실 말씀이 꽤 많으실 것 같습니다만……

위류펀 : 두 가지 예를 들어보겠습니다. 이를테면 맨 처음 길을 닦을 때, 마을 사람들은 대부분 저를 믿었습니다. 질투하는 사람들도 좀 있었습니다. 그들은 아녀자가 어떻게 우리 남자들의 자리를 빼앗을 수 있느냐는 것이었지요. 그래서 저에게 상처가 되는 말들을 많이 만들어냈습니다. 하지만 저는 두려워하지 않았습니다. 그들을 천천히 감화시키기로 마음먹은 것입니다. 왜냐하면 대부분의 마을 사람들은 기대와 믿음의 시선으로 저를 바라봤기 때문입니다. 그래서 저는 방해나 곤란을 두려워하지 않고 줄곧 앞으로 나갈 수 있었고, 여러 가지 어려움을 극복하고 기어이 길을 닦아낸 것이지요.

나중에 창업하는 과정에서도 많은 어려움을 겪었는데 사실 자금적인 어려움은 어떻게든 저 혼자 해결해야만 했습니다. 다들 가난해서 도울 수 없었거든요. 그들은 다른 방식으로 저를 도와줬습니다. 이를테면 제가 정신적으로 힘들어할 때, 찾아와서 이야기를 나눠주고, 저한테 메시지를 보내서 제가 우리 마을을 위해 한 일들을 일일이 나열하면서 정말 수고했고 고맙다고 얘기해주었지요. 또 이를테면 제가 17차 당 대회에 참가하러 갈 때, 마을 사람들은 저를 배웅하면서도 별말을 하지 않았습니다. 하지만 돌아오는 저를 마중할 때 그들은 저를 지부서기라고 부르지 않고 작은할머니라고 불러줬지요. "베이징에는 모두 높으신 분들이 모일 텐데, 당신 같은 일개 농민이 이런 회의에 참가하면 사람들이 푸대접하거나 무시하지 않을까, 그래서 감당하지 못하면 어쩌나 걱정된다."고 했습니다. 그들은 정말로 그렇게 생각했지요. 그래서 저는 어떠어떠한 높은 분이 저에게 어떻게 잘해줬는지, 가는 곳마다 저를 부르고 데리고 다니면서 소외감이 들지 않도록 배려해줬는지에 대해서 자세하게 이야기해줬습니다. 저는 일개 농민으로서 인민대회당에 가서 회의를 하고, 이렇게 높은 수준의 지도자들과 함께 정치에 참여할 수 있다는 것을 매우 영광스럽게 생각합니다. 마을 사람들은 사실 말을 많이 하지는 않습니다. 하지만 이런 사소한 일들에서 그들이 묵묵히 저를 아끼고 지지해주고 있다는 것은 느끼게 되지요.

그리고 제가 매우 감동했던 일이 있습니다. 제가 일에 몰두하다보니 가정에 소홀했지요. 사실 저는 충분히 잘했다고 생각해요. 아무리 바빠도 두 아이는 제가 직접 돌봤습니다. 하지만 남편은 이런 저를 이해하지 못했습니다. 나중에는 어쩔 수 없이 이혼해야만 했습니다. 이혼하는 과정은 정말 힘들었습니다. 제가 여태 많은 일들을 해왔지만 지금까지도 저는 제가 전통적이고 보수적인 여자라고 생각합니다. 마을의 당지부서기가 이혼을 한다? 정말 있을 수 없는 일이라는 생각이 들었지요. 이혼까지 해놓고 어떻게 남들을 교육한단 말인가? 무슨 면목으로 남들의 가정불화를 조율한단 말인가? 당시의 저는 이런 현실을 받아들일 수가 없었습니다. 하지만 현실은 또 이혼하지 않으면 안 된다고 압박을 해왔습니다. 당지부서기를 사직하고 시부모님을 모시거나, 이혼하고 그 잘난 당지부서기 노릇을 하거나, 둘 중에 하나를 택하라고 했죠. 그래서 결연히 이혼을 택했습니다. 자기의 길을 가야겠다고 결심한 것입니다. 설령 당지부서기를 그만둔다고 해도 그가 저에게 원하는 삶을 줄 수 없다고 판단한 것입니다.

천아이하이 : 관념의 차이에서 생겨난 일이군요.

위류펀 : 그렇습니다. 사상관념이 서로 달라서 말이 통하지 않았습니다. 당시에는 이런 현실을 받아들이기 힘들어 남들 몰래 숨어서 울 때도 많았습니다. 그러던 어느 날이었어요. 한창 길을 닦던 때였습니다. 몇몇 노인들이 저를 찾아왔지요. 제 사정을 잘 알고 있던 분들이었는데, 저를 찾아와서 너무 힘들어하지 말라고 위로해주었습니다. 네가 나중에 늙어서 의지할 데가 없더라도 우리 마을사람들이 집집마다 밥 한 그릇씩 내어서 봉양할 거라고요. 사실 이는 이치에 맞지 않는 말이었지요. 저에게는 아들이 둘이나 있거든요. 이혼한다고 해서 아들들이 엄마를 버리지는 않을 테니까요. 이혼한지 꽤 오래 되었지만 아들들은 아직도 제 옆에 있습니다.

천아이하이 : 이는 일종의 믿음이죠.

위류펀 : 그들의 말을 듣고 저는 그 자리에서 마음 놓고 엉엉 울었습니다. 사람의 마음은 피와 살로 이루어졌죠. 우리는 서로 마음을 나누는 사이였습니다. 그들이 저에게 한 말들은 모두 진심이었습니다. 추호의 가식도 없었습니다. 나중에 그들이 말하더군요. 그때 다들 제가 떠날까봐 두려워했다고요. 제가 현실을 받아들이지 못하고 당지부서기를 그만둘까봐 걱정을 많이 했다고요.

가족애를 느끼다

천아이하이: 정말 힘드셨군요. 회장님이 들려준 이 이야기를 들어

보니 정말로 감동적입니다. 저는 이것이 회장님을 지탱하는 보이지 않는 힘이라고 생각합니다.

위류펀 : 사실 두 아들에게 너무 감사합니다. 이혼하면서 집과 자동차는 모두 애들 아빠한테 줬습니다. 저는 맨몸으로 나왔습니다. 당시 작은아들은 아직 고등학생이었습니다. 세 살 집을 하나 잡았는데 저는 방바닥에 자리를 깔고 잤습니다. 침대를 사려다가 돈이 아까워서 하나만 사서 두 아들이 같이 쓰게 하고 저는 그냥 바닥에 자리를 깔고 잤습니다.

천아이이하이 : 언제 때 일입니까?

위류펀 : 2008년입니다.

천아이이하이 : 10년 전이군요.

위류펀 : 그 동안 제 아들들은 가끔씩 말도 안 듣고 장난도 치고 속을 썩일 때도 있었지만, 엄마가 속상해하는 걸 보면 자신들이 더 가슴 아파했지요. 그럴 때면 무조건적으로 저에게 양보했지요. 또 저의 사업도 많이 지지해줬습니다. 그리고 또 며느리가 있습니다. 2011년에 큰아들이 결혼했거든요. 근 7년 동안 며느리가 저한테 너무 많은 도움을 주었습니다. 몇 번이고 자금줄이 끊겨서 어려워할 때, 그녀가 친정에 가서 돈을 빌려와서 함께 난관을 헤쳐 나갈 수 있었습니다.

천아이이하이 : 흔치 않은 일이네요.

위류펀 : 며느리는 본인이 사업을 하면서도 가정도 잘 돌본답니다. 저한테는 주방에 얼씬도 못하게 하지요. 정말 고마운 일입니다.

초창기 때, 양조장을 건설하던 중 자금이 끊겼던 적이 있습니다. 투자하기로 했던 사람들이 갑자기 발을 뺀 것입니다. 은행에서도 대출을 거부했지요. 그날 저 혼자 작은 방에 틀어박혀서 4시간 동안 멍하니 앉아만 있었습니다. 나중에 이렇게 있다가는 버텨내지 못할 것 같아서 아들에게 전화를 했습니다. 그때는 고속도로가 아직 건설되지 않았던 때라 빨라도 2시간이 걸리는 거리었는데 1시간 반 만에 아들이 달려왔습니다. 제 꼴을 본 아들은 대뜸 문제가 생겼다는 걸 알아차렸습니다. 도대체 무슨 일이냐고 반나절이나 물어서야 저는 입을 열었습니다. 그리고는 울음을 터뜨렸습니다. 아들이 옆에 있다는 안도감이었을까요? 그냥 소리 내어 대성통곡했습니다. 아들은 끊임없이 위로해줬고 저는 그럴수록 더 울었습니다. 모든 걸 제쳐놓고 그냥 울고만 싶었습니다. 모든 사성을 전해들은 아들은 갑자기 화를 내더군요. 엄마답지 않게 왜 그러냐고? 어떻게든 해결할 수 있으니까 울지말라고요, 엄마는 우리 마음속의 롤모델인데 엄마가 이렇게 낙담하고 있으면 우리는 어떻게 하느냐고 하면서 말입니다, 정말로 수천 만 위안을 다 말아먹는다고 해도 엄마에게는 두 아들이 있지 않느냐고 격려해주면서 말입니다, 엄마를 잃으면 우리는 아무 것도 없는 것이나 마친가라는 말을 듣게 되자 문득 정신이 들고 냉정을 되찾을 수 있었습니다. 그리고 다시 전화를 돌리기 시작했습니다. 그러자 다행히도 그 다음날까지 문제를 원만히 해결하게 되었습니다. 그 동안 정말 가족들의 도움을 많이 받았지요. 아들과 며느리, 형제자매들이 저를 진심으로 아끼고 응원해주었습니다. 돈이 있으면 돈을 내고, 돈이 없으면 힘을 보탰지요. 저에게는 정말 고마운 가족이 아닐 수 없습니다.

대　　　화 : 허용즈(何永智)

대화시간 : 2018년 10월 22일

대화장소 : 총칭시(重庆市) 동위안 1891 인창장(东原 1891 印长江)

대 화 인 : 천아이하이: 중앙방송총국 '경제의 소리' 수석논설위원

허용즈, 총칭 샤오톈어그룹(小天鹅集团) 회장

허용즈(何永智)

• 총칭 샤오톈어그룹(小天鹅集团) 회장, 총칭시 훠궈(火锅)협회
회장, 제11기 전국 정치협상회의(全国政协) 위원. 중국문화 10
대 풍운인물, 전국 3 · 8홍기수(全国三八红旗手), 중국 요식업
10대 인물(中国餐饮十佳人物) 등으로 선정됨.

'중국 훠궈여왕'의 창업의 길

외면받은 '훠궈 몽상가'

천아이하이 : 회장님은 '중국 훠궈여왕' 또는 '훠궈 몽상가'라고 불립니다. 흥미로운 별명인데 모두 훠궈와 관련이 있습니다. 요즘 누군가가 창업을 한다고 하면 전혀 이상할 게 없습니다. 하지만 오래 전, 그러니까 회장님은 개혁개방 4년 차쯤 됐을 때 창업을 시작하셨으니, 당시로 말하면 상당히 패기가 있었다고 볼 수 있지요. 1982년에 회장님은 총칭의 8ㆍ1먹자골목(八一路好吃街)에 작은 훠궈 가게를 열었습니다. 당시 훠궈 가게를 열 때 회장님은 총칭과 전 중국, 심지어 해외에까지 훠궈 가게를 확장해나갈 것이라고 생각하셨나요?

허용즈 : 아니요. 전혀 생각지도 못했습니다. 그 당시는 개혁개방을

막 시작하던 때였습니다. 당시만 해도 사실 중국 내륙에서는 개혁개방이라는 단어를 잘 알지 못했지요. 당시 저는 일개 영세자영업자였기 때문에 '중국 휘귀여왕'이 될 것이라고는 전혀 예상하지 못했습니다.

1982년에 회사에서 사직했는데 원래는 구두공장 디자이너였습니다. 저는 당시 600위안에 구매했던 집을 3,000위안에 팔았고, 이 3,000위안으로 8. 1먹자골목에 16평방미터에 되는 휘귀집을 열었지요. 당시는 우리 남편이 가게를 운영했는데 첫 달에 적자를 보고 두 번째 달에도 적자를 보고 세 번째 달에도 여전히 적자였습니다. 당시 저의 제부와 형제들 모두 이 휘귀집을 함께 운영했는데 적자가 지속되는 바람에 네 번째 달에는 모두 도망가 버렸습니다. 저의 남편도 그만두고 싶어 했습니다. 매달 적자가 나서 본전을 다 써버리고 빚까지 졌으니 말입니다.

그러던 어느 일요일이었지요. 그날 아침 6시부터 저는 장에 나가서 채소를 팔았습니다. 하루 종일 팔았더니 200위안의 매출이 생겼습니다. 당시 인민폐의 가장 큰 금액은 10위안이었지요. 그날 저녁 저는 채소 판돈을 창턱에 쏟아놓고 잔돈까지 일일이 다 헤아렸습니다. 헤아리거 나서 "맙소사! 200위안이나 되네요!"하고 외쳤습니다. 그날 저녁 저와 남편은 잠을 도저히 잠을 이룰 수 없었습니다. 매출이 200위안이면 56위안을 번 셈인데, 당시 56위안이면 공장에서 2개월 월급에 해당했거든요. 그래서 갑자기 제가 장사에 소질이 있다는 생각이 확 들었어요. 다들 못하겠다고 하니 내가 해보자! 그렇게 돼서 저는 사직하고 정식으로 장사를 시작하게 되었던 것이지요.

천아이하이 : 사직했으니 휘귀집을 접지 않고 계속 운영하셨겠네요?

허용즈 : 그렇습니다.

천아이하이 : 당시 총칭 거리들에 훠궈집들이 많았나요?

허용즈 : 1982년에는 많지 않았습니다. 당시에도 총칭에서 훠궈집이 얼마간 있었지만 거의 태반이 길 옆에서 천막을 치고 운영하는 식이었습니다. 대체로 식탁이 한두 개밖에 없는 허름한 식당이었지요. 요즘에야 총칭 어디에든 훠궈집이 넘쳐나지만 말입니다. 제가 운영했던 16평방미터 되는 가게는 가게 안에 식탁 두 개가 있고, 나머지 하나는 자리가 모자라 반은 안에 있고 반은 밖으로 삐어져 나온 구조였습니다.

천아이하이 : 1982년은 개혁개방이 아직 걸음마 단계였습니다. 창업자의 경우 사회적 인식, 정책 환경 및 기타 많은 측면에서 여러 가지 장애물이 있을 수 있습니다. 그렇다면 샤오톈어는 창업과 성장과정에서 어떤 큰 장애물에 부딪혔었습니까?

허용즈 : 가장 기억에 남는 이는 당시 공상소(工商所)에서 소장으로 일하던 형부입니다. 형부는 원래 출퇴근할 때 우리 가게 앞을 지나게 되었는데, 제가 거기에 가게를 연 후로는 일부러 에돌아서 다녔습니다. 자영업자를 아주 차별했거든요.
시동생도 마찬가지였습니다. 시동생은 군에서 제대한 후 한동안 우리 집에서 지냈었습니다. 당시 저희는 신혼이었는데 시동생은 우리 집에서 먹고 자면서 수능을 준비했습니다. 나중에 총칭사범대학(重庆师范大学)에 들어갔지요. 시동생은 당시 대학을 졸업하여 직장을

찾으면 첫 1년 월급을 모아서 꼭 저희한테 선물을 할 것이라고 약속했었습니다. 우리 집에서 수능을 준비했으니까요. 하지만 형과 형수가 자영업을 한다는 말을 듣고 나서는 아예 발길을 끊어버렸습니다.

그리고 더 어이없는 건 우리 관할 세무소 소장이었습니다. 그때 저희가 가게를 오픈한 지 4년 정도 돼서 자동차를 한 대 구매했었습니다. 중고차였는데 마쯔다(马自达) 브랜드였지요. 그러자 그 소장은 사람들을 소집하여 회의를 열고 "블랙스완에서 '마즈다오(马知道)'라는 이름도 괴상한 자동차를 샀으니 벌금을 매겨야 한다. 세금을 탈루했으니 20만 위안의 벌금을 물어야 한다."고 말도 안 되는 소리를 했습니다. 당시 저희는 놀라서 어안이 벙벙해져 있었습니다. 우리집 온 자산을 탈탈 털어봐야 몇 만 위안밖에 안 되니었으니까 말입니다. 만 위안이 조금 넘는 중고차를 샀는데 20만 위안의 벌금을 내라니 그야말로 자영업자를 대놓고 무시한 결과였습니다. 당시 많은 사람들이 저를 설득하려고 했습니다. 당시 사람들은 저를 칠매(七妹)라고 불렀습니다. 제가 집에서 일곱째다보니 허씨(何家) 네 일곱 번 째 딸이였기 때문이지요. 사람들이 그랬어요. 칠매 자네는 이미 만 위안 넘게 벌었으니 만원호(万元户)인 셈이야. 그러니 그만 두는 게 좋아. 안 그랬다가는 그들이 크고 작은 회의에서 자네를 비판할 거란 말일세.

당시 제가 버티지 못하고 망하면 웃음거리가 되었겠죠. 또 당시에는 어느 정도 돈을 벌고 나면 유혹도 많았습니다. 유혹을 이기지 못하고 투자를 남발하다가 망하는 사람도 많았습니다. 마찬가지로 꾸준하게 한 가지를 지켜내지 못하고 이것저것 손을 대다가 망하는 사람도 많았습니다. 당시 우리는 청두(成都)에서 위기를 맞았었지요. 저는 충칭에서 4개의 분점을 낸 후 청두로 진출했었습니다. 저의 외사촌동생이 당시 청두에 있었는데, 충칭에 와서 저희 가게가 잘 되는 것을 보고 청두 진출을 적극 권장해서 진출했던 거지요. 그래서 저는 청두의 외딴 곳에 건물 하나를 통째로 임대하여 훠궈가게를 오픈했던 것입니다. 1991년이었는데 당시 청두에는 이미 유명한 훠궈가게가 몇몇 있었습니다. 이를테면 황청라오마(皇城老妈) 같은 것들이었는데, 당시 황청라오마는 규모가 아주 작았습니다. 아마 규모로는 저희가 제일 컸을 겁니다. 3층짜리 건물 하나를 통째로 임대해서 가게를 열었으니까요. 그런데 당시 청두는 한창 위생도시(卫生城市) 건설을 추진하던 때였지요. 저희는 예고도 없이 돌연습격을 당했습니다. 아침 8시 반에 갑자기 사람들이 들이닥쳐 검사하더니 다짜고짜 벌금을 매기고 영업정지를 시켰습니다. 당시 『청두상보(成都商报)』에도 기사가 실렸지요. 총칭 샤오톈어가 벌금 3,000위안에 영업정지 3일을 먹었다는 것이었습니다. 정말 기막힐 노릇이었지요. 하마터면 그대로 망할 뻔했습니다.

훠궈의 로열티를 받지 않다

천아이하이 : 정말 어려우셨군요. 다행히 사장님은 여러 가지 어려움을 이겨내고 견뎌내셨네요. 그리하여 1등도 많이 하셨습니다. 이를테면 훠궈를 끓일 때 사용하는 연료를 맨 처음 석탄에서 가스로 바꾸셨고, 맨 처음으로 원앙훠궈(鸳鸯火锅, 매운 국물과 안 매운 국물이 함께 있는 샤브샤브 - 역자 주)를 출시했지요. 그랬기에 총칭 훠궈가 전 중국과 세계로 뻗어나갈 수 있었다고 생각합니다. 저는 혁신이라는 것이 반드시 첨단기술이어야 한다고 생각하지 않습니다. 남들이 생각하지 못한 걸 생각해서 해내면 그게 바로 혁신이지요. 그렇다면 회장님의 이런 혁신적 아이디어는 어떻게 얻은 것입니까? 회장님의 아이

디어가 오늘날의 창업자들에게 시사하는 바가 매우 크다고 생각합니다만......

허용즈 : 사실 기업이 지속적으로 발전해나가는 것은 혁신과 밀접한 관련이 있습니다. 기업의 리더는 반드시 혁신해야 하며 끊임없이 혁신해야 합니다. 제 기억으로는 1982년에 원앙훠궈를 발명했던 것 같습니다. 그리고 맨 처음으로 석탄을 등유로 바꾸고 또 액화가스로 바꿨습니다. 환풍기도 제가 제일 처음으로 사용했습니다.

저는 또 처음으로 훠궈 레시피를 만들었습니다. 당시에는 가게마다 요리사가 한 명씩밖에 없었습니다. 나중에 지점을 열려고 보니 요리사가 부족했습니다. 그렇다고 제가 분신술이 있을 리가 만무하잖아요. 그래서 레시피를 개발하게 되었습니다. 공연을 곁들인 것도 제일 처음 했습니다. 이국적인 인테리어를 도입한 것도 제가 처음이었습니다. 서양식 뷔페를 벤치마킹하여 훠궈 뷔페를 만든 것도 제가 처음이었지요. 이 모든 혁신은 저의 비즈니스를 새로운 절정으로 끌어올렸습니다.

훠궈에서 저는 세 가지 혁신을 했다고 생각합니다. 원앙훠궈(鸳鸯火锅)와 쯔무훠궈(子母火锅), 메이런메이훠궈(每人美火锅)는 모두 제가 발명한 것입니다. 원앙훠궈는 그 때 특허를 출원하지 않았습니다. 당시만 해도 특허라는 게 없었거든요. 제가 발명한 쯔무훠궈는 큰 솥 안에 작은 솥이 딸린 형태입이다. 당시 원앙훠궈는 이미 아주 일반화되어 있었습니다. 저는 또 고객들에게 칭탕(清汤)을 대접하고 싶었습니다. 저희는 오골계뼈다귀탕(乌鸡白骨汤)과 동충하초오리탕(虫草鸭子汤)을 선보였는데 큰 솥 안의 작은 솥에서 먹는 방식이었지요. 2006년에 부터 요식업이 쇼핑몰에 입점하게 되었습니다. 그래서 거기에 맞춰서

메이런메이훠궈를 발명하게 되었지요. 이 세 가지는 제가 발명한 것인데, 쯔무훠궈와 메이런메이훠궈는 특허를 출원했습니다.

천아이하이 : 메이런메이라고 하면 1인 1훠궈라는 말씀이시죠?

허용즈 : 맞습니다. 메이런메이훠궈는 당시에 회전초밥처럼 회전형으로 개발했습니다. 매 사람마다 작은 1인용 훠궈솥 하나씩 주어지는 식이지요. 그 때 쯔무훠궈랑 함께 특허 출원을 했지요.

천아이하이 : 지금은 많은 업체들에서 쯔무훠궈랑 1인용 훠궈를 사용하고 있습니다. 다른 업체로부터 특허료는 받으셨나요?

허용즈 : 사실 원앙훠궈는 20억 인구에 영향을 줬습니다. 쯔무훠궈와 메이런메이훠궈 역시 세가 빌명했지만, 모두 간단한 혁신이고 누구나 보면 바로 모방할 수 있습니다. 이처럼 바로 따라할 수 있는 발명으로 특허료를 챙기는 건 속좁은 일이지요. 저는 통이 큰 사람입니다. 그들이 제가 발명했다는 것을 인정하는 것만으로도 족합니다. 더 많은 사람들이 사용할수록 저는 더 기쁘거든요.

천아이하이 : 회장님의 발명 성과를 더 많은 사람들이 누리기를 바라시는군요.

허용즈 : 그렇습니다. 이런 걸로 특허료를 챙기고 싶지는 않거든요.

스스로의 지혜를 발견할 줄 알아야 한다

천아이하이 : 어떤 통계 자료에 따르면 중국 민간기업의 평균 수명은 3.7년이라고 합니다. 또 다른 데이터에 따르면 요식업의 시장규모는 4조 위안에 달합니다. 그러나 600만개 이상의 요식업 기업의 평균 수명은 2년이 채 되지 않습니다. 그런데 회장님의 샤오텐어는 2019년까지 하면 37년이나 되었습니다.

허용즈 : 36년입니다. 정확히 37년째에 접어들었지요.

천아이하이 : 37년째에 접어들었으니 중국 민간기업의 평균수명보다 10배에 달합니다. 게다가 지금이 한창 전성기가 아닙니까? 그렇다면 이처럼 크게 성장하고 또 오래도록 유지해나갈 수 있는 비결은 무엇이라고 보십니까?

허용즈 : 세 가지가 있는 것 같습니다. 첫 번째는 자신의 지혜를 발견하는 것입니다. 저는 누구나 다 커다란 잠재력이 있다고 생각합니다. 다만 많은 사람들이 스스로를 충분히 개발해내지 못하고 있을 뿐입니다. 예를 들어 저는 어렸을 때 학급 간부를 한 번도 해본 적이 없습니다. 그 흔한 초등학교 학급 간부도 해본 적도 없지요. 하지만 지금 남들 앞에서 이야기도 잘하고 또 꽤 그럴듯하게 합니다. 저는 부동산을 해본 적이 없었는데, 그러한 기회가 주어지자 제 머릿속의 구상이나 기획 능력이 뛰어나다는 것을 발견하게 되었지요. 우리는 혁신을 함에 있어서 스스로 그러한 잠재력이 있다는 것을 알아야 하며, 또한 그러한 잠재력을 발굴하기 위해 노력해야 합니다. 발굴할수록 머리가 더 유연해지고 명석해지거든요. 지혜를 발견하는 것, 이것이 첫 번째라고 생각합니다.

두 번째는 견뎌내는 것입니다. 저는 많은 기업들이 성장하지 못하고 지속하지 못하는 데는 몇 가지 이유가 있다고 생각합니다. 이를테면 창업할 때 여러 가지 세부 사항에 주의를 기울이지 못했기 때문일 수도 있고, 창업할 때 선택한 업종이 자기가 좋아하는 업종이 아니었기 때문일 수도 있습니다.

제가 창업을 원하는 사람들에게 자주 하는 말이 있습니다. 무조건 자기가 좋아하는 업종을 선택하라고 말입니다. 좋아해야 열정이 생기고 그래서 실패해도 견지할 수 있기 때문입니다. 견지해내지 못하면 망하게 되겠죠. 포기하지 않고 견지하다보면 또 다른 기회가 주어지게 됩니다.

세 번째는 공부입니다. 저는 공부하는 것을 좋아하는 사람입니다. 올해 이미 65살이 되었지만 인터넷을 좋아하고 새로운 것을 좋아하고 열심히 배웁니다. 꾸준히 배우고 나면, 스스로의 일이나 사업에 대해서 되돌아보고 잘잘못을 따져서 제때에 조정할 수가 있거든요.

훠궈로 빈곤지역에 '조혈(造血)[38]' 하다

천아이하이 : 이제 훠궈를 건너뛰어 얘기해봅시다. 회장님은 도시와 농촌의 통합 발전에 적극 참여하셨습니다. 신 농촌 건설에 많은 관심을 기울이고 있으며 총칭의 훠궈 브랜드 업체들을 대거 이끌고 빈곤한 산악지역으로 '조혈'을 하러 가셨지요. 구체적으로 어떻게 하셨는지 궁금합니다.

허용즈 : 총칭에는 스주(石柱)라는 현이 있습니다. 우리 총칭에서

---

38) 조혈 : 그저 단순한 지원이 아니라 지원을 통해 재생산할 수 있도록 도움을 주는 것

가장 빈곤한 현이지요. 빈곤 문제를 어떻게 풀어나갈까요? 우리 총칭에는 훠궈가 있고, 마침 스주현에서는 고추를 재배합니다. 하늘고추(朝天椒)라는 품종이지요. 하지만 재배해도 태반은 버려집니다. 왜냐하면 운송이 여의치 않거든요. 거기서 총칭까지는 자동차로 다섯 시간이 넘게 걸립니다. 게다가 거기에는 판로를 개척해줄 훠궈협회같은 것도 없었습니다. 후에 이 현정부에서는 '고추위원회'를 설립하고 우리 총칭의 훠궈협회에 연락해왔습니다. 당시 제가 훠궈협회 회장을 맡고 있었는데, 그들은 직접 저를 찾아왔습니다. 자기들의 고추가 어떠어떠하게 좋으니 업체들을 모아서 주문을 해달라는 것이었지요. 빈곤현의 부탁인데 들어줘야지요. 나중에 저는 165개 기업체 사장들을 이끌고 스주현에 찾아가서 제1회 고추축제를 열었습니다.

고추축제를 주최하면서 많은 사람들이 고추농사가 참으로 어렵다는 걸 실감하게 되었지요. 그래서 여러 업체들이 현장에서 열심히 고추를 주문했습니다. 하지만 훠궈 업체들의 생고추 사용량은 그리 많지 않습니다. 게다가 거리까지 멀어서 운송도 여의치 않았습니다. 나중에 그쪽의 고위 관계자가 또 저를 찾아왔습니다. 스주현에 공장을 설립해달라는 것이었지요. 우리에게는 썩 좋은 제안이 아니었습니다. 거리가 먼 것도 있지만, 우리는 이미 총칭에서 공장을 운영하고 있었거든요. 하지만 그들의 진심과 끈질긴 설득은 결국 저를 감동시키고 말았습니다. 그들을 돕는 것이 저의 책임이나 의무처럼 느껴졌거든요. 그래서 저희 공장 공장장을 보내서 공장 부지를 물색하게 했습니다. 당시 공장장은 조금도 내켜하지 않았습니다. 총칭에서 잘 되고 있는 공장을 그 먼데까지 갈 필요가 있냐는 것이었죠. 그래서 저는 이것은 우리의 사회적 책임이니 무조건 해야 한다고 잘라서 말했습니다. 결국 거기서 50묘(畝)의 부지를 얻어서 만여 평방미터에 달하는 고추

가공공장을 세웠습니다. 현재 이 공장은 신속하게 발전하여 국가 농업산업화의 선도기업이 되었습니다.

우리는 거기서 많은 농민들을 부의 길로 이끌었습니다. 우리는 거기에 샤오톈어고추기지(小天鵝辣椒基地)를 설립했는데, 현재 만여 호의 농가가 이 기지에서 고추를 재배하고 있습니다. 우리가 돈이나 물건을 기부하는 것은 일시적인 수혈에 불과하지만, 투자하여 공장을 설립하면 그것은 곧 조혈이 되지요. 저는 또 거기에 학교도 세웠습니다. 결손가정 어린이들을 위한 샤오톈어학교를 세웠지요.

천아이하이 : 수혈을 조혈로 바꾼 것은 아주 좋은 일이지요.

허용즈 : 저는 조혈이 수혈보다 훨씬 더 중요하다고 생각합니다.

하이디라오(海底捞)의 상장을 어떻게 생각하나?

천아이하이 : 얼마 전에 하이디라오(海底捞)의 홍콩증시 상장은 훠궈 업계를 뜨겁게 달궜습니다. 그렇다면 회장님은 훠궈 업체의 상장에 대해 어떻게 생각하십니까?

허용즈 : 제가 보건대 하이디라오는 정말 운이 좋았던 것 같습니다. 하이디라오는 창업한지 12, 13년 정도밖에 안 되거든요. 제가 창업한지는 벌써 36년이 넘었습니다. 사실 저는 하이디라오보다 기회가 훨씬 더 많았습니다. 2004년에 샤오톈어가 전국 체인점을 내면서 한창 잘 나갈 때 벤처 캐피탈에서 찾아와서 상장을 권했습니다. 당시는 샤오페이양(小肥羊)도 아직 상장하기 전이었지요. 당시 저는 자본시장

에 대해서도 모르고 또 자금이 부족한 것도 아니었기에 바로 거절했습니다. 2005년이 되자 샤오페이양이 상장하더군요. 샤오페이양 역시 저보다는 훨씬 뒤에 창업했지요. 그때 우리의 전문경영인이 요식업도 가능하지 않느냐면서 저에게 다시 상장을 권했습니다. 그래서 결국 상장을 위해 벤처 캐피탈이 샤오텐어에 입주했는데, 이런저런 이유로 결국 무산되고 말았지요.

하이디라오의 상장에 대해 저는 아주 잘한 일이라고 생각합니다. 그들은 아직 젊었으니 축하할만한 일입니다. 하지만 제가 하고 싶은 말은 그들이 상장한 후에도 지속적인 발전을 위해 더 중요한 일들을 많이 해야 한다는 것입니다. 제가 보기에, 상장을 하면 많은 돈이 생기게 되고 추종하는 사람들도 많아지게 되겠지요. 또 많은 분점을 열게 되겠지요. 게다가 인터넷 시대이다 보니 매일매일 새로운 것을 내놓아야 할 것입니다. 그만큼 많은 요구를 해 온다는 것입니다.

저는 돈이 있다고 해서 반드시 좋은 것은 아니라고 생각합니다. 지속적으로 발전하는 것이야말로 우리가 진정으로 해야 할 일이지요. 샤오텐어는 백년기업이 되어야 합니다. 저는 상장하든 안 하든 중요하지 않다고 생각합니다. 중요한 것은 우리의 제품과 브랜드를 잘 만들고 유지해나가는 것입니다. 훌륭한 브랜드와 제품은 고객을 다시 돌아오게 하지요. 따라서 저는 고객들의 재방문과 입소문을 아주 중시합니다. 그래야 지속적인 발전이 가능하다고 생각하거든요. 아무튼 하이디라오의 상장은 아주 좋은 일입니다. 다만 앞으로의 운영과 관리에 많은 신경을 쏟아야 한다고 생각합니다.

대　　화 : 주스친(朱师勤)

대화시간 : 2018년 8월 23일

대화장소 : 저장(浙江)성 원쩌우(温州)시 창난(苍南)현 판산(矾山)진

대 화 인 : 천아이하이: 중앙방송총국 '경제의 소리' 수석논설위원

　　　　　주스친, 원쩌우 웨이탕궁찬음관리유한공사(温州为唐公

　　　　　餐饮管理有限公司) 사장

주스친(朱师勤)

- 저장성 원쩌우시 무형문화재 '판산러우옌 제작공예(矾山肉燕
的制作技艺)' 명인, 원쩌우 웨이탕궁찬음관리유한공(温州为唐
公餐饮管理有限公司) 사장, 2017년에 원쩌우시 창난(苍南)현 정
부의 '10대 우수인재' 칭호를 수여받음.

무형문화재 명인 마음속의 '녹수청산'

작은 마을의 무형문화새

천아이하이 : 명인님은 원쩌우의 무형문화재 판산러우옌(矾山肉燕)의 명인이십니다. 판산러우옌은 장쑤(江苏)·저장(浙江)·상하이(上海)와 푸젠(福建) 일대에서는 명성이 대단하지요. 하지만 전국적으로 보면 이름조차 들어보지 못한 사람들이 많을 겁니다.

주스친 : 우리의 초창기 때도 그랬고, 또 우리가 전시 센터(展示中心)에 입주했을 때도 그랬는데, 많은 관광객들이 찾아와서는 이게 대체 훈툰(馄饨)인지 교자(饺子)인지 비엔스(扁食)인지 묻곤 했습니다. 그렇다면 전통적인 의미에서 보면 어떤 구별이 있을까요? 우리의 만두피는 돼지고기에 고구마전분을 섞어서 종이처럼 얇게 만든 뒤 다시

제비(燕) 모양으로 빚습니다. 그렇다면 우리 러우옌(肉燕)의 가장 큰 차이는 무엇일까요? 솥에 넣을 때는 살짝 오그라 붙는 듯하지만 물이 점차 끓어오르면서 퍼지는데 꺼낼 때에는 제비 모양으로 활짝 퍼지는 것입니다.

천아이하이 : 그러니깐 모양이 교자나 훈툰 같기도 한데, 남방 사람들은 비엔스라고 하는 것이지요.

주스친 : 그렇습니다. 모양이 상하이의 훈툰이랑 비슷합니다. 모양만 보면 거의 차이가 없다시피 하죠. 하지만 삶은 과정에서 차이가 나타납니다. 훈툰의 피는 밀가루로 만든 것이고, 우리 러우옌의 피는 돼지고기에 고구마전분을 섞어서 만들었으니까요.

천아이하이 : 아무래도 맛에 차이가 있겠죠?

주스친 : 훈툰은 주식으로도 먹지만 국처럼 먹기도 합니다. 하지만 우리의 러우옌은 고기로 피를 만들었기에 포만감이 훨씬 크죠. 이를테면 러우옌 10개를 먹으면 벌써 배가 부른 감이 들지만 훈툰은 탕이 위주이기에 그런 포만감이 없습니다. 그리고 또 훈툰은 밀가루로 피를 만들었기에 쫀득한 식감이 없지만 러우옌은 쫀득한 식감이 아주 예술입니다.

천아이하이 : 차이는 있겠죠. 하지만 필경은 고기로 고기를 싼 것이니 일종의 식료품이라고 할 수 있죠. 그런데 무형문화재랑 무슨 연관이 있는 걸까요?

주스친 : 러우엔은 온전히 손으로 만들어지고 있습니다. 만드는 절차도 아주 복잡하고 까다롭습니다. 이를테면 러우엔의 피를 만들기 위해서 우리는 아침 다섯 시부터 작업을 시작합니다. 잡은 돼지를 해체하기 전에 뒷다리 살을 취하죠. 뒷다리를 또 세 부위로 나눠서 각 부위마다 일정한 비율로 고기를 취한 뒤 풀처럼 끈적하게 될 때까지 방망이로 찧습니다. 우리 지역에서 나는 고구마전분을 적당량 섞어서 얇게 찧는데 아주 정교한 기술을 요하는 작업입니다. 특히 재료 선택이 아주 까다롭습니다. 명나라 때 푸젠성에서 기원했는데 역사·문화적 의의가 깊습니다.

천아이하이 : 역사가 꽤 오래되었군요.

주스친 : 그렇습니다. 나중에 우리가 들여와서 개량했습니다. 그래서 현재는 우리랑 푸젠의 러우엔은 그 차이가 꽤 큽니다. 푸젠의 러우엔은 등롱[39) 모양이고 메추리알을 넣은데 타이핑옌(太平燕)이라고 부릅니다. 저의 부친께서 이 러우엔을 들여와서 우리 지방의 식습관에 맞게 개량했지요. 이를테면 우리의 모양은 제비를 닮았습니다. 피의 제작에 있어서도 본 지방 입맛에 따라 개량했지요. 개량을 거친 우리 러우엔은 형태는 제비 같고 실제는 제비집 같으며, 솥에 들어갈 때는 제비가 바다에 들어가는 것 같고 솥에서 나올 때는 제비가 하늘로 날아오르는 것 같습니다. 이처럼 하나의 완전한 이야기를 품고 있는 전통 공예이기에 우리 지방정부에서도 무형문화재로 적극 추천한 것 같습니다.

---

39) 등롱 (燈籠) : 등의 하나로 대오리나 쇠로 살을 만들고 겉에 종이나 헝겊을 씌워 안에 등잔불을 넣어서 달아두기도 하고 들고 다니기도 한다.

천아이하이 : 제가 오면서 보니깐 판산진(矾山镇)에는 러우옌을 전시하거나 생산하는 곳들이 아주 많았습니다. 그러니깐 명인님 말고도 러우옌이라는 산업에 종사하는 사람들이 꽤 많다고 볼 수 있습니다. 그런데 왜 명인님만 무형문화재로 되셨을까요?

주스친 : 저는 열세 살 때부터 부친을 따라 러우옌을 배웠습니다. 따라서 전반 제작 공예에 대해 아주 능통합니다. 또한 개량도 거쳤는데, 당시 무형문화재를 신청할 때에도 저의 제작 공예를 출품했습니다. 우리의 제작 공예는 누구보다 정교하고 복잡합니다.

또한 저에 대한 정부의 관심과 지지와도 갈라놓을 수 없습니다. 2017년에 정부에서는 저에게 러우옌 교육훈련기구 면허를 내줬습니다. 그래서 해마다 백여 명의 수강생을 배출해냈지요. 이는 우리 판산 러우옌이라는 업종을 성장시켰고 주변 주민들의 취업까지 이끌었습니다.

천아이하이 : 현재 명인님의 러우옌의 산업경영 상황은 어떻습니까? 전체적인 정황을 말씀해주십시오.

주스친 : 저의 회사는 2015년에 등록했는데 매출액이 해마다 급증하고 있습니다. 제가 금방 돌아왔을 때, 우리 가게 하나의 연간 매출액이 200만 위안이었는데 비교적 괜찮았다고 할 수 있습니다.

천아이하이 : 괜찮군요.

주스친 : 지난 삼년 동안 해마다 매출이 30~40% 급증했습니다. 당

시 정부에서 이곳 푸더완(福德湾) 고건축에 대한 관광개발을 추진했는데, 우리는 정부사업에 협력하는 차원에서 이곳에 웨이탕공 러우옌 전시 센터(为唐公肉燕展示中心)를 설립했지요. 경영상황을 보면 우리는 원쩌우(温州)에 두 개의 체인점이 있고 온라인 대리점도 있습니다.

천아이하이 : 온라인 대리점이라고 하면, 온라인 경영까지 한다는 말씀이네요?

주스친 : 맞습니다. 이제 곧 항쩌우(杭州)에 진출할 예정입니다. 우선적으로 창장삼각주(长三角) 지역에서 발판을 마련할 계획입니다.

천아이하이 : 현재 가게 하나당 매일 얼마나 많은 고객들이 방문합니까? 어떤 사람들이 러우옌을 먹으로 옵니까?

주스친 : 휴일이나 성수기에는 꽤 많습니다. 우리의 성수기는 대체로 10월과 11월입니다. 이 시기에는 가게 하나당 매일 평균 방문자수가 2,000명에 달합니다.

천아이하이 : 매일 2,000명이요?

주스친 : 그렇습니다, 2,000명이 됩니다. 우리의 가게 면적은 대체로 백여 평방미터 되는데, 2,000명이면 포화상태라고 할 수 있습니다. 우리 가게에 방문하는 고객들 가운데 적지 않은 사람들은 푸더완을 방문하러 온 사람들입니다. 또 우리 웨이탕공 러우옌 전시 센터를 방문하러 온 사람들도 꽤 됩니다. 이밖에 소문을 듣고 찾아오는 사람도 있

고, 베이징(北京)에서 온 팀도 있으며, 프랑스 어느 음학대학에서도 찾아왔지요. 모두 우리의 러우옌을 맛보러 찾아온 사람들입니다.

천아이하이 : 세계 각지에서 모두 찾아오는군요.

주스친 : 그렇습니다. 다들 우리 러우옌에 대해 좋은 평가를 해주시고 있습니다.

'먹거리 + 관광' 이라는 친환경 발전

천아이하이 : 명인님은 2015년부터 이 가게를 운영하셨습니다. 그렇다면 명인님의 가족들은 언제부터 러우옌 산업에 종사하셨습니까? 특히 개혁개방 전후를 비교하면, 개혁개방이라는 이 정책이 러우옌이라는 이 산업의 발전에 어떤 변화를 가져왔다고 생각하십니까?

주스친 : 저희 탕공러우옌(唐公肉燕)의 역사는 민국(民國) 31년(1942년)으로 거슬러 올라갑니다. 당시 저의 부친께서 멜대로 메고 장을 찾아다녔지요. 거리에 내다 팔기도 했습니다.

천아이하이 : 가족경영이었군요. 1940년대죠?

주스친 : 예 1942년입니다. 당시에는 멜대로 메고 여기저기 돌아다니면서 팔았습니다. 저는 개혁개방 초기, 판산진(矾山镇)의 첫 자영업자였습니다. 당시에 이미 가게명이 있었고 간판도 있었습니다. 나중에 점차 브랜드 개념이 생겼지요. 당시에는 에이탕공간식(为唐公小吃

)이라고 불렀습니다. 그래서 개혁이 가져온 변화는 우리의 경영의식이 높아지고 경영방식도 달라졌다는 것입니다. 개혁개방 초기에 우리는 영업면허를 취득할 수 있었습니다. 그래서 거리에 가게를 차릴 수 있었는데, 그 당시에도 장사가 꽤 잘 되었습니다.

2000년에 들어 러우옌 사업이 비교적 안정되자, 저는 광동(广东)으로 남하하여 방직회사를 창업했습니다. 거기서 십여 년 동안 일하면서 사업이 점차 제 궤도에 올랐지요. 2013년에 저의 고향 푸더완(福德湾)에서 고건축을 수리하고 2014년에는 이를 바탕으로 관광산업을 발전시켰는데, 저는 정부의 부름에 호응하여 귀향한 초기 사람들 가운데 하나입니다. 그렇게 이곳에 웨이탕공 러우옌 전시 센터를 설립하게 되었지요. 현재 보시다시피 장사가 아주 잘 되고 있습니다. 저는 이것이 개혁개방이 가져다 준 가장 좋은 점이라고 생각합니다.

전아이하이 : 명인님이 계시는 여기 판산진(矾山镇) 푸더완은 유네스코로부터 2016년 아시아-태평양 지역 문화유산 보호 영예상을 받았습니다. 그 후로부터 점점 더 인기 있는 관광지가 되었고 이곳을 찾는 사람들이 늘어나고 있습니다. 제가 듣기로는 성수기가 되면 이 마을의 300미터가 넘는 옛 거리는 사람들로 인산인해를 이룬다고 합니다. 판산진은 200년이 넘는 백반(明矾) 채취 역사가 있습니다. 그래서 세계적으로도 명반의 도시로 알려져 있고요. 만약 명인님이 가이드라면, 판산진이나 푸더완에 오는 관광객들에게 러우옌 말고 또 어떤 볼거리를 소개해주실 수 있을까요?

주스친 : 일단은 우리의 옛 거리부터 소개할 겁니다. 고건축들이 보존 상태가 아주 좋거든요. 다음으로 우리 광부들의 문화를 소개할 겁

니다. 백반을 메어 나르던 고도(古道)가 있습니다.

천아이하이 : 명백 광석을 메어 나르던 길도 있나보죠?

주스친 : 있습니다. 우리 이 판산진은 백반 때문에 생겨난 동네입니다. 당시 이곳 푸더완에서 백반 채굴은 아주 활기를 띠었습니다. 하지만 당시는 교통 여건이 좋지 못해서 광부들이 백반 광석을 멜대로 메어서 날랐습니다. 일일이 멜대로 메어서 부두까지 날라서 다시 수로로 세계 각지로 운송되었지요. 그래서 볼만 한 게 꽤 많습니다. 그리고 당시 백반을 제련하던 로(炉)도 아주 완전하게 보존되어 있습니다. 그리고 판산진에는 기석(奇石)을 모아놓은 전시관도 있고 박물관도 있는데 모두 볼만합니다.

그리고 여행에 먹거리가 빠지면 섭섭하죠. 먹거리와 여행은 서로 상부상조하는 관계입니다. 아름다운 경치와 훌륭한 볼거리들을 구경하고 기분도 상쾌해졌으니 이제 배를 채워야겠죠. 백년의 전통을 자랑하는 우리의 러우옌은 제작 공예는 물론 식감과 맛도 일품입니다.

천아이하이 : 말씀 잘 들었습니다. 러우옌은 여전히 그 러우옌이지만 판산진은 예전의 판산진이 아니라는 말씀이죠. 판산진은 예전의 백반 광산에서 이제는 떠오르는 관광지로 탈바꿈했습니다. 물론 러우옌 역시 이제는 판산진의 명물로 자리매김했습니다. 결국 여행과 먹거리는 서로 도움을 주는 관계인 것 같습니다. 맛집을 찾아왔다가 보니 경치도 아름다워서 겸사해서 여행을 하기도 하고, 또 여행하러 왔다가 우연히 맛집을 발견하여 즐기게 되기도 하죠. 여기서 이렇게 오랫동안 사셨고 또 사업도 일구셨는데, 여행과 먹거리의 상호작용에

대해 느끼는 바가 있다면 말씀해주세요.

주스친 : 우리 판산은 640년의 역사를 가지고 있습니다. 이곳 백반 광산은 점차 쇠퇴해지고 있습니다. 그래서 우리 지역경제를 업그레이드해야만 했지요.

1990년대 이후 우리 판산진은 높은 오염율과 비효율적인 채굴방식, 낙후한 시스템, 시장의 병목현상 등 여러 제약으로 인해 위기에 빠졌습니다. 당시 이곳은 산 전체가 벌거숭이였고 환경오염도 비교적 심했습니다. 최근 몇 년 동안 우리 판산진은 유서 깊은 문화유산과 풍부한 산업 유산자원을 바탕으로 '유네스코 산업 문화유산'을 신청하고 전 지역 관광개발을 촉진시켰습니다. 저의 고향인 푸더완은 황폐한 광산마을에서 관광개발과 환경개선을 통해 역사문화 문명마을로 변모하여 많은 관광객이 이곳을 방문하고 있습니다. 주거환경도 많이 좋아졌습니다. 낭연히 우리의 탕공러우엔 역시 브랜드 인지도가 높아졌고 매출도 월등하게 좋아졌습니다. 그래서 "녹수청산이 바로 금산이고 은산이다."라는 시진핑 총서기의 뛰어난 선견지명에 대해 감탄하지 않을 수 없는 것입니다.

천아이하이 : 원래 이곳은 광산에 의거했지요. 백반을 채굴해서 돈을 벌고 생활을 유지했는데 지금은 광산이 문을 닫았고 환경이 개선되었습니다. 중요한 것은 광산이 사라졌다고 해서 돈벌이 수단이 없어진 것은 아닙니다. 이곳 사람들은 아름다운 환경과 녹수청산으로 돈을 벌고, 특색 있는 먹거리로 돈을 벌게 되었고 생활도 더 좋아졌습니다. 환경도 몰라보게 좋아졌고요. 명인님 역시 사업이 승승장구하고 생활도 많이 개선되었는데, 이제 앞으로의 비전에 대해 말씀해주

십시오.

주스친 : 우리 이곳은 원래 피폐한 광산마을이었는데 지금은 역사문화마을로 탈바꿈했습니다. 천지개벽의 변화라고 할 수 있습니다. 우리 이곳에는 역사유적이 아주 풍부합니다. 따라서 우리가 성실하게 사람을 대하고 착실하게 일하기만 한다면, 이제 더 아름다워진 환경과 관광업의 발전과 더불어 점점 더 좋아질 일만 남지 않았나 생각합니다.

대　　화 : 러우종핑(楼仲平)
대화시간 : 2018년 10월 8일
대화장소 : 저장(浙江)성 이우(义乌)시 쌍통빨대빌딩(双童吸管大厦)
대 화 인 : 천아이하이: 중앙방송총국 '경제의 소리' 수석논설위원
　　　　　 러우종핑, 저장성 이우시 쌍통일용품유한회사(双童日
　　　　　 用品有限公司) 회장

러우종핑(楼仲平)

- 저장성 이우시 쌍통일용품유한회사(双童日用品有限公司) 회장,
  빨대 제조업계 선두주자. 폴리프로필렌 빨대의 업계 표준, 국가
  표준과 국제 표준의 기안자. 저장사범대학(浙江师范大学) 객원
  교수.

단일품 이윤 0.0008위안의 기업을 업계 선두주자로 바꾸다

지마오환탕(鸡毛换糖)[40]에서 시작하다

천아이하이 : 개혁개방 후 중국의 민영경제를 말하자면, 저장(浙江) 출신 기업들의 성공신화를 빼놓을 수 없습니다. 저장에서도 이우 (义乌)의 기업들은 단연 손꼽힙니다. 회장님과 회장님의 회사 역시 이런 신화 가운데 하나입니다. 오늘의 인터뷰는 일단 '지마오환탕 (鸡毛换糖)'에서 시작해보도록 하겠습니다. 왜냐하면 최초의 장사는 '지마오환탕'에서 시작했기 때문입니다. 그런데 요즘은 '지마오환 탕'이 대체 뭔지를 잘 모르는 사람들이 많은 것 같습니다.

---

40) 지마오환탕(鸡毛换糖): 물자가 부족하던 시기에 행상꾼들이 흑설탕이나 종이 따위의 저렴한 물품을 멜대에 메고 돌아다니면서 주민들의 지마오(닭털)나 기타 재활용품과 맞교환하여 이익을 취했는데 이를 지마오 환탕이라고 했다.

러우종핑 : 성공신화라고 하셨는데, 우리 당사자들 입장에서 보면 신화는 아닙니다. 저는 중국 상업의 40년에 이르는 다이내믹한 변화를 직접 겪어왔습니다. 저장과 이우의 변화를 직접 경험했고, 당년에 '지마오환탕'에도 직접 참여했었지요. '지마오환탕'이 흥기하게 된 것은 우리 이우의 토지가 척박한 것과 관련이 있습니다. 토지가 척박해서 지마오(닭털)를 가져다가 걸우어야[41] 했지요. 명나라 말, 청나라 초기부터 시작되었는데, 우리 조상님들은 이우의 특산물인 흑설탕을 들고 부근의 현(县)이나 성(省)을 돌아다니며 지마오를 교환했습니다.

천아이하이 : 생각보다 꽤 역사가 길군요.

러우종핑 : 저는 이우에서 '지마오환탕'을 한 마지막 세대에 속합니다. 지금 말로 하면 '말대의 행상꾼(末代货郎)'이지요. 저는 1979년부터 시작했습니다.

천아이하이 : 개혁개방이 막 시작하던 때였네요.

러우종핑 : 개혁개방이 시작된 지 두 번째 되는 해지요. 그때 저는 열네댓 살 나는 중학생이었습니다. 그때 유일한 소원은 배부르게 먹는 것이었습니다. 당시 이우는 아주 빈곤해서 배부르게 먹는 게 쉬운 일이 아니었습니다. 당시 저의 아버지와 두 형은 장시(江西) 이양(弋阳)에서 행상꾼으로 있었습니다. 저의 아버지는 오랜 행상꾼이었고 두 형도 아버지를 따라 행상꾼이 되었지요. 저 역시 행상꾼이 되는 게 꿈이었습니다. 이유는 간단합니다. 그나마 배부르게 먹을 수는 있

---

41) 걸우다 : 흙이나 거름 따위를 기름지고 양분이 많게 하는 것.

었으니까요. 1979년 음력설에 저는 어렵사리 아버지에게 겨울방학에 체험학습도 할 겸 아버지도 도울 겸 행상을 배우겠다고 말했습니다.

그렇게 해서 저는 행상꾼 노릇을 3년 넘게 했습니다. 물론 주로 음력설 때만 했지요. 나중에 저는 아예 학교에 가지 않았습니다. 당시 젊어서 아이디어가 많았던 저는 아버지를 도와서 '지마오환탕'을 하는 일에 많은 업그레이드를 했습니다. 멜대를 메고 행상꾼 노릇을 하는 것은 여간 힘겨운 일이 아니었지만 저는 마다하지 않았습니다. 집에서는 툭하면 먹을 게 떨어졌지만 밖에서는 그나마 배불리 먹을 수 있었으니까요.

천아이하이 : 행상꾼 노릇이 힘들다고 하셨는데 저로서는 충분히 공감합니다. 제 고향이 바로 회장님이 말씀하신 장시(江西) 이양(弋阳)입니다. 어렸을 때 기억이 아직도 또렷합니다. 저장 사람들이 흑설탕이 든 멜대를 메고 돌아다녔는데, 지마오 한주머니를 주면 칼 따위로 흑설탕 덩이를 톡톡 쳐서 몇 조각 떼서 줬지요.

러우종핑 : 맞습니다. 모퉁이를 쳐내면 흑설탕 한 조각이 떨어져 나왔지요.

천아이하이 : 단순히 밥 먹고 살아가기 위해 이런 고생을 마다하지 않았다면 지금 사람들로서는 이해하기가 힘들겠지만, 회장님은 정말로 그런 과정을 겪어왔습니다. 나중에 회장님은 '지마오환탕'으로부터 중견기업의 회장으로까지 되었습니다. 엄청난 비약이지요. 회장님은 빨대 사업을 하셨는데 당시 저장 사람들이 주로 하는 사업은 니트나 나일론 양말, 단추, 지퍼 따위였습니다. 당시 어떻게 해서 빨대 사

업을 하시게 되었습니까? 뭔가 특별한 기회나 인연이 있었습니까?

러우종핑 : 행상꾼으로부터 시작해서 명년이면 40년이 됩니다. 저는 지금도 제가 하고 있는 일들을 '지마오환탕'이나 행상을 하고 있는 것으로 이해합니다. 왜냐하면 그때의 행상은 어느 정도는 당시의 생산문제를 해결했기 때문입니다. 그 이면에서는 일종의 상업 마인드가 내재되어 있습니다. 저는 행상꾼으로 일했고 '지마오환탕'에도 참여했습니다. 그래서 열너덧 살 되었을 때 이미 아주 원시적이고 기초적인 물물교환을 경험했는데, 이는 본질적으로는 역시 상업의 범주에 속하는 것이지요. 나중에 점차 진화하여 난전을 차리고, 도매상이 되고, 외지로 가서 일용품 도매업을 하게 되었지요.

제가 본격적으로 회사를 경영하기 전, 그러니깐 잡화꾼에서 기업인이 되기까지 14년 동안 20여개 업종을 경험해봤습니다. 하지만 잘해낸 게 별로 없었습니다. 이걸 하다가 저게 더 좋아보여서 저걸 하는 등 빨리 벼락출세하여 만원호(万元户)가 될 생각뿐이었죠. 솔직히 그 시절의 비즈니스 환경이나 저의 젊음과 무지, 또는 제가 초기 축적과정에 저지른 여러 가지 실수로 인해 성공하기는 힘든 상황이었습니다. 그렇기 때문에 제가 기업을 하게 된 것도 굉장히 우연한 기회에서 비롯되었습니다. 물론 그 우연에도 뭔가 필연적인 게 내재되어 있었겠지만 말입니다. 그러니까 제가 10년 넘게 밖에서 돌아다니면서 20여개 업종에 종사했지만 아무것도 벌지 못했기 때문에 어쩔 수 없이 다시 이우로 돌아왔습니다. 이우는 당시 3세대 일용품시장 확장을 막 마무리했는데, 우리 마을이 마침 시장 변두리에 있어서 이러한 상업 붐의 영향을 자연스럽게 받게 되었습니다. 가만히 앉아만 있을 수 없었던 저 역시 일용품 사업에 참여했습니다. 부스의 절반을 빌려서 플라스틱 제품을 팔았는데, 물건을 받아다 대리 판매하는 식이었지요. 그러다가 우연히 빨대를 들여오게 되었습니다.

천아이하이 : 빨대도 플라스틱 제품이었으니까요.

러우종핑 : 맞아요. 플라스틱 제품이었습니다. 그러던 와중에 빨대가 다른 제품보다 훨씬 더 잘 팔리고 있다는 걸 발견하게 되었습니다. 당시 시장 전체를 통틀어 넘버원이었습니다. 이우에서 빨대를 도매해 가는 사람들이라면 거의 태반이 저의 가게를 찾았습니다. 따라서 이우 주변은 물론 광저우(广州)나 푸젠(福建)의 공장 등에서도 끊임없이 저한테서 물건을 가져갔지요.

이우 시장에서 파는 제품들은 전국 각지에서 모여들었는데, 1992년·1993년 이후부터 변화가 생기기 시작했습니다. 뒤에서 생산하고 앞에서 파는 그런 패턴이었지요. 세대로 가게를 내거나 무역을 하는 사람들은 다들 스스로 가공하고 생산하기를 원했습니다. 가공해서는 삼륜차(三轮车)에 싣고 가게에 가져다 파는 방식이었습니다.

저 역시 그런 환경이나 마인드의 영향을 받아 스스로 생산하기 시작했습니다. 1993년 말에 저는 5만 위안을 들여 수작업 기계를 구입했습니다. 우리 부부에 아버지까지 셋이서 작업하는 아주 간단하고 원시적인 가공이었지요. 오늘 가공해낸 제품을 내일 가게에 내다 파는 식이었는데, 차츰차츰 좋아지고 틀을 잡아갔습니다. 7, 8년의 시간이 지나자 저의 업체는 전국에서 규모가 가장 큰 업체로 성장했습니다.

천아이하이 : 어느 해였습니까?

러우종핑 : 2001년이었습니다. 당시 우리 공장의 직원 수는 이미 이삼백 명에 달했습니다. 회사 매출도 4, 5천만 위안에 달했지요.

물론 이 모든 것이 순조로워 보이고 매우 빠르게 성장한 것처럼 보이겠지만, 그 이면에는 '지마오환탕'에서부터 공장을 차리기까지 축적해왔던 다양한 경력이나 경험과 관련이 있다고 생각합니다. 그 시기에 여러 가지 시행착오를 경험했고, 여러 가지 실수를 경험해왔기에 기업을 운영하면서 그런 실수를 하지 말아야겠다고 다짐하게 되었습니다. 이것저것 곁눈질하지 않고 한 가지를 꾸준히 하게 된 것도 그러한 경력 때문입니다. 빨대라는 업종을 선택한 이상, 전념해서 제대로 한 번 해보고 싶었습니다. 저는 창업은 새로 태어나는 것과 같은 것이라고 스스로 다짐했습니다. 당시 저는 빨대는 세상에서 가장 하기 어려운 제품이라고 생각했습니다. 브랜드화 하기가 극히 어려웠지요. 왜냐하면 사용자들은 빨대의 브랜드를 따지지 않았고 품질에 대한 요구도 높지 않았으니까요. 그래서 홍보나 마케팅, 브랜드화가 쉽지 않았습니다. 하지만 저는 만사는 절대적인 것이 아니라고 굳게 믿었고, 25년 동안 꾸준하게 견지해왔습니다. 25년 동안 빨대 한 가지에만 매달린다고 비웃는 사람들도 있을 것입니다. 하지만 우리 스스로는 우리가 아주 착실하게 잘 해내고 있다고 생각하고 있고 또 만족하고 있습니다.

25년의 빨대 사업은 '바보의 집착'이 아니다

천아이하이 : 요즘 많은 기업들은 한 가지에만 전념했다는 점을 마케팅 수단으로 활용하곤 합니다. 그런 의미에서 회장님과 회장님의 회사가 25년 동안 빨대에만 집중했다는 것은 생각해 보면 매우 놀라

운 일입니다. 이런 집중력 때문에 영세 가족공방을 업계 선두로 만들 수 있었습니다. 빨대 하나의 이윤이 0.0008위안밖에 안 된다고 들었습니다. 8전도 아니고, 고작 0.08전입니다. 이런 산업을 회장님은 20년 넘게 해왔고 지금도 하고 있네요.

러우종핑 : 25년 동안 빨대를 하다 보니까 많은 사람들이 저를 장인으로 보고 있습니다. 저 또한 장인정신을 갖고 있다고 생각하고 있습니다. 하지만 장인정신만으로는 부족하고, 한 가지에 집중하는 것만으로는 부족합니다. 바보같이 버티다가는 바보처럼 죽을 수도 있으니까요.

쌍통의 25년은 바보처럼 견디기만 한 것이 절대로 아닙니다. 실제로 우리는 다양한 변화, 혁신, 변혁을 겪었으며, 다양한 비즈니스 모델의 적용은 물론 마인드의 전환도 여러 번 경험했습니다. 물론 팀 구성원에 대한 시속적인 교육도 필수적이었습니다. 우리가 만드는 것은 남들이 보잘것없게 여기는 아주 작은 제품입니다. 음료수를 마시는 데 쓰는 작은 빨대에 무슨 혁신이 필요하냐고 의아해 하는 것이지요. 브랜드화나 표준화 작업은 전혀 필요하지 않다고 생각하기 때문입니다. 하지만 쌍통은 이런 것들을 해왔기에 오늘까지 살아남을 수 있었습니다. 쌍통의 25년은 바보처럼 견뎌내기만 한 것이 절대 아닙니다. 오히려 할수록 더 근사해지고 할수록 더 자신감이 생겼습니다. 물론 우리에게도 위기의식은 항상 있습니다. 지금도 늘 살얼음을 밟는 심정으로 임하고 있지요. 그럼에도 어떤 의미에서 보면, 쌍통은 중국의 제조업체들 가운데 존엄적인 생산과 과학적인 발전을 실현한 기업이라고 자평하고 싶습니다.

혁신을 말할 때, 우리는 우리의 특허나 디자인의 수량, 과학 기술의 함량을 드러내려 애쓰지 않습니다. 저는 우리의 진정한 혁신은 마인드 혁신에서 시작된다고 생각합니다. 오직 마인드를 혁신해야만 모든 경영이나 모든 관리 활동에서의 혁신을 이룰 수가 있는 것입니다. 왜냐하면 우리는 차별화를 추구하기 때문입니다. 오직 차별화를 추구해야 우리의 비즈니스는 자신만의 가치를 형성할 수 있는 것입니다. 또 독자적인 가치를 형성해야만 우리의 기업은 선순환을 할 수가 있으며, 더 큰 생산능력과 더 큰 이익을 얻을 수 있습니다.

몇 해 전에 『저장일보(浙江日报)』 우리 회사를 보도하면서 싸울 때마다 패하고(屢战屢败, 우리는 동종업자들과 정면으로 경쟁해서는 이기기 힘듭니다.), 패할 때마다 퇴출되고(屢败屢退), 퇴출될 때마다 업그레이드하고(屢退屢升), 업그레이드 할 때마다 전환한다(屢升屢转)라는 네 마디 말로 개괄한 적이 있습니다.

천아이하이 : 싸울 때마다 패하고, 패할 때마다 퇴출하고, 퇴출할 때마다 업그레이드하고, 업그레이드 할 때마다 전환한다. 참 아리송한 말이네요.

러우종핑 : 중요한 것은 마지막 두 마디입니다. 남들도 할 수 있는 것을 우리는 하지 않고, 우리가 하는 제품은 남들이 할 수 없는 것이어야 합니다. 상업의 핵심은 차별화입니다. 즉 남들이 하지 못하는 것을 우리가 해야 하고, 남들도 할 수 있게 되면 우리는 과감히 퇴출하고, 퇴출해서는 새로운 발전 공간을 찾아내고, 새로운 단계에 진입하여 더 높은 산업발전의 수준에 도달하는 것입니다. 오늘날 플라스틱 빨대의 백색 오염 가능성이 회자되고 있습니다. 플라스틱 쓰레기가 될 수 있기 때문입니다. 영국이 추진하는 세계적인 환경보호 조치로

2017년부터 우리의 플라스틱 빨대는 EU에서 판매를 금지당했습니다. 캐나다와 호주에, 뉴질랜드에서도 판매를 금지하고 있으며, 심지어 인도에서도 제한을 받기 시작했습니다. 중국도 몇 년이 지나면 반드시 제한할 것입니다. 사실 우리는 2005, 2006년에 이미 이 산업이 반드시 지속가능하지 않을 것이라고 생각했습니다. 때문에 2006년에 바이오플라스틱 빨대 개발을 완료했습니다. 이런 빨대는 전분으로 만들어집니다.

천아이하이 : 환경오염이 없겠군요.

러우종핑 : 45일 후면 녹아버립니다.

천아이하이 : 분해되는군요.

러우종핑 : 맞습니다. 분해가 되는 것이지요. 현재 우리는 또 펄프 빨대를 개발했습니다. 펄프 빨대는 완전 분해가 가능하기에 플라스틱과 같은 백색 오염을 걱정할 필요가 전혀 없지요. 2017년부터 현재까지 우리의 플라스틱 빨대의 생산량은 절반으로 줄었습니다. 분해 가능한 빨대 생산량이 일 년여 사이에 전체의 절반으로 성장한 셈이지요. 만약 우리가 십여 년 전에 이와 같은 생산라인을 준비하지 않았더라면 이미 망했을지도 모릅니다. 현재 우리의 주문은 다음해 1월까지 밀렸습니다. 세계적으로 환경보호 붐이 일면서 분해 가능한 빨대의 주문이 폭발적으로 늘었기 때문입니다. 그런데 이러한 제품을 모든 업체들이 다 만들 수 있는 것은 아닙니다. 그래서 공급이 수요를 따라가지 못하는 상황입니다. 만약 우리가 십여 년 전에 이런 혁신적인 의

식이나 마인드가 없었더라면 오늘날 어려움에 처할 수밖에 없었겠죠.

천아이하이 : 그런데 문제는 분해 가능하게 하려면 원가가 상승할 수밖에 없을 텐데 이런 원가 상승이 시장에서 위축을 초래하지 않을까요?

러우종핑 : 현재 우리의 월 매출이 지난 10여 년 동안의 매출보다 더 많습니다. 왜일까요? 사람들이 아직 문제를 의식하지 못하고 있을 때, 상업은 원가와 가성비에만 집착합니다. 그래서 당시 우리가 새로 개발한 제품은 원가가 높아서 주문량이 높지 못했습니다. 하지만 현재는 전체 산업이 변혁을 맞이했습니다. EU 전체에서 플라스틱 빨대를 금지했고 영국에서 금지했습니다. 유럽과 캐나다 인도 등에서 금지했습니다. 그런데 비싸졌다고 쓰지 않을 수는 없거든요. 그리고 비싸다는 것도 정도가 있습니다. 원래 하나에 1전 하는 것이 4전이나 5전이 되었고 원래 5전 하던 것이 10전이나 20전이 된 것뿐입니다. 하지만 우리는 이를 위해 완전히 새로운 생산라인을 구축했습니다. 이러한 새로운 생산라인은 과학기술과 지식재산권이 밑바탕이 되어야 합니다. 차별화 기술이 필요합니다. 따라서 새로운 가격체계가 형성이 되고 이윤 역시 전통적인 빨대보다 높을 수밖에 없는 것입니다. 우리는 이런 산업 발전의 혁명에 직면했지만, 이는 결과적으로 우리에게 호재로 작용하여 지난 2년 동안 우리 회사는 오히려 역주행을 했습니다.

천아이하이 : 원래의 플라스틱 빨대가 분해 가능한 빨래로 바뀌었습니다. 그렇다면 앞으로 먹을 수 있는 빨대도 나오지 않을까요? 음료수를 빨아 마시고 나서 아예 빨대까지 먹어버리면 더 좋지 않을까요?

러우중핑 : 그렇죠. 사람이 먹지 않더라도, 다른 음식물쓰레기와 함께 수거되어 돼지나 기타 가축의 사료로 재활용될 수도 있습니다. 더 친환경적이지요.

천아이하이 : 하이얼(海尔)의 장뤠이민(张瑞敏)이 냉장고를 부순 일화는 유명합니다. 회장님도 오래 전에 '빨대를 불태운' 일화가 있습니다. 모두 제품의 품질을 위한 것이었지요. 일단 당시 제 느낌부터 얘기해보겠습니다. 처음에 저는 냉장고는 가격도 비싸고 기술력도 따라줘야 하고 관련 부품들도 많으니 품질을 강조하는 것은 아주 중요하지만, 빨대는 특별한 기술력을 요하는 것도 아닌데 그 정도로 품질을 강조할 필요가 과연 있을까? 하는 의문을 가졌었습니다. 하지만 나중에 다시 생각해보니, 사람이 직접 입에 물고 흡입하는 도구이니 품질이 중요할 수밖에 없다는 생각이 들었지요. 그렇다면 회장님께서는 빨대의 품질 관리를 위해 어떤 노력을 하셨습니까?

러우중핑 : 전통적인 사고방식에서는 이런 제품은 어차피 한 번 쓰고 버리는 것이니 구태여 품질을 따질 필요가 없다고 생각할 것입니다. 흡입하기 편하기만 하면 된다는 것이죠. 이러한 인식은 상업 발전의 초기단계 또는 사회 발전의 초기단계에서는 받아들일 수 있습니다 하지만 사회적, 경제적 발전과 경쟁 환경이 심화됨에 따라 사람들은 자연스럽게 더 나은 제품을 선택할 것입니다. 쌍퉁이 업계의 선두주자이기 때문에 우리는 당시 강한 위기감을 가지고 있었습니다. 이러한 선두주자를 얼마나 오래 유지할 수 있을지에 대한 고민이었지요. 그래서 이때 차별화된 사고나 혁신적인 사고를 하게 되었고, 우리의 제품이 점차적으로 일본시장에 진입하고 점차적으로 EU시장에 진입

해야 한다는 것을 깨닫게 되었습니다. 일본시장이나 EU시장에 진입하는 것은 우리가 원한다고 해서 되는 것이 아닙니다. 일본시장과 EU시장은 당시 세계에서 제품 품질에 대한 요구가 가장 높았습니다. 특히 초기에 우리는 일본시장에서 고전을 면치 못했습니다.

2004년으로 기억합니다. 우리는 10개가 넘는 컨테이너 분량의 빨대를 일본으로 발송했지요. 일본의 이 바이어는 우리가 2년 넘는 시간을 들여서 쟁취했는데, 가격이 좋고 고객 충성도도 높았지만 품질에 대해서는 아주 엄격했습니다. 하지만 우리는 그 전까지 저가 시장만 개척해왔기에 일본이라는 시장에 대한 이해가 부족했습니다. 일차 물량으로 6개 컨테이너가 일본으로 발송되었는데, 대금이 126만 위안이었습니다.

천아이하이 : 그 시절로 치면 꽤 큰 금액이었네요.

러우종핑 : 그렇습니다. 2004년이었으니까요. 그리고 보름이 지나서 일본 바이어가 저에게 이메일을 보내왔습니다. 그 이메일은 제가 지금도 보관하고 있습니다. 그는 우리의 제품에 머리카락과 종이부스러기가 있고 먼지가 있다고 했습니다. 그래서 고객들의 컴플레인이 이어지고 있다고 하더군요. 당시 우리의 관념에서는 그 정도 불량은 생길 수도 있는 게 아니냐는 마인드였습니다. 하지만 일본 소비자들은 중국 소비자들과 달랐고 미국 소비자들과도 달랐습니다. 우리의 경우는 불량 빨대를 받았으면 버리고 새 것으로 바꾸면 그만이라는 마인드였지요. 하지만 일본사람들은 그렇게 생각하지 않았습니다. 그들은 불량품이 한 개가 있으면 두 개가 있고 세 개가 있을 수 있다고 생각하지요. 그리고 이런 문제를 대함에 있어서 일본 소비자들은 매

우 엄격하고 진지합니다. 그들은 왜 문제가 발생했는지 반드시 이유를 확인해야 합니다. 그래서 일본 소비자들이 불만을 제기하면 해당 가게나 상점은 물론 도매 라인에까지 문제가 생깁니다.

당시 우리는 뾰족한 방법이 없어서 리콜하려고도 했습니다. 하지만 6개 컨테이너 분량이 이미 일본 각지의 가게로 보내졌기에 리콜 비용이 제품 값보다 훨씬 더 높았습니다. 1개월 남짓 끌다가 결국에는 이미 보내진 분량은 그냥 포기하겠다고 했습니다. 하지만 바이어가 안 된다고 하네요. 왜 그러냐니깐, 불량품이어서 전량 폐기해야 하는데 폐기비용이 발생하니 그 비용을 우리에게 부담하라고 하더군요. 그래서 울며 겨자 먹기로 17,000달러의 폐기비용을 추가로 지불해야 했습니다.

이는 우리에게 그야말로 큰 타격이었습니다. 당시 닝보(宁波) 항구에 4개의 컨테이너가 선적을 기다리던 참이었고, 공장에도 여러 개 컨테이너 분량의 생산을 완료한 상태였습니다. 전체 대금은 300만 위안에 달했지요. 별다른 방법이 없었습니다. 일본시장에 제대로 진입하려면 반드시 우리의 마인드를 바꾸고, 우리의 관리방식을 바꾸고, 우리의 관념을 바꿔야 했습니다. 우리는 닝보에 대기 중이던 컨테이너 4개를 되돌려 와서 다시 품질검사를 했습니다. 다시 검사해봤더니 실제로 문제가 많더군요. 이 사건으로 우리는 200만 위안 넘게 손해를 봤습니다. 나중에 우리는 불량품 일부를 공장 입구의 공지에 쌓아놓고, 전체 임직원들이 보는 앞에서 불태워버렸습니다. 당시 저는 그렇게 말했습니다. 오늘 우리가 큰 손해를 보면서 일본의 요구조건을 파악했으니, 앞으로 옛날 마인드나 관념을 버리고 새롭게 시작하는 거라고. 정말로 뼈에 사무칠만한 교훈이었습니다.

제조업 기업을 백년 기업으로 만들어

천아이하이 : 회장님은 혁신을 이야기하고 빨대를 분해 가능하고 심지어는 식용 가능하게 만들어야 한다고 했습니다. 또 품질도 강조했습니다. 혁신을 이루고 품질을 개선하는 데는 많은 비용이 발생합니다. 하지만 사실이 증명하다시피, 이는 결과적으로 기업에 플러스가 되는 것이군요.

러우종핑 : 저는 이것은 일종의 선순환이라고 생각합니다.

천아이하이 : 요즘 어떤 기업들에서는 친환경을 이야기하면 원가가 상승한다고 손사래부터 칩니다.

러우종핑 : 원가는 생산 효익(产出效益)과 관련됩니다. 생산 효익과 연결되지 않는 원가 투입은 한 푼이라도 고비용에 해당합니다. 쌍통은 남들보다 독특한 마인드를 가지고 있습니다. 우리가 가장 비싼 고급 설비로 빨대를 생산하고 있다는 것을 사람들은 상상하기도 어려울 것입니다. 왜냐하면 빨대는 일반 공장들에서도 얼마든지 생산해낼 수 있기 때문입니다. 하지만 쌍통에 와보면 압니다. 쌍통의 공장 전체는 마치 5성급 호텔과 같습니다. 모든 직원이 사용하는 물건, 모든 직원의 화장실, 모든 직원의 침실, 심지어 직원 식당도 모두 3성급, 4성급, 5성급 호텔에 맞먹는 시설을 갖추고 있습니다.

천아이하이 : 이 점은 저희가 오늘 여기로 와서 실제로 경험했습니다.

러우종핑 : 우리는 15년 전에 이미 이렇게 해왔습니다. 때문에 많은 사람들이 쌍통에 와서 참관하고 나서 이우 기업에 대한 인식을 바꿨습니다. 또 외국 기업이나 외국 언론이 쌍통을 참관하고 나서는 중국산 제품에 대한 인식이 바뀌었습니다.

기업경영의 차원에서 보면 저는 투자를 아끼지 말아야 한다고 생각합니다. 많은 사람들이 투자를 함에 있어서 최초의 이삼년이나 사오년을 내다봅니다. 쌍통은 20년이나 30년을 내다봅니다. 30년 후에도 우리의 설비는 가장 좋은 것이어야 하지요. 그래서 설비 투자는 가장 좋은 하드웨어를 선택하고, 공장을 짓는 것도 가장 좋은 것으로 해야 하며, 직원들이 사용하는 물건도 가장 좋은 것으로 마련해야 합니다. 이를테면 우리는 2003에 공장을 지으면서 직원 침실에 565위안짜리 콜러(KOHLER) 수도꼭지를 설치했습니다. 일반 수도꼭지를 사용하면 5위안이면 가능한데도 말입니다. 당시만 해도 일반 가정집에서도 콜러 수도꼭지를 쓸 엄두를 내지 못했지요. 당시 300개가 넘는 방에 모두 콜러 수도꼭지를 설치했는데 거의 15년이 다 된 지금까지 망가진 것이 하나도 없습니다. 이제부터 계산을 해봅시다. 만약 15년에 이르는 동안 싼 아연합금 수도꼭지를 사용했다고 합시다. 해마다 두 번은 교체해줘야 했을 겁니다. 그렇게 되면 15년 동안 그 비용이 565위안을 초과하게 될 겁니다. 유지보수 비용과 인건비 및 물 낭비로 초래되는 비용 등을 합치면 말입니다. 그리고 특별히 언급할 것은 '깨진 유리창 효과'입니다. 여기저기 파손되고 망가지면 직원들도 될 대로 되라는 식으로 그냥 내버려두게 될 겁니다. 하지만 쌍통은 다릅니다. 우리의 모든 하드웨어는 모두 15년 전에 마련한 것이지만 아직도 상태가 아주 좋습니다. 우리가 퀄리티가 높은 제품만 사용했기에 직원들도 함부로 대하지 않았고 따라서 긍정효과를 이끌어낸 것입니다.

기업은 과감하게 투자하고 직원들이 제 물건처럼 아끼게 되어 결과적으로 비용이 절감되는 효과까지 얻게 된 것이지요.

천아이하이 : 쌍퉁직원식당의 밥상 하나가 15,000위안이라고 들었습니다.

러우종핑 : 17,000위안입니다.

천아이하이 : 밥상 하나에 의자 두 개 가격이 그렇게 비싸다고요?

러우종핑 : 그렇습니다. 저는 그렇게 생각했습니다. 직원들이 저보다 더 좋은 것을 사용해야 합니다. 제가 집에서 좀 못한 걸 사용해도 괜찮습니다. 왜 그럴까요? 직원들이 사용하는 건 공공기물이기에 사용자가 많고 사용 빈도가 높습니다. 또 하나 공공기물이기에 아무래도 집에서보다 거칠게 사용할 때가 많지요. 그래서 저는 망치를 내리쳐서 일부러 부수지 않는 한 쉽게 망가지지 않는 기물을 사용하려는 것입니다. 그래서 당시 직원용 밥상은 10cm 두께의 통나무 원목을 사용했습니다. 모두 마호가니 원목이지요. 지금 십년 넘게 지났지만 파손된 것이 하나도 없습니다. 이삼년에 한 번씩 페인팅만 해주면 새것처럼 깔끔합니다. 앞으로 50년이 더 지나도 이 밥상들은 파손되지 않을 거고, 오히려 더 값이 나가게 될 것입니다. 그러니 장기적으로 보면 돈을 절약하는 게 되지 않나요?

천아이하이 : 그렇습니다. 지금 말씀하신 것들은 중국의 다른 기업이나 다른 기업인들에게 시사하는 바가 크다고 생각합니다. 그들이

참고할만한 가치가 있다고 생각합니다. 여기서 또 다른 문제는 지금 우리가 대화하고 있는 현장이 회장님 사무실이라는 겁니다. 회장실에 5개의 책상이 있고 회장과 사장, 부사장 등 5명이 한 사무실에서 업무를 보고 있습니다. 이것은 연간 생산량이 2, 3억 위안에 달하는 기업으로 치면 흔치 않은 일입니다. 왜 이렇게 배치했는지 궁금합니다.

러우종핑 : 기업 경영에 있어서, 혁신이라고 하면 많은 사람들이 발명·특허·기술·연구개발·디자인 등을 떠올립니다. 이런 것들은 당연히 혁신이 맞습니다. 하지만 진정한 혁신은 마인드 혁신이라고 생각합니다. 경영관리 방식의 혁신 역시 기업의 발전에 아주 중요합니다. 그 역할은 발명이나 특허, 지적재산권에 뒤지지 않습니다.

쌍통은 실제로 이러한 혁신적인 마인드를 장착한 후 인사관리와 행정구조에 대해서도 새로운 인식을 갖게 되었습니다. 예를 들어 저는 독립적인 사무실이 없습니다. 즉 직원들과 동등한 위치에서 일하고 소통합니다. 어떤 밀폐된 공간에 스스로를 가두지도 않습니다. 개방적이고 투명한 기업을 만들려고 노력하고 있지요. 훌륭한 기업이라면 햇볕에 노출되는 것을 두려워하지 말아야 합니다.

천아이하이 : 그래서 사무실 벽이 모두 유리로 되었군요.

러우종핑 : 그렇습니다. 모든 임직원들이 남의 사무실에 자유롭게 들어갈 수 있고, 모든 사람들이 회장을 자유롭게 만날 수 있습니다. 모든 사람들이 같은 테이블을 사용하고 평등하게 소통합니다. 스스로를 폐쇄시킬 필요가 있습니까? 이런 방식으로 직원들과의 장벽이나 사회와의 장벽을 파괴하고, 나아가서는 외부세계와의 장벽을 파괴하

는 것입니다. 따라서 전환 효율성, 조직 효율성 및 전반적인 행정 효율성이 크게 향상되게 하는 것입니다. 우리의 이 사무실 구조에 대해서는 세 마디로 개괄할 수 있습니다.

첫 번째는 조직 간소화(组织扁平化)입니다. 중간관리자를 빼는 것이죠. 왜 그렇게 할까요? 인터넷이 사람들 사이의 물리적 공간을 변화시켰기 때문입니다. 사장이나 회장은 직접 직원들과 일대일 면담이 가능합니다. 조직체계를 간소화하고 나면 최단거리의 효과적인 연결과 소통이 가능해집니다. 기업을 운영함에 있어서 스스로를 폐쇄시키지 말아야 합니다. 높은 위치에 서서 훈계하려 하지 말고 직원들과 동등한 위치에 있어야 합니다. 그래야 직원들이 진실을 말하고 제대로 일하게 됩니다. 그래야 사무실 정치가 사라지고 조직 전체의 업무 효율성이 극대화될 수 있지요.

두 번째는 부서들 사이의 유기적인 연결입니다. 즉 부서는 본질적으로 테두리 구조가 아닌 벌집 구조여야 합니다. 왜 그래야 할까요? 벌집은 자연계에 가장 효율적인 형태입니다. 주변과의 상호 교류와 협조를 가장 가까이서 가장 효과적으로 할 수 있지요. 부서와 부서 간에는 반드시 개방되어야 합니다. 무슨 일이든 먼저 회장에게 보고하고, 사장에게 보고하고, 회장이 회답하고, 사장이 결재를 할 때까지 기다려서야 비로소 진행을 한다고 하면, 많은 시간을 지체하고 많은 기회를 낭비하게 될 수밖에 없습니다. 행정 효율성이 크게 떨어지죠.

세 번째는 권력은 사무에 따라 이동한다는 것입니다. 우리는 권력은 일선에 있다는 것을 분명히 합니다. 즉 모든 권력은 분산되어 있습니다. 회장은 회장의 일을 해야 하고, 사장은 사장의 일을 해야 합니다. 기업의 모든 권력을 한손에 틀어쥐려고 해서는 안 됩니다. 과감히 권력을 내려놓고 위임하여 일선 사람들이 더 많은 권력을 얻을 수 있도록 해야 합니다. 예를 들어, 우리의 영업사원이 바이어와 상담할 때, 해당 업무를 가장 잘 알고 있는 사람은 회장도, 사장도, 부서장도 아닌 영업사원입니다. 따라서 이 주문은 받을 수 있는지, 이 주문을 어떻게 받아야 하는지, 구체적으로 어떻게 해야 하는지는 영업사원이 능동적으로 하도록 해야 합니다. 그렇게 해야만 직원들의 지혜나 능력, 능동성을 극대화할 수 있습니다.

우리의 전반적인 행정구조는 조직 간소화, 부서들 사이의 유기적 연결, 사무에 따른 권리 이동 이 세 가지로 요약됩니다. 일을 맡은 사람이 분담하고 책임지는 것이니, 아주 과학적입니다. 그런데 이런 관리방식은 중국에는 아직 거의 없습니다. 물론 중국의 외자기업들에서는 종종 보이고, 외국에 나가보면 아주 많습니다.

'지마오환탕'에서 다시 출발하다

천아이하이 : 어떤 언론에서 회장님을 보도할 때, "차오더왕(曹德旺)은 도망갈 수 있어도 러우종핑(楼仲平)은 도망가지 못한다."고 했지요. 이게 무슨 의미입니까?

러우종핑 : 저는 종래 도망간다는 생각을 해본 적이 없습니다. 제가 도망갈 생각을 했었다면, 오래 전에 이미 빨대 사업을 접었을 것입니다. 물론 도망갈 만한 조건이 없었던 것은 아닙니다. 하지만 도망갈 생각은 정말로 해보지 않았습니다. 중국은 방대한 인구를 보유한 거대한 경제체입니다. 14억 인구가 먹고 살려면 제조업을 떠날 수가 없습니다. 중국의 경제발전은 여러 단계를 거쳤고 시행착오도 겪었지만 전체적으로 보면 지속적으로 좋은 방향으로 나아가고 있습니다. 나라

에서는 실물 제조업에 대해 점점 더 중시하고 있습니다. 정책도 점점 더 좋아지고 있습니다. 오랫동안 제조업을 한 사람으로서 저는 이 점을 피부로 체감하고 있습니다.

저는 많은 나라에 가봤습니다. 저는 중국이라는 경제체(经济体)가 세계적으로도 가장 자유로운 경제체라고 생각합니다. 미국이나, 유럽, 일본, 한국 등 나라와 지역들은 정책이나 관련 규정이 성숙되어 모든 창업기업들에게 같은 룰을 적용합니다. 오직 중국만이 영세기업이나 중소기업을 우대하지요. 따라서 중국에서 창업에 성공하지 못한다면 해외에서 성공할 생각을 아예 하지 말아야 합니다. 중국은 스타트업 창업에 규제가 가장 적고 포용적이며 해당 자원이 가장 풍부한 곳이라고 감히 장담합니다. 이것은 미국도 할 수 없고, 일본도 할 수 없고, 한국도 할 수 없고, EU도 할 수 없습니다.

저는 중국의 미래 발전은 제조업에 달려있다고 생각합니다. 중국의 가장 큰 장점은 무엇입니까? 바로 방대한 인구입니다. 만약 미국이 중국 의존도를 줄인다고 합시다. 그러면 우리는 국내 시장을 발굴하면 됩니다. 혁신적인 마인드를 가지고 노력하기만 한다면 중국에서 어려운 사업이 없습니다. 그래서 제가 창업자들을 격려하는 말이 있습니다. 우리는 빨대 하나만 가지고도 잘 해내는데, 당신들이 불만을 가질 일이 뭐가 있느냐고요. 그렇지 않나요? 창업자나 사업가는 이것저것 불평할 이유가 필요가 없습니다. 스스로에게서 문제점을 찾으려는 노력이 우선되어야 합니다. 어떤 사람들은 정책을 탓하고, 체제를 탓하고, 환경을 탓하고 사회를 탓합니다. 하지만 우리에게 주어진 환경은 나쁘지 않습니다. 우선 스스로를 바꾸어야 합니다. 보잘것없는 빨대 하나만 가지고도 성공할 수 있는데, 다른 것이라고 못해낼 이유가 없지요.

천아이하이 : 모든 사람이 다 성공한다고는 할 수 없지만, 정성을 쏟아서 노력한다면 대부분 사람들은 성공할 수 있지요. 불평은 아무런 쓸모도 없습니다.

러우종핑 : 그렇지요. 또 혹시라도 중국시장에서 경쟁이 지나치게 치열해지면, 글로벌시장으로 목표를 바꿀 수도 있습니다. 동남아나 인도시장도 있습니다. 중국에서 어려워지면 외국시장을 개척할 수 있습니다. 새로운 각도에서 문제를 해결하는 방법을 강구할 수 있습니다. 핑계나 구실은 통하지 않습니다. 궁극적으로 보면 성공하지 못하는 원인은 결국 스스로에게 있습니다.

천아이하이 : 개혁개방의 혜택으로 이곳 이우에서 성공한 사람들이 많습니다. 기업들도 신속한 발전을 이루었지요. 지금 개혁개방 40년에 즈음하여, 이우에서는 "'지마오환탕'에서 다시 출발하고, 이우의 정신을 발양시키자." 라는 구호를 제기하고 있습니다. 회장님이 보시기에 40년이나 지난 지금 왜 또다시 '지마오환탕' 정신을 고취하려는 겁니까?

러우종핑 : 1979년부터 지금까지 저는 줄곧 '지마오환탕' 마인드로 일했다고 할 수 있습니다. 40년 전에 멜대를 메고 돌아다니던 행상꾼이었던 저나 지금의 저나 상업적인 각도에서 보면 본질적으로는 동일합니다. 상업의 원리는 천고불변이라고 할 수 있지요. 이우가 남들보다 더 우선적으로 발전할 수 있었던 것은 일종의 인문정신과 관련이 있습니다. 그게 바로 '지마오환탕' 정신입니다. 물론 '지마오환탕' 정신 역시 당시 우리가 멜대를 메고 행상노릇을 하던 것처럼 지속적

으로 혁신하고 변화 발전시켜야 합니다. 마찬가지로 이우가 그렇고, 중국 전체가 그렇고, 우리들 기업이나 개인들도 그렇습니다. 이우의 40년 발전을 저는 한눈으로 지켜봤습니다. 말끔하게 가난하던 곳에서 글로벌 일용품 중심으로 되었고, 글로벌 전자상거래 중심, 물류의 중심이 되었지요. 이는 '지마오환탕' 정신과 관련이 있습니다. 이를테면 '6을 주고 4를 갖는다(六進四出)' 는 것입니다. 즉 내가 번 돈의 6할은 남들에게 내어주고 4할만 자기가 갖는다는 것이지요. 이는 변하지 않는 상업원리입니다. 그러니까 상업에서의 분배메커니즘을 이해해야 합니다. 혼자서 독차지하려 해서는 안 되지요. 남들이 더 많이 갖게 해야 결과적으로 더 많은 것을 얻게 됩니다.

남들한테 더 많이 주고, 어떻게 더 많은 것을 얻을 수 있을까요? 이것을 이해하려면 지혜가 필요합니다. 이런 지혜는 우리 선조들한테서 왔습니다. 우리 선조들이 '지마오환탕' 을 하면서 축적한 것입니다. 이우가 지금과 같은 발전을 이룬 것은 조금도 이상할 게 없습니다. 남들은 이우의 기적이라고들 하지만 전혀 기적이라고 할 수 없습니다. 왜냐하면 우리의 유전자속에는 이와 같은 상업적인 인식을 품은 피가 흐르고 있습니다. 이러한 문화적 유전자가 이우의 오늘을 만들었지요. 특히 개혁개방의 좋은 정책이 나오면서, 이우의 장점이 부각되기 시작했습니다. 이우 사람들은 포용적이고 개방적이며 남들을 배척하지 않는 정신이 있습니다. 이우는 모든 창업자들을 격려하고, 모든 외지상인들이 이우에 와서 경영에 참여하는 것을 격려해왔습니다. 그렇게 점차 오늘의 이우가 있게 된 것입니다. 이는 '지마오환탕' 과 관련이 있습니다. 그래서 이우시 정부에서는 '지마오환탕' 에서 다시 출발한다고 하는 것입니다. 물론 이는 우리에게 다시 멜대를 메라는 말이 아닙니다. 이러한 정신을 고취하고 계승 발양하자는 의미지요. 우리의 '지마오환탕' 정신은 버려서는 안 됩니다. 영원히 이어나가야 합니다.

천아이하이 : 앞에서 언급한 화제로 돌아가 보겠습니다. 기업은 창업이나 경영과정에서 불평하지 말고 스스로의 문제점부터 찾으라고 하셨는데, 이것 역시 '지마오환탕' 정신의 체현이라고 할 수 있지 않을까요?

러우종핑 : 이우 사람들은 장사를 함에 있어서 아주 소박합니다. 이우가 오늘처럼 중국에서 시장화 정도가 가장 완벽한 지역으로 될 수 있었던 것은 그 시장과도 관련이 있지만 이우시 정부의 역할과도 관련이 있습니다. 이우시 정부는 줄곧 미니정부를 지향하고 있습니다. 이우 사람들은 여러 가지 문제를 해결함에 있어서 정부를 찾지 않습니다. 제가 현재 대학에서 강의를 하거나 사회적으로 교류를 할 때, 창업자들에게 강조하는 말이 있습니다. 두 곳을 적게 찾아가라고요. 하나는 은행입니다.

천아이하이 : 은행을 적게 찾는다고요?

러우종핑 : 회사를 운영해서 여러 가지를 축적하게 된 후, 자본이라는 지렛대를 이용하려고 하지 말아야 합니다. 자본이라는 지렛대를 다루는 사람은 영원히 소수입니다. 특히 이우와 같은 전통기업들은 은행을 적게 찾는 것이 좋습니다. 그래야 마음이 편하고 거시적인 영향도 덜 받게 됩니다.

다음으로 적게 찾아야 할 곳은 정부입니다. 정부에 찾아가서 뭔가 자원을 얻어내거나, 특별한 혜택을 얻어내려는 생각을 버려야 합니다. 이미 그런 시대는 지나갔습니다.

이 두 곳을 덜 찾는 기업은 필히 더 오래 살아남을 것입니다. 왜냐하면 그런 기업은 더 객관적이고 시장화 정도가 더 깊으며 외부의 거시적 환경의 영향을 더 잘 견딜 수 있기 때문입니다. 쌍퉁이 바로 그런 기업입니다. 우리는 거의 부채가 없습니다. 그래서 외부 환경의 영향에서 상대적으로 자유롭습니다. 시세가 좋을 때 더 많이 벌고 시세가 나쁠 때 덜 벌고, 아주 불황일 때는 못 벌어도 괜찮습니다. 기업의 사명은 얼마나 크게 할 수 있느냐는 것이 아닙니다. 우리의 일생에서 눈에 잘 띄지 않는 사소한 일이라도 완벽하게 잘 해낸다면 그것 역시 위대한 일입니다. 반드시 100억 기업을 만들어야 하고, 하루 종일 허무맹랑한 구호를 외쳐야만 하는 것이 아닙니다. 그런 식으로 시장법칙을 어긴다면 지속 가능한 발전이 어렵다고 저는 생각합니다.

천아이하이 : 두 곳을 적게 찾으라고 하셨는데, 충분히 새겨들어야 할 점이라고 생각합니다. 은행을 적게 찾고 정부를 적게 찾는 것은 어떤 의미에서 말하면 아주 중요하고 이치에 맞는 말씀입니다. 그 동안 우리의 많은 기업들은 문제에 부딪치면, 스스로 해결책을 강구하기보다는 연줄을 찾아 뒷거래를 하려 했고, 인맥을 이용하여 해결하려고 했었지요.

러우종핑 : 물론 이는 해당 지역의 상업 환경이나 행정 환경과 관계가 있습니다. 이우는 우리처럼 하는 게 가능하지요. 하지만 중국의 모든 지방에서 다 가능하다고는 할 수 없습니다. 이우에서는 시장(市长)이 아닌, 시장(市长)을 통해 문제를 해결하는 것이 충분히 가능합니

다. 우리는 줄곧 이렇게 해왔습니다. 정부나 시장(市长)은 종래 우리를 괴롭힌 적이 없습니다. 쌍통은 건강합니다. 이우 역시 건강합니다. 이것이 바로 상부상조하는 것이고 서로 윈윈하는 것이지요.

대　　　화 : 장화메이(章华妹)
대화시간 : 2018년 8월 24일
대화장소 : 저장(浙江)성 원쩌우(温州)시 화메이의류부자재유한회
　　　　　사 (华妹服装辅料有限公司)
대 화 인 : 천아이하이: 중앙방송총국 '경제의 소리' 수석논설위원
　　　　　장화메이, 원쩌우 화메이의류부자재유한회사 대표

장화메이(章华妹)

- 저장성 원쩌우 화메이의류부자재유한회사 대표. 1979년부터 노
  점 장사를 시작했고, 1980년에 전국에서 제일 처음으로 자영업
  영업허가를 취득했다.

첫 자영업자 영업허가증이 가져온 큰 변화

'투기매매'에서 합법경영으로

천아이하이 : 개혁개방을 시작한지 40년이 되었습니다. 대표님도 장사를 시작한지도 40년이 거의 다 되었습니다. 1979년에 시작했으니까요. 중국에서 제일 처음으로 자영업 영업허가를 취득하셨지요. 그동안 언론의 주목을 많이 받으셨고 인터뷰도 많이 하셨습니다. 지금 개혁개방 40년이라는 이 중요한 시점에 대표님께서 당시 상황을 다시한 번 회억해주셨으면 합니다. 아마 많은 사람들이 듣고 싶어 할 것입니다.

장화메이 : 1979년 당시 우리 집은 제팡뻬이로(解放北路)에 위치해 있었습니다. 당시 원쩌우에서 제팡쩨이로는 번화가라고 할 수 있었지

요. 저는 집 문 앞에서 조그마하게 노점을 차리고 장사를 시작했습니다.

천아이하이 : 당시에는 11기 3중전회(十一届三中全)가 이미 열리고 있었지요. 그때 우리나라가 개혁개방 정책을 실시할 것이라는 걸 알고 있었습니까?

장화메이 : 당시까지는 몰랐습니다. 1979년 하반기가 되어서야 국가에서 새로운 정책이 나올 것이라는 걸 알았습니다. 당시 우리 원쩌우(温州)에서는 공상국(工商局)을 설치했었습니다. 당시 우리는 동구(东区)에 있었지요. 제광삐이로는 우리 원쩌우의 동구에 속했습니다. 우리 집 부근에 공상분소(工商分所)가 하나 있었는데 거기 사람들이 찾아와서 개혁개방을 했으니 장사를 할 수 있고 경영범위도 확장할 수 있다고 하더군요. 저는 곧바로 아버지에게 국가에서 새로운 정책이 나왔으니 공상소(工商所)에 가서 서류를 작성해야 한다고 말씀드렸지요. 저는 그 길로 공상소에 가서 서류를 작성했습니다. 증명사진 두 장이 필요했는데 한 장은 관련 서류와 함께 보존해두는 것이고, 다른 한 장은 영업허가증에 붙이는 것이었습니다.

천아이하이 : 그리고 영업허가증을 받았습니까?

장화메이 : 나중에 허가가 내려왔습니다. 1980년에 정식으로 영업허가증을 받았지요. 영업허가를 취득한 뒤 우리는 살던 집을 개조했습니다. 창문을 트고 판매대를 설치했지요. 나중에 저는 단추를 팔았습니다. 단추는 저와 인연이 있었지요.

천아이하이 : 기회와 인연이 맞았군요.

장화메이 : 바로 그겁니다. 당시만 해도 원쩌우에는 단추상점이 없었습니다. 지나가는 사람들 가운데 단추가 없냐고 묻는 사람들이 꽤 되었지요.

천아이하이 : 시장의 수요를 발견했군요.

장화메이 : 제가 시장 수요를 발견한 것입니다. 당시 수요량이 아주 컸습니다. 당시 저는 결혼식은 못 올리고 약혼만 한 상태였습니다. 1980년에 약혼하고 나서 우리 둘은 바로 상하이(上海)로 향했습니다. 상하이의 청황묘(城隍廟)를 찾아갔지요. 그곳의 단추가 예쁘거든요. 거기서 물건을 들여다가 원쩌우에서 팔았는데 예상대로 장사가 잘 되더군요.

천아이하이 : 값을 조금 붙여서 팔았나요?

장화메이 : 당시는 급여가 얼마 안 되었지요. 한 달 월급이 고작 몇십 위안에 불과했으니까요. 그래서 단추 장사를 하는 것도 괜찮겠다고 생각한 겁니다. 그렇게 장사를 하다가 1982년에 시집을 가게 되었습니다. 당시 원쩌우의 풍속은, 여자는 시집을 가면 친정집의 것을 물려받을 수 없었습니다. 그래서 제가 하던 장사는 변경우로 지원을 나갔다가 막 돌아온 오빠의 차지가 되었습니다. 나중에 아버지가 그랬습니다. 오빠는 장사를 못해봤으니 경험이 많은 네가 도와줘라. 그래서 저는 아버지 말씀대로 고분고분 오빠의 직원으로 일하게 되었습니

다. 그렇게 2년 정도 일하다가 1985년에 아들을 출산했지요. 그리고 1986년에는 독립해서 따로 장사를 하게 되었습니다. 당시 아버지의 요구는 딱 하나였습니다. 혼자 독립해서 해도 되는데 오빠가 하는 것과 같은 것을 해서는 안 된다는 것이었죠.

천아이하이 : 차별화 경쟁이라고 할 수 있겠네요.

장화메이 : 그렇죠. 오빠랑 같은 장사를 하는 건 보기에도 안 좋다고 하셨지요.

천아이하이 : 오누이가 서로 경쟁하는 꼴이 되니까요.

장화메이 : 오빠랑은 사이가 좋았습니다. 오빠가 저한테 잘했거든요. 제가 오빠를 도와 돈을 많이 벌게 해줬으니까요. 1986년에 독립해서 나왔는데 오빠네 가게랑 그리 멀지 않은 곳에 자리를 잡았습니다.
　뭘 할까를 고민하다고 울 스웨터를 선택했습니다. 당시 원쩌우에서는 울 스웨터가 한창 유행했거든요.

천아이하이 : 지금 생각해보면 잘한 결정이었지만, 영업허가를 취득하기 전에 노점을 차린 것은 당시로 말하면 투기매매에 해당했지요.

장화메이 : 그렇지요.

천아이하이 : 싸게 들여와서 비싸게 파는 것이 투기매매였지요.

장화메이 : 맞습니다. 투기매매였지요.

천아이하이 : 그렇다면 투기매매에 걸릴 수도 있다는 걸 알면서도 왜 굳이 노점을 차렸습니까? 두렵지는 않았습니까?

장화메이 : 그렇습니다. 당시 영업허가도 취득하지 못한 상황에서 집 문 앞에 노점을 차렸으니 투기매매라고 할 수 있습니다. 불법이라는 것도 알았습니다. 하지만 상활형편이 여의치 않으니 뭐라도 해야 했습니다. 우리 집에는 일곱 남매가 있었는데 오빠가 또 다시 변방 지원을 나가 있게 되었습니다. 아버지와 어머니의 월급은 몇 십 위안밖에 안 되었는데, 집에서 밥을 먹는 식구들은 열 명이 넘었습니다. 그래서 제가 얼마간이라도 벌어오지 못하면 굶게 생겼거든요.

천아이하이 : 먹고는 살아야 하니 모험을 한 것이군요.

장화메이 : 그래서 위험을 감수하고 집 앞에 노점을 차렸는데 두렵지 않았다면 거짓말이지요. 당시 원쩌우에서는 투기매매를 단속하는 부서를 신설했습니다. 전문적으로 검거하는 사람들도 있었고요. 그래서 검거하러 오면 사람들이 '검거팀'이 왔다고 소리치며 부랴부랴 도망갔지요. 당시 제팡뻬이로에는 저 뿐만 아니라 많은 사람들이 노점을 차리고 있었지요.

천아이하이 : 많은 사람들이 노점을 차렸다고요?

장화메이 : 자기 집 문 앞에 노점을 차린 사람들이 많았습니다. 각양

각색의 업종이 다 있었습니다. 누군가가 '검거팀'이 떴다고 소리치기만 하면 바로 도망을 쳤지요. 노점을 얼른 거둬서 집에 넣고 문을 잠그고는 다른 곳으로 피신했습니다. 그랬다가 잠잠해지면 다시 돌아와서 노점을 벌였지요.

당시는 장사하기가 쉽지 않았습니다. 몇 위안을 버는 것도 쉽지 않았습니다. 담도 커야 했습니다. 담이 작으면 하기 어려웠지요. 그리고 당시만 해도 투기매매라고 해서 노점을 차리는 것을 하찮게 여기는 사람들이 많았습니다.

천아이하이 : 그렇습니까?

장화메이 : 남들보다 한 등급 낮은 사람들로 취급되었지요. 하지만 저는 개의치 않았습니다. 당시 저는 젊었고 담도 컸습니다. 성격 역시 여자라기보다는 남자 성격에 가까웠습니다. 남자들이 할 수 있는 것을 저도 다 할 수 있다는 마인드였지요.

천아이하이 : 결국은 먹고 살기 위해 모험을 한 것이군요.

장화메이 : 맞습니다.

천아이하이 : 지금 보면 당시의 모험은 아주 잘한 일인 것 같습니다.

장화메이 : 잘한 일이지요.

천아이하이 : 아주 가치가 있는 일입니다.

장화메이 : 그렇습니다.

첫 자영업자의 영업허가증은 삶에 큰 변화를 가져왔다

천아이하이 : 대표님은 이 역사적인 기회를 잘 잡으신 것 같습니다. 마침 개혁개방 정책이 실시되었으니까요. 아까 말씀하셨는데, 사실 그 거리에서 많은 사람들이 노점상을 하고 있는데 영업허가증을 받은 건 대표님이 처음입니다. 그렇다면 영업허가증을 받고 자영업자가 되고 나서 대표님의 생활이나 사업은 그 이전과 비교해 어떤 중요한 변화가 생겼습니까?

장화메이 : 영업허가증을 받고 나서 우리의 생활에는 큰 변화가 일어났습니다.

천아이하이 : 떳떳하게 할 수 있어서 좋았을 것 같습니다.

장화메이 : 우선은 숨어 다니면서 조마조마할 필요가 없어졌습니다. 남들도 그렇게 무시하지는 않았어요. 나중에 많은 사람들이 직장을 그만뒀습니다. 장사하는 것이 출로가 있다는 것을 발견했기 때문입니다. 직장을 다니면 한 달에 몇 십 위안밖에 벌지 못하는데, 장사하는 사람들은 그보다 훨씬 더 많이 버니까요. 1983년에 원쩌우에서는 '8대왕' 사건[42]이 일어났습니다. 나중에 몇몇 사람은 형사처벌까

---

42) 8대왕(八大王) 사건: 1982년에 원쩌우에서 투기매매를 이유로, 철물 등 8개 업종의 자영업 선두주자들을 타격하여 큰 사회적 혼란을 야기한 사건임, 그러다가 1983년에 「목전 농촌경제정책의 약간한 문제(当前农村经济政策的若干问题)」라는 중앙의 1호 문건 반포되면서, 투옥되었던 사람은 무죄 석방되거나 보석으로 풀려나고, 도망갔던 사람들은 다시 돌아오게 되었다. -역자 주

지 받았지요. 그래서 당시 개혁개방 정책이 나중에 바뀌지는 않을까 하고 걱정하는 사람들도 많았습니다. 하지만 당시 미취업 인원이었던 저는 다른 방법이 없었습니다. 그때 아버지가 그러더군요. 너는 직장도 없고, 또 우리는 그들처럼 크게 하는 게 아니고 살림에 보탬을 하려고 작은 장사를 하는 거니깐 별 문제 없을 거다고 말이죠. 대략 1983년부터 저는 아버지 집에서 오빠의 직원으로 일하게 되었는데, 저는 당시 정책이 바뀌지 않을 거라고 생각했었습니다. 나중에 우리는 작은 노점에서부터 규모를 크게 확장했습니다. 그렇게 돈을 벌고 나니 생활에 큰 변화가 생겼지요. 밥을 먹는 문제는 물론 다른 문제들도 자연스레 다 해결되더군요.

천아이하이 : 오늘까지 이미 40년이 되었습니다. 전체적으로 보면 사업이 잘 발전해왔지만 그 과정에 여러 가지 어려움도 있었을 것 같습니다. 그렇지 않나요?

장화메이 : 맞습니다.

천아이하이 : 고생도 있고 즐거움도 있었고, 어려움과 좌절도 있었겠지요. 물론 '폭풍우가 지나간 후의 아름다운 무지개'도 있었을 것입니다. 대표님은 많은 영예도 받으셨지요?

장화메이 : 그렇습니다.

천아이하이 : 주로 어떤 영예를 받으셨는지 말씀해주세요.

장화메이 : 제가 받은 영예는 아주 많습니다. 트로피나 영예증서 따위들이 너무 많아서 일일이 말하기조차 어렵습니다. 정말 너무 많습니다.

천아이하이 : 그렇다면 창업과정에서 특별히 기억에 남는 일이 있었습니까? 특별히 감동스러운 일 같은 것 말입니다.

장화메이 : 몇 십 년 동안 해오면서 어려움도 많았고 좌절도 많았습니다. 하지만 저는 믿음이 있었지요. 어디에서 넘어지면 어디에서든 일어났습니다. 저는 단추만 한 것이 아닙니다. 당시 독립해 나가서 피혁도 해보고 신발상점도 차렸었지요. 그렇게 하다가 결국에는 또 단추로 돌아오게 되었습니다. 당시 원쩌우는 발전이 굉장히 빨랐는데 의류도매시장까지 생겼습니다. 그래서 다시 단추를 하기로 작심했지요. 그렇게 단추를 다시 시작한지 벌써 20여 년이 됩니다. 한동안은 많은 일들을 했는데, 온갖 희노애락을 다 겪었습니다.

천아이하이 : 대표님이 받은 영업허가증이 전국적으로 발급한 첫 영업허가증이라는 것을 언제 인지하게 되었습니까? 꽤 잊기 힘든 순간이었을 것 같은데요.

장화메이 : 2004년에 항저우(杭州)TV의 기자가 원쩌우 공상국에 찾아와서 저를 수소문했습니다. 공상국에서는 기자에게 우리 관할 파출소(派出所)를 찾아가서 제가 아직도 장사를 하는지를 알아보라고 했지요. 나중에 기자가 당시 저희 친정의 이웃집에 찾아와서 수소문한 ©P에 결국은 제가 런민시로(人民西路)로 옮겨서 아직도 장사를 하고

있다는 것을 알아냈습니다. 당시 그 기자는 저를 나이가 꽤 많은 줄로 여겼었지요. 그도 그럴 것이 이미 수십 년이라는 시간이 흐른 뒤였으니까요. 나중에 제가 생각보다 많이 젊은 걸 보고 깜짝 놀라더군요. 2004년이었으니깐 저는 한창 40대였지요.

천아이이하이 : 14년 전의 일이군요.

장화메이 : 그 기자는 제가 아직도 장사를 하고 있는 걸 보고 아주 기뻐했습니다. 2년 넘게 저를 찾았다고 하더군요. 전국에서 맨 처음으로 영업허가증을 받았다는 걸 알게 된 저는 깜짝 놀랐습니다. 제가 이렇게 운이 좋을 줄은 몰랐거든요. 당시 그 기자가 직접 찾아와서 취재를 했는데, 가게에 손님들이 많았습니다. 제가 첫 영업허가증을 받은 사람이라는 걸 알게 된 손님들도 감탄해마지 않으면서 이것저것 물었습니다. 정말 대단하다고요, 어렸을 때부터 장사를 했다고 들었는데 사실이냐고 묻더군요. 그래서 제가 그랬지요. 맞아요. 열아홉 살부터 장사를 했어요. 아무튼 저 스스로도 깜짝 놀랐고, 모두들 기뻐했습니다.

천아이이하이 : 베이징에 가서 어떤 중요한 회의에 참여했는지를 말씀해주십시오.

장화메이 : 저는 네 번 회의에 참가했습니다. 가장 기억에 남는 것은 2016년 12월 5일에, 베이징에 가서 전국 선진자영업자 표창대회 및 중국자영업협회 창립 30주년 기념 심포지엄에 참석한 것입니다. 당시 국가의 지도자들을 회견하게 되었는데 정말 감격적인 일이었습니다.

나에게도 이런 일이 벌어지다니 하고 말입니다.

당시 시정부에서 저에게 연락을 해왔습니다. 베이징에 가서 중요한 회의에 참석해야 하는데 절대 결석하면 안 된다고 하더군요, 또 중앙에서 이 영업허가증에 대해 아주 중시하고 있다고 알여줬습니다. 당시 우리 원쩌우에서는 러칭(乐清)의 여성분과 저 두 명이 이 회의에 참석했습니다. 회의 규모가 어마어마해서 깜짝 놀랐지요.

천아이하이 : 이렇게 큰 장면을 경험해본 적이 없었군요.

장화메이 : 전혀 없었지요. 당시 저는 제가 어느 줄에 앉아야 할지도 몰라서 허둥거렸습니다. 그러던 와중에 어떤 사무장이 저에게 맨 첫 줄에 앉으라고 하더군요. 당신은 전국의 첫 자영업자라여서 국가 지도자들도 중시하고 있다고 하면서요. 그래서 시키는 대로 고분고분 앉았지요.

천아이하이 : 지금 돌이켜봐도 가슴이 벅찰 것 같습니다.

장화메이 : 정말 격동적이었습니다.

국가의 정책을 쫓아 발전을 구상하다

천아이하이 : 장화메이가 전국의 첫 자영업자라는 것을 아는 사람들이 아주 많습니다. 그리고 40년이 지난 지금 장화메이는 뭘 하고 있을까에 대해 궁금해 하는 사람들도 아주 많을 것입니다.

장화메이 : 40년이 지났지만 저는 아직도 저의 '본업'인 단추를 하고 있습니다. 최근 들어 경쟁이 점점 더 치열해지고 있습니다. 하지만 저는 제품의 품질과 서비스는 확실하게 하고 있습니다. 고객에 대한 신용이 아주 중요하거든요.

천아이하이 : 대표님의 회사에서는 현재 주로 어떤 제품들을 취급하고 있습니까? 연간 매출은 얼마나 됩니까?

장화메이 : 우리는 주로 단추와 부자재, 부품을 취급합니다. 연간 매출은 수백만 위안 정도 됩니다. 이윤으로 말하면 박리다매라고 할 수 있습니다. 폭리를 취하지 않지요. 대신 고객 신용도는 아주 좋습니다. 오랜 시간동안 줄곧 이렇게 견지해왔습니다.

천아이하이 : 부자재라고 하면 주로 의류공장에 납품합니까?

장화메이 : 맞습니다. 전국의 여러 의류회사들에 납품합니다. 몇 십년 동안 해오다보니 고정적인 고객들이 꽤 됩니다.

천아이하이 : 대표님은 중국의 첫 자영업자로 명성을 얻었지요. 이러한 명성이 고객 확보에도 도움이 되나요?

장화메이 : 도움이 됩니다. 이름만 듣고 찾아오는 사람들도 있습니다. 명성이 높으면 고객들도 그만큼 신임하는 것 같습니다. 하지만 저는 지킬 것은 꼭 지킵니다. 명성이 높다고 해서 대충 불량품을 납품하는 일은 절대로 있어서는 안 되지요. 이것은 원칙입니다. 납품하는 제

품은 꼼꼼히 재점검까지 합니다. 그래서 저희는 업계에서 신용도가
아주 높습니다.

　　천아이하이 : 수 십 년 동안 견지할 수 있다는 것은, 그만큼 품질이
나 서비스가 우수하다는 걸 의미하는 것이지요.

　　장화메이 : 맞습니다.

　　천아이하이 : 요즘은 또 인터넷 시대입니다. 다들 '인터넷 플러스
(互联网+)'에 대해 얘기합니다. 대표님도 '인터넷 플러스'를 도입했
습니까?

　　장화메이 : 저희도 온라인에서 합니다. 전에는 고객들이 직접 찾아
오는 방식이었는데, 지금은 온라인, QQ나 위챗(WeChat)으로 거래합
니다. 가끔씩 전화로 상담하기도 하지만 거래는 주로 온라인에서 이
루어집니다.

　　천아이하이 : 대표님은 개혁개방 40년을 직접적으로 경험했습니다.
요즘 우리나라는 또 전면적 개혁 심화를 추진하고 있습니다. 개혁개
방을 더욱 확대하려고 하지요. 그렇다면 개혁개방의 직접적인 경험자
로서 대표님은 우리가 지금 추진하고 있는 새로운 개혁개방 정책에
대해서 어떻게 보십니까?

　　장화메이 : 우리는 개혁개방에서 비롯된 빠른 발전을 직접 경험했습
니다. 그래서 모두들 국가의 정책을 신임하고 있습니다. 우리는 정책

의 혜택을 받았습니다. 여러 업종들에서 모두 정책의 혜택을 받았지요. 그래서 국가의 정책에 대해 다들 지지하고 있습니다. 어떤 업종이든 앞으로 점점 더 좋아지기를 바랍니다.

천아이하이 : 그러니깐 국가의 정책 방향은 옳은 것이고, 민영기업은 거기에 따르기만 하면 된다는 말이 되네요.

장화메이 : 따라야 합니다. 국가의 정책에 따라 발전하고 국가의 노선에 따라 발전해야 합니다.

천아이하이 : 그동안 쭉 이렇게 해오셨습니까?

장화메이 : 그렇습니다. 우리는 줄곧 이렇게 해왔습니다.

천아이하이 : **원쩌우에서 대표님의 친구 분들이나 이웃 분들 태반**은 대표님처럼 자영업자가 되었지요. 지금 그 분들과 이야기를 나누게 되면, 국가의 정책방침에 대한 이야기도 나눕니까?

장화메이 : 가끔은 그런 이야기를 나누기도 합니다. 우리처럼 장사하는 사람들은, 국가의 정책이 우리 민영기업의 발전에 아주 중요한 역할을 한다고 생각하기 때문이죠. 국가에서 새로운 정책이 나오면 우리는 어떻게 거기에 보조를 맞춰서 자기의 일을 더 잘 해나갈지를 고민하게 되고, 친구들과 모이게 되면 자연히 그런 이야기를 나누게 됩니다. 국가에서는 우리 민영기업에 많은 혜택을 줬습니다. 우리 기업인들은 이러한 지지와 협조를 피부로 느낄 수 있지요.

천아이하이 : 혹시 그런 생각을 해보신 적이 있습니까? 지난 40년의 개혁개방이 없었더라면 나는 지금쯤 뭘 하고 있을까 하고 말입니다.

장화메이 : **당연히 해봤지요. 가끔은 지난 시절들을 추억하면서 개**혁개방이 없었더라면 나는 지금 뭘 하고 있을까? 장사를 하고 있을까? 아니면 직장에 다니고 있을까? 가끔씩은 지금의 훌륭한 조건과 예전의 열악한 환경을 비교해보기도 합니다. 개혁개방 정책은 정말 많은 것들을 바꾼 것 같습니다. 지금은 원하는 것은 뭐든지 얻을 수 있고 원하는 조건은 모두 충족되었습니다. 전에는 아무것도 없었지만, 지금은 뭐든지 다 있습니다. 먹는 것은 물론 자동차나 집 등 있을 게 다 있습니다. 정말 뿌듯하고 만족스럽습니다.

천아이하이 : 정말 좋은 시대를 만났다는 느낌이시겠네요.

장화메이 : 맞아요. 바로 그겁니다.

후 / 기

　『신시대 100인 대화록(1): 우리는 꿈을 추구한다(新时代百人对话录[1]:我们都是追梦人)』가 드디어 출간되었다. 2018년은 이미 지나갔지만 개혁개방 40주년의 기념은 영원한 것이다. 본인 개인의 느낌이지만, 이 책에서 보여주는 내용이나 가치는 오래도록 새로울 것 같다. 그래서 이 책을 받은 독자들이 본인과 같은 생각을 가질 거라고 믿고 싶다.

　솔직히 파란만장하고 눈부신 개혁개방 40년의 역사를 책 한 권으로 보여주는 것은 무리가 있다. 이 '대화록'의 책임 취재자이자 본서의 편집장으로서 "이 책의 가치는 오래도록 새로울 것"이라고 말할 수 있는 이유는, 우리가 무게 있고 대표적인 인터뷰 게스트를 모셔서 생생한 일선 자료와 독점적인 관점을 발굴하고, 새로운 시대의 절박한 명제에 관심을 기울였기 때문이다.

우리에게 있어서 이는 아주 영광스러우면서 그만큼 어렵고 또 즐거운 미션이었다. 매 하나의 인터뷰는 모두의 일이면서도 배우는 과정이었고 즐거움이었다.

20여 명의 인터뷰 게스트들이 우리에게 주는 믿음과 솔직함에 감사를 드린다. 그들은 마이크와 카메라를 마주하여 솔직하게 속마음을 털어놓고 관점을 표현하였다.

사회 각계의 열정과 사심 없는 성원에도 감사를 드린다. 특히 베이징(北京) 과학기술협회와 칭화대학교(淸華大學) 우다오커우금융학원(五道口金融学院) 등 기구들에서 우리에게 단서를 제공해주고, 각 영역의 인터뷰 게스트들을 추천해준데 대해 감사를 드린다.

랴오닝(辽宁), 톈진(天津), 저장(浙江), 꿰이쩌우(贵州), 푸젠(福建), 총칭(重庆), 원쩌우(温州), 류판수이(六盘水) 등지의 경제채널이나 방송국에 감사를 드린다. 이들은 우리가 게스트와 대화할 때 큰 도움을 주었다.

베이징(北京), 톈진(天津), 상하이(上海), 선쩐(深圳), 선양(沈阳), 항쩌우(杭州), 원쩌우(温州), 쉬쩌우(徐州), 총칭(重庆), 이우(义乌), 닝더(宁德), 류판수이(六盘水) 등지를 전전하며 정성껏 제작에 참여해준 음향기사, 카메라맨, 편집자 및 후기 편집 제작자들에게도 감사를 드린다.

동영상 녹화 및 음성 문자 변환 등을 지원해준 베이징성스문화미디어유한회사(北京盛世传声文化传媒有限公司)에도 감사를 드린다.

2018년부터 '대화록' 시리즈 내용들이 계속 공개되는 과정에서 관련 임원진과 청중, 전문가 등 많은 분들이 여러 가지 루트를 통해 '성원'을 보내주었다. 이것은 격려이고 편달이라는 것을 우리는 너무나도 잘 알고 있다. 이는 우리들이 더 힘차게 앞으로 나아가도록 격려할 것이다.

또 시종일관 우리의 이 프로젝트가 진전을 이루는 것에 주목하고, 이 책이 순조롭게 출간될 수 있도록 여러모로 도움을 준 중국 외문국(外文局) 신세계출판사(中国外文局新世界出版社)의 리천시(李晨曦) 씨에게 특별한 감사를 전한다.

개혁개방 40년에 즈음하여, 관련된 대형 전시나 특별보도, 테마출판물들이 많이 쏟아져 나오고 있다. 우리는 이 책이 초원의 하얀 버섯처럼 사람들의 눈을 번쩍 뜨이게 하기를 희망한다. 물론 이는 밤하늘을 수놓는 수많은 별들 가운데 하나에 불과하지만, 중국 개혁개방의 길을 밝히는 데 한 줄기 빛을 발할 수 있다면 더 이상 바랄게 없을 것이다.

천아이하이
2019년 6월, 베이징에서